I Narranti

I EDIZIONE NOVEMBRE 2015

ISBN–13: 978887536380-2

Collana I Narranti

Questo libro è stampato su carta FSC®

EDIZIONI JOKER
Via Crosa della Maccarina 28/B
Tel./Fax 0143.322383
15067 NOVI LIGURE (AL)
info@edizionijoker.com
www.edizionijoker.com

Mauro Ferraresi

FUORI DAI CARDINI

romanzo

Joker

The time is out of joint: O cursed spite,
That ever I was born to set it right!
Nay, come, let's go together.

Il mondo è fuor dei cardini;
ed è un dannato scherzo della sorte
ch'io sia nato per riportarlo in sesto.
Ebbene, andiamo insieme.

Hamlet, atto primo, scena quinta.

Prologo

I mattoni rossi dell'università contrastavano l'azzurro tenue del cielo, sgombro di nubi. Emetria Cardoso si chiese perché, in una giornata di tarda estate che si preannunciava calda, il cielo di Milano non fosse maggiormente carico di colore. Che ci faceva lei in Italia oramai da una vita, sempre a pulire case e palazzi altrui? A Manila, dove aveva vissuto i suoi anni giovani, il cielo era sempre blu profondo, talvolta trapuntato di nubi bianchissime e soffici che producevano un contrasto netto: faceva male agli occhi se si rimaneva troppo a lungo con il naso all'insù. Qui, no, qui il cielo imbeveva di pallore tutto quanto.

Giunse all'entrata principale salutando in fretta Alfredo, il responsabile della security che era già lì dalle sei. Lei, invece, era in ritardo e doveva recuperare velocemente il carrello con le scope, gli spazzoloni, i vari detergenti e le spugne. Incrociò Alonso che quella mattina era di turno insieme a lei.

– Ciao. Io comincio dal quinto piano e pulisco gli istituti dei professori – le disse.

Emetria sorrise in modo forzato, e non rispose. Significava che a lei sarebbe toccato l'ultimo piano, quello del Rettorato e della Direzione Amministrativa. Gli uffici del Rettorato erano faticosi e lunghi da pulire, la carta che si ammonticchiava era tanta e ogni cosa doveva essere resa lucida come uno specchio. Il rettore si recava al lavoro piuttosto presto, era la prima informazione che le avevano dato quando aveva preso servizio tre mesi prima, e detestava vedere i carrelli delle pulizie ancora in giro. Emetria si mosse con tutta la velocità che le gambe le permettevano. Era piccola di statura, eppure un tempo era stata agile e svelta. Gli anni di lavoro e le fatiche accumulate l'avevano resa legnosa nei movimenti. Si sorprese a ricordare quando da ragazza correva veloce senza alcuno sforzo per acciuffare le amiche tornando da scuola, o correndo semplicemente per la gioia di avere il vento in faccia e tra i capelli, neri e lisci.

Il ronzio rassicurante dell'ascensore le diede un momento di tregua. Lo assaporò fino in fondo perché sapeva che poi avrebbe dovuto fare tutto di fretta.

Il Rettorato era difeso da un sistema d'allarme. Quattro telecamere a circuito chiuso inquadravano tutto quello che si muoveva all'ultimo piano. Emetria si avvicinò alla porta con la chiave elettronica in mano, pronta a disinnescarlo. Giù, nella portineria centrale, qualcuno doveva esser seduto davanti ai monitor per controllare la spia dell'allarme, appena una occhiata poi se ne sarebbe disinteressato. Proprio in quel momento lei si accorse che qualcosa non andava. L'allarme non era acceso e la porta soltanto accostata. Il suo primo impulso fu di voltare il carrello e tornare indietro. Il rettore Carri si era recato prima del solito al lavoro? Lei non poteva entrare, allora. Si spaventò ritenendo che questo contrattempo le sarebbe potuto costare l'impiego. Era ancora in prova, le avevano detto che il rettore non perdonava le negligenze e lei oggi era in leggero ritardo.
All'improvviso le venne in mente che se Carri fosse stato all'interno la porta sarebbe stata chiusa e gli allarmi perfettamente funzionanti. Inoltre, cercando di sbirciare oltre, comprese che dentro tutto era spento. Si fece forza e spinse la porta piano, appoggiandovi il palmo della mano: silenzio e buio. La luce del sole non penetrava nel corridoio di entrata, bisognava percorrerlo tutto e solo dopo una svolta ad angolo retto si apriva un largo spazio con le tre scrivanie delle segretarie. In quello spazio la luce penetrava dalle finestre. Subito a sinistra c'era la grande sala riunioni e poco avanti sulla destra l'ufficio del rettore. Adesso le porte erano chiuse e non filtrava alcuna luce. Avanzò di qualche passo nel buio (quel corridoio buio e deserto le incuteva così timore). Nonostante le precauzioni mise inaspettatamente un piede in fallo e senza quasi rendersene conto cominciò a cadere. Da quel punto, raccontò poi ai poliziotti, ogni cosa si stampò nitida nella memoria e tutto quello che accadde fu in grado di ricordarlo con estrema precisione perché parve avvenire come al rallentatore. Non aveva avvertito alcun ostacolo sotto il piede, e non riusciva a comprendere che cosa non avesse funzionato in quel suo passo. La gamba era partita in avanti, quasi manifestasse forza e velocità propria che lei non riusciva

a padroneggiare. Reagì sorprendentemente in fretta per il suo corpo acciaccato. Spostò immediatamente il peso a sinistra buttandosi su un fianco per evitare di farsi troppo male. La mano si appoggiò alla porta della sala riunioni. Questa cedette all'improvviso e lei annaspò nel vuoto. Una luce accecante le oscurò la vista per qualche istante. Continuando la caduta Emetria atterrò con il corpo per metà dentro la sala riunioni. La porta si era spalancata del tutto e il sole mattutino, attraverso le ampie vetrate, illuminava completamente la stanza di una luce chiara e netta. Distesa per terra, di traverso sulla soglia, si accorse che il pavimento su cui poggiava era umido e viscoso: per quello era scivolata, ma di che cosa si trattava? Sollevò lo sguardo. La sala riunioni era ampia e arredata al centro da un enorme tavolo rettangolare in vetro. Intorno al tavolo c'erano dodici comode poltrone in pelle, di un improbabile colore carta-da-zucchero. Quattro di quelle poltrone erano occupate dai corpi seduti di giovani donne completamente svestite: erano in pose rigide, quasi grottesche. Le quattro giovani stavano sedute ai lati lunghi del tavolo, due da una parte e due dall'altra Alcune avevano le gambe accavallate, altre invece sistemate in posizione assurdamente composta. I busti erano saldamente appoggiati agli schienali e le teste innaturalmente dritte. Avrebbero dovuto pendere sul petto, o di lato, in modo non controllato, ma non era così. Le gole di tutte e quattro le donne erano squarciate e un ampio sorriso rosso correva da un orecchio all'altro.

"Come se si fossero sedute per parlare, come se fossero lì per una riunione", osò poi commentare la donna alla fine dell'interrogatorio nei locali della polizia. "Solamente che le donne erano nude, e poi c'era tutto quel sangue, sangue ovunque. Sul tavolo, per terra, sulle poltrone e perfino qualche schizzo sui muri bianchi". Emetria non si dava pace. Sopra il tavolo il liquido rosso pareva disegnare una orribile carta geografica, istmi, penisole, continenti a volte separati da un mare di vetro, a volte ravvicinati in una sorta di orribile movimento tettonico. Il plasma si insinuava sin sotto le braccia, correva in una sorta di fiume rosso con anse e meandri e precipitava infine per terra, lì dove si era allargato fino a superare la soglia della porta.

Emetria Cardoso ricordò di essersi rialzata in piedi lentamente, molto lentamente. E di aver guardato con estrema lentezza tutta la scena. Voleva gridare ma dalla sua gola non usciva nessun suono. Voleva voltarsi e fuggire ma le sue gambe rifiutavano di obbedire. Voleva piangere per la disperazione e il terrore ma i suoi occhi rimanevano asciutti. Voleva essere nella sua Manila, ma era a Milano e stava osservando la scena più tragica e inverosimile di tutta la sua vita.

1.
Il ritorno

I gomiti ficcati nella sabbia morbida, il corpo disteso, la testa sollevata e lo sguardo rivolto verso la linea che divide il mare dal cielo, Alessandro Amaldi si godeva il meritato riposo a Skyros, l'isola più importante dell'arcipelago delle Sporadi, situata al largo della grande Eubea.

Il mestiere del professore universitario, visto da fuori, poteva sembrare il più invidiato del mondo. Orari flessibili, gioventù bella e intelligente intorno, convegni nazionali e internazionali che permettevano di viaggiare spesati di tutto, buoni stipendi, lunghe vacanze. Una vita quasi da ricchi, insomma, con in più il dono della intelligenza, anche se è vero che non tutti i professori ne erano provvisti. Era un lavoro che aveva la benedizione di quella cultura che di questi tempi molti odiavano o snobbavano. La cultura aiuta a vivere meglio, talvolta anche meglio dei soldi, soleva ripetere Amaldi ai colleghi poco convinti. Poi aggiungeva: talvolta, diciamo, e poneva i doverosi distinguo. Per esempio, era ben conscio che nell'Italia della crisi economica e con governi che per anni hanno giudicato la cultura come una bestemmia, e in ogni caso come un costo che non produce ritorni, tutto il sistema educativo era uscito bastonato. Gli stipendi alti erano scomparsi nel giro di pochi anni, le ore di lavoro erano aumentate a dismisura a causa di una sempre più ingombrante burocrazia. Anche il tempo dedicato alle lezioni in aula era cresciuto considerevolmente con l'avvento di ciò che all'estero definivano "gli accordi di Bologna": ventinove paesi europei più undici extraeuropei che hanno firmato per armonizzare i diversi sistemi formativi di insegnamento superiore ed universitario, sviluppando pure la mobilità di docenti e studenti attraverso gli stati. Quegli accordi stipulati nel 1999 avevano poi condotto alla riforma del sistema universitario: peccato che quella riforma avevo posto più problemi di quanti ne aveva risolti.

Amaldi lasciava andare i suoi pensieri davanti a quel mare antico, e cercava di vedere il lato buono delle cose. Sapeva che nelle scuole inferiori e superiori era andata anche peggio. Gli insegnanti delle medie e dei licei italiani si incazzavano continuamente, scendevano in sciopero e, a quel che ne capiva lui, avevano ragione. La sua ex moglie Teresa insegnava in un liceo scientifico e brontolava che i mille euro al mese che lui le passava per gli alimenti non bastavano. Tra i tanti difetti lei non aveva quello della avidità e sembrava del tutto sincera. Gli stipendi degli insegnanti statali non bastavano proprio per evitare un declassamento sociale.

Rimanevano gli studenti: gli unici che potevano riservare qualche soddisfazione anche se con sempre minore frequenza. In ogni caso, quel lavoro ad Amaldi piaceva molto e non desiderava fare altro.

Dentro la tasca del suo costume abbondante da surfista (non era mai riuscito a stare in equilibrio a cavallo di una tavola ma gli piacevano quegli abbigliamenti molto colorati, ampi e comodi) un cellulare cominciò a vibrare.

La ragazza sdraiata accanto a lui sulla battigia non assomigliava per nulla alla tipica greca. Era alta, dai capelli biondo-cenere che scendevano fino a sfiorare le spalle, con gambe affusolate e lunghe rivolte verso il mare. Indossava un costume da bagno essenziale, con slip rossi e un reggiseno fornito di bianche scritte ondulate e geometriche che ricordavano vagamente gli orologi di Salvador Dalí. Amaldi conosceva quella griffe, era una marca di Barcellona che oramai si era diffusa in tutta Europa.

– Pronto.

– Professor Amaldi? Mi scusi se la disturbo durante le vacanze, ma è accaduta una cosa molto importante.

– Ma chi parla? – Non sopportava le persone che non si presentavano.

– Le passo il Preside di Facoltà. – Aveva riconosciuto la voce, era Donatella Caruana la segretaria. Minuta e occhialuta, efficiente, viso carino e bianchissimo: troppo magra a suo parere.

– Ciao Amaldi, come va? – La voce del preside al telefono, un uomo burbero ma pacato, era di una ottava più alta, segno certamente di uno stato di agitazione. Che cosa era accaduto? Cominciò a preoccuparsi.

– Bene preside, bene. Sto qui in contemplazione di un mare splendente: c'è il sole, fa caldo e sono in piacevole compagnia. Meglio di così!

– Mi dispiace di doverti dire che devi tornare, e al più presto. È accaduta una cosa grave.

– Che cosa, dimmi.

– Un omicidio, qui in università. L'altra notte, o ieri mattina presto, non si sa.

Rimase senza parole. Non soltanto per la notizia in sé, ma per l'incongruenza. Il preside Luigino (detto Gino) Schenardi parlava con lui solamente di concorsi universitari, di lezioni, di programmi didattici, di guide per gli studenti o di studenti problematici, insomma di tutto quel che concerneva il normale andamento di una università. Al massimo erano giunti a discutere sulle annate migliori del Barolo che Gino, da buon piemontese, amava e consumava. A malapena sapeva qualcosa della sua vita privata. Era sposato, i maligni dicevano con una che lo faceva filare dritto e comandava a bacchetta, aveva un figlio oramai grande, laureato in economia come il padre, già al lavoro da qualche parte in una importante multinazionale. Di che cosa gli parlava ora Schenardi? Di un omicidio. Che ci facevano in bocca a Gino quelle parole? Stonavano. Anzi, di più: erano bizzarre.

– Sono morte, anzi sono state uccise quattro nostre studentesse: Barbora Traine, Sonia Jankovic, Janua Novotna e Alexandra Radu. Una cosa terribile, devi tornare.

Non potè fare a meno di pensare che per un italiano non era facile mandare a memoria quei nomi e cognomi stranieri, ma se Schenardi aveva una qualità questa era la puntigliosità: sicuramente i nomi erano corretti, e probabilmente neppure l'accento era sbagliato. Ci avrebbe scommesso sopra. Il preside era un preciso. Tutte straniere, riflettè strano.

– Ma come è successo? Chi le ha uccise?

– Si tratta di una lituana, di una serba, di una ceca e di una rumena. – Il preside fece una pausa, quasi per lasciare ad Amaldi il tempo di digerire completamente la notizia. La polizia ritiene che le quattro ragazze siano state uccise a pochi minuti di distanza l'una dall'altra – continuò. – Non si sa perché è avvenuto il quadruplo omicidio. In ogni caso tu devi tornare immediatamente.

– Ma si, va bene. Però non capisco come mai avete bisogno di me con così tanta urgenza..

– Amaldi, senti un po', qui siamo tutti sottosopra, anzi è un vero casino. Per fortuna in estate l'università è chiusa, ma in ogni caso adesso è tutto recintato e c'è il divieto d'accesso per chiunque non sia autorizzato. La sala riunioni all'ultimo piano poi è...

– È lì che è avvenuto il fatto? – Amaldi lo interruppe.

– Sì, sì, nella sala riunioni del rettorato. Ieri mattina una donna delle pulizie ha trovato i quattro cadaveri. Uno spettacolo orribile. Prendi il primo aereo e torna.

– Ma... è proprio necessario? Capisco l'eccezionalità del...

– Amaldi, Amaldi! Ma allora proprio non capisci. C'era sangue dappertutto nella sala riunioni, e hanno trovato del sangue pure nel tuo ufficio. Torna! Ho ottenuto di poterti avvisare io ma loro vogliono ascoltarti, e lo vogliono subito. Secondo gli inquirenti non c'entri con l'azione materiale dell'omicidio, e di questo devi ringraziare anche il fatto che sei in vacanza a millecinquecento chilometri di distanza, ma dovrai comunque essere interrogato.

Ecco, era venuta fuori la verità. Sarebbe stato sottoposto a un interrogatorio, ma perché? E come mai quel sangue nel suo ufficio?

Il preside giocava a fare il duro ed aveva spesso una maschera da burbero, in realtà era buono come il pane, troppo buono dicevano, e non riusciva a tenersi dentro una notizia nemmeno tagliandosi la lingua. Era più forte di lui, doveva raccontare, dire, svelare. Voleva bene ai suoi colleghi professori e loro lo ricambiavano soprattutto perché era una fonte inesauribile di notizie, anche di quelle che dovevano restare segrete, e che in quanto tali costituivano in università il potere di colui o di coloro che le detenevano. Con Schenardi era una pacchia. Bastava invitarlo a pranzo, anche in mensa, e al secondo boccone spiattellava tutto: raccontava di nuovi concorsi preparati ad hoc per il tal candidato, delle costose migliorie del campus, dei problemi di budget, oppure spiegava le ragioni dei costi imprevisti, si dilungava sulle ascese e le cadute dei colleghi agli occhi del rettore, e così via. Solo sulle beghe di letto Schenardi era una delusione. Sapere che tizio stava con caia, o che la tal studentessa era andata a letto con quel ricercatore erano notizie che non lo interessavano, non entravano nelle sue corde. Per lui contavano soprattutto il lavoro e i soldi.

Si salutarono in fretta e Amaldi ripose il cellulare nell'ampia tasca.

– Is there a problem?

– I must return to Milan as soon as possibile.

– Oh, why?

Elena era di poche parole e forse di poche emozioni. Così gli era parso la prima settimana quando l'aveva conosciuta. Ma presto dovette ammettere che l'amore loro due lo facevano proprio bene. Le spiegò rapidamente che cosa era accaduto, poi decise di buttarsi in acqua. Si tolse il costume da surfista e rimase con uno Speedo molto più adatto allo stile libero. Raggiunse rapidamente la profondità necessaria per cominciare a nuotare e si concentrò sul conteggio delle bracciate. Dieci, dodici, tredici, quattordici, quindici... venti, ventuno ventidue, ventitre... cinquantaquattro, cinquantacinque, cinquantasei. Contare era un mantra che lo calmava. Cento, duecento, trecento, cinquecento bracciate. Il mare era liscio e l'acqua tiepida scorreva morbida sulle sue braccia, scivolando sopra le spalle, sotto la pancia, lungo la schiena e tra le gambe. Con colpi vigorosi si spinse al largo, oltrepassò le barriere frangiflutti che salvavano il porto di Molos dall'insabbiamento, piegò verso sinistra e spinse con più forza le braccia in acqua dirigendosi verso l'isoletta con la minuscola chiesetta bianca, divisa dalla terraferma da un canale di acqua blu. Settecento, ottocento, millecento. Si sentiva stanco, i muscoli dolevano, il fiato era diventato grosso. Smise dopo millecinquecento bracciate circa. Basta. L'isoletta non era lontana, ma adesso doveva pensare al ritorno. Fece dietrofront e nuotò, nuotò, fino a non poterne più. Quando arrivò sulla spiaggia Elena era ancora lì che lo aspettava.

Si avviarono insieme verso lo *studios*. Lei lo accompagnava stringendosi a lui. Camminando sentiva il movimento dell'anca e il calore del seno che si appoggiava al braccio. Cominciava ad eccitarlo, la nuotata lo aveva stancato ma non così tanto. Lo *studios* era piccolino, pulito e fornito di una sola finestra. La aprirono subito per far rinfrescare un poco l'ambiente poi, in silenzio, si appoggiarono fianco a fianco sul davanzale guardando insieme il verde incolto, la strada sterrata che passava sotto e, più lontano, il mare. Piano piano lui le scivolò dietro e si appoggiò alla schiena e alle morbide curve di lei. Chinò la testa per annusarle i capelli e il collo. Sapeva di mare, di sale e di menta fresca. Si ricordò di quando l'aveva conosciuta in un bar, in uno di quei bar che a Skyros facevano buona musica e buoni cocktail. Lei era seduta a un tavolo con altre due amiche. La guardò una, due, tre volte, ma Elena lo contraccambiò con una occhiata appena di sufficienza. Al terzo mojito lui si alzò, le andò incontro e con un sorriso le chiese come si chiamava.

– My name is Elena. Why do you want to know it? – La voce suonava brusca e anche il viso era privo di sorriso, ma intanto il nome glielo aveva detto e questo, al momento, gli bastava. Iniziarono a parlare e per quella sera finirono un numero consistente di mojito e daiquiri lui, di long island lei. Bevevano forte entrambi, e questo lo incoraggiò.

Finirono a letto la sera seguente, e la seguente e quella dopo ancora. Cominciarono a trovarsi in tarda mattinata in spiaggia, poi passavano il giorno insieme, cenavano e si rifugiavano nello *studios* per fare l'amore fino a notte fonda. Dopo, lei tornava nel piccolo appartamento affittato con le amiche.

Amaldi posò una mano sul suo seno rotondo e con le dita sollevò leggermente il costume. Gli scuri capezzoli erano dritti. Elena respirava pesantemente. Le prese il mento tra l'indice e il pollice e lo girò verso di lei. Si baciarono. Era eccitato e si spostò per appoggiare il pene sul solco delle natiche. Stava comodo lì. Con l'altra mano le entrò negli slip, giocò un poco con i peli corti e piano piano allontanò il costume spingendolo verso il basso fino a che la forza di gravità lo fece cadere direttamente sulle caviglie della donna. Le accarezzò l'interno delle cosce salendo lentamente; poi, con il medio, la penetrò. Continuavano a baciarsi appoggiati alla piccola balaustra della finestra. Elena gli premette una mano sul costume, sotto era gonfio e turgido. Fece fatica a districarsi alla cieca tra cordini ed elastico, ma alla fine lo prese in mano e cominciò a muoverlo. Stavano facendolo in piedi, appoggiati alla finestra. Lì sotto poteva passare chiunque. Si costrinsero a tacere il più possibile quando lui la aprì con due dita e, spingendo, scivolò dentro di lei.

Più tardi lui si preparò una pipa di sensimilia. La pipa in radica chiara era piccola e maneggevole, ma dotata di un capace fornello. Il particolare profumo della sensimilia si sparse per la stanza ed Elena decise di approfittarne. Quella notte, l'ultima, dormirono assieme.

La mattina dopo alle sei erano già davanti al piccolo aeroporto di Skyros. Era un aeroporto militare ma da qualche anno, visto il numeroso afflusso di turisti, una parte era stata dedicata agli usi civili. Il soldato greco si fece dare i passaporti, li osservò con attenzione poi li riconsegnò mentre con un gesto li fece passare. Guidando la piccola Kia Picanto rossa presa a noleggio si accorse che qualcosa non andava. Non capì che cosa fino a che non diede un'occhiata allo specchietto retrovisore e allora vide il soldato con il fucile in spalla che si sbracciava, inseguendoli a piedi. Stava certamente urlando, ma il cd *Manteca* di Dizzy Gillespie era proprio al suo culmine e tromba, sax e percussioni ci davano dentro. Si fermò e il soldato poté raggiungerli.

– You can't go further!

– Why?

– This is the military area. The civil airport is on the left. Please turn the car.

Era un aeroporto minuscolo, e la parte dedicata ai voli civili era ancora più piccola. La sala di attesa consisteva in una casetta con due stanze per gli uffici e un salotto dove si poteva fare il check-in. Si usciva dall'altro lato e, per raggiungere il piccolo aereo pronto al decollo, si doveva attraversare la pista. C'erano in tutto sei impiegati. Due in ciascuna delle stanze, seduti alla propria scrivania. Una ragazza era dietro il banco del check-in e uno steward si aggirava intorno, annoiato e assonnato. Una decina di passeggeri erano in fila, alcuni seduti sulle poche sedie: una signora sulla sessantina di forme piuttosto generose e piena di valigie, due giovani coppie, due uomini soli, alcune persone anziane. Con un solo sguardo Amaldi registrò tutto. Gli capitava a volte che l'attenzione gli cresceva rapidamente. Il suo normale stato di coscienza era una disattenzione fluttuante che lo accompagnava per la maggior parte del giorno, talvolta per settimane intere. Le faccende quotidiane e gli imprevisti gli precipitavano addosso quasi senza che lui riuscisse a capacitarsene. Ma non era sempre così. In determinati momenti o situazioni la sua attenzione raggiungeva il massimo. E non si trattava solo di quella attenzione o concentrazione feroce e focalizzata che era in grado di sviluppare quando scriveva i saggi o gli articoli utili per alimentare il suo lavoro accademico, oppure quando giocava a scacchi. No, quella era una attenzione grandangolare in grado di cogliere in un momento tutto quello che accadeva intorno a lui, a trecentosessanta gradi.

Un mese prima, mentre guidava immerso nella musica e nei suoi pensieri, all'improvviso qualche cosa lo riportò bruscamente alla guida e alla strada davanti a lui. Eppure la via era sgombra. Stava attraversando con l'auto un piccolo centro abitato, rallentò e impostò la curva a gomito verso destra. Percepì, più che vedere, il bambino. Gli rimase poi impresso nella mente che aveva i pantaloncini bianchi corti e troppo larghi per le sue gambe dritte e magre. La magliettina a mezze maniche era a sottili righe orizzontali rosse, gialle e verdi. Dimostrava sì e no quattro anni. Al fianco aveva presumibilmente il fratello, più alto e certamente di qualche anno più vecchio, ma vestito allo stesso modo. Il piccolo stava sul ciglio e guardava verso il lato opposto della strada. Improvvisamente si raccolse per ricavare spinta dal terreno e subito si lanciò in una corsa a razzo, senza guardare. Il fratello più grande lo richiamò e fece due passi in mezzo alla carreggiata per cercare di afferrarlo ma non ci riuscì. La corsia in cui Amaldi viaggiava era adesso occupata dal piccolo, mentre il fratello era fermo nel mezzo dell'altra corsia. Che fare? Se avesse frenato avrebbe preso in pieno il piccolino. Se avesse sterzato verso sinistra avrebbe centrato il fratello più grande. Sterzando a destra, invece, sarebbe finito contro l'alto muretto di una casa che in quel punto costeggiava la strada. *Zugzwang*, si sarebbe detto negli scacchi: qualsiasi mossa era perdente. Ma in qualche modo Amaldi si sentiva pronto. Accelerò al massimo e la macchina ruggì. La condusse il più vicino possibile al muretto continuando ad accelerare. Sfrecciò accanto al bimbo che gli stava correndo incontro e lo evitò per qualche centimetro. L'altro lato della vettura sfiorò il muretto e un colpo secco lo avvertì che lo specchietto esterno destro era andato. Lanciò uno sguardo nel retrovisore e vide che il piccolo aveva arrestato la corsa e si era fermato ad osservare il posteriore di quella auto sbucata dal nulla. Il fratello lo raggiunse subito, lo sgridò e gli calò una botta sulla testa con il palmo della mano per chiarire meglio il concetto, poi entrambi sparirono all'interno di un cortile. Duecento metri avanti accostò l'auto, scese e vomitò per la tensione e lo spavento. Ricordava tutto: la sfumatura azzurra del cielo, il tipo di asfalto, la vegetazione scarsa ai lati della strada, il colore bianco sporco del muretto e il cd di Mark Knopfler che in quel momento stava cantando *Old pigweed.*

Ricordava pure la strofa:

I close my eyes
For just a minute
What do you do
Who put old pigweed
In the mulligan stew

Forse aveva avvertito in lontananza gli strilli dei due bambini nonostante la musica a tutto volume; forse aveva intravisto prima della curva una fugace immagine delle magliette dai colori particolarmente accesi che i bambini indossavano. Non avrebbe saputo dirlo. Qualcosa aveva franto la barriera della sua disattenzione, qualcosa che poteva rivelarsi pericoloso o dannoso e che richiedeva ora tutta la sua attenzione per essere affrontato e risolto. Una percezione veloce e affilata che avveniva, come dire, sotto pelle, non al livello della coscienza. Raccoglieva indizi disarticolati e sparsi nell'ambiente intorno ed elaborava in fretta una ipotesi di quello che stava accadendo, o che sarebbe potuto accadere. Una facoltà che in fondo tutti possedevano, ma lui la sfruttava al meglio.

2.
Il sospetto

Il volo di ritorno era andato bene, solo qualche turbolenza poco prima dell'arrivo mentre erano già sulla verticale dell'aeroporto di Linate.

Il saluto di Elena alla partenza lo aveva turbato. Gli si era stretta forte forte e il contatto della sua pelle bruciava. Rimase stretta tanto a lungo da procurargli una erezione. Gli disse, con una vena di tristezza che contagiava anche lui, che era stato molto bello e che non avrebbe voluto finisse così presto. Quella breve settimana si era avviata sui binari del piacere fisico, ed ora si stava indirizzando verso qualche cosa di diverso. Forse è vero che le storie di sesso non sono mai solamente storie di sesso. Un forte desiderio di lei gli era rimasto appiccicato addosso come una seconda pelle. Non poteva dire di amarla, eppure il suo corpo la desiderava con forza.

– Ciao professore! Sorpreso di vedermi?

– Marco! Che ci fai qui? – Appena uscito dagli arrivi internazionali una Mercedes bianca con la scritta taxi sul tetto gli era comparsa davanti. A guidarla un uomo sulla quarantina, abbastanza scuro di carnagione e dall'aspetto robusto, che gli sorrideva.

– Un caso fortunato. Ho portato qui un cliente e poi mi sono fermato. Ho girovagato dentro l'aeroporto e ho visto che l'aereo da Atene arrivava di lì a poco. Mi sono detto che poteva essere il tuo.

– In realtà dovevo rimanere ancora una settimana a Skyros, ma sono dovuto tornare prima. – Iniziò a raccontargli le ultime vicende ma Marco Baldi, il suo amico tassista, era già informato.

– In questi due giorni ne hanno parlato tutti i giornali, le radio e le televisioni. È una faccenda davvero terribile. Ma tu che cosa c'entri?

Alessandro non rispose. Loro due si erano conosciuti anni prima in una delle ultime assemblee universitarie a cui avevano partecipato in via Festa del Perdono, a Milano; Alessandro ricordava che l'aula era gremita di gente e piena di fumo. L'assemblea era stata indetta a causa di un pestaggio politico e si trattava di un fatto che, all'epoca, accadeva di sovente. Il pestaggio era avvenuto ai danni di due studenti di filosofia; passeggiavano con il quotidiano *Lotta Continua* che fuoriusciva dalla tasca posteriore dei jeans e ciò era bastato a condannarli e a scatenare la violenza. Quattro o cinque fascisti, non se ne conosceva il numero esatto, avevano ridotto a malpartito i due ragazzi con pugni e calci.

– Cazzo, compagni, sono disgustata da questo ennesimo attentato fascista. – Si era alzata a parlare una compagna del collettivo.

– Non possiamo andare avanti così. Cioè, cazzo, io sono incazzata nera. Cioè, questa è violenza legittimata dallo stato borghese, e noi non dobbiamo permetterlo. È violenza nelle strade, violenza nelle case, violenza in università. Compagni, sono incazzata nera! – aveva terminato urlando. Un ragazzo le prese delicatamente il microfono e si rivolse alla assemblea con tono pacato, da leader.

– Bene, grazie dell'intervento. Raccogliamo la rabbia della compagna e facciamo che sia il motore della nostra rivoluzione, compagni.

– Sì, il motore e anche la frizione – furono le parole che Marco gli sibilò nell'orecchio. Alessandro era intento ad ascoltare ma scoppiò a ridere voltandosi a guardare quel ragazzo che gli aveva parlato. Era di qualche anno più vecchio e non aveva né barba incolta né capelli lunghi, che a quel tempo erano i segni distintivi per frequentare determinati posti. Era di statura media, *compatto* fu la parola che gli venne in mente per descriverlo, e piuttosto azzimato. Era quasi tentato di dargli del lei, ma poi la situazione, l'aula, l'atmosfera studentesca, prevalsero.

– Che ci fai qui? Non sembri uno studente – lo interpellò.

– E invece lo sono, anche se da poco ho cominciato a lavorare, e faccio il tassista. Però sono iscritto a filosofia e cerco di dare qualche esame quando posso. Oggi speravo di sostenerne uno ma invece c'è 'sta assemblea che ha fatto saltare tutto.

– Dai! Ma si tratta di un pestaggio fascista – Alessandro si sorprese a reagire con forza.

– Per carità, per carità, non sarò certo io a difendere quegli stronzi! – replicò il tassista – ma certamente questa assemblea non serve a ridare serenità a quei due poveracci, e neppure a guarire le loro ferite. Non serve a rendere più sicure le nostre strade o a spazzare via il veleno fascista. Non ci tranquillizza né ci dà maggiore sicurezza. No, questa assemblea non serve a nulla se non a se stessa – concluse.

– Un'assemblea autoreferenziale, insomma – ribatté con un sorriso Alessandro, il quale era rimasto colpito dalle parole appena sentite poiché costui si permetteva di dire ad alta voce le cose che a lui passavano per la testa, ma che non voleva nemmeno ammettere di pensare.

– Mettila come vuoi, comunque adesso io me ne vado – concluse il tassista che sembrava proprio infastidito.

– Aspetta, aspetta... esco con te. – Senza quasi volerlo un sorriso divertito gli si stampò in faccia. L'anarchia di Marco lo metteva di buonumore.

Da allora presero a frequentarsi con regolarità. Si ritrovarono spesso nei bar vicino alla Statale, dietro via Larga, e quasi sempre finivano i pomeriggi al cinema. Amavano Scorsese, Kubrick, Allen e i film degli anni sessanta e settanta che per loro erano gli unici film "cult": *Easy Rider*, *Harold e Maude*, *Fragole e sangue*, e naturalmente *Zabriskie point*. Fu all'uscita dalla visione del *Grande Freddo* che Marco gli rivelò che anche lui conosceva la sensimilia.

– Ma che roba buona è? – fumò divertito Alessandro.

– Non ti preoccupare, la "senza semi" è cosa ottima! – Lo prendeva in giro.

Per un certo periodo frequentarono insieme anche la palestra di pugilato *Forza e Coraggio* in via Rutilia. Ma la boxe non era lo sport adatto per Alessandro Amaldi.

– Sei portato, sei veloce e incisivo. Ma hai troppa paura di esporti, di buttarti in avanti – gli disse Marco un giorno.

– Buttarti in avanti? Ho paura di farmi male alla testa, di prendere un colpo che mi rimbambisca – si scusò.

– Balle. ’Sti intellettuali... – replicò Marco, ma fu interrotto da una voce alle loro spalle.

– Fai parte di quelle persone che amano questo sport solo da un punto di vista tecnico. – Si voltarono entrambi e fissarono l’allenatore che si era nel frattempo avvicinato. – Ti piace imparare il movimento giusto e portarlo senza errori. In questo modo sai tirare un buon gancio, ma il fatto è che non hai nessun buco dentro e quindi nessuna motivazione per riempirlo. Qui non combinerai niente di buono. – Sembrava una sentenza. – Il tuo amico, invece, si vede che il buco ce l’ha.

Il fatto che l’allenatore avesse parlato come se non ci fossero alternative praticabili, contribuì certamente ad accelerare la decisione di Alessandro di non allenarsi più per i combattimenti. Continuò ad andare con regolarità in palestra per praticare la boxe, ma allo scopo di mantenere in efficienza il suo fisico. Marco, invece, in quegli anni salì sul ring nove volte. Nove incontri da dilettante che duravano tre riprese ciascuno. Tre vittorie, tre sconfitte e tre pareggi. Un punteggio, tutto sommato, equanime.

E comunque la boxe aveva fatto bene ad entrambi perché ora, in piedi uno davanti all’altro, mostravano la compattezza e l’agilità di quasi venti anni prima.

– Dai, sali in auto. Ti do un passaggio.

Giunti a casa Alessandro preparò un Campari shakerato per entrambi.

– Allora? Hai dato Istituzioni di Filosofia Antica? Quando sono partito stavi studiando per dare l’ultimo esame, no? – si divertiva a stuzzicarlo.

– Macchè. Volevo presentarmi la prossima settimana ma iniziano le fiere qui a Milano e debbo lavorare con il taxi. Oramai i periodi delle fiere sono gli unici in cui si lavora.

– Eh già. In realtà tu sei tassista a tempo perso e filosofo a tempo pieno. Un filosofo in attesa di laurea. Beh ci sono altri appelli... tra una quindicina di anni – incalzò Alessandro con un sorriso ironico.

Marco fece finta di non aver sentito: – Eh ma no, non so se farò in tempo. Probabilmente lo darò il prossimo gennaio.

– Il prossimo gennaio, sì. Ho capito.

– Che cosa? Hai capito che cosa? Ma lasciami in pace, dai. Piuttosto dimmi di te. Che cosa sai di quel che è avvenuto nella tua università?

– Poco. Quello che sai anche tu, quello che si legge sui giornali. L'unica cosa di cui, forse, non sei al corrente riguarda me, e non è piacevole.

In quel momento suonò il telefono di casa. Alessandro si sporse oltre il divano e sollevò la cornetta.

– Pronto... Sì sono io. Tutto bene, grazie... Va bene. Dove ci incontriamo? Alle dieci. Bene. A domani, allora. Arrivederci.

– Chi era?

– Un ispettore di polizia, Michele Quarzi mi pare abbia detto di chiamarsi. Mi vuole vedere domani in questura, in via Fatebenefratelli.

– E perché ti vuole vedere?

Alessandro gli spiegò brevemente la telefonata avuta con il preside.

– Mah, forse in questi casi è una prassi normale – commentò Marco.

– Lo spero, ma non credo – disse Alessandro – ritengo invece che quel sangue nel mio ufficio li insospettisca e non poco. Ma è inutile pensarci sopra adesso. Vedremo domani.

E così dicendo tirò fuori la pipa di radica chiara. – Meglio rilassarsi.

Marco sorrise.

La mattina dopo, quando vide il grande portone aperto di via Fatebenefratelli che sembrava lo attendesse, si inquietò. L'ampio cortile interno con tutte le finestre che si affacciavano era un classico interno milanese inserito in un palazzo molto bello e tutto da scoprire, nascosto come era agli sguardi. Milano era una bella donna sottratta allo sguardo, come una suora di clausura. Dove aveva sentito questa frase? Gli era sempre parsa molto adatta a raccontare lo specifico architettonico della capitale lombarda. Per un secondo pensò di fermarsi per gustare la bellezza di quel cortile, ma era troppo preoccupato dall'imminente colloquio e si affrettò lungo le scale.

Salì al terzo piano e chiese dell'ufficio di Quarzi. Glielo indicarono. L'ispettore era un uomo di media statura con i capelli castano chiari tagliati corti. La faccia era franca e aperta e la corporatura normale; si intuiva però che sotto la maglietta bianca non c'era grasso superfluo.

– Prego, Amaldi, prego. Si accomodi.

– Mi voleva vedere.

Non era una domanda, era una constatazione che pronunciò con una voce che gli usci più preoccupata di quanto volesse.

– Sì. Abbiamo bisogno della sua collaborazione. Naturalmente si tratta del quadruplo omicidio.

– Naturalmente.

– Lei che cosa sa in proposito?

Gli raccontò il sunto della telefonata avuta con il preside.

– È più o meno tutto quello che so.

– Più o meno?

– Voglio dire che anche io ho letto i giornali e i resoconti della tragedia che sono stati pubblicati. E aggiungo che mi è capitato di parlarne.

– Con chi ne ha parlato?

– Un vecchio amico è venuto a prendermi all'aeroporto e mi sono confidato con lui.

– Ah sì, e che gli ha detto al suo amico? Che aveva fatto un buon lavoro? Come mai è venuto immediatamente a prenderla all'aeroporto?

Alessandro ammutolì, Quarzi lo fissò per un istante, poi senza attendere risposta si piegò e prese da un cassetto sotto la scrivania alcune fotografie che buttò con malagrazia sul tavolo. Erano le foto della scena del crimine, Alessandro non aveva mai visto niente di simile.

– Ma che cosa mi vuol dire? Che c'entro io con questo macello? – balbettò. Erano foto insostenibili, ma fu forzato a guardare da Quarzi che gliele ficcò proprio sotto il naso.

Le donne stavano sedute composte intorno al tavolo in una posa che sembrava naturale ma che, anche se non ci fosse stato tutto quel sangue, lasciava comunque profondamente turbati per le linee e gli angoli disegnati dalle braccia, dalle gambe, dalle dita, dai profili dei volti, dai nasi; quelle posture erano spaventose perché avevano perso qualsiasi naturalezza e sembravano essere uscite dai perni su cui scorrono fluidi i movimenti della vita. I volti sembravano in qualche modo spezzati nella loro capacità di esprimere emozioni, frammentati e privi di una qualunque congiunzione vitale tra occhi, bocca, naso. Erano volti non più in grado di fornire un significato e l'unico concetto che spiegavano incessantemente era che qualcosa si era perduto per sempre. Osservando le fotografie Alessandro vide un braccio appoggiato seguendo un angolo innaturale, vide i nudi muscoli della spalla innaturalmente flosci, vide un pezzo di gamba oscenamente abbandonato contro il bracciolo della sedia, vide un ginocchio troppo esposto e girato all'infuori. Attorno a quel tavolo v'erano solamente pezzi e brani di carne in disordine che non avevano più un centro, né un ruolo assegnato. Quegli arti stavano insieme senza essere uniti, erano attaccati senza essere congiunti; consistevano in un mucchio di pelle, muscoli, carne, capelli, che del tutto casualmente sembravano collezionati in forma di corpi. E, quasi più della scena nel suo complesso con il sangue che si era raggrumato copioso, erano quei segmenti umani disarticolati che disturbavano e scombussolavano Alessandro fino a squassarlo con brevi tremiti. L'irrigidimento percepito dei volti aggiungeva un che di terrificante a tutta la scena. Le donne erano nude. Ed erano tutte belle, giovani. Eppure la loro bellezza non attenuava, anzi rendeva ancora più crudele e indecente la scena di quelle morti. Alessandro si vergognò profondamente quando comprese che un istinto da voyeur, tra l'orrore e il ribrezzo, faceva capolino e si impadroniva del suo sguardo.

Quando viene recisa una giovane vita una scheggia mortifera si configge in noi che osserviamo questo scempio.

– Io... io non c'entro niente con tutto questo! Il mio amico tassista è venuto a prendermi all'aeroporto ma è stata una casualità. Lui con il taxi è spesso all'aeroporto. Inoltre... – si rendeva conto che non riusciva a parlare con calma e che quasi il suo eloquio cadeva in un balbettio. Alla fine chinò il capo sul petto come improvvisamente privo di energia.

– Le credo, le credo – disse Quarzi, usando per la prima volta un tono benevolo.

– Ma ci deve comunque delle spiegazioni. Abbiamo trovato nel suo ufficio del sangue appartenente ad una delle donne uccise. Conosceva le vittime?

Alessandro non rispose subito, poi riprese. – Di vista, sì. Sono... erano belle ragazze e non passavano inosservate, e in più erano straniere e nella nostra università gli studenti stranieri sono ancora una piccola comunità. Sa, nella scorsa primavera insegnavo a più di trecento studenti in aula. Sono troppi per conoscerli tutti, a meno che non vengano loro a parlarmi durante l'orario di ricevimento.

– E qualcuna delle vittime è venuta al suo ricevimento?

Alessandro si prese un'altra pausa prima di rispondere. Quarzi comprese che un dubbio tormentava il professore il quale, a un certo punto, prese la sua decisione.

– Sì.

– Sì?

– Sì. Probabilmente più di una è venuta a parlarmi. Ma certamente mi ricordo di lei – e indicò sul tavolo la foto di una delle vittime.

Ad Alessandro parve quasi di scorgere in Quarzi un moto di sollievo. – Barbora Traine, lituana di Vilnius. Iscritta al primo anno di Scienze della Comunicazione. Curriculum degli esami abbastanza regolare, voti bassini ma tutto sommato accettabili soprattutto quando c'è da superare lo scoglio della lingua e si è una studentessa che preferisce la movida milanese alle aule universitarie. Amore per l'Italia sin da quando era bambina. Guardava la tv satellitare con i programmi italiani. Alle fine delle superiori ha fatto il diavolo a quattro per iscriversi qui a Milano. – Sembrava che Quarzi recitasse una scheda, letta evidentemente innumerevoli volte. – Così ci hanno raccontato le sue amiche e i vicini di casa qui a Milano. I genitori abitano a Vilnius e sono già stati informati tramite l'Interpol. Anzi, in questo momento credo che siano interrogati dalla polizia locale.

– Interrogati? Perché?

– Cerchiamo indizi – rispose laconico Quarzi. Poi proseguì con un sorriso cattivo.

– Guarda caso, il sangue che abbiamo trovato nel suo ufficio è proprio quello di Barbora Traine. Che spiegazione ne dà?

Alessandro fu di nuovo scosso, ma non voleva dare a vedere che questa nuova informazione lo aveva scombussolato. – Nessuna spiegazione – rispose in quello che sperò essere un tono calmo.

– Andiamo, Amaldi! Non dica stupidaggini. Tiri fuori tutto quello che sa.

– Beh, quando quella studentessa venne al mio ricevimento...

– Per quale motivo era venuta? – lo interruppe l'ispettore.

– Ricordo che aveva qualche problema con la lingua italiana. Ma soprattutto voleva essere aiutata e cercava un metodo di apprendimento migliore.

– Continui.

– Non c'è molto altro da aggiungere. Si era trovata bene lì, nel mio ufficio. Non subito, ma dopo un poco sì. Lo aveva candidamente confessato. Aveva avuto paura e le era costata fatica prendere la decisione. Mi disse che era rimasta indecisa a lungo, poi però era stata contenta di aver trovato il coraggio di venire da me, e alla fine mi ringraziò per l'aiuto dato.

– Amaldi, le conviene dirmi la verità, e le conviene dirla ora. Non può essere stato lei l'autore materiale degli omicidi, abbiamo controllato i suoi spostamenti aerei e con altri mezzi e lei era effettivamente in Grecia la notte del quadruplice assassinio, ma può essere stato il mandante o il complice, e magari può sapere qualche cosa che non ci vuole dire, per convenienza, per timore o perché deve coprire qualcuno. Mi dica tutto e subito, è il modo migliore per risolvere la sua posizione, mi creda. Avanti! Quella ragazza l'ha vista solamente quella volta o vi siete incontrati ancora?

– Lei venne in primavera, quando c'erano i corsi. Intendeva prepararsi bene per gli esami e mi chiese un consulto. È tutto qui. L'ho vista altre volte, certamente. Alle mie lezioni, per esempio, e in università, alla caffetteria... Qualche volta ci siamo fermati anche a parlare, ma niente di particolare, mi creda. Può domandarlo anche al mio collaboratore alla cattedra,

Giulio Migliano, che alcune volte è stato presente a quegli incontri. Può controllare se vuole. – Si prese una lunga pausa, faceva fatica a pensare ed era la prima volta che si sentiva mettere sotto pressione in quel modo. Essere sospettato non era una esperienza piacevole. Chinò gli occhi sul tavolo e a quel punto le fotografie tornarono ad aggredirlo con rinnovata violenza. Distolse immediatamente lo sguardo

Sollevò le spalle e guardò dritto in faccia il suo interlocutore. – Senta, ispettore, io di questa storia non ne so nulla. Sembra un omicidio a sfondo sessuale, è vero, almeno questo è quello che fino a questo momento ho creduto di capire. Un omicidio progettato da un perverso che ha messo in scena un teatrino a proprio uso e consumo, in cui ha voluto far svolgere un'ultima orrenda recita alle quattro donne nude che lo circondavano. E lui magari si è beato di quegli sguardi, fissi, vuoti, senza vita. Potrebbe essere questa la verità, e allora dovreste cercare un assassino malato, un perverso. Ma, fossi in lei, comincerei in effetti a interrogare i genitori e i parenti per scoprire se sussiste qualche legame tra le quattro donne. Si conoscevano? Esiste un rapporto tra le quattro famiglie di provenienza? Inoltre, interrogherei il rettore...

– Basta così! Non ho bisogno che lei mi insegni il mestiere. – La risposta dell'ispettore era brusca. Però, adesso, Quarzi scrutava il professore in modo diverso, più attento, e quasi rispettoso.

L'ispettore si alzò, deciso, e prese le chiavi da un altro cassetto. – Venga con me.

L'auto uscì veloce dal portone di Fatebenefratelli. I duecento cavalli della Alfa Romeo 159 mordevano il pavè di Milano e slittavano sulle lucide rotaie dei tram. Quarzi guidava mentre Alessandro era sballottato di qua e di là nonostante la cintura di sicurezza gli saldasse il torace al sedile.

– Amaldi, sulla scena di un delitto di solito non si porta chiunque. Ma voglio farle alcune domande quando saremo là. Lei resta un probabile indiziato ma una cosa, tra quelle che ha detto, mi ha colpito.

Arrivarono in dieci minuti e parcheggiarono davanti alla università.

La scena del delitto era circondata da nastro giallo. Lo oltrepassarono ed entrarono negli uffici del rettorato. La sala riunioni era rimaste nelle medesime condizioni della notte degli omicidi. Solo i corpi erano stati rimossi e al loro posto restavano le macchie di sangue.

– Come sono state uccise?

– Sgozzate – rispose sintetico Quarzi.

– Inoltre alcune ragazze sono state ferite in vari punti, tagliate, la pelle sminuzzata qua e là, insomma si sono davvero accaniti – aggiunse con voce piatta.

– ...si sono? – domandò Alessandro.

– Non possiamo escludere che fossero più di una persona, anche se l'arma del delitto è una sola e la mano che ha inferto i colpi sembra essere sempre la stessa. I tagli al collo e alla carotide che hanno fatto finalmente perdere i sensi alle vittime, causando la recisione della giugulare e la morte per soffocamento in una dozzina di secondi, hanno la medesima profondità e probabilmente sono stati procurati con lo stesso tipo di movimento, inferto da sinistra verso destra. L'assassino si è ogni volta posizionato alle spalle della vittima, poi ha agito. Era un'arma tagliente, forse un coltello molto affilato, anche se non molto lungo – spiegò Quarzi.

– Ma... erano... – chiese in un soffio Alessandro.

– Si è divertito, il porco, sì. Prima i piccoli tagli, non letali, poi il colpo di grazia finale. Il medico legale ha già inviato il suo rapporto preliminare mentre gli accertamenti della scientifica sono ancora in corso. Sappiamo che le ragazze hanno ingerito un potente sedativo, erano inebetite ma coscienti se è questo che voleva domandarmi. Si sono rese conto di quel che stava loro accadendo ma semplicemente non erano in grado di muoversi, e tanto meno di reagire. Riteniamo che il macabro teatrino, per usare una definizione impiegata da lei, possa essere durato qualche ora. Mi colpisce la sua idea dell'ultima grottesca recita. Come le è venuta in mente?

– Non saprei dirle. Magari la disposizione così ordinata delle ragazze, due di qua e due di là dal tavolo, simmetricamente. Inoltre, vedendo le foto, ho notato che i loro volti sembravano forzatamente rivolti verso il centro del tavolo, come se si svolgesse una rappresentazione. Ma più di questo non saprei dirle... però senta, le telecamere hanno inquadrato qualche cosa? – domandò Alessandro.

– Nulla, o perlomeno nulla di rilevante. E questo sarebbe davvero strano se non fosse che in quella notte c'è un buco di registrazione dalle due e mezza fin quasi alle quattro e mezza.

– Manomesse?

– No, non risulta.

– Potrebbe essere un interno all'università.

– Perché, secondo lei?

– Perché in Rettorato non si può entrare da nessuna altra parte se non attraverso questa porta. – Alessandro indicò il corridoio da cui erano venuti – e a meno che l'assassino non abbia scalato sei piani con l'abilità degna di un grande alpinista, deve per forza essere passato di qui. E se non ci sono registrazioni vuol dire che le telecamere sono state spente da qualcuno che sapeva come farlo senza creare forzature o manomissioni.

– L'assassino, poi, si è preso pure il disturbo di riaccenderle – precisò l'ispettore, aggiungendo: – Quindi deve trattarsi di una persona che ha accesso alla piccola sala comandi che c'è all'interno dell'ufficio informazioni, giù nel salone principale. Va bene, controllerò. – Quarzi si girò verso un poliziotto sulla porta e gli fece un cenno. Poi tornò a rivolgersi ad Alessandro. – Anche l'allarme degli uffici del rettorato era spento quella mattina quando la signora incaricata delle pulizie arrivò al piano. La sorveglianza se ne era già accorta, ma questo non ha creato soverchie preoccupazioni perché era già accaduto altre volte che la sera prima gli ausiliari della università si dimenticassero di inserire l'allarme. L'importante a quel punto era attivarlo prima che arrivasse il rettore, altrimenti avrebbero ricevuto tutti una lavata di capo. Allora, Amaldi, mi dica. C'è qualche criminale perverso tra voi professori che può aver fatto tutto questo?

– Di perversi ce ne è più d'uno, se è per questo. Ma in grado di fare un simile macello, no. Direi che nessuno dei miei colleghi ne sarebbe capace.

– Come fa ad esserne sicuro?

Alessandro Amaldi si era ora completamente ripreso dall'interrogatorio e dal vortice di emozioni che la vista delle fotografie gli aveva procurato, e spiegò con calma: – Siamo uomini fatti di carta, Quarzi. E adesso anche di elettronica e di schermi azzurrini. Uno strano impasto di inchiostro e byte. Viviamo in mezzo ai libri e con il naso perennemente affondato nello schermo di un portatile. Ce ne distogliamo per entrare in aula e raccontare ai nostri studenti quel che sappiamo e per spiegare loro quanto siamo bravi e intelligenti. Questa è la nostra vita. Una vita all'interno della quale si consumano rancori ed esplodono rabbie violentissime, dove le invidie e le ipocrisie tra colleghi sono certamente all'ordine del giorno. Ma non vedo la capacità, la determinazione, la ferocia necessarie per commettere una cosa del genere. Tutto sommato i professori universitari sono gente pavida, nemmeno capace di alzarsi e prendere la parola contro un rettore o contro un preside di facoltà. Siamo tutti ligi alla gerarchia. Sa qual è l'istituzione che più assomiglia alla istituzione universitaria? L'esercito. Lì, come qui, la gerarchia è fortissima e nessuno ci prova a scardinarla. Ognuno sta bravamente al suo posto, buono buono, quieto quieto. Colui che ha potere lo usa, chi invece non ce l'ha tace e sopporta. L'ufficiale dell'esercito così come il docente universitario difficilmente reagiscono ai propri superiori. Il primo perché è stato preparato e allenato all'obbedienza e a mantenere i nervi saldi, il secondo perché è un uomo di carta e non d'azione. E quando non regge più la pressione il professore non scoppia, piuttosto implode. Non dà in escandescenze, semmai entra in depressione, o al più diventa isterico e petulante, sempre pronto a lamentarsi; una geremiade continua.

– Non mi sta facendo un bel quadro. Credevo che i professori fossero diversi.

– Lo credevo anche io, quindici anni fa. Oggi ho le idee più chiare.

– Che altro mi può dire di quello che ha visto?

– Perché qui?

– Prego? – domandò l'ispettore.

– Perché nella sala riunioni del rettorato? Esiste una ragione specifica per cui l'assassino ha deciso di compiere qui la sua opera? Non so rispondere, badi. La mia è solo una riflessione ad alta voce. Mi pare però che una risposta a questa domanda ci porterebbe più vicino al colpevole. L'assassino si è dato la pena di accompagnare qui le sue vittime, correndo enormi rischi. Poteva essere scoperto da un allarme che scatta all'improvviso, che so, oppure qualcuno della *security* avrebbe potuto sentire dei rumori sospetti. Tutto sommato non è una impresa facile introdurre di notte cinque persone in una università ben controllata come questa. Per quale ragione ha corso questi rischi? Che cosa voleva fare qui, o che cosa voleva dirci? Mi pare che ci sia un significato che deve essere scoperto.

Quarzi non rispose ma pose un'altra domanda: – Lei non crede alla ipotesi del pazzo omicida, vero? Non crede allo psicopatico che violenta le donne e poi le ammazza. Non è così?

– Non saprei dirle. Forse... no, non ci credo – gli rispose Alessandro.

– Nemmeno se le dicessi che la nuca di alcune donne è stata incollata allo schienale delle poltrone con del potente biadesivo? Per costringerle, come lei ha notato, a tenere alto il volto e a guardare il centro del tavolo? Non è un pazzo maniaco uno che si prende la briga di fare una cosa del genere?

Alessandro non potè fare a meno di fare un cenno di diniego con la testa. Quarzi lo guardò a lungo ma decise di non fargli altre domande. Gli chiese invece se voleva essere riaccompagnato da qualche parte.

– No, ispettore. La ringrazio. Mi fermo in università. Il mio dipartimento è nell'edificio a fianco, e visto che solamente l'accesso all'edifico centrale è stato sbarrato, ne approfitterò per sistemare le mie carte.

– Però anche il suo ufficio è off limits. Ci sono i sigilli pure lì – obiettò Quarzi.

– Vorrà dire che mi fermerò nella saletta riunioni del dipartimento... ho bisogno di passare un po' di tempo da solo – concluse Alessandro.

– Va bene, come vuole. Ma rimanga a disposizione e se lascia la città per qualsiasi motivo me lo faccia sapere. – Si salutarono.

Amaldi si incamminò sotto il sole caldo di fine agosto. Si guardò intorno. Tra meno di un mese sarebbero cominciate le lezioni e l'università sarebbe stata di nuovo affollata di studenti e studentesse. Quegli spazi e quelle strade sarebbero state piene di risate, di giovani con i libri sottobraccio, di sguardi rubati, di lunghe gambe femminili capaci di disegnare il terreno come altrettanti compassi. Ci sarebbe stata gente seduta ovunque, sulle panchine, sui muretti, addirittura sui termosifoni. Si sarebbero formate code davanti alle macchinette del caffé e delle bevande. Capannelli sarebbero sorti dal nulla intorno ai professori che sopraggiungevano, e ci sarebbero state le solite domande, ripetute migliaia di volte: quali libri servono per l'esame? Per quale data è stata fissata la prova scritta? Quale è l'orario di ricevimento? In che aula la lezione? Domande, domande, domande. C'era stato un periodo, durante i primi anni di insegnamento, in cui il mese di settembre lo inebriava, lo stordiva come un bicchiere di assenzio bevuto a digiuno. Tornati dal riposo e dal sole estivo i corpi degli studenti esibivano tutto il loro potere di attrazione e tutta la loro bellezza. Era impossibile non percepire l'enorme dispiegarsi di possibilità che avevano ancora davanti, e vedere come il loro scintillante aspetto giovane veniva portato in giro con noncuranza e distrazione. E lui non ne era affatto immune, anzi. Gli avevano detto che sarebbe andato incontro a guai se avesse deciso di guardare un po' troppo da vicino tutta quella giovinezza. Non aveva dato retta e i guai erano arrivati. Il suo matrimonio nel giro di qualche anno non fu più così felice, né robusto, né colmo di progetti per l'avvenire. Divenne un cumulo di macerie, rovinato da distrazioni e tradimenti.

E adesso settembre non aveva più quel sapore. Era diventato semplicemente il mese del rientro. Ora che avrebbe potuto, libero da sensi di colpa, non era più interessato. La gioventù non era più una preda da cacciare, solamente uno spettacolo attraente ma faticoso, inebriante e vagamente appiccicoso come un profumo troppo intenso.

Arrivò in dipartimento convinto di trovare la tranquillità necessaria per sviluppare i pensieri che aveva in testa. C'era qualche cosa che gli sfuggiva. Forse se avesse avuto modo di rifletterci sopra con calma lo avrebbe compreso. Non ne ebbe il tempo perché incrociò Fiorenzo Capitani e Mirella Gordera, due suoi colleghi di dipartimento che sembrava lo stessero attendendo.

Fiorenzo era un caro amico, Mirella no. Era troppo pettegola per i suoi gusti e, senza che le risultasse antipatica, preferiva comunque tenerla a distanza. Rossa, piccola, efelidi e carnagione chiara lei, alto, scuro di carnagione e piuttosto muscoloso lui, nel corridoio del dipartimento quei due formavano un bel contrasto.

Lo tempestarono di domande. Nella università ancora semivuota il suo arrivo in macchina insieme ad un poliziotto non era passato inosservato. Lo sommersero di richieste di spiegazione, e fu costretto a fornire un breve ma preciso riassunto degli ultimi avvenimenti. Per il momento soddisfatta, Mirella se ne rientrò nel suo ufficio, Fiorenzo e Alessandro si fermarono invece a parlare.

– Vieni nel mio ufficio che ti racconto le mie ultime novità. – Fiorenzo lo prese per un braccio.

– Le conosco le tue novità, si tratta di donne vero?

– Ah, ma allora sei un mago!

– No, sei tu che sei noioso. Parli solo di quello.

– Conosci un altro modo per fregare la morte?

– Ecco, quando anche i professori universitari citano Ligabue...

– Vuol dire che sono al passo con i tempi.

– Volevi dire: a spasso con i tempi. Allegramente e beotamente a spasso.

– Che moralista di merda sei. Che male c'è, me lo vuoi dire?

– Hai almeno un'ora di tempo?

– No, non ce l'ho. Devo incontrarmi appunto con quella di cui ti volevo parlare...

– Guarda, faccio prima a parlartene io: è una studentessa, è giovane e bella ed è innamorata follemente del suo professore.

– Vedi? Allora è proprio vero: sei un indovino.

– Ma fottiti.

– Professore, che linguaggio!

Alessandro sorrise e guardando Fiorenzo si chiese bonariamente perché l'amico doveva essere sempre così infoiato. Anche a lui era accaduto di perdere la testa qualche volta per una studentessa o per una dottoranda, ma Fiorenzo non perdeva la testa ogni tanto: lui la testa l'aveva semplicemente e definitivamente consegnata alla bellezza femminile, e a quanto ricordava era così da sempre, sin da quando si erano conosciuti. Gli venne in mente l'episodio che li aveva legati, si trattava di fatti avvenuti tanti anni prima.

Fiorenzo, con molti più capelli incolti in testa, viaggiava su un College più nero della sua capigliatura, alla massima velocità consentita dal cinquantino. Senza casco e a settanta chilometri all'ora l'aria calda dell'estate riminese si trasformava in una fresca sferzata sul viso e sul petto. Correva dalla sua bella Lola coi capelli lunghi e neri che cadevano in piccoli riccioli testardi, due occhi verdi spalancati e stuporosi, labbra carnose e pelle morbida. Un metro e sessantacinque di gesti calmi e pacati, di parole lente e misurate che durante i pasticciamenti amorosi di quei sedici anni lo avevano fatto rimescolare di passione in un modo che non aveva mai provato prima. Fiorenzo in quei giorni non pensava ad altro, non faceva altro e non parlava di altro che di Lola e del sesso che avrebbe voluto fare con lei. Alcune settimane prima, verso il tardo pomeriggio, Lola lo aveva portato in una tenda che alcuni comuni amici avevano piantato con il permesso del proprietario nel lembo di sabbia che correva a fianco dello stabilimento balneare; un modo per fare vacanza al mare spendendo zero lire per il pernottamento.

Tra loro c'era stato solo un bacio, il loro primo bacio, quel pomeriggio. Ed ora i due ragazzi dentro la tenda soffrivano un caldo torrido e, seppur dentro solo da pochi minuti, già sudavano copiosamente. Si erano messi in ginocchio l'uno di fronte all'altro, con le teste abbassate per adattarsi all'angusto spazio permesso dalla tenda. Anzi, Fiorenzo era letteralmente piegato in due, la sua altezza non era adatta a quella piccola canadese. Il resto della compagnia giocava lì vicino, chi a ping pong, chi a carte, chi semplicemente seduto sulla sabbia chiacchierava in attesa che il sole calasse e il fresco della sera avanzasse. Non sembrava che ci fosse niente di più bello al mondo.

– Dai, facciamoli impazzire quelli là fuori.

– E come? – chiese lui.

Lei non rispose, si voltò rivolgendogli la schiena e in un solo gesto, così fluido da sembrare liquido, si tolse il reggiseno coprendosi con un braccio. Poi lo porse a Fiorenzo, che sudava.

– Gettalo fuori dalla tenda.

– Fuori?

– Si, fuori.

Fiorenzo sollevò di poco l'apertura della tenda, lasciò cadere sulla sabbia il reggiseno e richiuse.

– Ehi, che cosa è quello!?

– Voi due! Ma che state combinando?

Sempre voltata di schiena, Lola avvolse un asciugamano intorno alla vita, poi si sedette e con pochi gesti accorti fece scivolare le mutandine dalle anche lungo le cosce e fino alle caviglie. Le sfilò e le consegnò a Vicenzo, che continuava a sudare moltissimo, e iniziò pure ad avvertire un lieve tremolio. Era in preda al desiderio.

– Buttale – disse lei.

Fiorenzo deglutì ed eseguì. I ragazzi ruggirono, le ragazze urlarono stupite, e questa volta le urla si sentirono persino in riva al mare.

– Visto? Non era difficile. – Lola sorrise e baciò Fiorenzo sulle labbra. Si era tirata su il telo da spiaggia fin sotto le ascelle e se lo era stretto bene. Le stava come un tubino dalla fantasia marina. Scivolò accanto a lui ed uscì dalla tenda, sorrise alla compagnia che adesso era radunata tutta attorno, prese la sua sacca da spiaggia con il costume di ricambio e senza fretta si allontanò verso i bagni.

– Ma che fai? Te ne vai?

– Ti rivesti?

– Ora comincia il bello!

– Dai, torna qui!

– E Fiorenzo? Che gli è successo? È svenuto?

Quel ricordo Fiorenzo lo aveva raccontato ad Alessandro qualche anno dopo. Un ricordo che subito si legava ad un altro, che questa volta i due amici avevano vissuto insieme.

Fiorenzo in quel periodo andava e tornava dal mare con il motorino sempre spinto al massimo della velocità. Le sue vacanze erano finite due settimane prima e adesso quasi ogni giorno prendeva il College e si faceva i sessanta chilometri che dividevano la sua città dal mare, per vedere Lola.

I pensieri del giovane vagavano zuccherini, appena disturbati dall'urlo acuto del motore a due tempi. L'asfalto scorreva veloce sotto le due ruote. Quel giorno, però, quando arrivò a destinazione non trovò Lola sotto il sole ad abbronzarsi, e neppure seduta al bar. I ragazzi non gli seppero o non gli vollero dire dove poteva essere. Quello fu anche il giorno in cui Fiorenzo e Alessandro si conobbero, perché Alessandro era il nuovo ragazzo che si era aggiunto alla compagnia. Purtroppo, la circostanza in cui Fiorenzo lo vide la prima volta non gli piacque affatto: lo scorse, infatti, uscire cauto da una cabina con Lola al seguito.

Lo affrontò quella sera stessa.

– Vieni, beviamo qualche cosa.

– Bevo poco io – gli rispose Alessandro.

– Dai, non ti tirare indietro, festeggiamo. – Gli portò un enorme bicchiere di birra.

– Bevi – e gli mise il boccale sotto il naso.

– Ma che cosa c'è da festeggiare, scusa?

– Beviamo, che poi ti dico.

Per una parte della sera rimasero seduti al tavolo chiacchierando e conoscendosi, come due normali amici in una calda notte di fine luglio. Giunti al quinto giro di birre Fiorenzo sbottò.

– E adesso beviamo alla tua stronzaggine, e alla mia fesseria!

Alessandro indietreggiò istintivamente e con il busto e si appoggiò alla sedia.

– Cosa... – era diventato un poco più pallido .

– C'era da aspettarselo! – Fiorenzo si alzò in piedi e guardò Alessandro dall'alto al basso.

– Te la sei scopata?

– No! Ci siamo baciati e basta.

Fiorenzo appoggiò entrambi i palmi delle mani sul tavolo e voltò la testa in direzione del mare. Era tutto scuro laggiù e non si vedeva nulla, ma sapeva che la distesa d'acqua era là. Tornò lentamente a guardare Alessandro.

– Come faccio a crederti?

– Chiedilo a lei, se non ti fidi! – Adesso Alessandro era più lucido, l'adrenalina gli aveva spazzato via buona parte dei fumi dell'alcol.

Fiorenzo parlò quasi tra sé.

– Lola ha bisogno di essere continuamente adorata. E questa è una cosa che non si può fare da lontano. Dovevo saperlo. – Poi si rivolse ad Alessandro. – Dimmi che cosa sapevi di lei, di noi!

– Beh...

– Aspetta! – lo interruppe stringendogli forte il braccio. – Non mi coglionare. Niente balle e dimmi davvero quello che sapevi, e quello che hai fatto!

– Che stava con te lo sapevo, me lo avevano detto. Lola non mi aveva detto nulla, ma gli altri ragazzi sì. Quando ci hanno visto assieme qualcuno mi ha riferito che lei era la tua ragazza. Se te lo devo proprio dire la verità è questa: lo sapevo ma non mi sono fermato. Quando Lola mi ha portato dentro in cabina...

– Va bene, va bene. Lascia perdere i dettagli, non li voglio più sentire. Rispondi piuttosto: perché l'hai fatto?

– Perché? Beh, perché non ti conoscevo, perché Lola è bella, perché è estate, perché ho sedici anni... Ma insomma, che domande mi fai?

– Già. Che domande ti faccio? Stupide. Pensa che voglio sapere se le vuoi bene o no.

– No, credo di no. È successo tutto troppo in fretta, è stato divertente ma...

Fiorenzo lo zittì con uno sguardo torvo, spostò la sua attenzione al boccale sul tavolo e bevve in due capaci sorsate ciò che restava della birra. Poi rifletté ad alta voce.

– Pensavo che ti avrei tirato almeno un pugno. Mi sono detto: se mi racconta anche solo una balla, lo meno. Non me ne hai dato l'opportunità.

Si alzarono in silenzio, pagarono e si incamminarono verso la spiaggia, adesso l'alcol tornò a fare il suo effetto e i due erano completamente sbronzi. Si sdraiarono sui lettini delle prime file degli ombrelloni. Dopo qualche minuto il calore dei loro corpi l'ebbe vinta sull'umidità della sera; loro si misero a guardare le stelle e ripresero a parlare di ragazze, di scuola e anche di politica. Alle sei del mattino il bagnino li svegliò.

– Ohi! Ma non si passa mica qui la notte. Andate ben a passarla con delle signorine tedesche, che Rimini è piena!

Il sole era già sorto e tra poco avrebbe cominciato a incendiare la spiaggia. Strizzarono gli occhi per vedere la faccia tagliata e abbronzata che li stava osservando, ma non dissero niente. Si alzarono intorpiditi e con le ossa rotte, e si incamminarono verso il bar. La voce del bagnino li raggiunse che erano già sulla passerella in cemento: – Sarete mica due busoni, eh?

Da allora Alessandro e Fiorenzo non si erano persi di vista nemmeno durante gli anni trascorsi in città diverse. Si erano scritti e telefonati, e quando Alessandro si sposò invitò Fiorenzo al matrimonio. Trascorsero le vacanze insieme: Alessandro con la moglie, all'epoca ancora innamorati, e Fiorenzo ogni volta con una fidanzata diversa. Tre anni prima Fiorenzo, che nel frattempo era diventato associato di psicologia, si era trasferito nella stessa università dove Alessandro insegnava filosofia teoretica ed erano diventati colleghi. Ritrovare il vecchio amico era stata una gioia. Le giornate di lavoro adesso erano più divertenti e loro due scoprirono di essere sempre molto complici.

– Sai – cominciò Alessandro – debbo dirti che tutta questa storia non mi convince. È assurda. Non riesco a trovarci una logica. Perché è stato fatto tutto questo? Qual è il movente? E perché questa messa in scena?

– Ma tu di che cosa ti immischi?

– Che cosa vuoi dire?

– Lascia che se ne occupi la polizia – gli suggerì Fiorenzo.

– Ho la sensazione di essere stato in qualche modo tirato dentro questa storia. Come se non mi fosse possibile restarne fuori – replicò Alessandro.

– Che idea assurda. E che cosa vorresti fare?

– Non lo so. Qualche cosa farò. Non mi è mai accaduto di essere sospettato nemmeno di aver rubato caramelle; e adesso potrei essere dichiarato complice addirittura in quattro omicidi. Prova un po' a immaginare come mi sento.

3.
Di notte

La brezza si era alzata, pungente. A metà ottobre il tempo aveva dimenticato la dolcezza di fine estate e si preparava a ben altri rigori. E di notte si portava avanti.

La blusa di Alessandro flottava sotto la pressione delle pungenti folate, come se mani invisibili continuamente la sfiorassero. Cominciò a correre veloce piegato in due per essere meno visibile. Al chiarore della luna il muro e le cancellate della università si vedevano bene e quella vista gli procurò un disagio come in quei sogni di esibizionismo, dove il protagonista si trova svestito in situazioni ufficiali e pubbliche, tra mille impacci e rossori. Anche adesso si sentiva come nudo e imbarazzato per quel che stava facendo. Marco lo seguiva e, più indietro, la sua fidanzata Marta, ancora accovacciata dietro l'angolo, che aspettava il segnale per muoversi.

Una settimana prima si erano ritrovati a cena a casa di Alessandro. Marco voleva festeggiare l'acquisto del nuovo taxi, il Mercedes 300 nuovo fiammante. Branzino al sale, insalate miste e vino bianco, un *Gewurtztraminer* di ottima qualità che metteva di buon umore. La sensimilia aveva completato l'opera e, a quel punto, Alessandro si era dichiarato.

– Una di queste notti voglio andare a fare una ricognizione.

– Dove? – lo sogguardò Marta attraverso il flute che teneva in mano.

Trentacinque anni, mora, non molto alta ma con le gambe lunghe che si chiudevano in due caviglie sottili, Marta aveva un seno ampio che a vederlo metteva allegria. E lei lo portava senza timori, sicura. Sembrava una persona solare a cui la vita veniva facile, ma la sua storia raccontava ben altro, e Alessandro lo sapeva. A sei anni aveva perso entrambi i genitori in un incidente d'auto e per lei non ci fu altra soluzione che entrare in un orfanotrofio sperduto della val Brembana, diretto da suore bergamasche. Era cresciuta tra la neve e i rigori dell'inverno, in mezzo ai prati verdi e le primule in primavera, tra i ruscelli alpini e i piccoli laghetti dove in estate poteva immergere i piedi nell'acqua gelida per difendersi dal caldo. Viveva in mezzo a quella natura sincera e diretta, ma doveva sopportare l'assenza di empatia e, talvolta, le bassezze e le doppiezze degli adulti che la circondavano. Le suore erano fredde e spesso dure con lei che per carattere era invece affettuosa ma ribelle. A diciotto anni e pochi giorni se ne era andata abbandonando quella vita, le poche amiche e le poche certezze. Per vivere aveva fatto mille mestieri, e per un certo periodo era stata pure *punkabbestia*. Ma quella vita senza prospettive e senza progetti non faceva per lei. Decise che meritava di più e, mettendo in pratica i pochi insegnamenti lavorativi appresi in orfanotrofio, si mise a fare la sarta. Ora aveva un piccolo negozio a Milano e vendeva abiti e vestiti per bambini. Li disegnava anche, e qualche giornalista si era pure accorto di lei: le prime foto di sue creazioni erano apparse recentemente su alcune riviste di settore. Costruirsi una vita e raggiungere quei primi successi le era costato notti e notti insonni di lavoro. Ma tutto questo lo raccontava in modo leggero, come se non ne fosse lei la protagonista. Era sempre sorridente e allegra, nonostante tutto, eppure dietro a quella leggerezza si indovinava l'acciaio forte della determinazione. Era una donna in gamba e Marco, che l'aveva conosciuta per caso dandole un passaggio gratis in taxi, si era in seguito legato moltissimo a lei.

– In università. Voglio costruire una specie di incidente probatorio – Alessandro rispose guardando dritto negli occhi i due amici.

– Che cosa? Ma che dici? – Marta lo incalzò con voce quasi querula.

– Un incidente probatorio, vale a dire che voglio acquisire le prove di quel che è accaduto quella notte, e per farlo voglio una ripetizione di quanto è avvenuto compiuta nel modo più verosimile, perlomeno sulla base di quel che sappiamo – spiegò Alessandro.

– E a che ti serve? – domandò Marta.

– Mi serve per vedere se certe cose possono essere accadute la notte in cui sono state assassinate le ragazze. Mi serve per confrontare le ipotesi con la realtà – chiarì Alessandro.

– Mmmh. Sembra divertente – valutò Marco.

Cominciarono a ragionare su che cosa e come si poteva fare. La sensimilia aiutava ad alleggerire i pensieri e l'alcol bevuto nella giusta quantità scioglieva le parole che correvano veloci.

– Per me – disse Marco – l'importante è comprendere davvero come sono entrati.

– Se incidente probatorio deve essere allora dobbiamo perlomeno essere in cinque, quanti si suppone fossero quella notte – ragionò Alessandro.

– Bene, – fece Marta – allora mancano le ragazze.

– E a dire il vero c'è un uomo di troppo – rilevò Marco.

– Già – rifletté Alessandro.

– Già – gli fece eco Marta.

– Va bene. Su questo possiamo forse sorvolare, se Marco fa la parte femminile.

– Io? Perché non tu?

– Perché io sarò l'assassino. L'idea è mia e questa parte la voglio tenere per me.

– Uff! Prepotente. E chi altri coinvolgiamo? – domandò Marco.

Alessandro non avrebbe voluto che qualche suo collega venisse a conoscenza di questa sua iniziativa. In quella università ci lavorava e se da un lato riteneva importante ciò che era in procinto di fare, e non voleva che naufragasse prima ancora di cominciare, dall'altro riteneva che giocare a fare l'investigatore non fosse proprio un buon viatico per la sua carriera, e in generale per la sua permanenza in quell'ateneo. Sapeva bene che quella notte avrebbe violato ogni regola di corretto comportamento universitario, insieme a qualche non trascurabile legge del codice penale. Ci voleva riservatezza.

– Vedrò di risolvere questo punto, poi vi farò sapere – gli rispose Alessandro.

Nei giorni seguenti Alessandro riprese regolarmente il suo lavoro. Le lezioni erano ricominciate da una settimana e con esse era ripreso anche il ricevimento degli studenti.

Quel giorno al ricevimento entrarono due studentesse vestite in modo sofisticato e ben truccate. Si fermarono in piedi davanti alla sua scrivania, in equilibrio sui tacchi alti. Alessandro rimase seduto e si chiese chi fossero; gli pareva di ricordare vagamente i volti, ma ne vedeva troppi e la sua capacità di rammentare a volte si ingolfava.

– Accomodatevi pure. Desiderate? – chiese con un sorriso.

– Professore non so se si ricorda di noi, ci siamo laureate due anni fa – rispose la ragazza mora che sembrava più intraprendente.

– Con me? – domandò mentre frugava disperatamente nella memoria alla ricerca di uno straccio di ricordo.

– No, con il suo collega, il professor Capitani. Però entrambe abbiamo sostenuto il suo esame... Sa, eravamo molto amiche delle ragazze uccise. Quando l'abbiamo saputo non volevamo crederci! – esclamò sempre la mora.

– Lo so, lo so. È una vicenda incredibile, assurda. Credetemi... – Stava per dire qualche frase di circostanza, ma la ragazza non gli lasciò neppure il tempo di continuare.

– Vorremmo fare qualche cosa, qualsiasi cosa, sa? Non riusciamo ad attendere con le mani in mano che la polizia faccia le sue indagini – incalzò scuotendo nella foga i capelli scuri e lisci, tagliati in modo perfetto.

– Siamo disperate – aggiunse l'altra, che invece era bionda e con i capelli mossi – e non riusciamo a metterci il cuore in pace. Pensi che le abbiamo conosciute tutte e quattro quando si iscrissero al primo anno; erano così giovani, piccole, inesperte.

Alessandro represse un sorrisino pensando che le due ragazze che aveva sedute davanti a lui avevano sì e no un paio di anni più delle povere vittime.

La moretta non si fece distrarre dalla espressione sorniona del professore e riprese a parlare.

– Sembrava quasi che fossimo diventate le loro tutor. All'inizio erano così impacciate, poverine. Molto sveglie, intendiamoci eh? Ma non erano a loro agio in una nuova nazione con una nuova lingua e una nuova cultura. Ci siamo adoperate per farle sentire meglio in un paese straniero in cui si trovavano in difficoltà. Erano costrette a lottare con un lingua che amavano, ma che non padroneggiavano. Dovevano districarsi nei regolamenti dell'università, farsi comprendere agli sportelli della segreteria studenti, affrontare le pratiche burocratiche, studiare e leggere cose difficili su libri difficili, insomma: erano bisognose di aiuto. Ed erano simpatiche, dirette, allegre, intelligenti. Abbiamo continuato a frequentarci e pensi che sono venute ad entrambe le nostre feste di laurea. Ci hanno fatto i regali, hanno conosciuto i genitori, e adesso, e adesso... – Scoppiò improvvisamente a piangere, nascondendosi per un momento il viso tra le mani. Dopo pochi secondi, però, risollevò il volto e continuò a parlare come niente fosse, mentre le lacrime ancora scendevano. – Vede, professore, stiamo facendo il giro dei nostri vecchi docenti per capire se è possibile dare una mano. Raccontiamo tutto quello che ci ricordiamo di loro nella speranza, chissà, che qualche particolare possa tornare utile.

– Nello stesso tempo chiediamo se c'è bisogno del nostro aiuto per fare qualcosa, non importa che cosa – aggiunse la bionda.

– Ma scusate, perché non andate dalla polizia?

– Ci siamo già andate e ci hanno detto di rimanere a disposizione e che se hanno bisogno ci chiameranno. Ma sa, non credo che a loro interessi granché. Ci considerano più una scocciatura che un aiuto.

– Beh, in effetti... – cominciò Alessandro, poi si interruppe vedendo che i due bei visi si imbronciavano.

Alessandro rifletté. Le due ragazze erano oramai sufficientemente lontane dalla vita dell'ateneo, e questo era un bene. Poteva fidarsi? Sembravano un poco dolci di sale, ma sinceramente affrante per le loro amiche, e potevano servire.

– Come vi chiamate? – chiese.

– Silvia Iovanni! Il baschetto di capelli neri ondeggiò mentre la ex studentessa si alzava velocemente in piedi allungando la mano verso Alessandro, che la strinse.

– Ed io sono Paola Isola – disse sorridendo amabilmente la seconda ragazza che rimase invece seduta e allungò il braccio sopra la scrivania per raggiungere la mano del professore.

– Sentite, forse c'è qualche cosa che potreste fare per quelle povere ragazze. – E fu così che le arruolò per la notte in cui aveva deciso di intrufolarsi nella sua università.

Alessandro era oramai arrivato al muro e in pochi secondi lo raggiunsero Marco, Marta e poi Silvia e Paola. Le due ragazze sembravano spaventate e per farsi coraggio ridevano e si scambiavano battute, ma Alessandro non era infastidito. Aveva qualche idea in mente, e voleva verificarla. Che facessero pure un poco di rumore, così probabilmente l'atmosfera sarebbe stata più simile a quella della notte dell'omicidio. A lui interessava sapere se era possibile compiere l'impresa di entrare nottetempo in università senza farsi notare anche con un gruppo di persone ciarliere, e certamente non abituate a missioni notturne sotto copertura.

Decisero di girare intorno all'edificio principale cercando di entrare, ma per prima cosa dovevano riuscire a penetrare nel cortile interno. Mentre pianificavano l'azione non era sembrato un problema scavalcare il muro di cinta. Ma una cosa era pensare di farlo di giorno e in uno stato d'animo tranquillo, altro era farlo nell'umidità della notte e con la luna non completamente piena, in più con la paura di essere scoperti: adesso il muro pareva ad Alessandro troppo alto, troppo liscio e troppo scivoloso. A parte il freddo e l'umidità, le condizioni erano davvero simili a quelle della notte degli omicidi: cielo sereno e poca luce. Anche il gruppo di persone doveva essere simile a quello delle povere ragazze assassinate: persone allegre e certamente non attrezzate per azioni complicate come quella di violare un edificio universitario.

Cominciarono a scrutare il muro muovendosi con attenzione, finché raggiunsero la rampa di uscita del garage sotterraneo. Si guardarono l'uno con l'altro. Ma certo, la cosa più semplice! La rampa di uscita del garage rimaneva sempre aperta, anche di notte. Era un varco tranquillo per penetrare nel cortile interno, non c'era bisogno di scavalcare il muro. Scivolarono sotto la sbarra abbassata e si incamminarono lungo la discesa giungendo nel grande garage sotterrano, buio e senza auto. Alessandro sapeva che i larghi spazi del garage erano interrotti dai numerosi pilastri che delimitavano le aree di parcheggio. Si trattava di raggiungere una delle due scale in ferro che portavano sopra, al piccolo piazzale interno. Avevano portato le torce, ma Marco guidò il gruppo semplicemente con l'aiuto della luce del suo smartphone. Le torce non erano indispensabili. Alessandro annotò mentalmente l'informazione. Il cortile interno era silenzioso a parte il gorgoglio delle due fontane situate ai lati estremi. Come entrare nell'edificio? Silvia e Paola si sedettero vicino alla vasca di una delle fontane, Marco e Alessandro cominciarono a perlustrare freneticamente ogni angolo. Marta camminava lentamente in giro, guardandosi attorno.

Sul lato destro c'era una delle due grosse cancellate di entrata che ora erano chiuse. La cancellata era completata in alto da una struttura in mattoni a forma di piramide rovesciata. I mattoni sporgevano come altrettanti scalini e conducevano all'altezza di un cornicione che correva lungo la facciata della costruzione, a circa cinque metri di altezza. Una volta scalata la cancellata poi si sarebbero potuti sfruttare quegli scalini e raggiungere il cornicione. E da lì? Le finestre sembravano chiuse ermeticamente. Era meglio affrontare un problema per volta. Certamente scalare la cancellata per raggiungere il cornicione sembrava una impresa ardua anche per un uomo atletico, figuriamoci per un uomo e quattro donne senza attrezzatura che, presumibilmente, indossavano scarpe e vestiti inadatti per qualsiasi ascesa. A meno che, a meno che... Alessandro si guardò intorno. Vide le grandi porte a vetri centrali, ora chiuse e allarmate, guardò le scale in ferro da cui erano venuti e poi fece correre gli occhi sulla intera facciata dell'edificio principale con i suoi sei piani e con le file uguali di finestre. Nella incerta luce lunare le finestre erano altrettanti rettangoli neri, minacciosi. Il vento non si era calmato e le tre bandiere, dell'Italia, dell'Europa e della città di Milano poste al di sopra delle porte a vetri centrali, sventolavano ciascuna sul suo pennone. A cinque metri dal suolo correva il cornicione che, Alessandro adesso lo sapeva, era servito per entrare quella notte. Ma come fare per raggiungerlo, come? In quel momento si avvicinò Marta che aveva trovato un piccolo cavedio.

– C'è una piccola porta in ferro laggiù, vicino alle fontane. Si apre e dentro c'è uno spazio stretto dove ci può stare un uomo! – gli disse.

– Sì, lo so. Si tratta dell'accesso all'impianto idraulico delle fontane. Ogni inverno devono fare manutenzione e più volte ho visto aprire quella porta e gli uomini lavorare nel cavedio. Sul fondo ci deve essere una grata che si solleva per avere accesso alle pompe e alle tubature – rispose Alessandro distratto.

Arrivò anche Marco. – Niente di importante. Non ho trovato accessi. Non sono entrati da qui.

– Eppure devono averlo fatto. Ne sono certo. Sono entrati fino qui come abbiamo fatto noi, poi in qualche modo hanno raggiunto la sommità di quella cancellata sulla sinistra e usato i mattoni sporgenti come scalini per raggiungere quel cornicione. A quel punto avevano a loro disposizione l'intera prima fila di finestre ed è bastata trovarne una non chiusa per entrare. Ma come si sono arrampicati fin sopra il cancello? Non lo so. L'assassino doveva sapere qualche cosa che noi non sappiamo – ragionò Alessandro.

– Le quattro studentesse quella notte erano vestite normalmente, chi con jeans, che possiamo immaginare molto stretti, chi addirittura con gonna e tacchi. Non hanno mai trovato gli abiti ma la polizia ha reso noto come erano vestite quella notte perché è bastato fare un sopralluogo nelle loro abitazioni, interrogare i vicini di casa e vedere quali vestiti mancavano. – Puntiglioso, Marco non voleva dare spazio a quelle che definiva le stravaganti intuizioni di Alessandro. Continuò: – Vestite in quel modo non potevano certo mettersi a fare arrampicate impegnative, di notte poi, e con la luna che doveva illuminare poco.

– Lo so, lo so! – sbottò Alessandro.

Eppure era convinto di quel che diceva, e si sentiva nel giusto. Durante la perlustrazione sapeva di avere colto un particolare importante. Aveva avvertito una sensazione precisa alla quale non riusciva a dare però una forma nitida e concreta. Doveva ripensare a tutto ciò che aveva visto.

E Marco non taceva. – Credo che faremmo meglio ad andarcene fintanto che siamo in tempo. Non ci ha ancora visto nessuno e forse...

– Zitto! Stai zitto per favore.

Marco lo fissò un momento poi, offeso, si voltò e si diresse verso Silvia e Paola che si stavano annoiando presso la fontana.

Ricapitolando: dopo essere scesi per la rampa passando sotto la sbarra si erano ritrovati nel buio dell'immenso garage, poi si erano diretti non senza qualche esitazione verso le scale in ferro che li avevano condotti sino qui. Alessandro cercava di ricordare tutto quello che aveva visto nel preciso momento in cui erano sbucati nel cortile rettangolare interno: le scale in ferro, poi il pavimento in pietra, il muro perimetrale in mattoni, le due fontane con l'acqua, le cancellate, le vetrate delle porte principali. Rivedendo con gli occhi della mente tutte quelle cose nulla gli appariva strano o fuori posto. Né sembrava degno di una particolare attenzione. Eppure qualche cosa lo aveva colpito, ma non sapeva che cosa. In seguito che era avvenuto? In un primo momento si era spostato verso il centro del cortile e poi era andato a perlustrare da vicino la cancellata sulla destra, sulla cui cima c'era il motivo architettonico in pietra a piramide rovesciata. Infine, era tornato sui suoi passi e aveva cominciato a guardarsi intorno. Il suo sguardo si era posato di nuovo sulle grandi porte in vetro, poi aveva sollevato gli occhi verso le bandiere e, più su, aveva studiato il cornicione. Aveva, infine, dato un'occhiata anche alle sei file uguali di finestre nere che... Le bandiere, perdio, le bandiere!

– Ci deve essere un modo per toglierle! – Urlò.

– Sssst. Sei impazzito? – gli sibilò Marco. Paola e Silvia sobbalzarono e lo guardarono un poco spaventate.

– Ci deve essere un modo per togliere le bandiere, una scala o qualcosa del genere, e deve essere qui fuori – spiegò Alessandro con voce più bassa.

– Come mai sei così sicuro che sia qua fuori? – domandò Marta.

– Perché la cura della facciata degli edifici di questa università è affidata a una società esterna che si occupa della pulizia dei vetri e della manutenzione generale di tutti gli elementi esterni, bandiere incluse, che infatti vengono periodicamente tolte. Tutti questi lavori avvengono sempre molto presto, all'alba, prima che inizi la vita dell'ateneo, quando l'edificio è ancora chiuso. È per questo che penso che ci debba essere un luogo dove andare a prendere o a riporre le bandiere senza bisogno di aprire l'università. Se ci sono le bandiere ci deve essere anche una scala per montarle e per riporle!

Si misero alla ricerca e dopo poco Paola cacciò un urletto.

– Qui, venite qui!

Il muro perimetrale all'altezza delle fontane diventava un portico. L'architetto sembrava essersi ispirato ai portici che corrono lungo il centro di certe città, come Bologna, con le arcate e il passeggio riparato. Il volto partiva dal muro perimetrale e disegnava un arco di circa tre metri e mezzo per poi andarsi ad appoggiarsi su una serie di colonne rettangolari che correvano parallele al muro. Una di queste colonne aveva, nella parte interna, una porta in ferro alta e stretta, chiusa con un lucchetto. Si affollarono intorno al pilastro. Marta chiese e ottenne spazio, prese una chiave e con una forcina raddrizzata riuscì a far salire i martelletti, e a quel punto con una piccola forzatura poté aprire il lucchetto.

– Ehi, come ci sei riuscita? – Marco guardava la sua donna con occhi diversi.

– Dimentico spesso le chiavi di casa, non lo sapevi? Eppure non rimango mai fuori al freddo. Il bisogno aguzza l'ingegno – rispose sorridendo.

Lo stretto sgabuzzino conteneva alcuni attrezzi. In basso c'erano alcune sacche ben ordinate che racchiudevano le bandiere di riserva. Accanto una lunga scala in allumino.

Appoggiarono la scala alla cancellata di destra e salirono uno dietro l'altro. Percorsero gli scalini in pietra e raggiunsero il cornicione che era stretto ma tutto sommato agevole, lo percorsero in fila indiana finché non trovarono una finestra socchiusa che, con una leggera spinta, si aprì completamente.

Dentro! Dalle vetrate e dal grande lucernaio centrale filtrava la luce bianca della luna; il gruppo si era fatto silenzioso ora e si dirigeva compatto verso le scale. Iniziarono a salire verso l'ultimo piano.

– Andate avanti, continuate a salire. – Alessandro si era fermato a metà della prima rampa. – Voglio vedere che cosa rilevano i monitor – e tornò svelto indietro, avviandosi verso la sala comandi.

Il salone di ingresso in cui si trovava era enorme. Quello spazio di giorno risuonava di chiacchiere allegre ed era destinato a ricevere centinaia di persone che si smistavano nei vari corsi, oppure si dirigevano verso i profondi silenzi delle sale di lettura al primo piano, dove ognuno poteva dedicarsi ai propri studi e alle proprie ricerche. Quegli spazi erano stati pensati per muoversi in gruppi compatti e permettevano di entrare ed uscire numerosi dalle capaci aule; c'erano larghi corridoi per sciamare in gruppo verso il bar, e anche spazi comuni dove era comodo fare capannello. Adesso, in quel deserto notturno, gli spazi erano in qualche modo fuori misura, disumani, troppo grandi, silenziosi e vuoti. I piccoli rumori della struttura, i sussurri del vento, i cigolii e i vari suoni correvano in quel vuoto, si amplificavano e infine, giungendo alle orecchie, sembravano rimbombare come potenti gong.

Alessandro fece esperienza di tutto questo mentre, nella luce scarsa, camminava veloce verso la sala monitor. Improvvisamente un nuovo rumore lo fece trasalire. No, nessun assestamento della struttura questa volta; niente porte cigolanti e neppure il sussurro del vento, perché quello che aveva sentito questa volta era il suono di un passo. Si bloccò come se qualcuno gli avesse tolto ogni elettricità dal corpo. Leggermente piegato sulle gambe, la schiena curva, prese a muovere leggermente la testa assecondando il movimento degli occhi che scrutavano tutto attorno, ma non c'era nulla da vedere. Dopo qualche secondo di attesa decise di muoversi cautamente. A quel punto avvertì distintamente un movimento alla sua destra e un brivido gli corse lungo la schiena. Fece appello al suo sangue freddo, cercando di non urlare. Chi era? Possibile che un'altra persona fosse entrata quella notte nell'edificio? Oppure era qualcuno del servizio di sicurezza che pattugliava? No, il servizio di sicurezza controllava solamente l'esterno dell'edificio, e quella sera non ne aveva visto neppure uno di vigilantes. Qualcuno del suo gruppo era tornato indietro per fargli compagnia? Neppure questa gli parve una ipotesi plausibile, lo avrebbero avvisato proprio per non spaventarlo.

L'estraneo lo stava raggiungendo e ad Alessandro non sembrava proprio che le sue intenzioni fossero pacifiche. Si preparò istintivamente al combattimento. Che iniziò immediatamente, senza porre tempo in mezzo. La figura scura gli piombò addosso da destra. Alessandro lo aveva atteso, quindi si mosse velocemente per schivarlo anche se non ci riuscì completamente. Venne colpito a un fianco e barcollò. In un attimo l'individuo si era già rimesso in posizione ed era pronto ad assalirlo di nuovo. Alessandro ebbe il tempo di pensare che non aveva visto nessun lampo argenteo alla poca luce della luna, quindi l'avversario non impugnava coltelli o armi da taglio. Era però alto e con le spalle larghe, massiccio; indossava vestiti neri, anzi, era totalmente scuro tanto da confondersi nella poca luce. Dimostrava di avere molta energia perché fu con un balzo, più che con un passo, che gli si avvicinò. Gli tirò subito un pugno al mento in modo troppo largo e questa volta Alessandro lo evitò abbastanza agevolmente, piegando il busto in avanti e a sinistra. Il pugno dell'avversario scivolò alto e il polso strisciò contro l'orecchio. Alessandro pensò che l'indomani gli sarebbe diventato rosso e avrebbe causato bruciori per almeno una settimana. Era ancora piegato in avanti e perciò contrattaccò tirando un destro alla imboccatura dello stomaco dell'uomo nero. Era un colpo ben portato, aiutato dalla giusta oscillazione del busto e sostenuto dalla spinta delle gambe. Costui non mi pare un buon pugile, pensò Alessandro; non era impostato correttamente ma certamente il fisico era ben preparato perché il pugno affondò poco nello stomaco, l'avversario si era immediatamente riparato contraendo gli addominali, e la difesa era risultata efficace. Lo sconosciuto sembrava piuttosto abituato a combattere. Proprio il contrario di me, rifletté Alessandro, che non aveva quasi mai dovuto tirare pugni seriamente. E adesso se ne pentiva.

Gli era accaduto solamente due volte di fare a pugni seriamente. La prima a quindici anni. Un ragazzo più giovane ma più alto gli si era scagliato contro per non ricordava più quale motivo. Era robusto e grosso, ma un poco lento. Cominciò a colpirlo con larghi ganci ai fianchi e al torace; sinistro destro, sinistro, destro. Alessandro non seppe mai come prese la decisione. Si difese passivamente per una manciata di secondi, gli avambracci alti a difendere la testa. Poi intravide lì davanti il volto dell'avversario che era intento a picchiare e che non cercava minimamente di difendersi. Fece un mezzo passo indietro e ripartì con un diretto destro all'occhio. L'altro cadde a terra senza un gemito e, stupito, guardò Alessandro, poi si toccò l'occhio che cominciava a gonfiarsi. E iniziò a piangere.

La seconda volta, invece, era stata una vera e propria rissa. D'estate, al mare, quando non aveva ancora vent'anni. Ma non ebbe il tempo di ricordarla, adesso.

Vide che l'avversario stava sollevando la gamba destra per sferrare un calcio al fianco. Era esperto di qualche arte marziale? "Sono abituato solamente ad usare i pugni" pensò. E lasciò partire il più velocemente possibile una combinazione di sinistro e destro al volto, con l'intento di anticipare il calcio. L'avversario barcollò all'indietro e fu costretto a rimettere il piede a terra. L'uomo era molto forte, buon incassatore, ma era certamente sorpreso e disorientato da una resistenza che, evidentemente, non si attendeva. Colpendolo al volto Alessandro aveva avvertito sotto le nocche una sottile gommapiuma. L'avversario indossava una maschera nera, di quelle che portano gli sciatori in alta montagna per riparare le guance dal vento ghiacciato. La maschera era chiaramente un impaccio, inoltre se il combattimento si protraeva l'uomo avrebbe cominciato a sudare e a vederci sempre meno. Rinfrancato da questa idea e convinto di avere un vantaggio, Alessandro provò a sferrare un gancio al fegato ma non trovò il bersaglio. L'uomo aveva fatto un passo indietro evitando il colpo poi, ruotando su se stesso e sollevando la gamba destra, riuscì a colpire Alessandro con un calcio alla spalla. Lo avesse preso al volto sarebbe crollato a terra all'istante. Invece fu decisamente spostato dalla forza del calcio, ma riuscì a rimanere in piedi. La spalla gli faceva male e per qualche istante non riuscì a muoverla; anche il braccio destro sembrava paralizzato. Stava soccombendo. L'avversario parve accorgersene e gli afferrò il bavero quasi a tenerlo fermo prima di colpirlo con un destro definitivo. Alessandro non fece resistenza, non cercò di divincolarsi da quella presa. Al contrario cedette alla forza dell'avversario che lo tirava a sé, e si catapultò verso la figura scura chinando il capo, in una sorta di deferenza velenosa. La sua testa colpì con forza il volto dell'uomo e si sentì un crac: cartilagine rotta. Lo aveva centrato proprio sul naso. La potenza della testata costrinse l'uomo a mollare la presa e a scivolare a terra. Si toccò il naso che subito prese a sanguinare: le gocce caddero sul petto e per terra. Ad Alessandro parve di intuire un sorriso sotto la maschera dell'uomo che, in un attimo, era già in piedi. Lo aveva creduto finito e invece, con una capriola del cuore, realizzò che gli era di nuovo di fronte, pronto a ricominciare.

– Alessandro, Alessandro! – Avevano sentito il rumore della lotta e stavano discendendo rapidamente le scale; Marco correva davanti a tutti urlando. L'ombra scura si voltò e per una frazione di secondo valutò che cosa fare. Erano quattro, ma dopotutto c'era solamente un altro uomo. Robusto, però. Non sarebbe stato in grado di metterli tutti fuori combattimento in poco tempo con un lavoro silenzioso e pulito. No, meglio filarsela. Si voltò e in quattro salti scomparve nella incerta luce.

4.
La scienza del delitto

– E bravo Amaldi! Proprio così si fa! – Quarzi era livido di rabbia. – Ma è mai possibile che non capisca che in questo modo mi ha messo in una situazione difficile? Come faccio ad aiutarla se lei stesso è il primo a commettere azioni che la inguaiano?

Le domande erano retoriche e Quarzi proseguì senza attendere una risposta. – Entrare di notte in un edificio dove è stato commesso un omicidio, tra l'altro un edificio che è stato sotto sequestro fino a pochi giorni fa, non è una azione intelligente. Siete sospettati, lo sa? Lei e i suoi amici avete commesso un mucchio di infrazioni e io devo spendere il mio tempo a spiegare che siete solamente un branco di Sherlock Holmes da strapazzo, e non dei criminali.

– Ha ragione a prendersela con me. – Amaldi era avvilito. – Però qualche cosa di importante lo abbiamo scoperto. Con la mia bravata ho almeno dimostrato in quale modo si è potuto entrare e...

Quarzi lo interruppe. – Lei non ha dimostrato proprio niente! La notte degli omicidi erano innestati degli allarmi che non sono stati più fatti funzionare. Ecco perché lei l'altra notte è potuto entrare da quella finestra, ma certamente l'assassino non ha fatto il suo tragitto. E poi, mi dica, lei crede davvero che la polizia dorma? Quando l'ho portata a fine agosto sul luogo del delitto non le ho mica detto tutto. Non le ho detto che in un delitto, e a maggior ragione quando si tratta di un delitto efferato come questo, lavoriamo con due squadre investigative differenziate. Quelli che arrivano subito sulla scena sono la cosiddetta prima squadra; è composta dai tradizionali inquirenti e dai medici legali. La seconda squadra è invece composta dai nuovi investigatori, gli appartenenti al Servizio di Polizia scientifica. I primi svolgono le investigazioni, facendo tutti i rilievi tecnici e cercando di ricostruire quello che è avvenuto. Tra questi ci sono gli uomini e le donne che poi gli scrittori prendono a esempio per costruire i personaggi dei loro gialli e che vengono dipinti con le solite caratteristiche: grande intuito, raffinata psicologia, sottile capacità logica, eccetera. Lei ama i gialli, Amaldi? – Un'altra domanda che non richiedeva risposta. L'ispettore, infatti, proseguì. – Poi ci sono gli investigatori scientifici, e questi possono arrivare su nostra specifica richiesta anche quando il luogo del delitto è già "freddo", come si dice, vale a dire uno o due giorni dopo.

– E gli investigatori scientifici come lavorano? – chiese Amaldi.

– Arrivano di solito in tre o quattro e sistemano le loro attrezzature e tutti i reperti in un luogo adiacente alla scena del crimine. Perlustrano il posto centimetro per centimetro, procedendo secondo un metodo che viene definito "a griglia", oppure seguendo il metodo detto "a spirale". Procedono passo a passo da un punto all'altro della scena del delitto e non trascurano neppure un centimetro quadrato. Poi, finito il lavoro sul campo, portano tutto quanto nei loro laboratori e lì iniziano le analisi, le ricerche, i confronti.

Quarzi fece una pausa guardando negli occhi Amaldi, poi continuò. – Le spiego queste cose per farle capire che noi già lo sapevamo come era entrato l'assassino, anzi gli assassini perché erano almeno in due. La Scientifica, infatti, ha trovato nella sala riunione impronte e residui biologici, oltre a quelli delle quattro vittime, di almeno altri due individui sospetti non facenti parte del gruppo di persone che, normalmente, frequentavano quella sala riunioni. Sappiamo, inoltre, che gli assassini hanno semplicemente preso dal quadro le due chiavi che permettono di interrompere il funzionamento delle telecamere interne e hanno spento per quasi due ore la registrazione. Poi, prima di andarsene, l'hanno riattivata perché sapevano che oltre le due ore o si avverte dello spegnimento la società che ha installato il sistema oppure scatta automaticamente l'allarme di malfunzionamento. Hanno voluto evitare che ciò avvenisse per potersene andare con tutta calma. Erano ovviamente al corrente delle procedure interne dell'università e questo ci fa sospettare, e lo ha rilevato anche lei, che almeno uno degli assassini fosse una persona che lavora all'interno all'ateneo. Oltre a ciò sappiamo che una delle ragazze ha avuto proprio quella notte un rapporto sessuale, e quasi certamente con il suo assassino. Sappiamo che erano tutte fortemente sedate e sappiamo pure che prima di andarsene definitivamente uno o entrambi i delinquenti hanno raggiunto il suo ufficio, Amaldi, e lo hanno sporcato con tracce di sangue di una delle vittime. Questo è avvenuto intorno alle tre di notte, circa mezz'ora dopo la presunta data di morte delle quattro ragazze. Nell'edificio dove lei ha il suo ufficio non esistono telecamere interne, quindi hanno potuto entrare indisturbati. Hanno imbrattato la scrivania e i muri con lo straccio intriso di sangue. Gli investigatori scientifici hanno usato il Luminol dappertutto, ma non hanno trovato tracce ematiche lavate o occultate in nessun altro luogo dell'ateneo. Infine, e le dico questo per fornirle il quadro completo, la casa delle povere vittime in via Conchetta è stata messa a soqquadro. Qualcuno vi cercava qualcosa, e forse lo ha trovato – stabilì Quarzi.

– Che cosa cercavano?

L'ispettore non rispose.

– Va bene; comprendo che lavorate con cura e precisione, non lo metto in dubbio. Però almeno un risultato l'ho ottenuto ieri notte. Li abbiamo fatti venire allo scoperto. Chi era l'uomo con cui ho fatto a pugni? – domandò Alessandro con un lampo di orgoglio negli occhi.

– Non lo sappiamo, non ancora. Ma lo scopriremo presto. E mi lasci dire che non so se lei sia stato più incosciente o fortunato in quel combattimento notturno. Poteva costarle davvero caro, come fa a non capirlo? Professore, dia retta, non giochi più all'eroe la prossima volta.

Alessandro ritenne di non replicare.

– Aggiungo che tutte le tracce e i residui organici che abbiamo reperito sul luogo del delitto e nel suo ufficio li abbiamo confrontati con le tracce del DNA di tutte le persone sospette, incluso lei. Ma non è venuto fuori nulla di interessante – concluse l'ispettore.

– Incluso me? – si stupì Alessandro.

– Certo, incluso lei. Perché non avremmo dovuto? – ribadì Quarzi.

– Ma come avete fatto a raccogliere il mio DNA? – chiese Alessandro e subito si pentì della domanda. Bastava un capello per farlo, e gli era appena stato detto che il suo ufficio era stato perquisito centimetro per centimetro. Fu Quarzi, questa volta, che non si prese la briga di rispondere.

Già, si convinse Alessandro, perché non avrebbe dovuto essere anche lui nell'elenco dei sospettati o dei possibili complici? Tacque e si prese il tempo di ripensare alle ultime vicende e, come già gli era accaduto, lo assalì una sensazione di disagio e insieme la certezza di aver qualche cosa di importante sotto gli occhi che non riusciva però a focalizzare. Era più che altro uno stato d'animo spiacevole, una sensazione di fastidio che tornava regolarmente e che, anzi, si presentava come sottofondo emotivo sin dai primi giorni dell'indagine. Improvvisamente gli venne in mente una cosa.

– Mi dica: la ragazza che ha avuto, o più presumibilmente subìto, il rapporto sessuale era la stessa il cui sangue avete trovato nel mio ufficio?

– No, non è la stessa. La ragazza presumibilmente violentata è Alexandra Radu. Il sangue nel suo ufficio, come sa, corrisponde invece a quello di Barbora Traine, sulla quale lei non mi ha raccontato tutta la verità, vero professore? Ho parlato con Migliano, il suo assistente e ho raccolto deposizioni anche di altre persone. Penso proprio che dovrò interrogarla di nuovo su questo punto. – Quarzi si alzò in piedi facendo così mostra di volerlo congedare. Le sue ultime parole risuonavano nell'aria minacciose come un atto di accusa.

Alessandro, in un primo momento, pensò di assecondarlo, andandosene. Poi si rese conto che sarebbe stata una vera sciocchezza farlo perciò, invece di dare la mano all'ispettore, si risedette e accettò di parlare. In dieci minuti gli raccontò tutto. L'ispettore raccolse la deposizione e gliela fece firmare poi, nuovamente, lo congedò ed egli se ne uscì mogio. Mentre era già sulle scale Quarzi gli brontolò alle spalle: – Almeno la sua bravata ha permesso di raccogliere le tracce ematiche del combattente dell'altra notte. Vedremo se ci conducono da qualche parte.

Alessandro uscì dalla questura. Lo abbatteva l'idea di aver combinato ben poco con la sua iniziativa e, inoltre, Quarzi tra le righe gli aveva comunicato il senso generale di non avanzamento dell'inchiesta, a dispetto di tutti i metodi scientifici impiegati e dei nuovi particolari scoperti. Adesso, in effetti, egli era al corrente di molte più cose riguardo a come erano andati i fatti quella notte e, pensandoci sopra, se ne sorprese. Già, l'ispettore gli aveva riferito parecchio e illustrato elementi della indagine che non era certo tenuto a raccontargli, quasi come se volesse, in realtà, sospingerlo ad andare avanti. Lo aveva messo alla pari, aveva condiviso quello che lui sapeva, nonostante la vicenda di Barbora, che lui evidentemente già conosceva. Quarzi aveva voluto coivolgerlo, quando Amaldi se ne rese conto si rincuorò. La dinamica degli assassini sembrava un poco più chiara ora, e alcuni misteri non erano più tali. Ma ancora mancava il collante e cioè la motivazione, quel glutine che tiene tutto insieme. Perché le quattro ragazze erano state assassinate? Quale legame esisteva tra loro? Era stato quel legame che le aveva condotte all'identico tragico destino? Come mai solamente Alexandra era stata violentata e perché il sangue di Barbora era stato usato per imbrattare il suo ufficio? Quale ragione c'era per architettare un simile gesto che sembrava coinvolgerlo dentro una vicenda alla quale si sentiva invece del tutto estraneo? In qualche modo lo avevano tirato dentro, ma il vero motivo di quegli omicidi non aveva nulla a che fare con lui. Lo sapeva. C'era dell'altro, e doveva scoprirlo.

Più tardi telefonò a Fiorenzo, aveva voglia di distrarsi e tirarsi su il morale, e gli propose di andare a bere qualche cosa insieme quella sera.

– Certamente. Ti porto in un bel posto, vedrai. Ci divertiremo.

L'antico refettorio dei frati Agostiniani, a fianco della chiesa di San Marco, era collocato al di sotto del piano stradale ed il soffitto era costituito da grandi volte in pietra che rendevano l'ambiente molto suggestivo. La serata era piuttosto fresca ma lì, sotto quei volti e tra le colonne in pietra, aleggiava un piacevole tepore. I lampadari scendevano dall'alto e spandevano una luce bassa e calda, molto accogliente. Musica, chiacchiere, scoppi di risa e il tintinnare di bicchieri accoglievano il nuovo entrato mentre scendeva i gradini che lo portavano nel salone di pietra e mattoni dove i religiosi un tempo usavano consumare i loro pasti e dove adesso i clienti bevevano e, tutto intorno, correvano addossati ai muri scaffali ingombri di bottiglie di ottimi vini. Attorno ai lunghi tavoli fratini in legno si raccoglievano i clienti; alcuni di loro restavano in piedi o sorseggiavano i calici appoggiati al bancone, mentre altri si spostavano, sorridendo, da tavolo a tavolo parlando con diversi gruppi di persone. In mezzo a loro veloci camerieri si muovevano silenziosi. Osservandoli non si poteva fare a meno di notare il loro talento: tra quei clienti allegri, ridanciani e distratti dall'alcol, costoro si districavano egregiamente senza disturbare nessuno e senza rovesciare mai un bicchiere. Sembravano chirurgicamente in grado di evitare ogni ostacolo.

– Come si chiama questo posto? – domandò Alessandro.

– Si chiama "Un goccio divino". Ti piace? – rispose Fiorenzo.

– Sì, bello. Non c'ero mai stato.

– Eppure è un locale storico di Milano. Dai, ordiniamo da bere.

Arrivarono due calici di ottimo vino rosso.

– Che cosa hai ordinato? – chiese Alessandro.

– Siamo amici da tanti anni, no? E gli amici dividono tutto, vero? *Fifty-fifty*? E allora ho ordinato questo Avignonesi. È un vino toscano assemblato e l'etichetta dice *50%50 VDT*. Questo è il suo nome, e a me piace pensare che la sigla significhi: Valiamo Davvero Tanto. Che ne dici?

– Bah, sono commosso. E non posso fare a meno di pensare che questa storiella la devi aver raccontata pari pari un centinaio di volte a tutte le ragazze che hai portato fuori.

– Uh, come siamo acidi! E gelosi, pure. Sai che ti dico? Che avevi davvero bisogno di uscire. Mi sembri di pessimo umore. Dimmi, che cosa ti è accaduto? – Fiorenzo si accostò per ascoltare meglio e Alessandro gli riassunse per sommi capi l'incontro con l'ispettore, ma non gli parlò di Barbora Traine.

– Sono colpito da quello che riescono a fare oggi con i nuovi strumenti investigativi. È proprio diventata una scienza: la scienza del crimine. Dicevi che hanno preso tutti i nostri profili genetici? – si incuriosì Fiorenzo.

– Tutti non credo. Solamente quelli dei sospettati. Non è necessario e nemmeno producente costruire una banca dati troppo estesa. Tra l'altro l'ispettore mi confidava che i profili estratti dai reperti o dai campioni biologici se non portano immediatamente ad alcun risultato investigativo vengono affidati a un archivio informatico sicuro dove, per aver accesso, bisogna fare formale richiesta al giudice. È il garante della privacy che lo ha voluto, ma questo ovviamente rallenta le indagini.

– Cioè, se ho capito bene una volta che questi dati sensibili, si dice così no?, sono stati immessi nella banca dati andare a scovarli è praticamente impossibile? – domandò Fiorenzo.

– Impossibile, no. Difficile, sì. Quarzi mi ricordava che in Inghilterra, dove pare che la legislazione non sia così garantista, i casi irrisolti sono diminuiti di un 15%. In Italia una vera e propria banca dati del DNA che sia funzionante e funzionale alle investigazioni ancora non esiste. – Alessandro parlava ma Fiorenzo si era già distratto.

– Toh, guarda chi c'è! Ciao Donatella – salutò e si alzò per farle posto.

– Ciao Fiorenzo, ciao Alessandro, come va? – Donatella Caruana, la segretaria del preside Schenardi si sedette con cautela a causa del corto tubino nero che la fasciava perfettamente ma che tendeva a salire scoprendo le gambe, rese slanciate da un paio di scarpe con tacchi.

– Sei bellissima! – esordì Fiorenzo – perché non vieni mai vestita così in università? Sarei sempre a chiedere di conferire con il Preside, e così potrei fare luuunghe ore di anticamera con te.

Donatella sorrise ma non rispose. Poi, indicando una coppia che nel frattempo si era avvicinata, disse: – Posso presentarvi Manuele Croci? È il direttore di «Sette».

– Prego, prego. Si sieda pure – disse Fiorenzo mentre Alessandro, che avrebbe desiderato una serata tranquilla solamente con il vecchio amico, lo guardò male.

– E con me c'è anche Silvia Iovanni, da poco con noi in redazione come stagista. Silvia è una vostra ex studentessa, giusto? – disse il direttore.

– Ma sì, certo! Si è laureata proprio con me. Come stai Silvia?

– Bene professore, e lei?

– Dammi del tu, dammi del tu. Oramai sei laureata e non c'è più bisogno di tutta questa formalità. Conosci anche Alessandro Amaldi, vero?

– Certamente... Salve professore – disse Silvia.

Alessandro la guardò negli occhi pregandola silenziosamente di non fare menzione della loro escursione notturna. Solamente Quarzi, a quanto ne sapeva, era al corrente delle identità di tutti componenti di quella notte. Gli altri, a parte forse il rettore, erano all'oscuro e così doveva essere. – Dammi pure del tu, Silvia.

– Vieni, vieni, siediti vicino a me. Che buon profumo hai! Dimmi, come è allora il tuo nuovo lavoro. Diverso dallo studio eh? – Fiorenzo era entrato in azione e non voleva farsi scappare la ragazza che quella sera era vestita con un paio di stivaletti neri, pantaloni neri eleganti in stile Capri, che le lasciavano abbondantemente scoperte le caviglie, una camicia bianca e un comodo blazer lasciato aperto. Anche se non era vestita in modo particolarmente sexy non si poteva non notarla.

Il vino cominciò ad arrivare, bianco e rosso in gran quantità. E il refettorio dei frati piano piano cominciò a trasformarsi in un luogo dove soddisfare i sensi. Si iniziò con le bollicine: il metodo classico italiano in numerose varianti. Si proseguì con i colori del giallo e con lo Chardonnay. Poi si decise di virare sul rosso, con eleganza e passione, e fu la volta di Pinot Noir e Borgogna. Per reggere l'alcol e continuare a degustarne i sapori si fecero arrivare anche stuzzichini e snack vari. Infine, si concluse con il caldo del Sud: passiti e vini liquorosi accompagnati da biscotti e cantuccini toscani. Intanto la conversazione procedeva spedita, e la consueta compattezza delle barriere morali si scioglieva nell'alcol.

– Ma guarda che tatuaggio che hai! Proprio lì, sulla caviglia. Che cosa è: un *tribale*? Scommetto che ne hai anche uno sul fondo schiena, proprio sopra le natiche. È vero? È così? Fammi vedere, dai, fammi vedere.

E Fiorenzo le fece scivolare una mano lungo la schiena, insinuandola sotto la camicetta. Silvia si voltò verso di lui e gli tolse la mano. – Ma dai! Smettila.

Alessandro osservava Fiorenzo in azione con un misto di disgusto e di ammirazione. Vedeva come broccolava Silvia e come se la spalpugnava allegramente. Adesso, pensava, si prende un ceffone; ma questo non arrivava mai.

– Vediamo, vediamo. Se adesso ti abbasso un poco i pantaloni sono sicuro che...

– Smettila, ti dico. – Silvia era infastidita. La voce era più decisa, adesso, ciononostante continuava a sorridere, e lo sguardo era ancora buono. – Mi tocchi dappertutto! Ma quante mani hai? Sembri un polipo – si lamentava la ragazza.

– Ragazzi io questa me la faccio. Forza, Silvia, andiamo in toilette. – Fu una dichiarazione di guerra da parte di Fiorenzo che venne accolta con una risata generale, seppure forzata.

L'eccessiva intraprendenza di Fiorenzo creava momenti di forte imbarazzo nonostante l'abbondante alcol che scorreva nelle vene di tutti. A un certo momento giunse ad affermare, mentre Silvia si era ricavata una pausa andando qualche minuto in bagno. – Mestruata. È mestruata. L'ho toccata tra le gambe e sento sui polpastrelli l'odore ferruginoso del sangue.

Gli astanti si guardarono, e Manuele Croci sbottò.

– E io che mi facevo il punto di non fare il piacione e non buttare mai lì battute a doppio senso! Quando Silvia, seduta alla scrivania, sfiora delicatamente con i polpastrelli una minuscola smagliatura della calza posta sopra il ginocchio, io cerco di non guardare. Oppure se si alza in piedi e, in equilibrio su una gamba sola, solleva l'altra all'indietro per sistemare una scarpa, ecco, cerco sempre di voltare lo sguardo altrove. Mai detto nulla sulla gonna che saliva, sulle gambe abbronzate, sui tacchi neri, sulle scollature. Poi arriva questo qui e in due ore se la sprimaccia come fosse un cuscino!

Fu all'incirca l'unico suo contributo alla serata, perché pochi minuti dopo se ne andò senza quasi salutare. Anche Donatella Caruana, che pure aveva taciuto per quasi tutto il tempo, salutò la compagnia e si diresse verso un altro tavolo di amici. I tre rimasero soli a guardarsi in faccia. Fu Silvia la prima a rompere il silenzio.

– Ecco, vedi?! E adesso come mi presento in ufficio, domani? Chi glielo spiega al direttore che non ne volevo proprio, ma che tu sei un insistente al cubo? Che figura ci faccio?

– Lo avrà capito anche lui che sono insistente, di che cosa ti preoccupi, cara? Piuttosto, vieni qui vicino che ti devo dire una cosa – continuò, imperterrito, Fiorenzo.

– Ma non ci penso proprio. Lasciami in pace adesso. Sono stanca di questo gioco, e non sono più dell'umore giusto. Ho il cervello colmo di pensieri pesanti – e così dicendo si infilò le mani tra i lunghi capelli e se lì tirò indietro come se volesse scrollarsi di dosso le immaginarie gocce di alcol che impregnavano la sua mente.

– Mi dispiace, sei preoccupata? – intervenne Alessandro.

– La verità è che ho sempre in mente quelle quattro poverette, ci... ci eravamo divertite insieme. Sapete? Conoscerle è stata una bella avventura – confessò Silvia.

Poi tacque e scambiò uno sguardo complice con Fiorenzo, che Alessandro colse. Quei due avevano avuto una relazione? Si spiegherebbe così la sfrontata intraprendenza di Fiorenzo esibita stasera e la scarsa resistenza di lei. Bah, Amaldi decise di non perdere il sonno per questo. Se anche fosse andata così, voleva dire che Silvia era semplicemente una delle tante.

5.
Afghanistan, inverno 1985-1986

L'elicottero a reazione sovietico ancora non si vedeva, ma i mujaheddin erano in grado di sentirlo prima ancora di scorgerlo. D'altronde quando compariva era troppo tardi, in un attimo era già sopra di loro a mitragliare o a sganciare bombe. Il tempo di una deflagrazione o di una raffica di armi automatiche e l'elicottero se ne sarebbe andato lontano, oltre le montagne, per poi tornare a completare la sua azione di morte. Muhammad, in piedi e con il peso ben bilanciato sulle gambe leggermente divaricate, aveva il lanciamissili già posizionato sulla spalla. Lo Stinger pesava solamente quindici chili e non gli dava problemi. Attendeva paziente, mentre prendeva con cura la mira all'intersezione delle due colline che si ergevano ad alcune centinaia di metri davanti a lui. Sapeva che sarebbe sbucato proprio lì, ne era talmente sicuro che si rifiutò di prendere in considerazione altri target possibili. Sì, il sovietico sarebbe apparso tra quelle due colline, proprio là dove egli stava mirando, e Muhammad lo avrebbe colpito subito prima che distribuisse la morte tra i suoi combattenti. Tutti lo guardavano. Il gruppo di mujaheddin che comandava stava imparando a usare quelle nuove armi che erano state inviate dagli Stati Uniti. Il nuovo presidente americano li aveva definiti "combattenti per la libertà", e loro ne andavano orgogliosi. Quello Stinger era un gioiello di tecnologia, colpiva il velivolo nemico andando diritto verso la fonte di calore, e quel bestione volante di calore ne sprigionava davvero in gran quantità. Il gruppo di persone che lo circondavano erano contadini e pastori, molti dei quali laceri e vestiti male, ma ognuno di loro fornito di armi micidiali. Quel vecchio abbigliamento e quelle facce barbute dai tratti antichi contrastavano enormemente con la nuovissima e sofisticata tecnologia militare con cui erano equipaggiati. Passando le giornate a istruirli e addestrarli, Muhammad si era reso conto che quegli uomini imparavano in fretta, aiutati in questo da una fanatica dedizione alla causa.

L'elicottero comparve all'improvviso proprio là dove egli aveva previsto. L'Mi-24 Hind era lungo più di venti metri e alto quasi sei. La fusoliera affusolata e le due piccole ali sotto cui alloggiavano quelle armi così devastanti gli fornivano un profilo aggressivo, da uccello da preda. Dotato di un armamento impressionante, razzi, missili e bombe che prima di allora erano stati installati solo sui caccia, trasportava otto fucilieri. Ma ben presto ci si rese conto che quegli uomini erano inutili poiché l'elicottero viaggiava troppo veloce perché loro potessero sparare. Quel velivolo, infatti, non si librava sopra il campo di battaglia ma lo sorvolava velocissimo sprigionando tutta la sua potenza di fuoco. I fucilieri, semmai, non facevano altro che rendere l'apparecchio ancora più pesante e lento in manovra, nonostante fosse equipaggiato con due motori in grado di sviluppare circa 2225 cavalli. Era il primo carro armato volante della storia, corazzato in modo da resistere ai colpi sparati da terra, capace di generare una velocità che lo portava tranquillamente oltre i trecento all'ora, e dotato di una autonomia di circa 1200 chilometri. Veloce, potente, inceneriva colonne corazzate con una forza distruttiva mai vista prima: era lo spauracchio dei combattenti afgani.

Però lo Stinger si era dimostrato una contromisura efficace. Muhammad fece fuoco e il razzo partì veloce lasciando dietro di sé una scia di fumo. Quasi nel medesimo istante il pilota si accorse di essere sotto tiro e diede immediatamente il massimo della potenza, mentre il mitragliere di prua cominciò a sparare. Lo Stinger viaggiava sicuro e la sua traiettoria lo avrebbe portato a passare una decina di metri sotto la pancia dell'elicottero, poi i rilevamenti elettronici delle fonti di calore sarebbero entrati in azione e il missile avrebbe cambiato bruscamente traiettoria disegnando una virgola all'insù che gli avrebbe permesso di penetrare all'interno del velivolo. Ma questo, stranamente, non avvenne. Lo Stinger iniziò a deviare la sua corsa, ma poi proseguì scivolando sotto la pancia dell'Mi-24 Hind, perdendosi nelle valli afgane.

– Via! Via! Via! – Muhammad urlò ai suoi, cercando riparo. Il crepitio della mitragliatrice di bordo dell'elicottero si mescolò con il rumore inconfondibile di un missile esploso. Fu subito l'inferno. Rocce, sabbia, lingue di fuoco e frammenti vari volavano da tutte le parti. Muhammad sentì le urla dei suoi soldati poi, improvvisamente, il rumore assordante dell'elicottero sparì oltre sue spalle.

Due uomini erano rimasti a terra mentre gli altri si mossero e uscirono dai ripari; sembrava stessero bene. Muhammad si rialzò stordito, lo spostamento d'aria lo aveva fatto cadere mentre lo Stinger era finito contro una roccia ed era oramai inservibile. Diede ordine di nascondere i corpi e di prepararsi al nuovo attacco. L'Mi-24 Hind sarebbe potuto tornare e stavolta non si sarebbe limitato a far esplodere un solo missile.

Le montagne intorno a Herat fornivano molti rifugi, ma era difficile sfuggire ad un elicottero che ti aveva localizzato. Muhammad sapeva di molti mujaheddin che non erano morti per le ferite inferte dalle armi, bensì sepolti vivi e dopo lunga agonia: le grotte e gli anfratti dove avevano cercato rifugio erano infatti crollati sotto i colpi delle bombe, non lasciando loro alcuna via di fuga.

L'elicottero si era mosso in modo sorprendentemente rapido e Muhammad non capiva che cosa era accaduto al missile sparato dallo Stinger. Perché non era esploso? Perché non aveva raggiunto e colpito la fonte di calore? Forse era vero il detto che ogni elicottero è buono quanto è buono il suo pilota, e quel pilota doveva essere uno maledettamente in gamba. Non ebbe il tempo per rifletterci sopra, adesso doveva organizzare la difesa e la ritirata verso luoghi più sicuri. Non pensò nemmeno per un attimo che sarebbe potuto morire tra quelle montagne. Allah non lo voleva. Aveva messo se stesso e le sue ricchezze a disposizione di quella causa e certamente il suo contributo non sarebbe venuto meno per colpa di una stupida arma americana che non aveva funzionato. No, non era quello il suo destino, ma doveva risolvere in fretta la situazione. Chiamò Rashidi, il suo luogotenente, l'unico vero soldato addestrato di quel gruppo.

– Che si fa? – gli chiese.

– Non molto. Dobbiamo ripararci e sperare che l'elicottero desista, magari per mancanza di carburante. Potrebbe essere uno di quelli ad autonomia ridotta, senza serbatoi ausiliari.

Oppure possiamo sperare che venga richiamato dalla base di Herat. Talvolta accade.

– E nel frattempo?

– Nel frattempo dobbiamo stare nascosti e pregare Allah.

– Come facciamo a sapere quando torna?

– Di solito impiega un minuto tra un raid e l'altro e... eccolo di nuovo!

Il rumore dei due potenti motori a turbina Klimov-Isotov cresceva rapidamente mentre, a bordo dell'elicottero da combattimento, il tenente colonnello Ugnius era contento e preoccupato al tempo stesso. Quando gli americani iniziarono a rifornire di missili terra-aria e di Stinger i guerriglieri, i sovietici avevano dotato gli elicotteri di sistemi per la soppressione dell'emissione infrarossa, che altro non erano che potenti miscelatori che iniettavano aria fredda esterna sul getto caldo che usciva dalle turbine. Questo confondeva almeno in parte lo Stinger. Ugnius stava pilotando uno degli esemplari equipaggiati con il nuovo miscelatore.

– Le nuove contromisure funzionano! Però, Anton, c'è una perdita. Qualche pezzo di quel maledetto missile ci deve aver colpito. L'indicatore del carburante scende troppo in fretta.

Anton, il capitano e secondo ufficiale di bordo, era il puntatore accovacciato nella cupola di prua.

– Herat è lontana, forse è il caso di tornare indietro subito! – gli rispose.

– Il localizzatore mi dice che siamo vicino ad Agej, un luogo nel mezzo del nulla a circa centocinquanta chilometri da Herat. Non ce la facciamo a tornare. Il carburante non è sufficiente!! – La voce del pilota adesso era salita di una ottava.

Anton tacque. Le montagne e le vallate deserte intorno a Herat in quel periodo potevano registrare temperature molto rigide, che di notte scendevano sotto i meno quindici. Inoltre era sempre presente il pericolo dei mujaheddin che si annidavano ovunque e conoscevano perfettamente i territori e gli altopiani. Trascorrere una notte in quei luoghi significava quasi certamente la morte, o per inedia causata dal freddo o per mano del nemico.

– Che cosa succede, tenente colonnello? Perché abbiamo rallentato? – I due sottufficiali alloggiati nel vano interno dell'Mi-24 Hind erano il frutto della nuova strategia che i generali del Cremlino avevano pensato dopo le gravi perdite aeree in Afghanistan. A bordo dell'elicottero adesso potevano salire solamente due ufficiali e due sottufficiali, questo per rendere più maneggevole l'elicottero e permettere i passaggi ripetuti e veloci sul bersaglio, come avrebbe fatto un aereo, colpendo tutto quello che c'era da colpire con missili, razzi e mitragliatrici. Per cui, oltre al pilota e al puntatore, nel vano di carico del Mi-24 Hind c'erano soltanto Pavel e Novak, il motorista e il mitragliere che, all'occorrenza, diventavano due mitraglieri, uno per ciascun lato del velivolo.

L'ufficiale pilota diede di nuovo potenza alle due turbine che equipaggiavano l'Mi-24 Hind e l'elicottero balzò in avanti ruggendo. In pochi secondi sarebbe ritornato sul luogo in cui si annidavano i mujaheddin e, giunto a portata di tiro, avrebbe potuto bersagliare con razzi e colpi di mitragliatrici, ma c'era sempre l'incognita dello Stinger.

– Come faremo a tornare alla base? – domandò Anton.

– Non abbiamo alternative! – urlò Ugnius nell'interfono.

I due sottufficiali ascoltavano preoccupati. Non avevano potuto sentire la conversazione precedente, ma adesso comprendevano che qualche cosa di grave stava per accadere al velivolo.

– Ascoltatemi tutti – cominciò Ugnius mentre l'elicottero compiva una larga virata per evitare eventuali nuovi missili, che però non vennero sparati. Spazzeremo via quei ribelli, poi atterreremo, proprio vicino a loro. Stiamo perdendo carburante e quello che rimane è già adesso insufficiente per rientrare ad Herat. Invece di fermarci in un punto qualsiasi tra qui e Herat atterreremo proprio in mezzo a loro. I ribelli si muovono a bordo di scassatissimi camion, comunque efficienti e sempre con i serbatoi colmi di benzina. Cattureremo gli eventuali sopravvissuti poi rientreremo a Herat con il loro mezzo. È più sicuro affrontare adesso quel che resta dei mujaheddin che affrontare a piedi le steppe afgane di notte, con il freddo e il rischio di cadere in un agguato.

– Lanciando il segnale di soccorso ci dovrebbero venire a prendere – affermò Pavel, il sottufficiale anziano.

– Quando? Quando potrebbe essere troppo tardi? Di notte sarà davvero difficile localizzarci, mentre i ribelli sanno muoversi veloci e sembra che abbiano occhi anche per vedere nel buio. A piedi che probabilità di sopravvivenza avremmo?

Nessuno replicò, anche perché proprio in quel momento Ugnius fece esplodere un altro razzo che raggiunse la postazione poco prima occupata da Muhammad. E il rumore coprì ogni altro suono.

Fecero un ultimo passaggio e scaricarono tutte le armi poi, oramai con la benzina agli sgoccioli, atterrarono nei pressi.

Uscirono in fretta dall'Mi-24 Hind e si disposero a semicerchio, ciascuno cercando un riparo. Buttandosi dietro la prima protezione che riuscirono a trovare attesero le immediate reazioni da parte dei mujaheddin. Che non vennero.

Il silenzio adesso era completo, rotto solamente dal fischio del vento. Poi, oltre il soffio delle folate, si udì un flebile lamento. I quattro sovietici rimasero immobili e pronti. I minuti però trascorrevano e non accadeva niente.

– Anton, quanti erano i ribelli? Io ne ho visti una mezza dozzina – chiese sottovoce Ugnius.

– Forse qualcuno in più – rispose Anton.

– Tenente colonnello che facciamo? – chiese Novak; l'ufficiale giovane occupava il posto più a destra.

Ugnius, al centro dello schieramento, si consultò di nuovo con Anton, alla sua destra.

– Che si fa? Non possiamo restare bloccati qui. Se arriva l'oscurità questi se ne fuggono via o, peggio, ci attaccano.

– Non si può fare altro che avanzare e cercare di snidarli. È pericoloso ma non vedo altra via – rispose Anton.

Ugnius si voltò verso i due sottufficiali e sibilò: – Cerchiamo di avanzare e di vedere dove si sono nascosti. Probabilmente dietro quelle rocce là in fondo. Avanti! Noi vi copriamo – ordinò.

I due sottufficiali si guardarono, poi lentamente e con circospezione iniziarono ad avanzare. Strisciando superarono lo spazio tra un riparo e l'altro. Per brevi tratti si alzavano e correvano curvi, il più velocemente possibile. Avevano già percorso così una trentina di metri quando le armi automatiche dei ribelli fecero fuoco. Subito risposero i tozzi e resistenti fucili d'assalto Kalashnikov di Anton e Ugnius.

– I ribelli sparano con gli M16, i nuovi fucili automatici americani! – esclamò Novak che riconobbe il crepitio.

– Mi interessa soltanto che non ci colpiscano. Stai giù! – gli rispose Pavel.

Intanto anche i due ufficiali erano avanzati; le rocce da cui partivano i colpi dei mujaheddin adesso erano molto più vicine.

– Quanti sono a sparare? – chiese Ugnius ai due sottufficiali più avanti.

– Due – rispose Pavel.

– Avanziamo ancora. – Ugnius non si mosse dal suo riparo e da lontano fece cenno ai due sottufficiali di avanzare. Anton, intanto, si era spostato ancora più a destra e stava cercando di raggiungere i due mujaheddin dal quel lato. Avanzava veloce ed era oramai a ridosso delle rocce.

Anche Pavel, dalla parte opposta, tentava di fare la stessa manovra. Era pericolosa perché i ripari erano pochi e la distanza ridotta permetteva ai ribelli una precisione di tiro maggiore.

Ugnius si alzò in ginocchio e fece fuoco sul punto preciso da cui era spuntato uno dei due M16 mentre; quasi in contemporanea, anche Novak fece fuoco verso il medesimo punto. Spararono parecchie raffiche consentendo così a Pavel e Anton di avvicinarsi ancora di più.

– Basta, arrendiamoci! – Acquattato dietro le rocce Muhammad si volse verso Rashidi. Erano rimasti solo loro due. Gli altri o erano morti o non erano in condizione di combattere.

– Sei pazzo? Vuoi morire? Quelli non ci portano in prigione. Ci ammazzano subito!

– No, non è vero. Io non morirò, e neppure tu. Vedrai, lascia fare a me.

E prima che Rashidi potesse impedirglielo Muhammad uscì dal nascondiglio con le mani alzate gettando lontano l'M16. Muhammad era molto alto, e sopravanzava di una testa la gente che gli stava intorno. La sua figura comparsa all'improvviso, a un tempo così imponente e agile, colse di sorpresa i sovietici, che non gli spararono.

– Basta, basta! Non sparate più, ci arrendiamo! – urlò in inglese. E si mosse verso i quattro militari.

Rashidi guardò Muhammad e un'ondata di disprezzo si dipinse sul suo volto. Ma non gli restava altro che fare la stessa cosa. Riluttante, si alzò anche lui buttando di lato il fucile mitragliatore e sollevando le mani.

I sovietici si alzarono in piedi a loro volta, guardinghi, e si mossero verso i due. L'ultimo fu Ugnius.

– Fermi dove siete e tenete le mani bene in vista – ordinò Anton.

– Capitano! Venga qui!

Pavel era arrivato all'altezza dei due guerriglieri e stava guardando dentro una piccola grotta che si apriva sul lato sinistro della roccia. Anton si avvicinò passando davanti a Muhammad e a Rashidi. Lì fissò, raccolse gli M16 e raggiunse Pavel senza perdere di vista i due. Gettò un occhiata dove gli indicava il sottufficiale anziano e vide il resto dello sparuto drappello. Nella piccola cavità c'erano sette uomini. Tre erano immobili a faccia in giù, uno era sdraiato coperto di sangue e si lamentava appena, ed era suo il gemito che avevano sentito poco prima, mentre i restanti erano seduti con la schiena contro la roccia, feriti e sanguinanti. Li osservavano con occhi spalancati. Alcuni sembravano davvero molto giovani, con le guance non ancora completamente coperte dalle barbe.

Quando Ugnius sopraggiunse guardò la scena per qualche secondo. Poi si voltò.

– Lega bene quei due – disse a Novak – che adesso dobbiamo pensare che cosa fare di questi. Affermò rivolgendosi ad Anton e indicando con la canna del Kalashnikov l'interno della grotta. Anton non rispose, capiva che cosa intendeva Ugnius, e non gli piaceva.

Anton e Ugnius si erano conosciuti in Afghanistan ed erano stati assegnati in varie missioni di guerra. Avevano sempre fatto parte del medesimo equipaggio e sempre sullo stesso tipo di elicottero. Anton non aveva difficoltà ad ammettere che Ugnius era un bravissimo pilota e in determinate occasioni un tipo risoluto, forse troppo; il problema era che non rifletteva molto e questa mancanza di ponderazione accentuava pericolosamente la sua tendenza a risolvere in fretta le cose e a infischiarsene delle conseguenze. Il più delle volte le sue scelte erano rapide e precise, e questo in missione era molto importante. Ma non ammetteva repliche e diventava un tipo pericoloso se contrariato. Solamente quando si trattava di mettere a rischio la propria pelle diventava cauto, al limite del pavido.

I due sottufficiali e lui stesso venivano dai paesi alleati e dalle province di quel vasto impero che era l'Unione Sovietica, mentre Ugnius era vissuto sin da giovane a Mosca dove era entrato nella scuola militare e, poco alla volta, aveva scalato i vari gradi della gerarchia. Era cresciuto imparando ad evitare dubbi e incertezze, ma anche imparando a tenersi ben stretta la propria vita.

Ugnius si avvicinò ai due prigionieri. – Questi ci serviranno da scudi durante il viaggio, oppure diventeranno merce di scambio. Mentre gli altri... – e così dicendo guardò significativamente Anton che, invece, distolse lo sguardo. Ugnius rimase immobile per qualche secondo, poi tornò indietro ed entrò nella grotta. Dopo qualche secondo, si udì il crepitìo del Kalashnikov.

Nessuno disse niente. I due sottufficiali tenevano lo sguardo basso mentre Anton decise di concentrarsi sul compito di legare i due prigionieri.

– Non uccideteci, non uccideteci. Io potrei fare molto per voi. – Muhammad parlò in modo agitato, mentre Rashidi sembrava già rassegnato.

– Che cosa dice questo? Senti un poco, guerrasanta, dove avete lasciato il mezzo che vi ha trasportato sino qui? – lo assalì Ugnius.

– Lo abbiamo lasciato più in basso, in pianura. Vi ci portiamo, ma non uccideteci. – Muhammad sembrava ansioso di collaborare.

Il piccolo drappello di uomini si mosse in fila indiana, superarono le rocce e trovarono un piccolo sentiero che scendeva. Muhammad e Rashidi erano davanti, dietro seguivano i sovietici con le armi spianate.

Rashidi gli sussurrò: – Se li portiamo fino al nostro mezzo ci uccideranno o, peggio, ci lasceranno feriti nel mezzo del deserto. Fermati Muhammad, lasciamoli a piedi. Non portarli all'auto.

Ma Muhammad rispose: – Se è come dici tu ci impiegheranno solo un poco di più ma alla fine troveranno quello che cercano, e poi davvero ci uccideranno. Ma tranquillizzati, se avessero voluto ammazzarci lo avrebbero già fatto. Gli serviamo Rashidi, perlomeno fino a quando non si sentiranno al sicuro ad Herat, ma per allora li avrò già convinti.

– A fare cosa?

– A lavorare per la nostra causa.

Rashidi pensò che Muhammad fosse impazzito.

– Silenzio voi due! – Il calcio di un fucile mitragliatore si abbattè a tutta forza sulla spalla di Rashidi, che si trattenne dall'urlare e si dimenticò immediatamente della follia di Muhammad.

Dopo mezz'ora di cammino giunsero in pianura dove, seminascosto, non trovarono uno scassatissimo camion ad aspettarli bensì un nuovissimo Land Rover 127, nella cui cabina c'era posto comodo per cinque persone mentre dietro si allungava un piano di carico che poteva tranquillamente contenere altre cinque o sei persone. Portava una quantità notevole di attrezzatura, e allo scopo montava un portapacchi sul tetto. I sovietici si guardarono stupiti, ma non commentarono.

Il viaggio verso Herat iniziò subito; in sei stavano stretti in cabina ma almeno non avrebbero sofferto il freddo che sopraggiungeva rapido con il calar del sole.

– Dovremo fermarci per la notte. È più sicuro – disse Anton dopo qualche ora di lento e cauto trasferimento.

Scelsero di fermarsi al riparo di alcuni alberi e vicino a un rigagnolo che le piogge del precedente autunno avevano un poco gonfiato.

Muhammad indicò ai sovietici dove erano stipati i sacchi a pelo. A bordo trovarono anche cibo e armi, e in generale tutto il necessario per il bivacco di una decina di persone. Ogni cosa era pulita e in ordine, perfettamente efficiente, e in generale tutta la attrezzatura era nuova e tecnologicamente avanzata.

Si diedero da fare. A Novak fu ordinato di tenere i prigionieri in piedi appoggiati a una delle portiere del Land Rover e di piazzarsi davanti a loro a non più di due metri di distanza, senza perderli di vista.

Pavel cercò legna e accese un piccolo fuoco al riparo di un rialzo del terreno, in modo che non fosse visibile da lontano, mentre Ugnius e Anton scaricavano l'attrezzatura e il cibo e si prepararono a cucinare.

I quattro sovietici mangiarono in silenzio attorno al fuoco, i due prigionieri erano un poco discosti. Quando ebbero finito Ugnius, indicando il Land Rover, domandò: – Ma chi vi ha fornito l'intero equipaggiamento? E i soldi per acquistare un veicolo come questo da dove provengono?

– Si tratta di denaro mio. Soldi che ho deciso di spendere per la causa – rispose pronto Muhammad.

– E così sei uno di quelli che arma questi ribelli che poi ammazzano i nostri ragazzi. Bene, bene. E, dimmi, che cosa te ne viene in cambio? – chiese Ugnius, sarcastico.

– Niente, solo la certezza che presto questa terra sarà nostra e che allora potrò fondare una nuova organizzazione.

– Una nuova organizzazione? – domandò Anton che nel frattempo si era avvicinato ai prigionieri. – Di che cosa si tratta?

Muhammad lì guardò entrambi. I suoi piccoli occhi vivaci erano ficcati in quelli dei due militari. La sua barba era nera e curatissima, una barba che avrebbe voluto carezzare se avesse avuto la possibilità di muovere le sue mani delicate; la sua pelle levigata, non abituata al freddo e al vento degli agenti atmosferici, raccontava di una vita diversa, non legata al lavoro e neppure all'aria aperta. Che ci faceva lì uno come lui? I sovietici, silenziosamente, se lo domandarono. L'uomo non aveva nulla dei mujaheddin; non era certo un contadino, parlava correntemente inglese e si capiva che era stato cresciuto con tutte le caratteristiche di una educazione completa e approfondita. Era un uomo colto, giovane e probabilmente molto ricco. Che cosa c'entrava lui con questa guerra? I sovietici, educati da decenni di ateismo di stato sembrava facessero fatica a comprendere che il fanatismo religioso poteva essere una molla potentissima in grado di cambiare radicalmente le vite e le abitudini delle persone.

Comunque, rimasero colpiti e quasi soggiogati dalla figura di Muhammad.

– Se mi lasciate spiegare, credo che le cose che ho da dirvi potranno essere di vostro interesse. – cominciò Muhammad in modo conciliante.

La sera era oramai calata. La strada verso Herat, inizialmente montagnosa, si era spianata e ora il gruppetto seduto intorno al fuoco era circondato dalla grande steppa che si estendeva nel nord del paese, una pianura fredda e desolata. Ugnius fece cenno ai due prigionieri di avvicinarsi e di sedersi anche loro attorno al tepore del fuoco. Avevano il permesso di mangiare e di raccontare.

– Adesso noi combattiamo voi, ma presto combatteremo contro i veri grandi nemici, i grandi ipocriti e gli apostati che non seguono la via dell'Islam – cominciò Muhammad, degnando appena di uno sguardo il cibo che gli fu messo davanti. Non voleva raccogliero con le mani legate portandoselo faticosamente alla bocca. Ne avrebbe fatto a meno piuttosto che piegarsi a quel rituale goffo davanti agli infedeli.

– Ma che cosa dici? Chi sono questi nemici? – gli chiese Pavel.

– Coloro che non credono, gli infedeli, i cani che continuano a raccontare falsità. Per il momento ci aiutano ma, sono sicuro, domani saranno i nostri nemici e noi li combatteremo. – Parlava piano, con calma e decisione, come se volesse far comprendere bene il suo pensiero a quelle teste che non seguivano il Profeta. Le parole uscivano pulite e chiare, condite da un odio netto.

– Ma questo sarà se Dio vorrà – continuò. – Oggi invece siamo qui a combattere contro di voi e solo dopo che questa fase sarà conclusa la mia nuova organizzazione potrà nascere.

– Ancora questa storia della organizzazione. Di che cosa si tratta? – lo interruppe Anton.

– Per fondarla sono disposto a tutto e, se voi volete, potrete aiutarmi in questa impresa. Naturalmente in cambio del vostro aiuto ci sarebbe del denaro, tanto denaro.

Rashidi era rimasto un poco in disparte. Sembrava che quella conversazione non lo riguardasse e rimaneva seduto, cercando di mangiare con le mani legate. Ma stava invece ascoltando con attenzione, tentando di comprendere quel che sarebbe accaduto.

– Vai avanti – lo incalzò Ugnius.

– L'armata sovietica sta perdendo la guerra – cominciò Muhammad.

Che cosa dici? La gloriosa Armata Rossa, il più grande esercito del mondo e meglio armato non può perdere, hai capito? Non può! – Novak balzò in piedi tirando un calcio alla coscia di Muhammad il quale si piegò da un lato per il dolore, ma non disse niente.

– Fermo, Novak. Fermo ho detto! Lascialo parlare – lo bloccò Anton.

Muhammad levò gli occhi sul soldato sovietico e lo fissò, poi riprese a parlare in un sibilo: – Per questa volta è andata così, ma un altro gesto del genere segnerà per te la differenza tra vivere e morire come un cane infedele.

– Non minacciare tu, e prosegui invece il racconto, accidenti! – lo rampognò Ugnius.

L'arabo si risistemò, massaggiò leggermente la coscia, poi proseguì. – Come dicevo, L'Unione Sovietica sta perdendo la guerra. Avete decine di migliaia di soldati in Afghanistan, reparti speciali di combattimento equipaggiati con armi moderne, migliaia di carri armati, aerei ed elicotteri. Si calcola che da quando il conflitto è cominciato circa un milione di afgani sono stati uccisi. Ma perderete lo stesso, anzi state già perdendo. È solo questione di tempo. In gran segreto il vostro nuovo capo del Cremlino ha già dato ordine di ritirare progressivamente le truppe – rivelò Muhammad.

– Come le sai queste cose? – sbottò Ugnius. I due ufficiali erano sorpresi mentre i due sottufficiali commentavano queste ultime affermazioni con risate di scherno.

– Le so, e sono vere. E lo sapete anche voi che lo sono, non è così? Non avete forse già visto delle colonne muoversi da Herat verso nord? E dove credete che vadano? Rientrano nascostamente in Unione Sovietica, ecco dove vanno. E quelle che avete notato erano solo le prime, presto ce ne saranno altre di colonne, e sempre più numerose.

I sovietici si guardarono, ammutoliti. Quelle colonne di soldati e di veicoli militari le avevano osservate davvero, e adesso le parole di Muhammad sembravano rivestire di un nuovo significato il ricordo di quelle manovre, spazzando via gli ultimi dubbi: la grande Armata Rossa si stava davvero ritirando.

– Quindi capite bene come sia inutile combattere, e come sia insensato dare la vita per una causa che oramai è da considerare persa. Come potete continuare a credere di vincere se anche il vostro nuovo Segretario Generale Michail Gorbaëv non ci crede più? Meglio accettare la verità che vi dico, e comportarvi di conseguenza.

Scossi da queste rivelazioni, i soldati rimasero silenziosi. Ugnius uscì per primo dal mutismo. – E se anche fosse così, tu che cosa ci consiglieresti di fare?

– Semplice. Dovete lasciarmi andare.

6.
La colonna e gli infami

Quattro militari, due ufficiali e due sottufficiali, si avvicinarono al comandante che stava eseguendo gli ultimi preparativi prima della partenza. Si trattava dell'ufficiale di collegamento che aveva in carico la gestione degli aspetti pratici e burocratici che sempre accompagnano la formazione e la marcia di una imponente colonna militare.

Le strade di Herat erano fangose e sporche per la neve caduta la notte precedente. La precipitazione bianca si era trasformata in una putrida fanghiglia marrone che si attaccava agli stivali, imbrattava i pantaloni e rendeva faticoso camminare.

La colonna era diretta a nord anche se la destinazione finale era tenuta segreta dagli alti comandi; ma tutti la indovinavano. La colonna avrebbe oltrepassato il confine e sarebbe tornata in Unione Sovietica. Era uno di quei segreti militari sulla bocca di tutti.

– Capitano, sono il tenente colonnello Ugnius. Io e i miei uomini abbiamo l'ordine di unirci alla vostra colonna.

Il capitano rispose con il saluto militare; poi guardò i documenti e le divise dei quattro, infine, di nuovo i documenti.

– Tenente colonnello, come mai voi dell'aviazione vi mescolate con una colonna dell'esercito?

Ugnius squadrò il graduato per qualche secondo, indeciso sul tenore della risposta, poi replicò. – Si attenga agli ordini, capitano.

La colonna era imponente, oltre duecento veicoli tra carri armati, carri lanciarazzi, ma anche trattori di artiglieria usati per il traino di grosse bocche di fuoco, e poi semicingolati, carri trasporto truppe e materiali e autoveicoli fuoristrada come le UAZ, che potevano portare fino a sette passeggeri. In tutto, più di millesettecento tra soldati e ufficiali.

– Avete un vostro mezzo?

– Sì – rispose Anton – abbiamo un nostro veicolo. Anzi, ne abbiamo due.

Il capitano indugiò con lo sguardo sulle quattro persone che gli stavano davanti, ma decise di non commentare. – Bene signori, adesso sono le sette e trenta. La partenza è prevista tra quindici minuti. Recuperate i vostri mezzi e mettetevi in posizione. Buona giornata. – Il capitano girò sui tacchi e sparì.

– Che gli ha preso? – domandò Pavel.

– Niente di cui dobbiamo preoccuparci – tagliò corto Ugnius – andiamo.

Recuperarono rapidamente le UAZ e si incolonnarono. I due sottufficiali salirono sulla prima UAZ mentre Anton e Ugnius sulla seconda. Procedevano a una velocità di quasi quaranta chilometri all'ora e in pochi minuti si lasciarono alle spalle la città. La prima sosta fu a mezzogiorno. L'imponente colonna si arrestò nel mezzo del nulla e i soldati scesero dai veicoli per sgranchirsi le gambe, per pisciare e per consumare qualche razione di cibo.

Ugnius e Anton raggiunsero il capitano che stava parlando con alcuni sottoposti.

– Capitano, scusi, ci dispiace per la piccola discussione di prima. – Ugnius era quasi mellifluo. – Lei sa dove siamo diretti?

Il capitano osservò per un momento Ugnius, congedò con un gesto le persone con cui stava parlando, poi rispose guardando ostentatamente i fogli che aveva in mano: – Tenente colonnello, lei sa che la destinazione è segreta e che non sono tenuto a comunicargliela?

– Oh andiamo, capitano. Siamo avviati verso nord, e ci rendiamo ben conto di dove siamo diretti.

– Se ve ne rendete ben conto allora non avete bisogno delle mie informazioni, diversamente sono costretto a lasciarvi nella vostra ignoranza. Mi dispiace signori: si tratta di ordini.

– Capitano – intervenne Anton – come si chiama?

– Capitano Ivan Diatlov – rispose lui, impettendosi.

– Compagno capitano, non vogliamo metterla in difficoltà, ma non è un segreto per nessuno che questa colonna rientra in patria. Noi lo sappiamo e credo che qui dal primo degli ufficiali all'ultimo dei soldati nessuno ne sia all'oscuro. Si tratta di quei segreti militari che sono sulla bocca di tutti. – Anton concluse con un sorriso, allargando le braccia.

– E allora che cosa volete sapere compagni? Sapete già tutto, no? A che cosa vi serve la mia spiegazione?

– Compagno Ivan, sarebbe importante conoscere quale sarà precisamente il tragitto; vorremmo sapere quanto ci vorrà prima di giungere a Mosca, così possiamo avvertire le nostre famiglie. Sono dieci mesi che siamo qui in Afghanistan, e i permessi sono rari come la vodka di qualità – concluse Anton.

– Il tragitto deve rimanere segreto compagni, credo ne comprendiate perfettamente le ragioni. Mi dispiace, non ho altro da aggiungere – stabilì Diatlov.

Ugnius annuì, fece un cenno agli altri e i quattro si allontanarono.

– Che si fa? – chiese Pavel.

– Diatlov mi pare inflessibile. Non credo avremo informazioni da lui – rispose Novak.

– In questo caso abbiamo solo una strada davanti. Lo sapete bene – informò Ugnius.

– No, forse c'è un altro modo – lo interruppe Anton.

– Ah sì? Qual è? – chiese Ugnius.

– *Il conte di Montecristo* – rispose Anton.

– Che cosa? – domandarono all'unisono i tre.

– Il romanzo del conte di Montecristo. All'inizio di tutta la complessa vicenda c'è un tradimento.

– E allora? – disse Pavel che continuava a non capire.

– Continua – ordinò Ugnius.

– La descrizione di quel tradimento è piuttosto accurata e penso che, cambiate le cose che devono essere cambiate, potremo sfruttare anche noi il medesimo meccanismo. Si tratta di avvertire il comando di Herat che Diatlov sta passando informazioni ai ribelli; per esempio informazioni riguardanti la colonna militare – spiegò Anton.

– In che modo?

– Scrivendo una lettera al compagno Colonnello Generale di stanza a Herat.

– E che cosa ci guadagneremo? – domandò Ugnius.

Anton guardò Ugnius e si domandò se di tanto in tanto le qualità intellettuali di quell'uomo andassero a nascondersi da qualche parte lasciandolo solo e in balìa della sua arroganza. Possibile che non capisse?

– Come prima cosa il comando darebbe ordine di cambiare il percorso di marcia della colonna e, a ogni buon conto, solleverebbe Diatlov dall'incarico di ufficiale di coordinamento. Il sostituto potrebbe essere più malleabile e dirci quello che non ci ha raccontato Diatlov – chiarì Anton.

– E comunque avremmo molte più possibilità di intercettare i nuovi ordini e prepararci così per quello che dobbiamo fare – venne in soccorso Pavel.

Ugnius arrossì per un istante, poi si riprese: – Va bene, va bene. Scrivete la lettera allora, e che sia convincente.

– No, approfittiamo del fatto che ci siamo tutti e scriviamola insieme. Quattro teste pensano meglio di una. – Anton cercò un posto comodo e gli altri si disposero intorno.

Il giorno dopo a Herat, nella palazzina del comando di terra, il Colonnello Generale Igor Sokolov si stava concedendo un breve pausa: in piedi sul piccolo balcone che si affaccia sulla piazza principale beveva lentamente un caffé caldo.

Dal balcone guardò giù verso piazza che una volta era stata affollata di traffico, di carretti e di ambulanti che per poche rupie vendevano e acquistavano tutto. Adesso la piazza era deserta: niente grida, niente colori, niente odori di cibo che si cuoceva rapidamente, nessuna brace accesa sotto griglia improvvisate, nessun ambulante che raccomandava la bontà dei suoi *shish kebab,* nessun mercante indaffarato che si sbracciava urlando le qualità delle proprie stoffe. La guerra aveva spazzato via tutto.

Il cielo era coperto e il fango bruttava le strade, i pochi marciapiedi rimasti e i muri delle case. Il sottile strato di asfalto era stato distrutto dai cingolati e dai mezzi pesanti, dappertutto c'erano solchi che formavano buche profonde in cui gli stivali dei soldati affondavano e, qualche volta, rimanevano. Appoggiato alla balaustra il Colonnello Generale levò lo sguardo fissando il cielo plumbeo. Nevicherà un'altra volta prima di sera, si sorprese a pensare con tristezza. Guardò di nuovo in basso proprio nel momento in cui arrivava velocemente una UAZ militare che inchiodò davanti alla sua palazzina. I soldati non attesero che il conducente scendesse per farglisi immediatamente incontro; parlottarono un poco e infine tutti si girarono in su a cercare con lo sguardo l'occupante del balcone. Sokolov rientrò nella palazzina, si sedette dietro la scrivania e aspettò, continuando a sorseggiare la sua tazza di caffé.

– Compagno Colonnello Generale, un sottufficiale chiede di parlarle.

– Fate entrare.

L'uomo entrò e si mise sull'attenti poi, senza dire nulla, consegnò una lettera all'alto ufficiale.

Sokolov la aprì con calma e lesse.

Al Comando di Herat,
Al Colonnello Generale compagno Igor Sokolov
E, per conoscenza, al Generale di Armata compagno Nikolaj Pavlov

Compagno Colonnello Generale,

questa mattina abbiamo osservato il capitano Ivan Diatlov mentre si allontanava dalla colonna militare appena partita da Herat. Interrogato il suo attendente, costui ci ha riferito che il capitano aveva intenzione di perlustrare il terreno in avanscoperta. La direzione presa però, est-nord-est, era lontana dalla direzione che si sarebbe dovuta seguire per andare davvero in avanscoperta. Così lo abbiamo seguito.

Giunto in prossimità della località Myrza il capitano ha incontrato alcuni ribelli a cui ha consegnato una busta sigillata, contenente probabilmente informazioni sul percorso della colonna e sulle sue prossime tappe.

Abbiamo registrato le coordinate delle posizioni dell'avamposto dove è avvenuto lo scambio di informazioni e le abbiamo messe in una busta che il sottufficiale Novak vi consegnerà insieme a questa lettera.

Ritenevamo importante mettervi al corrente e ci rimettiamo a qualsiasi decisione vogliate prendere in merito.

Seguivano i deferenti saluti e le firme per esteso di Ugnius, Anton, Pavel e Novak. Il Colonnello Generale guardò pensoso la lettera che aveva tra le mani, poi fissò lo sguardo su Novak che subito gli consegnò la seconda busta con le coordinate. Sokolov diede una occhiata anche a quella quindi sollevò il sopracciglio e, infine, il telefono.

Il giorno seguente Rashidi si domandò perché Muhammad lo aveva spedito ad appostarsi a qualche chilometro di distanza da Myrza insieme ad altri due combattenti. Il saudita gli aveva spiegato che si trattava di una azione di enorme importanza, ma glielo aveva ordinato in maniera brusca, con modi insolitamente aspri anche per un individuo abituato a comandare come lui. Non era un buon segno, rifletté. Gli aveva consegnato senza indugi il Land Rover, ordinandogli di raggiungere al più presto la destinazione assieme a due altri guerriglieri che gli erano stati assegnati. Quando Rashidi arrivò in quel luogo sperduto nel mezzo del nulla, dove sembrava che proprio niente potesse accadere, per prima cosa cercò di nascondere al meglio il fuoristrada ma si accorse subito che si trattava di una impresa pressoché impossibile. Non c'era nulla, lì intorno, che potesse fungere da riparo o da nascondiglio. Si appoggiò all'unico muretto a secco che parzialmente circondava alcune vecchie case diroccate, e cercò di capire se lì c'era un nemico e da quale parte sarebbe potuto arrivare. L'ordine era di presidiare Myrza per tutta la giornata. I due che lo accompagnavano erano alla prima vera azione operativa e avevano pochissimo addestramento alle spalle. Erano solo due ragazzi, e gli erano stati affibbiati precipitosamente. Perché poi? Guardavano pure loro il nulla oltre il muretto a secco che a malapena nascondeva i loro corpi sdraiati, e stavano fianco a fianco. Presto la prospettiva di una lunga attesa spinse i due giovani a cercare di ammazzare il tempo. Dopo qualche decina di minuti, annoiati per il non far niente e stanchi di fissare il vuoto, decisero di darsi piccole spallate, ridendo e prendendosi in giro. Rashidi li guardò torvo, ma non disse nulla. In fondo non c'era nulla di cui preoccuparsi e molto, invece, da annoiarsi. La giornata sarebbe stata interminabile.

Con tutto quel tempo a disposizione ripensò agli ultimi avvenimenti. Dopo l'incontro con i quattro sovietici, la loro cattura e successiva liberazione, erano accadute molte cose che lui faceva fatica a comprendere. Rashidi era un soldato, un bravo mujaheddin, ma non capiva i sotterfugi e le trame che spesso si ordiscono in guerra. I quattro sovietici erano stati evidentemente convinti dal denaro e dalle promesse di Muhammad, e per quelle ragioni prima si erano fatti accompagnare fino alle porte di Herat, come avrebbe fatto un comune taxi, poi li avevano lasciati liberi di rientrare con il Land Rover. Muhammad e Rashidi se ne erano tornati indietro a tutta velocità, verso le montagne.

Nei giorni seguenti, al quartiere generale dei ribelli, Rashidi comprese che Muhammad era rimasto in stretto contatto con i sovietici, tanto che lui stesso aveva dovuto far da corriere e consegnare in determinati luoghi alcune buste sigillate che, lo sapeva, erano per loro. Certamente macchinavano qualche cosa, ma non avrebbe saputo indovinare che cosa. Ai suoi occhi Muhammad era cambiato e in questi ultimi giorni gli pareva ancor più freddo e calcolatore, lui d'altronde non si era mai fidato tanto di quel saudita. Si rendeva conto che Muhammad sarebbe stato pronto a qualsiasi cosa per la causa, tanto che identificava la causa dei mujaheddin con la propria, ma se prima questo pensiero lo rallegrava adesso, invece, gli metteva brividi di paura. Si ricordava bene che quella notte, al bivacco, Muhammad era riuscito a ribaltare la sua posizione: da prigioniero era diventato il capo di quella piccola ed eterogenea banda. Avevano parlato in inglese e Rashidi non capiva molto bene quella lingua straniera. Però era stato sufficiente vedere il mutamento di atteggiamento da parte dei sovietici per comprendere che un patto scellerato era stato stretto. Costoro da dominatori si erano trasformati in dominati, i lupi diventavano agnelli. Ma quale erano i termini di quel patto? Non lo sapeva. Invece di essere contento, quella vicenda gli forniva continuamente preoccupazioni. Più ci pensava, più si convinceva che il legame maligno con quelle persone gli avrebbe procurato guai. Rashidi era un uomo coraggioso ma il pericolo amava vederlo davanti, chiaro e concreto; le trame nell'ombra gli incutevano timore perché non si sentiva adatto a comprenderle, e tanto meno a sventarle.

Qualcosa interruppe il flusso dei suoi pensieri. Non aveva visto nulla, ma il suo istinto di guerrigliero gli diceva che adesso il pericolo c'era, ed era reale. Allungò un calcio al ragazzo più vicino e sibilò a entrambi di tacere e restare immobili.

Prese il binocolo e aguzzò la vista: niente. Poi intravide, lontanissimo, un elicottero. Non puntava verso di loro ma disegnava un cerchio che, se ne rese ben conto, aveva Myrza al centro. In una decina di minuti il velivolo aveva disegnato percorsi concentrici che lo portavano ad avvicinarsi sempre più. Sembrava un predatore che girasse piano intorno alla sua preda. Rashidi non aveva con sé armi in grado di contrastare un elicottero e l'unica cosa che poteva fare era ordinare di stare nascosti, aspettare e sperare. Sembrava che qualcosa guidasse senza tentennamenti il velivolo verso di loro. Poco dopo anche dal terreno cominciarono a notarsi segni di attività nemica. Una colonna di polvere iniziò lentamente a sollevarsi in lontananza: veicoli in avvicinamento. Quattro autoblindo pesanti sovietiche fecero ben presto la loro comparsa. Si trattava di mezzi che all'occorrenza si trasformavano in anfibi, erano dotati di una corazza di tutto rispetto ed equipaggiati con potenti mitragliatrici da 14,5 mm. Spinti da potenti motori diesel e con una trazione a otto ruote motrici che li toglievano d'impaccio in ogni situazione, erano dei veri carri armati in miniatura. Rashidi ebbe prima un conato, poi un secondo: era paura, sapeva riconoscerla. Analizzò rapidamente le circostanze, ma non tardò a comprendere che non aveva via di scampo. Le autoblindo li puntavano senza alcun indugio, mentre l'elicottero che girava in tondo sopra di loro impediva qualsiasi possibilità di fuga. Se avessero preso la Rover sarebbero stati immediatamente scoperti e distrutti anche perché nei dintorni di Myrza non c'erano montagne, né alberi o luoghi dove nascondersi alla vista di un pilota. Di fuggire a piedi neanche parlarne: tutto intorno soltanto una piatta distesa che rendeva un uomo in fuga un bersaglio visibile da chilometri di distanza. Intanto, i potenti motori sovralimentati spingevano rapidamente le autoblindo in avvicinamento. A Rashidi venne in mente che quel rombo era il suono del destino implacabile che veniva a trovarli. Poi ripensò a Muhammad e agli accordi presi con i sovietici, e un sospetto tremendo gli squarciò la mente. Ma presto non ci fu più nulla da pensare. Non appena i veicoli furono a tiro cominciarono a bersagliare il muretto a secco. L'elicottero sopraggiunse qualche secondo dopo ed esplose un missile centrando perfettamente l'incerto riparo. In pochi attimi era tutto finito. Il muretto a secco non esisteva più, sbriciolato come quei corpi che dietro avevano cercato un inutile nascondiglio.

Poche ore più tardi, mentre Diatlov viaggiava a fianco del suo autista sulla UAZ in testa alla lunga fila di veicoli militari, un'altra vettura militare li affiancò e superò per poi arrestarsi davanti a loro, costringendo l'intera colonna a bloccarsi.

– Ehi! Che cosa state facendo? Via di lì! – urlò Diatlov sporgendo la testa e un poco di spalla fuori dalla UAZ.

Invece di rispondere due militari scesero dall'auto e si avvicinarono alla UAZ di Diatlov.

– Compagno capitano Ivan Diatlov, abbiamo l'ordine di riportarla immediatamente ad Herat. Ci segua – disse uno dei militari.

Diatlov li guardò sbigottito e replicò. – Ma che cosa state dicendo, compagni? Io debbo guidare questa colonna e condurla a destinazione, non posso tornare a Herat. Vi state sbagliando.

Il secondo militare gli mostrò l'ordine firmato dal Colonnello Generale Igor Sokolov. Diatlov lesse l'ordine e sembrò improvvisamente sgonfiarsi. Chinò il capo e senza dire una sola parola seguì i militari.

La colonna sostò per una buona mezz'ora, poi riprese il cammino. A comandarla, ora, c'era il capitano Anatoly Podborsky che era salito sulla UAZ di Diatlov. Subito dietro si erano accodate le vetture di Ugnius, Anton, e poi via via tutti gli altri.

Due giorni dopo, al tramonto, la colonna si fermò presso un piccolo villaggio semi-abbandonato. La maggior parte dei mezzi militari si disposero lungo la strada che tagliava il paese a metà. Nel pomeriggio avevano compiuto una lunga deviazione per raggiungere quel villaggio che, in effetti, non era sulla strada diretta a nord. Ma questa ai comandati era sembrata una misura di sicurezza necessaria. Il nuovo percorso che la colonna doveva seguire era infatti più tortuoso e più lungo, e quelle lunghe deviazioni dovevano servire a depistare eventuali nemici. I ribelli in quella zona erano veloci e pericolosi e gli alti comandi sovietici lamentavano già troppe perdite. I tempi del trasferimento si sarebbero allungati ma, almeno, il viaggio sarebbe stato più sicuro. E, con un probabile tradimento schivato sul groppone, quella colonna era già molto a rischio, così ritenevano gli alti ufficiali di Herat.

Ugnius e Anton si fermarono a parlare con Podborsky mentre la colonna si preparava per la notte.

– Sarà una notte difficile, capitano. I soldati soffriranno il freddo – disse Ugnius.

– Ci sono abituati. L'esercito non ha le comodità dell'aviazione, compagno colonnello – rispose Podborsky sorridendo.

– Secondo le indicazioni di percorso che ci ha dato, tra tre o quattro giorni dovremmo essere ben dentro il confine sovietico – interloquì Anton.

– Già, tempo permettendo capitano, tempo permettendo. L'inverno da queste parti può improvvisamente peggiorare e allora la marcia si rallenterebbe di parecchio.

– Come mai avete deciso di fare tappa proprio qui? – chiese Ugnius.

– È stato il comando di Herat. Era una sosta segnalata negli ordini che ho ricevuto dal comando di Herat – rivelò Podborsky.

– Già, già. Voglio ringraziarla capitano. È stato molto gentile a dare seguito alle nostre richieste – concluse Ugnius.

– Non è stata gentilezza. Ad Herat mi hanno detto di aiutarvi per quanto possibile. Pare che siate tenuti in alta considerazione dal colonnello generale in persona. È per questo che non mi sono molto preoccupato se il sigillo della lettera che ho ricevuto non era perfetto – aggiunse, sornione, il capitano.

Ugnius non replicò. – Quindi la direzione è quella verso il lago di Aral, no?, poi la colonna dovrebbe piegare verso sinistra e aggirarsi ancora di più all'interno dell'Unione Sovietica? – chiese.

Questa volta fu il turno di Podborsky di non replicare. Il comandante della colonna preferì cambiare argomento: – Ma potreste raccontarmi che cosa è accaduto e che cosa avete fatto? Sembra che abbiate salvato addirittura la colonna da un attacco nemico.

Ugnius fece un cenno di diniego, ostentando indifferenza, quindi il capitano riprese. – Dove sono gli altri aviatori? Siete in quattro, no? Restate qui a cena? Sarete miei ospiti. – Podborsky indicò con una mano il suo tavolo da campo già apparecchiato.

Anton indicò in modo vago un luogo verso la coda della colonna e si schermì.

– No, capitano, andiamo a raggiungere i nostri commilitoni. La ringraziamo per l'invito ma credo proprio che ceneremo con loro in fondo alla colonna.

Si intrattennero ancora un poco per gli ultimi convenevoli poi i due ufficiali si allontanarono.

L'oscurità, intanto, era scesa sul villaggio. Si sentivano le urla e gli scherzi dei soldati e il rumore basso e continuo dei generatori da campo che fornivano energia e illuminazione interrompendo il silenzio freddo e oscuro della notte afgana.

Podborsky si apprestò a cenare da solo. Si sedette e appoggiò sul tavolino il suo porta documenti. Lo guardò e, lentamente, ne estrasse una fotografia. Irina gli sorrideva serena. Anatoly pensò che quel sorriso non era più indirizzato a lui. I due anni passati in Afghanistan erano stati i più duri della sua vita. Odiava quella guerra e ciò che significava. Non sopportava più gli ordini, l'obbedienza, le marce e i combattimenti. Non credeva più in quello che faceva: da tempo gli mancavano la forza e la convinzione necessarie per andare avanti. Continuava solo perché costretto, ma non ci credeva più. Che ci faceva lì? E perché avrebbe dovuto avercela contro quel popolo? Che cosa gli avevano fatto? Per quanto ne sapeva, nulla. Anzi, eravamo noi, i sovietici, ad invaderli e a spadroneggiare in casa loro. Avevano tutto il diritto di combattere.

Nei pochi giorni di licenza concessi aveva parlato a casa con sua moglie di questo suo recente e irrimediabile disgusto per la vita militare, e del suo odio immenso per quella guerra. Irina lo ascoltò, ma non capì. Alla fine la donna si fece la convinzione che suo marito fosse un vigliacco, un pauroso, e glielo disse. Anatoly non era un violento, né amava ubriacarsi di vodka come certi suoi connazionali, ma quella volta bevve, e molto. Litigarono come non era mai accaduto prima, Anatoly alzò la voce, la minacciò e la picchiò, più volte. Irina cadde per terra sbattendo contro l'angolo del frigorifero. Si rialzò sanguinante e, senza dire una parola, se ne fuggì in camera. Prima di chiudere la porta gli urlò che quella sarebbe stata l'ultima goccia.

Poi, nella notte, quando le nebbie dell'alcol si furono in parte diradate, lui cercò di convincerla, piangendo come un bambino dietro quella porta chiusa ma Irina non ne volle sapere e la porta rimase sbarrata.

Il mattino dopo doveva ripartire per il fronte, la licenza era finita. Nonostante le sue preghiere e le sue suppliche dovette andarsene senza neppure vederla.

Dall'Afghanistan l'aveva cercata spesso e quando riusciva a prendere la linea iniziavano subito a discutere, sempre più aspramente. Poi, lei gli aveva detto di trovarsi un altro posto per la prossima licenza, perché in quella casa non ce lo voleva più.

Anatoly, disperato, la chiamò quasi ogni giorno per farle cambiare idea; le chiese mille volte scusa, ma sembrava fosse tutto inutile. Una sera tardi riuscì a prendere la linea e chiamò. Irina rispose con il fiato grosso, come se avesse fatto una corsa. Anatoly le domandò se stava bene e la donna rispose che sì, stava molto bene. Anatoly cominciò a tempestarla di richieste e di suppliche, cercando di convincerla a non lasciarlo, dicendo che non sarebbe mai più accaduta una cosa del genere e affermando che senza di lei si sentiva perduto, e vuoto. Irina lo ascoltò in silenzio poi disse, semplicemente: – Adesso voglio finire. – Appoggiò la cornetta sul tavolino e Anatoly poté udire distintamente sua moglie riprendere a fare l'amore. Rimase ad ascoltare annichilito, poi si mise a urlare quando le grida di piacere dall'altra parte del filo crebbero di intensità.

Erano passati quattro mesi da allora e adesso, guardando quella fotografia, Anatoly cadde in preda a sentimenti contrastanti. La odiava per quel che aveva fatto e per come lo aveva fatto e, nello stesso tempo, si vergognava del modo in cui lui si era comportato: uno stupido e violento ubriacone, ecco che cosa era. Finì lentamente di mangiare.

Poco lontano, altri soldati stavano terminando le poche razioni alla luce di una potente lampada posta sopra il tavolo. Il soldato Andrey si sorprese a pensare che avrebbe preferito cenare al buio. Così avrebbe potuto appoggiarsi di più al suo Josif. Josif era buono, gentile con lui, e Andrey era felice; non credeva che sarebbe stato felice in guerra. Le marce e i disagi adesso non gli pesavano più di tanto. Lui era l'addetto agli approvvigionamenti e non gli era mai accaduto di dover sparare a qualcuno, d'altronde riteneva di non esserne capace. Josif invece sì, lo aveva fatto, ed era una cosa della quale non voleva parlare, neppure con lui. Si erano conosciuti nella grande sala mensa di Herat, quella allestita per gli ufficiali vicino al quartier generale. Andrey serviva ai tavoli in caso di bisogno, e quel giorno servì a un tavolo in cui, tra gli altri, era seduto proprio Josif. Costui era un ufficiale e Andrey di solito con loro non ci parlava perché lo intimorivano. Ma in quella circostanza il suo sguardo si fermò sul quel giovane sottotenente dalla corporatura imponente e dagli occhi buoni e, non sapendo neppure lui come, trovò il coraggio di domandargli da dove veniva e da quanto tempo stava in Afghanistan. Josif sorrise e ad Andrey il cuore salì velocemente in gola. Sperava tanto che le sue guance non diventassero così rosse. Lui se le sentiva infuocate. Cominciarono a parlare, e in poco tempo strinsero amicizia. La prima volta che si baciarono fu circa una settimana dopo, di nascosto dietro le latrine. Il posto non era certo molto romantico, eppure non importava.

Era difficile volersi bene in guerra. Ed era ancora più difficile dimostrarselo. Josif e Andrey ci provavano: furtivamente, velocemente, tutte le volte che ne avevano l'occasione. E quei momenti sottratti alla paura, alla violenza e ai disagi, erano incredibili, vivi e preziosi.

Tra i soldati c'erano anche donne, non molte per la verità. E quelle combattenti erano davvero poche. Natasha era una di queste, decisa e brava nel suo lavoro, non si lamentava mai e faticava come un uomo, anzi di più. Era sempre stata un maschiaccio, lo sapeva sin da piccola quando si divertiva a fare la lotta con gli altri bambini, o quando giocava a calcio molto meglio di tanti ragazzi. Da adulta scoprì che la vita militare non le pesava, e così scelse di firmare e fare carriera. Era contenta di quella scelta anche se in quel momento, mentre ritornava verso il suo semicingolato, aveva gli stivali che le facevano male e sentiva la giacca pesante e troppo stretta sul suo seno ingombrante. Se avesse potuto si sarebbe liberata volentieri di quegli indumenti così scomodi. Certo, non avrebbe voluto averlo quel seno così vistoso, e non avrebbe voluto avere nemmeno quei piedi così piccoli e delicati. In guerra si cammina molto e bisogna avere piedi rozzi e insensibili al freddo, al caldo, alle ferite. A Natasha un poco infastidivano queste sue caratteristiche così femminili che lei traduceva in altrettante debolezze; avrebbe semplicemente voluto agire e sopportare come un uomo, ed essere trattata conseguentemente. Intendiamoci, non voleva essere in tutto e per tutto come un uomo; quelle battute che circolavano su di lei la disturbavano profondamente, però aveva deciso di lasciare correre perché in qualche modo servivano a lasciarla in pace. Di tanto in tanto i commilitoni le domandavano sorridendo se non le mancassero le amiche; con tutti quei maschi intorno non aveva voglia di fare due chiacchiere con una donna? E, mentre glielo domandavano, ammiccavano maliziosi. No, Natasha non era lesbica. Era fredda e teneva tutti a distanza, è vero, ma aveva un fidanzato in patria e si sarebbero sposati a guerra finita. In Afghanistan lei voleva soltanto svolgere il suo lavoro, e cercava di svolgerlo bene.

Come per scacciare quelle insinuazioni fastidiose agitò velocemente la mano destra davanti al viso e ritornò al pensiero che in quel momento la preoccupava di più: non riusciva a trovare Cechov, il suo gattino. Lo aveva raccolto per strada a Herat e se lo era portato con sé. Ai suoi compagni nel semicingolato non importava, e poi Cechov faceva le fusa, non sporcava e non miagolava. Ogni tanto doveva lasciarlo libero di andare in giro e, dopo qualche tempo lui tornava, sempre. Non stavolta, però, e Natasha pensò che era meglio andare a cercarlo. Dapprima iniziò a controllare nelle vicinanze, ma Cechov non si trovava. L'oscurità era fitta e lei ritenne che allontanarsi dal campo poteva comportare dei pericoli. La donna rabbrividì un poco nella pesante giacca militare ma decise comunque di avanzare nella notte. La torcia elettrica le permetteva di vedere soltanto un cerchio di terreno avanti a sé. Tutto intorno il buio afgano era così denso da sembrare liquido. Decise di procedere in modo sistematico e, tenendo il semicingolato come centro, percorse tragitti circolari sempre più ampi, continuando a illuminare il terreno. Forse Cechov era rimasto impigliato da qualche parte, o forse si era ferito. Tese le orecchie per sentire qualche miagolio, ma ebbe solo il silenzio come risposta. Si era oramai allontanata dal centro del paese illuminato dai generatori ed era ora a più di mezzo chilometro. Intravide una costruzione isolata e distrutta, una delle poche case poste fuori dal borgo vicino a uno stagno, poco più di una pozza d'acqua ghiacciata. Decise di spegnere la torcia. Neppure lei sapeva perché, ma le parve la cosa giusta da fare, Si avvicinò con passo indeciso fino al bordo dello stagno e lì scorse qualcosa. Attese che gli occhi si abituassero a quel buio così denso e guardò meglio: si, era il corpo di Cechov, adagiato su un fianco e con la testa girata in modo innaturale. Una coltellata lo aveva quasi aperto in due. Tenne spenta la pila e si accovacciò rapidamente, la mano sulla pistola; poi si spostò, allontanandosi dal luogo in cui giaceva il piccolo cadavere. Ora la notte non le sembrava più così quieta, né il silenzio così naturale. Mentre scrutava il buio e tendeva le orecchie per avvertire ogni possibile rumore, immobile come una pietra, una lacrima scese, piano, a bagnarle la guancia.

Podborsky, intanto, dopo la sommaria cena aveva deciso che non sarebbe rientrato nella tenda che l'attendente gli aveva preparato. Non aveva sonno e la foto di Irina gli aveva mosso ricordi dolorosi che doveva in qualche modo smaltire, se voleva addormentarsi. Decise di farsi una camminata e prese la direzione nord, uscendo dal paese con passo veloce, come se camminare in fretta lo aiutasse a lasciare indietro i pensieri che lo intristivano, e immediatamente si immerse nella notte afgana. Si ricordava di avere intravisto una macchia di alberi in lontananza quando la colonna si era fermata con gli ultimi chiarori del crepuscolo, e ora si dirigeva verso quella direzione immaginando che prima o poi le piante sarebbero sbucate dall'oscurità. Dopo qualche minuto cominciò ad intravedere sagome di rami e tronchi. Erano spostati solamente di qualche grado rispetto alla direzione che aveva preso. Sorrise tra sé per il suo senso dell'orientamento e, quasi con piacere, accelerò colmando rapidamente la distanza che rimaneva e infilandosi sotto i bassi rami ghiacciati. Si guardò attorno, indeciso se sedersi o continuare la sua camminata, e immediatamente si bloccò. C'era qualcuno, o qualcosa, tra quegli alberi.

Durante la cena Josif aveva sfiorato più volte la mano di Andrey lasciandogli alla fine un biglietto che il giovane nascose immediatamente. Si erano alzati da tavola e ognuno si era allontanato per la sua strada. Sul biglietto Andrey lesse il luogo dell'appuntamento e una decina di minuti dopo i due amanti si ritrovarono ai confini del paese, felici del buio e noncuranti del freddo. Si incamminarono stretti l'uno all'altro, scambiandosi baci e carezze per scaldarsi, e parlando fitto a bassa voce.

Quando raggiunsero il boschetto Andrey si appoggiò a un albero e attese che le belle mani di Josif cominciassero a cercarlo, cercando di ridestare ciò che in realtà era già sveglio. I due amanti si presero subito, senza porre tempo in mezzo.

Pochi istanti dopo l'intero paese saltò in aria.

Le case sulla via principale erano state imbottite di esplosivo, e saltarono come birilli impazziti. Le esplosioni squarciarono la notte e illuminarono la colonna per l'intera sua lunghezza. Gran parte delle autoblindo e dei mezzi militari fu travolta dalle macerie oppure mangiata dalle fiamme. Le luci bianche dei generatori scomparvero e al loro posto si levò la luce tremula arancione e rossa delle fiamme e del fuoco. Le grida dei soldati e i lamenti dei feriti si mescolavano agli spari e allo scoppio degli esplosivi. Nel buio intorno al paese il fuoco delle armi automatiche disegnava un semicerchio quasi perfetto: erano i mujaheddin che attaccavano.

Alla luce delle fiamme Podborsky apparve impietrito. Poi, sempre più smarrito, girò lo sguardo attorno come a cercare chi gli confermasse che quel che stava accadendo non era soltanto un incubo. Scorse alla sua sinistra i due uomini stretti e appoggiati contro un tronco. Inizialmente si spaventò e mise mano alla pistola, poi guardò meglio e notò che indossavano la uniforme sovietica, immaginò che si tenessero abbracciati per la paura. Gli parve strano che fossero lì, messi in quel modo, ma la sua attenzione era soprattutto rivolta verso lo spettacolo terrificante che gli si parava davanti e ritornò inebetito a fissare la sua colonna militare che saltava per aria. Poi si scosse come risvegliandosi, e si convinse che doveva fare qualche cosa.

– Soldati, venite qui! Dobbiamo tornare al paese! – Le due figure impiegarono qualche secondo di troppo per ubbidire, impacciati e trattenuti da Podborsky non capiva bene che cosa. Alla fine, rubizzi in volto e con le divise malmesse, gli si presentarono davanti:

– Tenente Josif Ivanov, capitano!

– Soldato Andrey Golubev, capitano!

Podborsky li guardò stranito poi, con una alzata di spalle, ordinò: – Andiamo! Impugnate le armi e venite con me! – Erano appena usciti dal boschetto quando videro un soldato dalla corporatura minuta e dalla corsa veloce che si dirigeva diritto verso di loro. Era Natasha che, quasi senza fiato, cominciò a urlare: – Aspettate!, ci sono anche io! – Poi, riconoscendo il capitano, si fermò per salutarlo militarmente e si raddrizzò per quanto le permise la sua altezza: – Sergente Natasha Dogopolov, capitano. Capitano Podborsky vorrei che mi seguisse, ho visto una cosa che potrebbe interessarla.

Il capitano sentiva i colpi dei Kalashnikov che crepitavano intorno e voleva aiutare i suoi soldati o, se il caso, morire nel tentativo. Tanto non è che avesse moltissimi ragioni per sopravvivere. Natasha aveva però un piglio deciso e qualcosa nell'atteggiamento della soldatessa lo convinse a seguirla. Senza nemmeno attendere un cenno di assenso la donna si voltò e li condusse fino alla casa isolata fuori dal paese dove, nascosto dietro un muro e vicino allo stagno, stava parcheggiato un Land Rover 127 seminuovo. Podborsky rivolse uno sguardo interrogativo a Natasha, chiedendosi che cosa c'era di tanto importante in quella scoperta. La donna sembrò comprendere i pensieri che correvano nella testa del suo superiore di grado e aggiunse: – Dia una occhiata all'interno, capitano.

Podborsky direzionò il raggio di luce della torcia oltre i finestrini del Land Rover e lo lasciò indugiare sui sedili dove erano state gettate alcune divise militari sovietiche. Erano divise appartenenti alla aviazione; di una riuscì anche a scorgere i gradi, ed erano quelli di tenente colonnello. Podborsky fece un salto indietro. Guardò in modo quasi sperduto i due uomini e la donna, poi il suo sguardo si fece duro e sibilò: – Tradimento.

7.
Il piccolo Putin

Durante quell'inverno afgano Podborsky ebbe modo di frequentare gli estremi. La vita sembrava si fosse divertita ad allestirgli un immenso ottovolante emotivo sul quale egli beccheggiava senza posa. In poco tempo passò dallo sconforto profondo in cui lo aveva gettato l'abbandono della sua oramai ex moglie, all'alto terrore suscitato dall'attacco improvviso, alla pronta disperazione provocata dalla comprensione che l'attacco alla sua colonna era il frutto di un tradimento vigliacco. Poi, anche se Podborsky ancora non lo sapeva, egli era atteso da insperate e gloriose risalite che lo avrebbero, infine, precipitato in voragini definitive. Di certo quello fu un inverno che ricordò per tutta la vita, come accade per certe poesie mandate a memoria da bambino.

Il gruppetto rimase attonito a guardare il fuoristrada Rover e ciò che si scorgeva al suo interno, fino a che rumori di passi vicini li misero in fuga e tutti e quattro si affrettarono a cercare rifugio.

Sentirono distintamente le voci e ciò permise a Podborsky di riconoscere, nonostante l'oscurità, l'identità delle persone.

Fu preso da un accesso di rabbia che a stento riuscì a trattenere. Una mano, dolce e ferma a un tempo, si posò sulla sua spalla.

– Non lo faccia, Capitano. Non si muova. – Lo sguardo di Natasha era profondo e comprensivo. Podborsky ne fu colpito.

– Li conosco, so chi sono quei cani! – le rispose sottovoce con un furore che rendeva le sue parole lame taglienti. – Non più tardi di qualche ora fa erano a parlare con me e si accingevano a condividere la mia cena. Traditori, la devono pagare! – ringhiò l'ufficiale.

Natasha replicò con calma. – Pagheranno, certo, ma non adesso, non ora. Se usciamo allo scoperto non potremo fare granché. Al buio non abbiamo la certezza di colpirli tutti quanti, e loro possono chiamare rinforzi, farci accerchiare e uccidere tutti. E allora, chi ci vendicherà?

Podborsky non poté far a meno di convenire. Bisognava pazientare. – Va bene Natasha, ma la pagheranno. Fosse l'ultimo atto della mia vita, quei quattro dovranno morire per quello che hanno fatto. Glielo prometto.

– Certamente, capitano.

Rimasero acquattati per più di due ore, mentre nelle vicinanze varie persone andavano e venivano. Quel luogo infatti fungeva da quartiere generale da cui erano dirette le varie fasi della imboscata. I messaggi arrivavano e ripartivano, gli ufficiali facevano rapporto, prendevano ordini e se ne tornavano verso l'inferno di fiamme e fuoco, tra le UAZ che bruciavano, in mezzo alle case crollate, nei pianti e nei lamenti dei feriti che talvolta venivano sovrastati dalle raffiche delle armi e delle pistole automatiche.

Poi, poco alla volta, gli spari diminuirono e, insieme, i lamenti. L'alba illividì il paesaggio e dalle quinte della notte emersero le macerie delle case e le carcasse bruciate dei veicoli militari fumanti un nero fumo pestilenziale.

I quattro si fecero ancora più piccoli dietro i loro ripari e percepirono, più che vedere, i quattro russi salire sul Land Rover. Con loro c'era anche un arabo, un saudita forse, che sembrava avesse il piglio del capo: dettava gli ordini e i tempi mentre gli altri mujaheddin si rivolgevano a lui con attenzione e deferenza, e persino i quattro russi lo tenevano in gran considerazione.

Il Land Rover e il suo equipaggio si avviarono verso il campo di battaglia. Ugnius, Anton, Pavel e Novak scesero insieme a Muhammad e passarono in rassegna i prigionieri e i feriti. Dopo qualche ora, quando la mattina era oramai avanzata, Ugnius si rivolse agli altri.

– Manca il capitano, e questo non mi piace – affermò.

– È vero, Podborsky è scomparso – confermò Anton.

Muhammad convocò alcuni mujaheddin e diede alcune disposizioni.

Poi spiegò: – Ho ordinato di formare un cerchio intorno al villaggio e di perlustrare il terreno, si dovranno trovare delle tracce prima o poi. Se il capitano se ne è andato scopriremo con che mezzi e verso quale direzione.

Intanto, il quartetto si era già messo in marcia sin dalle prime luci dell'alba. Dopo breve discussione avevano infatti deciso che l'unica salvezza sarebbe stata quella di muoversi immediatamente, mentre il nemico ancora ispezionava il campo di battaglia. Si sarebbero diretti verso la città di Moynoq posta sulle rive sud del grande lago d'Aral, ben dentro il confine della Unione Sovietica. Avrebbero dovuto passare attraverso l'arido bassopiano turanico che circondava buona parte del lago. A Moynoq c'era una base militare sovietica permanente, dove i quattro avrebbero potuto trovare rifugio, ma attraversare il deserto in inverno, nel freddo e nell'abbandono di quei luoghi, affrontando certamente una traversata pericolosa, difficile, dove le notti erano gelide e senza riparo e con ogni genere di difficoltà, non era impresa da poco. Però alternative non ce ne erano e rimanere lì significava farsi scoprire prima o poi, quindi morire. Podborsky ricordò che, a dire il vero, la base militare era situata all'interno del lago, nell'isola di Vozrozdenie, dove si mormorava che si svolgessero pericolosi esperimenti chimici e batteriologici, ma ciò non gli importava più di tanto. A lui interessava fuggire dal pericolo immediato e denunciare ciò di cui erano venuti a conoscenza. Tutto il resto gli sembrava di poco conto.

Ma al momento il lago era ben lontano, e loro erano a piedi. Il lago D'Aral era il quarto bacino interno più grande del mondo, una distesa di acqua immensa che, nei piani dei massimi dirigenti della Unione Sovietica, avrebbe dovuto servire per inondare le terre circostanti e renderle fertili per la coltivazione del cotone. Purtroppo il metodo della inondazione delle terre che i burocrati sovietici avevano deciso di utilizzare lasciava, in fase di evaporazione, una patina di sale che inaridiva il terreno e lo rendeva incoltivabile.

Il governo centrale sovietico fece deviare i due fiumi, L'Amu Darya e il Syr Darya che alimentavano il lago, ma fu uno sforzo inutile. Le terre non divennero fertili, il cotone non crebbe e il lago D'Aral, non più alimentato dalla portata dei fiumi, cominciò a morire. Dai 67.000 chilometri di estensione all'inizio del Novecento, nel 1985 si era già ridotto a 45.000 e, contemporaneamente, la salinità delle acque era triplicata rendendole imbevibili e inutilizzabili per ogni forma di utilizzo domestico, producendo inoltre una moria di pesci su vasta scala che ammazzò l'industria e il commercio ittico, attività una volta fiorenti sulle rive del lago. La città di Moynoq era nata e si era sviluppata sulle sue sponde, ma nel 1985 non aveva più il lago ai suoi piedi, perché questi si era ritirato di almeno una cinquantina di chilometri. Cosicché i sovietici avevano costruito dei canali che avrebbero dovuto tenere in comunicazione la città con l'acqua, ma fu tutto inutile; i canali si insabbiarono, il lago si allontanò sempre più e Moynoq lentamente affondò nella sabbia e nel sale. Solo pochi anni prima era stato un porto attivo con infrastrutture importanti e un viavai continuo di pescherecci. Gran parte del caviale che finiva sui piatti dei russi e di mezzo mondo, proveniva da lì. Adesso il lago si stava rapidamente avviando a diventare un deserto, come la città che una volta prosperava sulle sue sponde.

Il gruppetto marciava già da parecchie ore. Si fermavano spesso per una corretta lettura della posizione e per consultarsi. Il capitano per fortuna aveva una idea molto precisa di dove si trovavano; possedeva in testa una mappa della zona e aveva con sé una bussola. Quello che non poteva sapere né immaginare era la conoscenza delle difficoltà che avrebbe trovato in quella marcia di trasferimento e in quale stato avrebbe trovato la città di Moynoq. Tutti loro avevano avuto qualche notizia riguardante il disastro ambientale dell'area, ma mano a mano che il gruppo si inoltrava nel deserto la realtà apparve tremenda in tutta la sua disperazione.

– Coraggio, mancano meno di sessanta di chilometri, poi dovremmo essere in vista del porto di Moynoq – annunciò cercando di infondere fiducia.

Durante la marcia di trasferimento la colonna militare aveva percorso un giro tortuoso, disegnando un semicerchio abbastanza largo che aveva sopravanzato le vecchie sponde del lago, per cui i quattro erano ora costretti a ridiscendere verso Moynoq attraversando le vecchie sponde. Stavano avanzando in una area bianca, salinizzata: il deserto del Kyzylkum era uno spettacolo allucinante. Le carcasse di navi sorgevano qua e là fredde e arrugginite, simili a miraggi maligni. Avvicinandosi, si poteva avvertire il lamento del vento che si infilava nei vecchi boccaporti, spazzava le tolde di color grigio ferro smangiate dalla ruggine, entrava nelle cabine e fin dentro i ponti di comando da cui erano scomparse oramai da tempo le vetrate. I tre uomini e la donna rabbrividirono, perché pareva che ciascuna di quelle carcasse stesse piangendo per la propria misera sorte. Il grado di desolazione pareva insopportabile.

Dopo altre ore di cammino senza sosta il soldato Andrey, che era il più debole del gruppo, iniziò a lamentarsi.

– Mi fanno male i piedi. Questi scarponi militari sono troppo duri – pigolò.

Josif si avvicinò preoccupato, guardò rapidamente verso Podborsky, poi prese senza esitazione la mano del giovane e insieme continuarono a camminare.

Podborsky fece finta di nulla. "In fondo non sono affari miei" pensava. Al contrario erano indubbiamente affari suoi i pensieri che gli giravano in testa sin dal primo momento in cui aveva visto Natasha. Il viso fresco e accaldato di lei che lo salutava militarmente e gli ingiungeva concitatamente di seguirlo gli era rimasto impresso profondamente, come una incisione di punteruolo nel legno fresco. E ora Natasha era lì, a due passi, che lo seguiva senza fatica e senza lamentarsi. Anzi, a meno di due passi adesso. Sì, era proprio vicina. A Podborsky parve di avvertire il calore corporeo della donna che attraversava l'aria fredda per raggiungerlo. E, improvvisamente, tutti quei mesi di astinenza forzata lo travolsero. Aveva creduto di poter comandare a piacimento il proprio corpo, di poterlo piegare ai suoi voleri senza pagare dazio. E invece il corpo gli chiedeva il conto. In pochi secondi il cuore accelerò i battiti, iniziò ad avere tremori mentre gocce di sudore gli bagnarono la fronte; una potente erezione lo imbarazzò e gli impedì di camminare normalmente, e il pensiero di Natasha che era lì, ad una vicinanza insostenibile, divenne quasi doloroso.

Podborsky avrebbe voluto voltarsi, sorriderle, abbracciarla, baciarla. Desiderava quella donna sino allo spasimo ma non voleva molestarla o, peggio, muoverle anche la minima violenza. Sentiva che avrebbe potuto farlo, ne avvertiva l'impulso, ma soffocò dentro di sé quella inclinazione. Sarebbe stato meraviglioso se anche lei avesse avvertito sia pure un decimo della tempesta ormonale che lo stava squassando, ma il suo innato pessimismo gli suggeriva che era impossibile sperarlo.

Camminarono ancora per tutto il pomeriggio, cercando di ignorare la fame e la fatica. Per fortuna era inverno e la sete non li tormentava. Il sale scricchiolava sotto i loro passi e dall'orizzonte desolato e vuoto emergevano di tanto in tanto le vecchie carcasse dei pescherecci: quasi sembrava venissero a galla. Nelle zone d'ombra, nascoste vicino alla chiglia delle navi, erano rimaste ancora virgole di neve dall'ultima nevicata. Fu Natasha a notarlo.

– Capitano, credo che dovremo fermarci per la notte. Magari acquartierandoci al riparo di una di quelle carcasse – spiegò la donna.

Podborsky annuì e indicò la direzione. – Ci fermeremo laggiù, ancora dieci minuti di cammino.

Un grosso peschereccio stazionava nella direzione indicata.

Josif e Andrey avevano continuato a parlottare tra loro tutto il tempo, però quei due non erano minimamente al centro delle preoccupazioni di Podborsky e non se ne curò. Tuttavia il capitano si concesse una sorpresa nel vedere il robusto e silenzioso Josif che, a un certo punto, prese sulle spalle il magro Andrey il quale sorrise, contento per quella soluzione che gli alleviava gli ultimi minuti di cammino. Natasha vide la scena e il viso le si allargò in un sorriso. Il cuore di Podborsky, a quella vista, fece un capitombolo: era così bella.

Il grosso peschereccio aveva uno squarcio nella chiglia ed era in parte coricato su un fianco. Andrey fu il primo a sgattaiolare dentro e, dopo qualche minuto, lo videro sporgersi in incerto equilibrio dal ponte principale, anch'esso inclinato. Sorrideva.

– Venite! Potete entrare anche voi. La nave sembra stabile. Il vento e le intemperie devono aver ammucchiato terreno intorno alla chiglia formando un cuscino solido che la sorregge e la rende ferma – e, così dicendo, Andrey compì due o tre saltelli sul posto, come per rafforzare le sue parole. La nave scricchiolò, parve lamentarsi, ma non si mosse.

– Bene – rispose Podborsky. – Ma prima raccogliamo un poco di acqua. – Presero la neve che c'era intorno e la pigiarono dentro due gamelle, poi entrarono e fecero l'inventario di quello che avevano.

Due tavolette e mezzo di cioccolata. Un pezzettino di carne secca e tre manciate di frutta secca. Il piccolo tesoro era soprattutto opera di Andrey, che spesso rubacchiava le provviste per regalarle al suo innamorato. Si divisero il cibo e tutti furono concordi nell'assegnare a Josif la carne. Era il più grosso tra loro e certamente quello che abbisognava di un maggior numero di calorie.

Josif si offrì di andare a raccogliere un poco di sterpi e gli altri si arrischiarono ad accendere un piccolo fuoco all'interno di un bidoncino che un tempo serviva a contenere sale per conservare il pescato.

Grazie al calore del piccolo fuoco, rifocillati dalla cioccolata e dalla frutta secca, per i quattro fu come superare l'ingresso di un piccolo paradiso. Quella calma che li circondava assomigliava in verità più all'occhio del ciclone, ma in quel momento le preoccupazioni e i pensieri tristi sembravano essere rimasti al di fuori del peschereccio e volteggiavano lontano, sopra il fondo secco del lago. Podborsky ne approfittò per sedersi vicino a Natasha, le coppie d'altronde erano saldamente formate: Josif e Andrey da una parte e loro due dall'altra. Seduti attorno a quel bivacco improvvisato e alquanto improbabile Podborsky lasciò pencolare una spalla verso quella di Natasha, la quale non arretrò ma ne approfittò per cercare appoggio pure lei.

Spalla contro spalla i due avvertivano l'uno il calore dell'altro, e quel contatto sembrava sprigionare energia propria.

– Credo che dovremmo riposare. Domattina ci sveglieremo all'alba e ci attende una lunga marcia. – Podborsky non sapeva controllare il tono, che si incrinava per l'emozione. Ed ebbe timore che Natasha comprendesse sin troppo bene che quelle screpolature nel timbro della voce raccontavano una storia ben diversa da quella che le parole volevano esprimere.

Natasha non rispose, si alzò e trovò un angolo appartato, prese le loro giacche e le distese a mo' di coperte, costruì due cuscini di fortuna poi tornò indietro e prese la mano di Podborsky, il quale la seguì docile.

Si sdraiarono alla bell'e meglio su un fianco, Natasha raccolse nelle sue palme il volto segnato di Podborsky e lo baciò leggera sulle palpebre e sulla bocca chiusa come si fa con una cosa delicata e preziosa. Poi, affondò le mani tra i capelli di lui e lo tirò a sé, e quella volta il bacio fu molto più profondo.

Rimasti soli accanto al fuoco, i due soldati si trattennero ancora per qualche minuto, poi Josif spense il fuoco, Andrey preparò un letto spartano in un luogo discosto e anche loro si coricarono per la notte.

Durante la giornata Ugnius aveva fatto il punto della situazione. – Secondo quello che mi ha riferito Muhammad i quattro si sono ritrovati in quel boschetto a nord del paese poco prima dell'attacco, non si sa perché. All'inizio erano tre poi sono stati raggiunti da una persona dai piedi più piccoli e dalla corporatura minuta, probabilmente una donna: una soldatessa. A quel punto si sono diretti verso il nostro quartiere generale. Ci sono impronte intorno alla nostra auto e abbiamo scoperto il luogo dove si sono rifugiati quando siamo sopraggiunti. Devono aver sentito parecchio e, soprattutto, devono aver compreso tutto. Nel Land Rover c'erano le divise che ci eravamo tolti durante l'attacco. Dobbiamo assolutamente prenderli, altrimenti non abbiamo scampo.

Ugnius era calmo e determinato. Per lui l'imminenza dell'azione era sempre un calmante. Anton era pensieroso mentre Pavel e Novak si guardarono, preoccupati.

– Dove sono diretti? – chiese Anton.

– Verso la sponda sud del lago, forse a Moynoq anche se non possiamo esserne certi. Sono a piedi in ogni caso, e quindi non possono sfuggirci – rispose Ugnius.

– E allora che cosa stiamo aspettando? – incalzò Novak.

In quel momento si levò la voce di Muhammad che li aveva raggiunti. – Pazienza. Ci vuole pazienza. Dobbiamo seguire gli insegnamenti di Allah e avere pazienza. Quella pazienza che ieri sera non hai avuto, Ugnius. Non c'era bisogno di ammazzare quel gatto che ti girava intorno. Sono stati quei poveri resti che hanno condotto i sovietici al nostro improvvisato quartier generale. Il gattino era certamente di uno di loro, Ugnius, e quindi in qualche modo tu sei il responsabile di tutto questo.

Il tono di Muhammad non lasciava dubbi su quel che pensava dell'ufficiale sovietico, tuttavia proseguì: – Sulla virtù della pazienza si basa l'intero ordine dei cieli e della terra. Dovete sapere, voi infedeli, che per l'Altissimo è importante osservare le regole, contenersi dal peccare, non abbattersi nelle situazioni difficili e non lamentarsi. Ma per tutto ciò è necessaria la pazienza. Anche il coraggio è legato alla pazienza. La fretta, invece, all'incoscienza. Per questo ho dato ordine a un gruppo di mujaheddin di partire per tempo e raggiungere Moynoq per prepararsi a catturare i quattro fuggitivi quando arriveranno. Noi invece seguiremo le loro tracce e cercheremo di raggiungerli quanto prima. – Muhammad osservò con i suoi occhi rapidi, scuri e beffardi, i quattro sovietici. Da loro non venne nessuna replica. Salirono sul fuoristrada e si avviarono tutti insieme nel deserto del Kyzylkum.

Più tardi Pavel, commentando la velocità a cui andavano, disse fregandosi le mani: – Al massimo in un paio d'ore dovremmo avvisarli!

– Non tanta fretta, infedele, non tanta fretta – rispose Muhammad.

– Perché? Chi potrebbe impedircelo? – replicò Pavel.

– Che cosa potrebbe impedircelo, vorrai dire: il volere di Allah – rispose Muhammad.

– E perché Allah dovrebbe impedirci di catturare quei quattro? – ribatté Pavel.

– Non bisogna sondare il volere dell'Altissimo, infedele. E tu non dovresti neppure nominarlo – concluse Muhammad.

Poi guardò fuori dal finestrino e rivolse gli occhi al cielo. Infine, urlò qualche cosa ai mujaheddin stipati dietro, nel piano di carico del Rover. Ricevette una risposta che ebbe il potere di rabbuiargli il volto.

Fu Anton ad accorgersene. – Che cosa succede? – domandò.

– Neve – fu la sintetica replica.

Alle prime luci del mattino, in un peschereccio sporco e arrugginito che puzzava ancora di pesce rancido, un odore che resisteva indifferente alla sparizione dell'acqua e dei suoi abitanti, nel freddo inverno del deserto del Kyzylkum, in una landa desolata e inospitale e dopo aver consumato una cena costituita soltanto da un pezzetto di cioccolata e una manciata di frutta secca, Podborsky sentiva di aver trascorso la notte più bella della sua vita. I fiocchi bianchi che all'alba vide scendere copiosi tutto intorno non lo preoccuparono per nulla, anzi; lo misero di buon umore. Che importa che ci avessero impiegato un paio di ore in più a causa della neve e delle aumentate difficoltà del cammino? Sarebbero state comunque due ore trascorse insieme a Natasha.

Si voltò a guardarla e, attraverso la sua camicia militare semiaperta, intravide il seno pieno, bianco con il delicato punto rosa del capezzolo. Venne invaso da una ondata di commozione mista ad eccitazione ma si costrinse a non cedere. Dovevano ripartire immediatamente.

Raccolsero in fretta le poche cose e fecero sparire le tracce del loro bivacco. L'albergo a cinque stelle "Al peschereccio" li salutò con un lamento metallico dei suoi stanchi bordi e i quattro si incamminarono sotto la neve che continuava a fioccare.

Dopo una notte trascorsa accampandosi nel deserto anche l'equipaggio del Land Rover si rimise in moto all'alba. Muhammad parlò fitto con i mujaheddin e riportò il risultato della conversazione ai quattro sovietici.

– Inutile seguire tracce che oramai non esistono più, sono completamente ricoperte dalla neve – affermò il saudita. – Molto meglio dirigersi verso la città e aspettarli là, non possono andare da nessuna altra parte.

Fecero quindi rotta verso Moynoq. Quattro ore dopo erano a destinazione e poterono ricongiungersi con i mujaheddin che vi erano giunti il giorno prima. Decisero di appostarsi lungo le uniche due strade che portavano alla città. Si nascosero e attesero pazienti.

Nel tardo pomeriggio Podborsky, Natasha, Josif e Andrey giunsero in vista di Moynoq. La luce cominciava a calare e le case basse emergevano incerte dall'orizzonte piatto. A Podborsky non piacque quello che vide. Si era reso conto da tempo che il lago oramai non esisteva più e che al suo posto c'erano soltanto sabbia e sale, ma una città è una città, e dovrebbero esserci auto, persone, luci; invece tutto sembrava fermo e spento. La cosa lo preoccupò molto.

– Fermatevi. Non mi piace quel che vedo, per niente – affermò.

– Capitano, ma che cosa teme? Siamo arrivati, finalmente! – gli rispose Andrey. Era quello che soffriva di più la fatica, la fame e lo sforzo, ed era il più felice per la meta oramai vicina.

– Non lo so, sembra tutto così fermo, cupo, strano. E se ci avessero seguiti? Se ci stessero aspettando? Tutto sommato sanno che non siamo morti nell'agguato e certamente pensano che siamo testimoni pericolosi. Insomma, è meglio essere prudenti.

Josif taceva, guardando il suo Andrey. Anche Natasha taceva.

– Vi propongo di fare un giro largo, entrando in città dal letto asciutto del lago. Arriveremo a notte inoltrata ma almeno saremo sicuri che nessuno ci avvisterà. Potrebbe esserci qualcuno appostato là, che non aspetta altri che noi – concluse Podborsky.

– Camminare ancora? No capitano, no! Io non ci riesco, davvero! Non ce lo ordini, la prego! – lo implorò Andrey.

Podborsky era perplesso, non sapeva che cosa decidere. Dare retta al suo istinto o no?

– Voi che cosa ne pensate? – Il capitano si rivolse agli altri due compagni di viaggio.

– Io seguirei Andrey – rispose mormorando a testa china l'imponente Josif. – Per me quel che decide lui va bene – concluse.

– E tu, Natasha? – chiese Podborsky.

– Io vengo con te. Ovunque tu sei, io sono – rispose guardandolo negli occhi.

A quelle parole Podborsky si sentì quasi mancare. Lei lo avrebbe seguito ovunque e comunque. Sarebbe rimasta con lui con incondizionata fiducia. Si sentì invaso da un immenso senso di gioia e responsabilità. E beato come un dio che ascoltava le dolci parole della sua amata. La guardò per un istante ma non riusciva a risponderle perché la sua voce era muta e la lingua non voleva ubbidire. Nel freddo di quella landa desolata una fiamma di calore lo percorse e per un attimo la vista gli calò, le orecchie gli ronzarono. Non gli era mai accaduto nulla di simile: l'amore per quella donna significava per lui la trasparenza del mondo.

Poi, poco alla volta la sua mente tornò lucida, e allora vide chiaro, limpido, come se avesse assistito di persona a quello che stava per accadere. Con un profondo respiro riprese fiato, trovò la voce e spiegò. – Ci attendono, lo so. Ci aspettano e ci uccideranno. Sono fermi in attesa alle porte della città, nascosti e armati, per cui vi dico che continuare su questa strada significherebbe morte certa. La sola speranza che abbiamo è entrare in Moynoq attraverso quella che una volta era la via d'acqua. Dovremmo raggiungere il vecchio porto e risalire dal vecchio molo. Poi, una volta in città, bisognerebbe andare a cercare il presidio sovietico, se c'è ancora. Altrimenti l'unica via di salvezza resterebbe quella di rimetterci in cammino e fuggire al più presto di qua.

– Capitano, lei non può essere certo di quel che dice. Come fa a saperlo? – Andrey non avrebbe mai osato parlare in quel modo a un superiore, ma la situazione era eccezionale, la presenza di Josif che stava dalla sua parte e in più la grande fatica che avvertiva gli davano quel coraggio che altrimenti non avrebbe mai avuto.

Discussero per qualche minuto poi Podborsky disse una cosa di cui poi a lungo si pentì. – Soldato Andrey Golubev, tenente Josif Ivanov, questo non è un ordine, ma un consiglio. Noi due faremo come ho detto, voi decidete se seguirci o se proseguire.

Così i quattro si divisero. Natasha si attardò per dare un bacio di saluto a Josif e ad Andrey: – Mi raccomando, state attenti. Se cambiate idea sapete come raggiungerci. Altrimenti ci vediamo in città. A più tardi. – disse.

– Non preoccuparti Natasha, ci vediamo davanti al presidio – rispose Josif.

Poi, svelta, Natasha raggiunse Podborsky che la aspettava tendendogli la mano. I due proseguirono nella depressione che una volta era stata il fondo del lago. Stavano camminando da circa mezz'ora quando, insieme ad una leggera folata di vento che soffiava verso di loro, avvertirono dei rumori. Podborsky salì rapido su un costone, che probabilmente una volta era una roccia affiorante, e guardò verso la città. Il binocolo gli permetteva a malapena di distinguere le figure lontane, e questo a causa della luce che era oramai sempre più scarsa, però riconobbe bene le due figure, una magra e minuta e l'altra imponente, che avanzavano verso un gruppo in attesa. I due si fermarono a circa una decina di metri. Rimasero per qualche minuto a fronteggiarsi e Podborsky immaginò che ci fossero delle trattative in corso. A un certo punto tre persone si staccarono dal gruppo e si avvicinarono ai due che erano rimasti fermi al loro posto. Anche Natasha, che era rimasta in basso, sentì distintamente gli spari e Podborsky vide le due figure crollare a terra. Urlò, imprecò e saltò giù dal costone dicendo a Natasha: – Via! Via! Andiamo via di qui, presto!

Podborsky voltò le spalle a Moynoq infilandosi in direzione opposta, seguendo il lungo e dritto canalone costruito dai sovietici nel vano tentativo di aprire un passaggio verso il lago.

– Natasha, amore. Dovremo camminare tutta notte e, se l'alba ci vedrà ancora vivi, saremo finalmente sulle rive ritirate del lago. Lì ci deve essere vita, persone, barche! Ci faremo dare un passaggio e raggiungeremo la base sovietica sull'isola di Vozrozdenie e a quel punto saremo in salvo.

– Va bene. Credo sia la cosa giusta. Perlomeno dobbiamo provarci. A me è rimasta un poco di frutta secca in tasca, per bere raccoglieremo neve e ci fermeremo lo stretto indispensabile per mangiare e riposare. Adesso andiamo, amore, andiamo – rispose Natasha.

Sul fondo del canalone c'era un misto di sabbia, sale e neve, e camminare era molto faticoso ma Podborsky si riteneva più al sicuro dal momento che le sponde costituivano un riparo alla vista di occhi indiscreti; nessuno avrebbe potuto scorgerli da lontano. Si sentiva in ansia per Natasha, ma presto si rese conto che lei aveva una resistenza incredibile e che se c'era qualcuno che poteva arrivare sano e salvo al lago quella era lei. Podborsky ne era orgoglioso: Natasha era eccezionale, unica.

La notte era fredda e umida. Nel buio si avvertivano solamente l'ansito dei loro respiri e lo scricchiolio dei passi sul terreno. Il canale artificiale forniva una via diretta e sicura e per questo non c'era bisogno di consultare la bussola. Fecero una breve fermata per rifocillarsi con quel poco che gli era rimasto poi ripresero il cammino, nel timore di essere inseguiti. La desolazione del paesaggio si avvertiva anche di notte. La natura sembrava aver reagito con grande dispetto agli interventi scellerati dell'uomo. Come in un *cupio dissolvi* voleva mostrare il suo lato peggiore. "Vuoi piegare ai tuoi voleri e alle tue necessità ciò che è sempre stato immutato per millenni? Avrai il cambiamento che ti meriti!" Quelle lande sembravano annunciare desolatamente che non erano più adatte all'uomo, che l'umano era un intruso e che era meglio se ne andasse via il prima possibile. Podborsky ricordò che una sensazione simile la visse solamente in alta montagna. Anni addietro era partito con una spedizione militare cino-sovietica all'attacco delle grandi cime himalayane. Lui era solamente un giovane che non possedeva tecnica alpinista e perciò la sua impresa fu quella di arrivare fino al campo base dell'Everest, a 5.400 metri. Ad altri spettava il compito di scalare le cime. E fu lì, camminando su quei ghiacciai immensi, circondato solo da roccia, neve e ghiaccio, con i pochi rapaci abituati a quelle altissime quote che volavano lenti e affaticati a qualche metro sopra la sua testa a causa dell'aria rarefatta, che a lui parve di sentire distintamente la montagna parlargli. "Questo luogo non è per te. Vattene".

Adesso avvertiva la medesima sensazione; si sentiva totalmente straniero.

La stanchezza divenne inarrestabile e li travolse con l'impeto di un fiume in piena. Più volte inciamparono e caddero, e ogni volta rialzarsi era più difficile. La neve, intanto, aveva smesso di cadere anche se ciò non aiutava il cammino perché quella che era rimasta sul terreno era più che sufficiente per intralciare il passo. Finalmente arrivarono le prime luce dell'alba che diedero nuova speranza alla coppia. Si trovavano da qualche parte tra Moynoq e il lago di Aral, ma dove esattamente? Improvvisamente le sponde del canale scemarono sino a sparire completamente e, davanti a loro, si mostrò la piatta distesa innevata. Che cosa significava? Che erano oramai vicini? Vollero pensarlo e ripresero a camminare con maggiore lena. Camminavano ancora a una media di quasi cinque chilometri all'ora, escluse le varie pause dovute alle cadute e alle soste; oramai avevano abbandonato da più di dieci ore i dintorni di Moynoq.

Dopo un'altra ora abbondante di cammino Natasha si era messa a guidare e, prendendo gentilmente ma fermamente la mano di Podborsky, lo tirava con sé. Podborsky cominciava a barcollare vistosamente, in alcuni momenti gli spariva la vista e camminava ad occhi chiusi, oramai si faceva letteralmente trascinare da Natasha. I piedi e le gambe non le sentiva più, e a un certo punto gli mancarono del tutto e crollò a terra.

– Lasciami qui. Vai a cercare soccorsi. Ti aspetto – le disse.

– No, non ti lascio. Ricordi? Io vengo con te. Dovunque tu vada io ci sono – rispose la donna.

Podborsky sorrise ed ebbe la forza di scherzare. – Ma non sto andando da nessuna parte, non vedi? In questo caso la promessa non conta...

– Non mi imbrogli. Dovunque tu sei, io sono. Rimango, ho detto. – Natasha sorrise e gli sollevò la testa per fargli bere un poco di neve disciolta tra le labbra socchiuse, Podborsky sollevò il capo, ne succhiò un poco e poi perse conoscenza.

Podborsky non seppe dire per quanto tempo era rimasto svenuto. Si svegliò con un acuto senso di freddo. Addosso aveva il cappotto di Natasha a mo' di coperta e nonostante questo rabbrividiva fino a battere i denti. Si guardò intorno ma Natasha non c'era, solamente un pallido sole alto nel cielo e tutto intorno deserto.

Fu preso dallo sconforto e pensò di essere stato abbandonato. Cercò faticosamente di alzarsi e, fatti pochi passi, capì che era allo stremo delle forze per cui dovette fermarsi. Stava cercando di riprendere fiato quando vide in lontananza una macchia scura che lentamente si avvicinava. Rimase a guardarla a lungo e, a poco a poco, la macchia si trasformò in un carrettino trainato da un mulo e guidato da un ragazzo. Al suo fianco c'era Natasha, che si sbracciava. Era ancora molto lontana, ma Podborsky immaginò perfettamente il bel sorriso di gioia che in quel momento doveva illuminarle il volto.

Da qualche mese erano sistemati nel loro piccolo appartamento a Mosca. Podoborsky era intento a preparare la cena mentre Natasha si stava rilassando nella vecchia vasca del loro piccolo bagno. L'uomo ripensò agli ultimi tempi. Quella minuta e bellissima donna che ora era nuda nel suo bagno, e il solo pensiero lo fece fremere di desiderio, gli aveva salvato la vita. Quando lui era caduto in quello stato semi comatoso lei aveva deciso che mantenere la promessa in quel frangente sarebbe stato inutile: significava la morte di entrambi. Perciò era andata a cercare aiuto e per fortuna le nuove rive del lago d'Aral erano a non più di venti minuti di cammino. Trovò i soccorsi e tornò immediatamente indietro da lui, dal suo uomo. I due si erano riposati un giorno intero prima di imbarcarsi per l'isola di Vozrozdenie dove, alla base militare, avevano esposto regolare denuncia di quel che era accaduto tre giorni prima alla colonna militare. Podborsky sapeva che il tribunale militare aveva istruito un regolare processo e che proprio in quei giorni loro due sarebbero stati chiamati a testimoniare dopo di che, pensava, i quattro traditori sarebbero stati fucilati, come meritavano.

Suonano alla porta, chi sarà? Podborsky non aveva voglia di parlare con qualche vicino o di intrattenere qualcuno, la serata doveva essere solamente dedicata a loro due. Si scostò di malavoglia dal tavolo di cucina sul quale aveva appena appoggiato alcune verdure lavate e con passo strascicato si avvicinò alla porta. – Chi è? – domandò mentre socchiudeva l'uscio. Immediatamente irruppero quattro individui completamente mascherati e con le armi spianate che lo spinsero in fondo alla stanza. – Che volete? Chi siete? Andatevene! – urlò Podborsky ma subito si rese conto con chi aveva a che fare. Le maschere non erano per lui, che li aveva riconosciuti benissimo. Le maschere erano per gli eventuali testimoni, i vicini di casa, i casuali passanti. Erano venuti per uccidere. Il pensiero lo agghiacciò. Ma fu a quel punto, prima che i quattro potessero fare qualsiasi cosa, che Natasha uscì nuda dal bagno. I rumori l'avevano allertata. Gli intrusi rimasero sorpresi alla vista di una donna nuda e si bloccarono quei secondi necessari perché Natasha superasse di slancio Podborsky, lanciandosi contro il più vicino dei quattro e cercando di strappargli l'arma.

– Scappa! Vattene! – urlò la donna rivolta al suo uomo. E Podborsky fece quel gesto che in seguito lo trasformò nel piccolo

Putin, compì l'azione che lo colmò di odio per tutta la sua vita: voltò le spalle alla scena, aprì la finestra e fuggì.

Fuggì proprio mentre esplodevano i primi colpi di arma da fuoco. La colluttazione all'interno dell'appartamento durò una manciata di secondi; Natasha venne sopraffatta e immediatamente uccisa.

Il trambusto e i rumori di arma da fuoco avevano spaventato e insospettito i vicini di pianerottolo che socchiusero gli usci e sporsero il capo come timide teste di tartarughe fuori dal carapace. I quattro, dopo un rapido consulto, decisero di battersela in ritirata.

Anni dopo, in una vita diversa, feroce e illegale, ripensando a quei fatti Podborsky non avvertiva neppure dolore. "Una donna mi ha salvato la vita due volte e io l'ho lasciata morire. Sono uno che uccide ciò che ama".

Divenne crudele con tutti, anche con se stesso.

8.
Italia 1989

La stiva del vecchio cargo sovietico era calda e puzzolente. Gli odori di pesce marcio uniti a quelli del cotone, dei tessuti, della carta, del ferro e delle mille e mille altre merci che la nave mercantile aveva stivato nella sua lunga e onorevole carriera davano il voltastomaco. I container contenevano le merci, ma non l'odore che si spargeva ovunque. E il caldo fungeva da detonante, liberando ancora di più quelle disgustose sostanze volatili. L'olfatto del clandestino, però, si era oramai assuefatto, e il suo stomaco, dopo le prime rivolte avvenute appena al largo del porto di Odessa, si era ora acquietato e sopportava paziente. La minuscola parte libera di container che gli fungeva da mini cabina era ingombra di cianfrusaglie e del necessario per sopravvivere: scatolette, acqua, qualche vestito di ricambio, un sacco a pelo ammuffito.

Il clandestino fuggiva dalla Unione Sovietica. L'Europa era scossa in quei mesi da una ondata di cambiamenti che avevano sconvolto in pochi mesi equilibri consolidati da decenni. La guerra fredda durava da più di quaranta anni e, a differenza di tutte le guerre calde, essa aveva instaurato un nuovo tipo di confronto tra blocchi contrapposti di nazioni, dove le armi e la loro proliferazione non erano i mezzi che sarebbero stati necessari e utili per vincere una guerra, ma erano precisamente i fini. Più armi si avevano, più testate nucleari si possedevano, più si era in vantaggio in questo specialissimo confronto che era poi essenzialmente economico, dal momento che occorrevano soldi, tanti soldi, per produrre le migliaia e migliaia di testate nucleari, i missili e i sottomarini atomici; e chi più soldi aveva da spendere più si avvicinava alla vittoria. Con la corsa alla proliferazione atomica Stati Uniti e Unione Sovietica si trovarono in dote un potenziale in grado di distruggere l'intero pianeta, anzi, una decina di pianeti.

In qualche modo in quei mesi sembrava proprio che quella guerra così speciale e particolare fosse giunta a una conclusione.

La spesa e lo sforzo economico necessari avevano decretato un vincitore e un vinto. Qualcuno aveva retto, qualcuno no. Qualcuno aveva ancora risorse economiche e qualcuno, invece, aveva dato fondo a tutte le proprie finanze. Il vinto era l'Unione Sovietica, oramai boccheggiante, impoverita e declassata al rango di superpotenza da terzo mondo. Il vecchio impero non era più in grado di mantenere il passo economico con le potenze occidentali. Il Segretario Generale dell'URSS Michail Gorbačëv due anni prima aveva stupito il mondo lanciando i primi segnali di grandi riforme, parlando di trasparenza politica e nella informazione, e anche di una ristrutturazione economica profonda. E quello era stato il segnale della resa, la bandiera bianca sventolata agli altri popoli della terra. In pochi all'epoca se ne erano davvero resi conto, ma il clandestino in quei mesi ne era profondamente convinto. E il futuro gli avrebbe dato ragione.

Nel 1989 erano accaduti fatti impensabili. In Polonia c'erano state le prime libere elezioni parlamentari tenute in primavera con la netta vittoria di un sindacato non comunista che presto si sarebbe insediato a Varsavia, governando una nazione a quel punto post-comunista. Anche l'Ungheria aveva avuto le sue riforme democratiche che avevano ripristinato libertà oramai dimenticate, come il pluralismo nei commerci, la libertà di associazione, la libertà di assemblea e la libertà di stampa, e si vociferava che presto, prestissimo, le sue frontiere con l'occidente si sarebbero aperte; a quel punto nessuno sapeva davvero quel che sarebbe potuto accadere. Per il clandestino tutto ciò era sufficiente. Approfittò di quel momento confuso e confusionario per andarsene per sempre da Mosca e dall'Unione Sovietica dove, negli ultimi anni, viveva in semiclandestinità grazie all'aiuto di pochi amici, con pochi soldi e senza una fissa dimora.

Ricordò gli ultimi tre anni trascorsi a Solncevo, un miserabile quartiere popolare a sud ovest della grande Mosca. Palazzi enormi che si stagliavano grigi dove una volta sorgevano graziose dacie. Solncevo si trovava fuori dalla grande circonvallazione, il *mkad* che cingeva la capitale sovietica. Recarsi a Mosca significava per lui dover prendere un autobus per arrivare al capolinea della metropolitana arancione che in un'ora circa recapitava il viaggiatore nel centro della capitale di tutti i soviet. Ma perché avrebbe dovuto andare a Mosca? Solncevo era diventato un territorio libero in cui nessuno sarebbe venuto a cercarlo, ed era molto più sicuro restare lì che in qualsiasi altra parte di quel immenso paese. La polizia sovietica non esisteva quasi più e le poche e mal pagate milizie avevano altro a cui pensare che rischiare la vita entrando in un quartiere ex-operaio governato da una delle nuove e pericolose bande che stavano crescendo rapidamente nel paese.

Era stato fortunato a conoscere Sergej, lo chiamava così e non aveva mai saputo quale fosse il suo vero nome. Eppure, all'inizio le cose non erano andate per il verso giusto.

– Sai combattere? – gli aveva domandato quando lui arrivò a Solncevo.

– Non voglio più combattere. Ho combattuto nella guerra in Afghanistan e ...

– Non intendo quello, non intendo sparare o uccidere. Sai combattere con le mani? Sai lottare? – e mentre gli faceva queste domande Sergej si allontanò di mezzo passo come se volesse osservare meglio la corporatura del suo interlocutore e partì invece con un mezzo gancio destro al volto che lo sconosciuto riuscì ad evitare solo parzialmente, arretrando il busto in un movimento di puro riflesso. Mezzo intontito dal colpo, riuscì comunque a rimanere in piedi: chiuse rapidamente i pugni raccogliendo gli avambracci per riparare il mento e il volto, e si preparò a dare e a ricevere altri colpi. Tra le braccia raccolte lasciò uno spazio per gli occhi che tenne bene aperti, pronto a scorgere un qualsiasi buco nella difesa dell'avversario. Ma Sergej non si mosse affatto e badò soltanto a tenersi lontano dalla portata dei pugni dello sconosciuto. Un sorriso beffardo gli spuntò sulle labbra.

– Bene! Sei rimasto in piedi e sei pronto a combattere, vedo. E allora stasera lotterai per davvero.

Lo sconosciuto rimase muto. Poi, dopo aver ripreso fiato, rispose: – Ti ho detto che non voglio combattere più.

– E invece lo farai. Mi hai detto che hai bisogno di nasconderti e che hai bisogno di protezione. Qui a Solncevo nessuno ti verrà a cercare. Ti aiuteremo io e i miei fratelli. Ma devi sapere che tutte le settimane organizzo combattimenti clandestini, tre round a mani nude e vince chi rimane in piedi. E tu stasera combatterai in cambio della nostra protezione. Altrimenti... – Fece un gesto con la mano, come una piuma che volasse via. Non aggiunse altro, non ce ne era bisogno.

Lo sconosciuto rifletté. – Contro chi dovrei combattere?

– Con Viktor. È alto più o meno come te. Vedrai, ti divertirai.

Quella sera l'uomo venne condotto in una grande sala comune situata nel più grande dei palazzi che sorgevano a Solncevo.

Il ring consisteva di quattro pali, ognuno con un anello in cima entro cui passava una lunga e ruvida corda che disegnava un quadrato sghembo. Intorno al ring la gente urlava e scommetteva, e quando videro lo sconosciuto avanzare verso il quadrato le urla e le scommesse aumentarono di volume. Egli ebbe la sgradevole sensazione che le scommesse fossero giocate tutte contro di lui e nessuna a favore; anzi, gli parve di capire che stavano scommettendo sul numero di secondi che sarebbe rimasto in piedi. Quando vide Viktor capì il perché. Sergej aveva detto bene, l'avversario era alto quasi quanto lui, ma il giovane *Vor* si era scordato di aggiungere che Viktor era altrettanto largo e pieno di muscoli. Si sentì perduto e comprese che per tutta quella gente vociante ammassata lì lui era soltanto carne da scommessa. Rimase indeciso per qualche secondo e valutò il da farsi. Non poteva scappare, lo avrebbero acciuffato in un attimo. Siccome non voleva farsi ammazzare sul ring, e non poteva fuggire di lì, si mise a studiare il suo avversario. Era grosso da far paura, ma certamente più lento di lui. Se Viktor gli si fosse scagliato addosso lo avrebbe travolto e a quel punto non avrebbe avuto più scampo, perciò lo sconosciuto decise che non doveva farsi raggiungere anche se era più facile a dirsi che a farsi: un ring è piccolo e tre round sono lunghi, non sarebbe riuscito a scansarlo per sempre. A un certo punto, era inevitabile, sarebbe stato raggiunto e massacrato.

Cercò di escogitare una soluzione. Continuò a pensarci anche mentre saliva sul ring e Sergej urlava per sovrastare il rumore della piccola folla. – Allora: le regole sono semplici, non valgono i calci e ci si picchia per tre round da tre minuti l'uno. Vince chi non va al tappeto.

L'uomo venne spinto sul quadrato e messo di fronte al suo avversario. I due si squadrarono, poi un pensiero improvviso colse lo sconosciuto che comprese quel che doveva fare, e a quel punto si sentì stranamente calmo.

Sergej suonò una campana e Viktor fece due passi verso il centro del quadrato con un ghigno dipinto in faccia. Anche lo sconosciuto fece due passi in avanti ma al terzo tirò con tutta la forza che aveva in corpo un violento calcio tra le gambe divaricate dell'avversario. Viktor si bloccò con una espressione di stupore sul volto. Lo sconosciuto sentì una fortissima fitta di dolore al collo del piede, evidentemente aveva colpito parte dell'osso pubico oltre ai testicoli; si consolò pensando al dolore che doveva aver procurato al bestione che ora era fermo, immobile sul ring con la faccia pallida e il sudore che iniziava a colargli dalla fronte; sembrava che qualcuno lo tenesse inchiodato al pavimento. Il ruggito rabbioso della folla per la palese scorrettezza si levò alto ma lo sconosciuto non ci badò, si mosse in fretta e tirò un gancio destro al mento con tutta la forza che aveva, cercando poi di doppiarlo con uno alla bocca dello stomaco, ma non vi riuscì. Il colpo al mento invece di abbattere Viktor sembrava averlo risvegliato facendogli ritrovare di colpo le energie, egli cacciò un urlo come se fosse stato squartato, alzò le braccia e afferrò lo sconosciuto per le spalle buttandoglisi addosso. Caddero entrambi per terra e lo sconosciuto rimase intrappolato sotto. Era finita, pensò, ora sarebbe morto. Vide il volto di Viktor a una spanna dal suo e valutò se poteva morderlo. Quasi gli avesse letto nel pensiero Viktor fece una strana espressione che però non era di timore, bensì di disgusto. E poi, improvvisamente, impallidì, aprì la bocca e gli vomitò un'onda di cibo mal digerito in faccia. Lo sconosciuto temette di svenire per l'olezzo e lo schifo, ma resistette e si rese conto che Viktor non sembrava più in grado di combattere. Il calcio nei testicoli doveva avergli procurato un dolore insopportabile che ora lo stava facendo vomitare e, insieme al vomito, da quel corpo sembrava essere fuoriuscita ogni goccia di energia. Viktor si accasciò senza forze e come morto sopra di lui. Il puzzo di aglio e di vodka sembravano essere le uniche armi di cui ora poteva disporre, ed in ogni caso erano tremende. Lo sconosciuto faticosamente sgusciò di sotto aiutato, e questo pensiero lo fece stare anche peggio, dalla viscosità dell'abbondante vomito che lo inondava.

Corse nell'angolo più lontano del ring, si ripulì gli occhi e rimase indeciso sul da farsi: doveva finirlo oppure bastava così? E come avrebbe reagito il pubblico di fronte alla sua scorrettezza? Provò a lanciare una rapida occhiata alla folla che rumoreggiava e vide solo braccia alzate e minacciose, pugni che mulinavano, mani che brandivano bastoni e ogni tipo di oggetti contundenti, voci che gli inveivano contro e, tra quei volti, intravide Sergej che, invece, calmo gli sorrideva. A Sergej la scorretta furbizia dello sconosciuto era piaciuta, e per una volta pensò: al diavolo le scommesse. Si era divertito a vedere come se l'era cavata quel tizio. La faccia di Sergej fu l'ultima cosa che lo sconosciuto ricordò prima di venir colpito al capo da una sedia. Non sentì neppure dolore, solo un fortissimo rumore dentro la testa, le gambe gli si piegarono e scivolò per terra.

Dopo qualche istante rinvenne e si guardò attorno, lui e Viktor erano ancora sdraiati sul ring e Viktor si lamentava in modo lento e basso, tenendosi i coglioni. Sembrava un cucciolone triste. Quella scena lo mise di buonumore: era contento perché ce l'aveva fatta, ne era uscito e che adesso decidessero pure quel che volevano di lui. Anche le facce torve e chine sopra di lui avevano un che di comico. Li guardò uno a uno, quei visi ora muti e seri che sembrava lo rimproverassero di avergli rubato la marmellata, e non riuscì più a trattenersi: esplose in una risata forte, franca e aperta. Inizialmente si sparse lo stupore tra gli spettatori, poi lo guardarono con maggiore rispetto e, tempo dopo, gli spiegarono anche perché: per loro ridere così in quel frangente significava avere il coraggio di morire.

Rimase quasi tre anni a Solncevo, viveva in scomodi e piccoli locali dove di volta in volta fissava il suo alloggio per non più di pochi mesi. Non fu più costretto a combattere e poteva arrangiarsi facendo lavoretti vari per l'organizzazione. Solncevo nel frattempo divenne il nome di quella che si stava avviando a diventare l'organizzazione criminale più potente nata dal vuoto di potere seguito alla disgregazione della Unione Sovietica. Tra di loro si chiamavano semplicemente "La Fratellanza" e, quando lo sconosciuto decise che ne aveva abbastanza di quel posto e di quel girovagare di casa in casa, gli trovarono il passaggio clandestino per l'Italia. Adesso che il nuovo corso politico aveva dato a tutti quanti più libertà, anche di delinquere, i fratelli crescevano molto più in fretta di tutte le altre organizzazioni legali appartenenti a quella che sarebbe stata prima la CSI e poi la nuova Russia, e perciò avevano bisogno di nuove sponde per allargare i loro orizzonti criminali. Gli proposero l'importante compito di aprire una testa di ponte in Italia, e lui colse l'opportunità al volo.

Il cargo semivuoto viaggiava spedito. Avrebbe fatto tappa in Grecia e poi, se tutto andava bene, la sua destinazione finale sarebbe stata Ancona, in Italia, dove la nave sarebbe approdata tra le amorevoli cure di associazioni occidentali caritatevoli che avrebbero colmato la capace stiva di medicinali, attrezzature mediche e altri generi umanitari per poi lasciare che il cargo tornasse a Odessa. Quella che era stata la gloriosa Unione Sovietica riceveva aiuti come un qualsiasi stato africano. Puh! Il clandestino sentì un moto di ribellione nazionalista a quel pensiero anche se, d'altro canto, era ben felice di approfittare della situazione di cui, tutto sommato, gli importava ben poco: che l'Unione Sovietica crollasse pure se ciò gli permetteva di cominciare una nuova vita e, sopra tutto, lui voleva davvero ricominciare da capo.

Arrivarono di notte al porto di Ancona. L'organizzazione che lo aveva imbarcato, e che lui avrebbe dovuto ripagare con un mucchio di rubli lavorando per loro in Italia, gli aveva detto che al porto ci sarebbe stato qualcuno ad attenderlo ma egli, sbirciando dagli oblò, non vide nessuno. Dopo che la nave aveva attraccato, e non appena le operazioni di sbarco terminarono, il clandestino uscì dal container che da più di una settimana lo ospitava e cominciò a risalire la scaletta che portava sul ponte, timoroso di incontrare qualcuno dell'equipaggio o, peggio, qualche ufficiale della marina italiana. La nave, in realtà, risultò deserta. Era già sceso tutto l'equipaggio? Fece capolino sul ponte principale con mille cautele, ma sembrava proprio che fossero tutti a terra. Sul ponte erano accese soltanto le luci che servivano in porto: una luce di posizione vicino al fumaiolo principale di poppa e una in cima al primo paranco, quello più imponente, che era situato proprio a metà della nave. All'interno del ponte di comando tutto era spento e, sporgendosi oltre la murata, al clandestino non parve di scorgere nessun chiarore proveniente dalla fila orizzontale di oblò che correva sotto di lui. Tutto taceva ed era calmo. All'improvviso udì delle urla che probabilmente erano in italiano, lingua che non conosceva.

– Altolà! Fermo! – Poi avvertì un trambusto e vide due uomini in divisa bianca all'inseguimento di un terzo che stava correndo veloce verso di lui. Il clandestino non ci pensò un attimo. Si acquattò dietro il più grande dei due paranchi che servivano ad alare il carico e lasciò passare il fuggitivo poi, al momento giusto, uscì come una furia dal nascondiglio e prese d'infilata il primo ufficiale che stava sopraggiungendo, spingendolo con una forte spallata fin oltre il parapetto, in acqua. A quel punto si voltò a fronteggiare il secondo che, per la sorpresa, stava rallentando la corsa, purtroppo per lui in maniera non sufficiente da evitare il pugno che lo colpì in pieno volto. Cadde come morto.

– Bravo tovarish. Mi sei stato di grande aiuto – disse il fuggiasco rifiatando boccheggiante per la corsa.

– Non sono tovarish. Mi chiamo Anatoly – disse il clandestino.

– Lo so, lo so: ti chiami Anataloy Podborsky. Il mio nome, invece, non è importante. Ero venuto a prenderti ma questi due erano al posto sbagliato nel momento sbagliato. Volevano perlustrare la nave perché di questi tempi temono sempre qualche carico, diciamo così, non previsto proveniente dall'Europa dell'est. Ma ora andiamo via di qui, e subito, prima che il tizio che hai buttato in acqua vada a chiedere aiuti – disse l'uomo.

– Fermi voi due. Non vi muovete! – Il sottoufficiale di marina ancora a terra si era faticosamente ripreso e aveva a stento estratto un arma che in quel momento era puntata contro di loro con mano, a dire il vero, non troppo ferma.

I due uomini in piedi incrociarono gli sguardi, Anatoly intravide nell'altro paura e una muta domanda: "Che si fa?".

– Buttati in acqua, io sistemo questo e ci vediamo a terra. – gli rispose velocemente Anatoly. Era calmo e senza alcun accenno di panico nella voce. L'uomo lo guardò, poi si voltò ed eseguì velocemente il suo consiglio.

– Ehi! – urlò il sottoufficiale italiano prendendo la mira con la pistola nell'intento di coglierlo mentre era in bilico, un attimo prima che sparisse oltre bordo. Ma non fece in tempo a far nulla e neppure ebbe modo di aggiungere altro, perché Anatoly gli fu subito addosso conficcandogli un corto coltello tra le costole.

L'italiano ricadde a terra e cominciò a lamentarsi con voce che via via si affievoliva. Anatoly si riprese il coltello insieme con la pistola dell'ufficiale, poi si dileguò.

Più tardi, in una via della Ancona vecchia, i due si ritrovarono.

– Puoi chiamarmi Picchio, è più o meno la traduzione italiana del mio nome – gli confidò l'uomo.

– Ho bisogno di qualche riferimento più concreto di questo – gli ingiunse Anatoly. – Potrei aver bisogno di ricontattarti – concluse.

– Di questo non ti devi preoccupare. Ti lascerò un recapito. La Fratellanza sa come trovarti. Per il momento ti hanno procurato un contatto a Milano, dove potrai cominciare a lavorare per ripagarli – disse il Picchio.

– Immagino che sia un lavoro di poco conto, Picchio, ma io penso in grande. Questa è la mia nuova vita e la voglio iniziare con il piede giusto.

– Il piede giusto, eh? Certo sei un tipo con le idee chiare e svelto di mano, per quel che vedo. Che gli hai fatto a quello? – domandò indicando vagamente in direzione del porto.

– Non lo so, ma dovrebbe cavarsela – fu la fredda risposta.

Il Picchio si guardò. Il tuffo in porto non aveva lasciato tracce troppo evidenti sui suoi vestiti; jeans e maglietta sembravano a posto e, d'altronde, il caldo della notte agostana li stava asciugando completamente. Soddisfatto del controllo entrò deciso in un bar poco illuminato e aperto fino tardi, subito seguito da Podborsky. Ordinò una bottiglia di birra, poi una seconda, poi una terza e una quarta. Lo spavento patito sulla nave doveva essere in qualche modo annegato.

– Sai, una volta ero un ufficiale della gloriosa armata sovietica – confessò il Picchio alla terza bottiglia.

Anatoly si fece attento. Aveva bevuto con moderazione, e adesso il discorso poteva diventare interessante.

– Ah sì? Anche io ero militare – concesse. – Tu dove eri?

Il Picchio prima sollevò lo sguardo, poi fece una smorfia di noncuranza, come se tutto sommato gli interessasse poco. – Ho combattuto in Afghanistan se vuoi saperlo, e sono stato il responsabile logistico di una colonna militare. – Appoggiò un gomito sul tavolino e si sorresse la testa continuando a fissarlo con aria di sfida.

Anatoly sorrise. – E magari la colonna era proprio quella dell'agguato di Kungrad, eh? – chiese sarcastico.

Il Picchio si alzo di scatto dalla sedia e iniziò a urlare. – E tu come lo sai? Chi ti ha detto queste cose di me? Chi sei tu? Eh? Chi sei?

– Calmati. Siediti, torniamo a parlare – disse Podborsky guardandosi attorno, circospetto. – Non alzare la voce, che qui si voltano tutti – Lo ammonì. Era solamente da qualche ora in Italia, ma sembrava sapere già molto bene come comportarsi.

– Ragiona, Picchio: a qualunque sovietico della nostra età che è stato militare in Afghanistan se gli parli di colonna militare viene in mente quell'agguato portato nella piccola frazione poco a nord del paese di Kungrad. Sono morti circa un migliaio di soldati laggiù e sono stati annientati quasi duecento mezzi militari. Una vera disfatta! Ho semplicemente tirato a indovinare e ci ho azzeccato – spiegò Podborsky. – Il comando sovietico fu capace di una sola cosa in quel frangente: tener nascosto il disastro militare alla opinione pubblica occidentale. Fu un vero capolavoro dei servizi segreti sovietici e ancora oggi, ad anni di distanza, in occidente poco si sa di quella vicenda. Ma, detto questo, bisogna aggiungere che la loro bravura si fermò lì. Ci fu una inchiesta militare che non venne a capo di nulla e i cani traditori che consentirono l'agguato dei mujaheddin non furono mai scoperti.

C'era una punta di purissimo odio che fremeva nelle ultime parole di Podborsky, e il Picchio in effetti la colse. Ma era troppo ubriaco per ragionarci sopra. Immerso da mesi nella solitudine che spesso regala un paese straniero, il Picchio sembrava contento di aver trovato un compaesano, addirittura un compagno di armi, e tra sé e sé dovette ammettere che, nonostante una certa freddezza e spietatezza che trasparivano dal nuovo arrivato, quella compagnia gli scaldava il cuore. Aiutato dall'alcol che sgretolava il muro delle sue diffidenze, provò ad aumentare il livello di intimità.

– Mi chiamo Ivan Diatlov – disse. – Non ero autorizzato a dirtelo, ma chissenefrega – aggiunse.

– Ivan, forse ci sarà un giorno in cui avrò bisogno di te – gli rispose Podborsky. – Inizierò la mia nuova vita italiana imparando in fretta la lingua e tutto quello che c'è da apprendere, lavorando sodo per la Fratellanza finché troverò il modo di fare affari per conto mio. Magari metterò in piedi una impresa di import-export con la Russia. Sarà allora che avrò bisogno di te e, a quel punto, tu mi darai una mano trovandomi i contatti giusti e diventando il mio braccio destro.

A Ivan sembrarono i vaneggiamenti di un pazzo fuggiasco preso da un delirio di onnipotenza, e per di più ubriaco. Ma era lui ad essere ubriaco, non Podborsky. E così Ivan gli raccontò tutto: di come era fiero di essere stato un soldato della gloriosa armata sovietica e di come scampò all'agguato per miracolo perché fu destituito dall'incarico poche ore prima, e immediatamente sostituito. Gli disse che non seppe mai il perché di quella umiliante sostituzione e che sul momento si sentì distrutto dalla vergogna, poi si consolò pensando che certamente quella sostituzione gli aveva salvato la vita. A quell'agguato, infatti, scamparono in pochi. Podborsky comprese allora quanto vasta era stata la macchinazione di quei quattro e maledì il fato che lo aveva chiamato a rimpiazzare Diatlov. Anche se, ragionò subito dopo, senza quella sostituzione non avrebbe potuto conoscere Natasha.

Il mattino seguente, le nebbie dell'alcol oramai diradate, Ivan ricordò bene la determinazione e la decisione del nuovo arrivato, pronto a sbarazzarsi di ogni ostacolo posto sul suo cammino; troppo determinato e feroce per essere un semplice fuoriuscito. I Fratelli lo avevano arruolato, e certamente quello era un uomo di armi, non un semplice candestino in cerca di fortuna. Si domandò se avesse fatto bene ad aprirsi così con lui: comunque la mattina dopo le promesse che Anatoly gli aveva fatto nella notte gli parvero molto meno campate per aria.

9.
La Fratellanza

Il rapporto dell'Fbi la descriveva come l'organizzazione criminale euroasiatica più potente. I Fratelli erano cresciuti ed erano diventati pericolosi. Podborsky lo sapeva bene perché quel rapporto del 1995 lo aveva letto anche lui. Le sue conoscenze gli permettevano di avere accesso a informazioni di solito molto riservate. Il rapporto non spiegava molto di quel che erano le ramificazioni italiane della organizzazione, tranne per il fatto che l'Fbi aveva ben compreso come il punto di sbarco dei Fratelli sulla penisola fosse stata proprio Ancona; poi Roma e Milano erano state le prime naturali terre di conquista. All'inizio Podborsky era un pesce piccolo, anzi, quando arrivò in Italia era quasi ai margini della organizzazione, ma da subito si era dato da fare per scalare rapidamente le posizioni.

Poco tempo dopo la traversata che l'aveva scaricato nella sua nuova patria, egli si sentiva pronto per compiere il grande salto.

Il cargo batteva ora bandiera cipriota e faceva sempre la spola tra Odessa e Ancona. La nave stava entrando lentamente nel porto di Ancona. Podborsky era sul molo e attendeva paziente che eseguisse la manovra e attraccasse. Quella volta il carico era particolarmente importante. Podborsky doveva recuperarlo e poi portarlo subito a Milano. Il furgone era già pronto sulla banchina e Ivan Diatlov, la prima persona che aveva conosciuto al suo arrivo in Italia e ora suo fidato aiutante, stava seduto al volante con il motore acceso. Avrebbero guidato direttamente fino alla capitale lombarda.

I marinai a terra si affrettarono a ricevere le grosse gomene lanciate fuoribordo e le allacciarono prontamente alle enormi bitte cementate alla banchina. Dal momento in cui la nave attraccava Podborsky decise che aveva un quarto d'ora di tempo, non di più, per portare a termine le operazioni che doveva svolgere. Ancona era un porto sorvegliato e la polizia portuale pattugliava con regolarità le banchine, era molto meglio per loro sbrigarsi. Salì rapidamente a bordo attraverso una piccola porta stagna posta sulla fiancata della nave poco sopra la linea di galleggiamento e, attraverso alcune rampe di scale, raggiunse il ponte principale e il luogo previsto dell'incontro. Una dozzina di ragazze aspettavano in piedi, in un angolo della cabina, sorvegliate da quattro marinai. Podborsky fece un cenno e due marinai si mossero veloci. Presero ciascuno due grosse sacche appoggiate sul tavolo e le portarono in un'altra cabina dove Podborsky le controllò. Uno a uno tolse i sacchetti e li contò, poi fece un piccolo taglio e sfregò un poco di polverina bianca sui denti, quindi richiuse. Le sue gengive si anestetizzarono, un effetto che conosceva bene, e ammise che era roba ottima. Nel caso in cui qualche cosa non fosse stata conforme alla quantità e alla tipologia, la procedura prevedeva che Diatlov avrebbe accompagnato le ragazze a Milano mentre lui avrebbe dovuto imbarcarsi con la droga fino ad arrivare in un punto preciso in acque internazionali, dove i Fratelli avevano previsto si sarebbe formata la cosiddetta unità di crisi. I Fratelli non trattavano direttamente la droga, non la raffinavano né la producevano, ma si avvalevano delle forniture di grandi trafficanti internazionali per piazzarla. Gli accordi in genere erano onesti e la roba era buona: non ci si truffava tra grandi organizzazioni criminali. Il furgone intanto si era affiancato alla nave e Podborsky tornò per sorvegliare le operazioni mentre altri due marinai accompagnarono le donne che scesero dalla nave per salire una alla volta sul pianale posteriore del furgone allestito con sedili e finestrini oscurati. Anche Podborsky salì velocemente sul furgone, aprì le sacche, poi aprì un piccolo sportello sopra la testa e infilò i panetti nel doppio tetto del furgone, insieme con le borse accuratamente ripiegate: sarebbero tornate utili all'arrivo.

Dopo aver congedato i marinai prese una bomboletta spray che conteneva essenza di urina di volpe e la spruzzò abbondantemente sulle ruote del furgone e intorno ai paraurti. Quelle bombolette le aveva acquistate in un negozio di caccia a Siena e servivano a distrarre il fiuto dei cani. Podborsky sapeva bene che farsi beccare con le ragazze avrebbe comportato al massimo l'accusa di favoreggiamento di immigrazione clandestina e, forse, quella di istigazione alla prostituzione; mentre con la cocaina era tutta un'altra faccenda. Perciò aveva preso le sue precauzioni e anche Adrian, il gatto che portavano con loro in cabina, era stato scelto per distrarre eventuali cani.

Una volta arrivati a Milano avrebbe consegnato le ragazze a Valentina Spiridova, la tenutaria russa che aveva una settimana di tempo per istruirle e farle lavorare come ballerine nei club o direttamente sulla strada, a seconda dei talenti o delle predisposizioni più o meno forzate. Insegnava loro come muoversi, come ballare, come vestirsi e come comportarsi con i maschi italiani, spillando più soldi possibili.

La Spiridova avrebbe anche falsificato i documenti necessari per ottenere i visti, i permessi di soggiorno e i documenti per la regolare residenza in Italia. Si trattava di inviare un sms con i nomi delle ragazze ad alcune ditte lombarde compiacenti che, in cambio di soldi o favori, avrebbero richiesto i documenti per le finte assunzioni. Quei documenti erano necessari e, naturalmente, mettere in regola aveva un costo che le ragazze stesse avrebbero pagato con il loro lavoro, insieme alle spese per il viaggio, al vitto, all'alloggio e alla partecipazione alla "Scuola di perfezionamento". Nel caso in cui qualcosa andasse storto un biglietto aereo di ritorno con data aperta veniva acquistato e, ovviamente, anche quel biglietto veniva addebitato. Ognuna delle giovani nei primi tempi viveva solamente con qualche centinaio di euro al mese perché la parte più sostanziosa del guadagno, parecchie migliaia di euro, veniva invece trattenuta a titolo di rimborso per le spese.

Molte di queste ragazze erano d'accordo e sapevano bene ciò a cui andavano incontro una volte abbandonate le sponde di Odessa. D'altronde la situazione in Russia, e in generale nei paesi dell'est Europa, era davvero difficile all'epoca in cui il cinico neocapitalismo russo iniziava a mostrare i suoi artigli, perciò la richiesta di cercare fortuna altrove era molto elevata. Le giovani, d'altro canto, non avrebbero mai dovuto subire alcuna minaccia palese o, peggio, costrizioni fisiche. Questo era un lato importante di tutta la faccenda. Ognuna doveva accettare le modalità del "lavoro" in modo consenziente e prostituirsi doveva essere la logica conseguenza dei debiti forzosamente contratti. In questa maniera anche quelle non disponibili, che si erano imbarcate su quella nave grazie a un miscuglio di ingenuità, speranza e disperazione, non avrebbero avuto altra scelta. L'obbligo di prostituirsi sarebbe stato dettato, anche per queste, dalla oggettiva situazione, dai debiti, dalla fame. La Fratellanza aveva messo in piedi una organizzazione internazionale che in Italia Podborsky gestiva in piena autonomia. E oramai, con una certa regolarità, oltre alle ragazze arrivava anche quell'altro carico, molto più pericoloso e redditizio. Di Podborsky i Fratelli si fidavano, e lui nel tempo si era dimostrato fedele e spietato. Nessuno immaginava che il russo possedeva anche un'altra qualità che presto sarebbe tornata utile: l'abilità finanziaria.

Il viaggio proseguì veloce fino a Parma ove decisero di fare eccezionalmente una breve sosta per controllare che tutto fosse a posto. Si diedero il turno; prima Podborsky andò ai bagni, poi Diatlov. Era rimasto solo da qualche minuto quando sentì picchiettare sul finestrino. Si voltò e vide un poliziotto che lo osservava mentre, più distante, scorse il compagno con un cane lupo al guinzaglio.

Podborsky abbassò tranquillamente il finestrino.

– Buongiorno.

– Buongiorno. Documenti per favore. Che cosa trasporta?

– Guardi, c'è tutto scritto nella documentazione. Si tratta di pezze di stoffa in rotoli che vengono da Odessa e che saranno sdoganate all'interporto di Milano. Il furgone ha i lucchetti che solo la dogana a Milano può aprire. Controlli, è tutto in regola.

– Sì, mi lasci vedere."

Mentre parlava con il primo poliziotto, il secondo fece fare il giro del furgone al cane che iniziò ad avvertire l'odore di piscio di volpe. Nonostante il suo conduttore lo spingesse verso il furgone per annusare meglio, la bestia puntava il naso solamente alle ruote, e sembrava agitata e confusa. Quando ritornò Diatlov salutò e salì in cabina dove, per prima cosa, aprì di nascosto la gabbietta in cui stava Adrian il quale non se lo fece ripetere e saltò fuori in due balzi, finendo prima sul sedile poi sul marciapiede dove incrociò immediatamente il cane che appena lo vide gli abbaiò contro. Adrian si mise di traverso e arruffò il pelo, aprì a metà la bocca, tirò indietro le labbra ed espirò forte producendo un terrificante sibilo. Il cane lupo si bloccò, anche perché trattenuto a fatica dal poliziotto, e Adrian ne approfittò per fare rapidamente dietrofront risalendo in cabina dove corse a rintanarsi nella sua gabbia.

– Tenete in gabbia quel diavolo di un gatto! Come mai ne avete uno con voi?

– Adrian? È il mio gatto. Non conosco nessuno qui in Italia, tovarish, e Adrian è la mia sola compagnia – rispose Diatlov, esagerando l'accento russo.

– Va bene, va bene. Tenga. Andate pure. – Il primo poliziotto riconsegnò i documenti e il furgone potè ripartire.

– Non ci ha neppure chiesto i permessi di soggiorno – annotò Diatlov.

– Già – ripose laconico Podborsky.

Quell'anno fecero parecchie volte la spola tra Ancona e Milano, e quando i Fratelli chiesero a Podborsky se poteva organizzare un fondo comune di cui poter disporre per le emergenze e magari investire in altre azioni criminali, Podborsky si rese disponibile. Era l'occasione che attendeva da tempo. Bisognava distogliere parte dei guadagni procurati dalle ragazze e dalla vendita della droga per creare una somma iniziale di denaro che si sarebbe poi potuta usare alla bisogna. Ma il problema era, e Podborsky lo sapeva bene, che quel denaro doveva ripulirsi, solo così lo si sarebbe potuto usare tranquillamente reinvestendolo nell'economia legale.

E lui sapeva come fare per riciclare quei soldi. Aveva due strade, una da imboccare immediatamente, l'altra andava percorsa in un secondo momento e con più calma. Innanzi tutto insieme a Ivan Diatlov iniziarono a frequentare le grandi e affollate ricevitorie milanesi del lotto e le agenzie di scommesse della città, le più importanti. Svolgevano il compito del moderno usuraio, prestavano i soldi a impiegati, commesse, piccoli commercianti, casalinghe e manager che scommettevano e perdevano poi, soprattutto, cercavano i vincitori di forti somme. Si erano fatti conoscere un po' ovunque grazie a quei piccoli prestiti, quindi potevano abbordare tranquillamente i vincitori che li ascoltavano senza timori.

– Lo sai che devi attendere qualche mese prima di intascare tutti questi soldi, vero?

– Sì, non importa; ho vinto ed è una bella somma. Mi cambia la vita! – rispondeva quello.

– E se la vita tu potessi cambiarla da domani? Perché aspettare? Te li dò io i soldi, subito. Mi trattengo solo una piccola parte per il disturbo e in poche ore tu puoi avere tutto il tuo denaro, Che ne dici?

Pochi rifiutavano. A quel punto, con il titolo acquisito, Podborsky apriva un conto corrente, di solito nella sede centrale di una delle più importanti banche della città, consegnava il biglietto vincente al direttore e attendeva che i soldi corrispondenti alla vincita venissero versati sul suo conto. Di tanto in tanto portava nuovi titoli e così la somma cresceva avendo una giustificazione legale. Ma non poteva certo continuare a portare i titoli delle vincite per rimpolpare i conti correnti; anche questo presto avrebbe cominciato a destare sospetti. Aveva conti aperti in varie banche, e i direttori cominciavano a conoscerlo bene, così furono loro a offrirgli quelle ulteriori informazioni che gli servivano. E la seconda parte del piano cominciò. Podborsky voleva sapere quali erano le aziende in difficoltà, quelle con i conti in sofferenza, e a tal proposito era sufficiente una chiacchierata amichevole con il direttore di banca, chiedendogli poi la cortesia di presentargli il proprietario dell'impresa. Spesso l'incontro avveniva direttamente in una saletta della banca dove l'imprenditore si sentiva fare una offerta sbalorditiva: Podborsky offriva di ricapitalizzare l'impresa spostando in blocco somme ingenti nelle casse dell'azienda in difficoltà. Trovare periti compiacenti che certificassero la finta capitalizzazione non era difficile. Il denaro sporco veniva così ripulito una seconda volta e figurava come un salvataggio della azienda la quale immetteva nelle sue casse denaro fresco che poi Podborsky si sarebbe ripreso lasciando una percentuale. Nel caso in cui il proprietario della impresa non fosse stato in grado di ritornare i soldi allora si sarebbe semplicemente preso l'intera società. E comunque le somme, adesso, erano pronte per operazioni alla luce del sole, pulite e legali.

I Fratelli furono contenti della soluzione di Podborsky, tanto da richiamarlo a Mosca per spiegarne il funzionamento, in modo da poterlo replicare. E proprio *dvoinoi* (la replica) fu il nome che venne dato alla intera procedura di riciclaggio. Podborsky divenne sempre più importante. Non era più il pesce piccolo degli esordi, si stava avviando a diventare il direttore finanziario della organizzazione. Tornato in Italia sfruttò le conoscenze acquisite del panorama industriale e imprenditoriale di Milano per acquistare partecipazioni azionarie questa volta in aziende molto solide. E, improvvisamente, nelle aziende dove Podborsky era entrato in partecipazione azionaria gli affari, che già erano buoni, diventarono fiorenti; la concorrenza non sembrava più così agguerrita, i fornitori offrivano i loro prodotti a prezzi ragionevoli, i clienti più importanti non provavano più a lamentarsi per ogni cosa e acquistavano senza discutere. Tutto filava sempre liscio e i profitti aumentavano. Così i soldi generavano altri soldi e, alla fine, la parte che cominciò a rimanere attaccata a Podborsky divenne così consistente che questi la usò per acquistare appartamenti prima, terreni edificabili poi. A quel punto decise che la sua facciata rispettabile sarebbe stata quella dell'imprenditore edile.

Nel giro di cinque anni aveva mantenuto la promessa che aveva fatto quella notte in un bar di Ancona al suo connazionale, e ora socio di minoranza, Diatlov. Da quel momento in poi cominciarono in giro ad affibbiargli il soprannome di piccolo padre e in seguito, quando a capo della nuova Russia salì Putin, il soprannome cambiò in piccolo Putin.

Qualche tempo prima si era anche sposato con una donna italiana, una bionda dall'incarnato pallido che andava al lavoro sempre in tailleur grigio e tacchi, conosciuta in una delle tante banche presso cui egli aveva aperto un conto. Era la responsabile del marketing e rimase sempre all'oscuro, nel poco tempo in cui durò il loro matrimonio, della vera natura delle ricchezze di Podborsky. L'unica figlia avuta la chiamarono Paola.

Podborsky non era un uomo capace di tenere insieme una famiglia, non più. Una notte a "Le Banque", discoteca milanese ricavata nei locali di una vecchia banca, incontrò Marianna: mora, alta, abitino di voile corto con spalline sottili, seno in evidenza e poco coperto. Poi *clutch*, scarpe nere con tacco e niente calze: era estate. Scherzarono e bevvero tutta la serata e lui si offrì di accompagnarla a casa. Marianna, però, gli propose di fare una camminata nonostante fosse notte fonda.

– Sono ubriaca. Facciamo due passi, la notte è tiepida.

Si avviarono lungo via dei Mercanti, raggiunsero piazza del Duomo e la costeggiarono.

– Amo l'acciottolato ma faccio fatica a camminarci sopra con i tacchi – osservò Marianna mentre si appoggiava a lui. Podborsky per sorreggerla infilò un braccio sotto il suo e avvertì la curva del suo seno che dondolava dolcemente ad ogni passo. La strinse ancora di più. Appena svoltati per via Palazzo Reale Marianna appoggiò la testa sulla spalla di lui e gli infilò la mano sotto la camicia all'altezza del petto, abbandonandosi a quel corpo maschile. Podborsky si fermò e piegò il capo per cercare la sua bocca. Si baciarono in piedi in mezzo alla via, e continuarono a baciarsi e a cercarsi. La notte estiva era tiepida, distesa, colma di densi climi e nessuno era in giro. All'uomo e alla donna sembrò quasi di vivere come in sospensione. Podborsky si guardò attorno: il silenzio era completo, come in un acquario. Spinse leggermente Marianna contro un muro dove in basso si aprivano inferriate che davano verso cantine buie e deserte. Le mani di lui la esplorarono sotto la blusa generosa e trovarono il turgore dei capezzoli che, una volta liberati dagli abiti, scoprì essere scuri. Poì sfiorò a lungo l'interno delle cosce morbide della donna. Marianna era con la schiena appoggiata al muro, le gambe divaricate e leggermente avanti, ferma sui tacchi grazie alla flessione dei quadricipiti che la tenevano bene appoggiata alla parete. Podborsky infilò le mani sotto le mutandine dove lei era bagnata e dischiusa.

Non voleva darsi altro tempo, si liberò degli ultimi impicci e la penetrò lì, contro il muro. Fecero l'amore velocemente e profondamente, entrambi con il trasporto accresciuto dal timore di essere scoperti.

La sua nuova amante gli diede una seconda figlia che chiamarono Silvia; con Marianna convisse qualche tempo, anche se furono sufficienti pochi mesi perché la loro storia finisse. Le due bambine risvegliarono il suo affetto di padre che in effetti non venne a mancare, ma sempre mantenendo una certa distanza, quasi se ne vergognasse: "Una figlia non ha bisogno di un padre, ma di soldi", soleva ripetere. Le due figlie avevano pochi mesi di differenza e Podborsky andò su tutte le furie quando, crescendo, si conobbero e divennero amiche. Lui non avrebbe mai voluto rivelare la verità, ordinò alle madri di non dire mai che in realtà erano sorellastre. Per quanto lo riguardava rimase nell'ombra e smise di incontrarle quando diventarono ragazze: avere figlie era una debolezza che non poteva permettersi.

10.
Vengono dal freddo

Sorseggiava il tè appoggiandovi appena le labbra rosse. Alzò lo sguardo e vide la neve che iniziava a scendere fitta. La palazzina lussuosa in cui abitava, con la bella facciata ornata da un piccolo colonnato bianco, disponeva di vetrate da cui si vedeva la stretta via centrale Ausros Vartai che si stava rapidamente imbiancando.

– Neve, neve sempre neve, ma quando smetterà? – Barbora si immaginò che in poco tempo l'intero centro città sarebbe stato impraticabile.

– Ma è aprile, Barboryte, non puoi credere che non nevichi in aprile! – Mamma sorrideva nervosa dietro la tazza di té e guardava sua figlia che pareva ancora più bella quando si imbronciava.

– Non ne posso più di questo clima. Mi deprime. Voglio andare via, mamma.

– Ma, tesoro mio, non stai bene qui, a casa tua? Con i tuoi amici, con papà e mamma? Non sei contenta? – Mamma Julija avvertì un campanello di allarme: si stava avvicinando una discussione, e lei sapeva anche quale sarebbe stato l'argomento del contendere.

– Uffa! Vilnius è piccola e non succede mai niente qui. Mamma, ho bisogno di vedere cose nuove, altri posti, insomma: andare via!

Julija sospirò. Da qualche tempo i dialoghi con sua figlia prendevano sempre la medesima piega e, se non stava attenta, avrebbero finito per litigare un'altra volta. Le discussioni erano quasi giornaliere, e violente specialmente con il padre che reagiva con prepotenza alle richieste della figlia. La loro bambina voleva andarsene, ma perché? Non era contenta? A casa poteva fare tutto quello che voleva, portare chi voleva, stare con chi voleva. Nessuno le avrebbe mai detto niente. Eppure, eppure tutto questo non le bastava.

– Bimba mia, non sei contenta qui con noi? Che cosa ti manca? – le chiese Julija con l'intonazione più soave che poté trovare.

– Che cosa mi manca, che cosa mi manca? Ma tutto mi manca, mamma.

Ecco, ci siamo.

– Mi manca la vita! Soltanto la vita. La possibilità di conoscere persone nuove, nuove abitudini, nuovi costumi. Non sopporto più le facce che incontro, il modo in cui qui si vestono, la falsa gentilezza con cui ti salutano, quando ti salutano. Davvero, mamma, ho bisogno di respirare aria nuova. Sono stanca di zuppe di barbabietole e di cavoli, di *cepelinai* e anche di questi dolcetti al miele! – Allontanò con il dorso della mano il piatto cesellato ricolmo di *slizikai* che silenziosamente Julija le aveva messo davanti.

– Ma, dai! Ti sono sempre piaciuti.

– Mamma, tu non capisci. Io voglio camminare nel sole, e qui il sole non c'è mai!

– Non è vero, bambina mia, non è vero. La Lituania è piena di sole. Siamo al centro dell'Europa e da noi scende tanta neve, ma c'è anche un caldo sole. E a giugno, quando è tutta fiorita...

– Non m'importa, mamma, se siamo al centro dell'Europa! Io voglio andare al centro del mediterraneo, dove il sole c'è anche d'inverno!

Ecco. L'Italia, ancora l'Italia. Quel pensiero era diventata una fissazione. Ma che cosa ci trovava mai in quel paese, pensò Julija corrucciando la fronte. Voleva trovarsi un fidanzato italiano? O ce l'aveva già? Il pensiero di sua figlia con addosso le mani scure di uno del sud la disturbava, e decise di non indugiarci sopra.

– Senti, mia piccolina, ne abbiamo già parlato, no? E tuo padre che cosa ha detto? Ha detto che non era d'accordo, vero? E allora perché insisti? Lasciamo perdere, dai, e finiamo di bere questo tè al timo che è delizioso, non credi? – e così dicendo Julija afferrò una fettina di *duona*, il pane nero di segale già imburrato, e se lo portò alla bocca.

Ma Barbora non demordeva. – See, il papà. Il papà non vuole capire nulla neppure lui. Eppure dovrebbe saperlo bene che la Lituania non è il centro del mondo! Non è lituano lui, e sa perfettamente che esistono altri posti oltre a Vilnius, posti mille volte più vivaci di Vilnius. Oh, ma perché siamo venuti a vivere proprio qui!

– Ma, tesoro, qui siamo davvero al centro del mondo! Lo sai vero che il centro storico della città è patrimonio dell'umanità? Di fascino Vilnius ne ha da vendere. Abbiamo architetture gotiche, barocche e neoclassiche, chiese e musei bellissimi e ambienti sempre puliti e raffinati, non come... – ma qui si fermò perché non voleva diventare polemica. Poi riprese: – Siamo al confine tra l'Europa occidentale e l'Europa orientale, e quindi all'incrocio di culture diverse, e quando...

– Mamma, mi hai preso per una turista? Che cosa vuoi che me ne importi delle bellezze della nostra capitale? Le conosco. Ed è proprio questo il punto: voglio conoscere cose nuove, vedere cose nuove...

Julija girò piano la testa dall'altra parte, ne aveva avuto abbastanza di questa discussione e si azzittì. Anche nei litigi con suo marito faceva la stessa cosa: a un certo punto smetteva di parlare e girava al testa dall'altra parte e questo, ultimamente, le accadeva spesso. Fissò deliberatamente la neve che scendeva sempre più fitta là fuori, e riprese a bere il tè che oramai era freddo; se non era ben caldo il tè non lo soppportava e perciò ripose subito la tazza, allontanandola da sé.

Barbora, intanto, aveva chinato il capo e taceva. Poi, dopo un lungo silenzio, aggiunse: – Sai, ne ho parlato anche con Janua e Sonia e il loro genitori, invece, sono contenti di lasciarle partire. Perciò a maggio andremo tutte tre a Milano a iscriverci all'università. Se papà non sarà d'accordo vorrà dire che mi manterrò da sola. Ho soldi da parte e in Italia mi basterà trovare un lavoro part time per farcela a tirare avanti. Mi dispiace mamma, noi abbiamo già deciso.

Julija aprì la bocca e non disse nulla. Guardò sua figlia e cercò di parlare ma le parole non volevano uscire; infine, scuotendo la testa, se ne andò in cucina con l'intenzione di preparare la cena. Quando entrò nell'ampia stanza si diresse invece immediatamente verso il mobiletto che conteneva i liquori e si versò una dose abbondante di idromele. La cena poteva aspettare.

Barbora era contenta di essere riuscita a confessare a mamma le proprie intenzioni. Quella stessa sera ebbe il coraggio di affrontare il papà. E, stranamente, quando lui la vide così decisa e si rese conto che la figlia lo metteva di fronte a una decisione già presa e irrevocabile, si acquietò e sembrò accettare, sia pure di malavoglia, la scelta.

La felicità di Barbora traspariva dalla voce che, nella chiamata collettiva che stava facendo alle amiche con Skype, era condita da un sorriso continuo, quasi ebete. – È deciso. Vengo anche io! Partiamo a giorni per l'Italia. Sai, Janua, abbiamo un sacco di cose da fare laggiù: trovare un appartamento, iscriverci all'università, e poi tutte quelle faccende necessarie per vivere in un altro paese... ah, dobbiamo anche iscriverci ad una scuola di italiano! Non possiamo iniziare i corsi universitari non sapendo una parola di quella lingua! Non credi? In Italia l'inglese non lo sanno, e figurati se ci sono corsi universitari in inglese! Saranno tutti in italiano. Insomma dobbiamo darci da fare! Che bello, dai!

Anche Sonia, era raggiante. – Sì, hai ragione, bisogna muoversi. Domani mattina ci incontriamo e facciamo un piano d'azione. Nel giro di una settimana dobbiamo aver organizzato tutto! – Janua guardava le amiche in silenzio mentre le spuntavano lacrime dagli occhi. Sarebbero andate in Italia! Sarebbero vissute nel paese del Rinascimento, dove lei avrebbe potuto studiare Storia dell'Arte come si deve, e con tutti gli esempi reali e concreti a portata di mano, anzi di museo, di sito archeologico. Avrebbe studiato sui libri le stesse cose che poi avrebbe potuto vedere attorno a sé. In Italia bastava camminare per le strade per scoprire che l'arte era sempre lì, tanto vicina da poterla toccare. Era un paese in cui il Rinascimento, sua grande passione, non era un movimento culturale sepolto nel passato ma una realtà viva e presente, capace di ammaliare ancor oggi. Avrebbe visitato i monumenti, visti i quadri, le statue, gli affreschi, e sperimentato di persona le soluzioni urbane che trasformavano i cupi, stretti e incoerenti borghi medioevali in città dagli ampi viali, corredate di giardini e piazze finemente curate e costruite seguendo le regole della più importante invenzione geometrico-artistica di quell'epoca: la prospettiva. In particolare adorava le piccole città come Ferrara. Janua si era imbattuta un giorno per caso nella scuola pittorica del Trecento ferrarese sfogliando libri d'arte nella biblioteca di Vilnius. Incuriosita, aveva cercato e sfogliato altri libri di quella città, trovando illustrazioni e fotografie. E così, le sue architetture medioevali e rinascimentali l'avevano catturata irrimediabilmente. Non vedeva l'ora di andarci e di camminare tra le vie sostando nelle piazze finora godute solamente in fotografia. Avrebbe visto l'addizione erculea, opera dell'architetto Biagio Rossetti, e il viale Ercole I d'Este che congiungeva, dritto come un fuso, il castello Estense con le lontane e imponenti mura perimetrali della città dove, in epoca antica, stazionavano i soldati di guardia. Non ne vedeva l'ora.

Le tre ragazze giunsero in Italia i primi di giugno. Trovarono casa e si iscrissero ad un corso di italiano. Visitarono l'università e fecero le pratiche per l'iscrizione al successivo anno accademico. La loro nuova vita era cominciata.

La casa era al piano terra, in zona navigli a Milano; presto scoprirono che era calda d'estate e che si raffreddava rapidamente non appena l'inverno avanzava gelido e umido. Inoltre era piena di spifferi, ma vi abitavano oramai da più di quattro mesi e per loro andava bene così. L'unica cosa che non andava bene era il bilancio famigliare.

– Bisogna pensare a una quarta persona, così non riusciamo ad andare avanti. – Janua era preoccupata: – Le bollette sono tante: gas, luce, acqua. Non credevo che il costo della casa aumentasse quasi del doppio a causa delle spese: in questo modo non ce la facciamo.

– Ma che cosa vuoi dire? Non vorrai portarmi in camera una sconosciuta? – Barbora era furiosa. La casa aveva soltanto due camere da letto, e in ciascuna c'era un letto matrimoniale. Al momento della divisione, i ruoli e i rapporti tra le tre amiche avevano naturalmente assegnato a Barbora la camera più piccola, di cui lei poteva però godere in tranquilla solitudine. Ma ora le cose stavano prendendo una piega diversa. Una quarta persona avrebbe dovuto dividere la stanza e questo significava che la bella solitudine di Barbora stava finendo.

– Non ci sono alternative, Barbora, lo vedi. I soldi non bastano e tu sei la prima che si rifiuta di trovare un lavoro, quale che sia. In queste condizioni ci vuole poco per rimanere indietro con l'affitto, e poi chi lo sente il proprietario? No, guarda, le alternative non ci sono. Se vogliamo continuare a vivere qui dobbiamo trovare il modo di dividere le spese. – Janua parlava in modo pacato, ma deciso.

– E così io dovrei vivere nella stanza più piccola della casa con un'altra ragazza? Non se ne parla! – rbatté Barbora.

– Se è quello il problema lo risolviamo subito. Credo che Sonia e io potremmo traslocare nella tua camera, e così tu potrai usufruire della nostra, che è più grande. Allora? Che ne dici? – Janua diede una occhiata interrogativa a Sonia, la quale annuì.

Barbora guardò le amiche, dietro il loro sguardo calmo si intravedeva un piglio risoluto. Comprese che c'era ben poco da ribattere e che la scelta sembrava obbligata. – Va bene, ma la persona la voglio scegliere io!

– Certamente – disse accomodante Janua.

– Non ci devi impiegare una vita, comunque. Domani mattina mettiamo gli annunci in università, poi faremo le selezioni. Sarà divertente, sono sicura – puntualizzò Sonia che non aveva detto nulla fino a quel momento ma che si capiva appoggiava ogni virgola del discorso di Janua. Barbora mise il broncio, ma oramai sembrava convinta pure lei.

Fu così che trovarono Alexandra.

Alexandra era alta, bella e con gli occhi verdi. Così bella che riuscì a conquistare da subito le tre ragazze le quali le fecero un rapido colloquio, diretto da Barbora. Ma fu quasi proforma perché la accettarono immediatamente, e di buon grado.

– Bene, puoi traslocare qui quando vuoi – disse Janua.

– Allora domani – rispose lei con un sorriso.

La vita in quattro trascorse in mezzo i problemi riguardanti la conduzione domestica e l'apprendimento necessario delle indispensabili regole di vita comune, però rallegrata dalla condivisione di nuove conoscenze e amicizie, ritmata dalle uscite diurne e soprattutto da quelle notturne per esplorare la città e le sue attrazioni.

Quando iniziarono i corsi universitari le uscite serali proseguirono indisturbate per Barbora e sparirono del tutto per Janua. Anche Alexandra seguiva assiduamente le lezioni, mentre Barbora studiava invece con molta attenzione la mappa degli aperitivi e degli happy hours meneghini. Sonia, infine, seguiva con ordine le lezioni senza però ricavarci molto: era una ragazza pratica e molto semplice.

Alexandra aveva deciso di parlare con i professori per farsi aiutare, valutare la sua preparazione e richiedere alcuni chiarimenti. Tempo dopo, in mensa universitaria, uno di quei professori le sorrise apertamente, era alto, scuro di carnagione e abbastanza muscoloso, si trattava di Fiorenzo. Alexandra non sapeva che pensare, o meglio, lo sapeva ma non voleva pensarci.

Si incontrarono altre volte, un poco per caso un poco no, fino a che lui la invitò fuori a cena.

– Come ci si veste quando si esce a cena con un professore? – Alexandra era perplessa e divertita.

– Non credo tu abbia da preoccuparti granché – le rispose Janua.

– Perché? – domandò Alexandra.

– Perché sei una bella gnocca, si dice così no? – Janua sorrise.

– Dai, non scherzare! Che cosa mi metto?

– Ma non scherzavo! Mettiti quello che vuoi che andrà bene lo stesso.

– Beh, ma esco, e di sera. Immagino saremo in un bel ristorante e... insomma non voglio sentirmi fuori posto o a disagio a causa degli abiti.

Le altre ragazze vennero in aiuto. – Va bene. Allora sotto il cappotto metti short di raso nero, calze nere e scarpe décolleté con tacco misurato – sentenziò Barbora. – Tanto sei già alta, non devi mica torreggiare.

– Camicetta bianca e blazer nero – concluse Janua.

Al ristorante Fiorenzo la fece accomodare in un tavolo a due lasciandole la possibilità di stare con le spalle alla parete in modo che "volendo potesse osservare la sala", perché, si sa, "le donne vogliono vedere e curiosare". Ordinò buon vino bianco che si accompagnava con gli antipasti e con il secondo di pesce che avevano ordinato. Era un piacevole conversatore.

Fu Alexandra a spiazzarlo: – Ma non è pericoloso per te uscire con una tua studentessa?

– Mi piace rischiare.

– Sì, ma fino al punto di poter perdere il lavoro? Per quanto ti possano interessare le donne forse il rischio è troppo alto, non credi?

– Credo che siano mie scelte, no?

– Sì ma sono curiosa. Non hai mai avuto paura?

Fiorenzo comprese che non se la sarebbe cavata tanto facilmente.

– Senti, Alexandra, provo a spiegartelo così. Qualche tempo fa stavo navigando su internet, e cercavo su You Tube canzoni vecchie, quelle canzoni che le persone della mia età ogni tanto inseguono per ritrovare le emozioni del passato.

– Ma quanti anni hai?

– Questo te lo dico dopo. Andiamo avanti – e così dicendo Fiorenzo sollevò un dito avvicinandolo alle labbra di lei, in un gesto che intimava, scherzosamente, silenzio.

– Mi imbatto in una melodia che conosco. Era una canzone di Petula Clark, una cantante inglese che negli anni sessanta, e precisamente nell'estate del '65, ebbe grandissimo successo in Europa e non solo. La canzone si intitolava *Downtown*, e fu tradotta anche in italiano con il titolo di *Ciao Ciao.* Era una canzone fatta apposta per risvegliare la nostalgia, il ricordo dolceamaro di amori passati. Me la sono gustata tutta poi è venuta la curiosità di leggere i commenti, tra i quali ne ho trovato uno che ho letto tante di quelle volte da ricordarlo quasi a memoria. Diceva più o meno così: "E ora? A sessantacinque anni suonati mi chiedo: che valore hanno i miei ricordi? E che senso ha la mia esistenza così intrisa della nostalgia di una vita più pensata e sognata che vissuta? Quale attenzione devo dare alla mia voglia di provare ancora, adesso che i miei sensi sono illanguiditi e stanchi, l'emozione di un innamoramento improvviso e totale? Sì, è vero, una canzone, una semplice canzone può farti soffrire fino a piangere sulla vita che hai cercato di vivere fino ad ora con dignità e amore".

– Che triste! Poverino, mi dispiace per lui! – commentò Alexandra.

– Anche a me dispiace per lui. Dispiace così tanto che non voglio cadere nello stesso errore e provare la sua stessa devastante nostalgia. Ecco perché stasera sono qui, con te, nonostante i pericoli che potrei correre – e cavò fuori dal repertorio il suo miglior sorriso.

Alexandra non era un tipo romantico, non nel senso classico del termine. E le smancerie di Fiorenzo la toccavano fino a un certo punto.

– Nel '65, eh? Ma lo sai che è roba di cinquant'anni fa? Ma con chi sono uscita questa sera? Con un vecchietto?

Fiorenzo arrossì, suo malgrado, e borbottò una risposta.

– Ma no, dai. Quando la canzone è uscita neppure io ero nato. L'ho sentita dopo, sai? Era una canzone così famosa che l'hanno suonata per anni a venire. Non hai mai avuto l'occasione di ascoltarla?

– No, mai. Comunque io vengo da un'altra Europa, ricordi? In quegli anni era scesa una "cortina di ferro", la chiamavano così, vero? Quindi quelle canzoni non sono passate da noi, perché erano il risultato di una morale borghese e degradata.

– E tu credi a queste cose?

– Ma certamente! No, certo che no. Quella era solo propaganda, stavo solo spiegandoti che il mio background è diverso dal tuo, e non solamente per l'età.

Continuarono a parlare a lungo e, quando smisero, sembrò naturale a entrambi salire in casa di Fiorenzo e abbracciarsi cercandosi freneticamente la bocca con la bocca, sembrò naturale spogliarsi e, infine, a Fiorenzo sembrò quasi perfetto poter condividere quegli adorabili centimetri dentro di lei.

La storia proseguì in modo clandestino, quel modo che all'inizio piace così tanto e che poi diventa una gabbia insostenibile. Fiorenzo non voleva farsi vedere in giro con una studentessa della sua università e perciò si trovavano nei motel, e qualche volta a casa di Fiorenzo, che però non amava portarvi le sue fidanzate. Si davano frettolosi appuntamenti e consumavano sempre con grande piacere la abbondante carica erotica che il loro rapporto sviluppava. Per Fiorenzo si trattava di aver conquistato una magnifica preda; carne fresca che allontana la morte, si ripeteva mentre viaggiava in auto per raggiungerla. Per Alexandra si trattava del professore, e cioè di una mente e di un corpo che funzionavano a meraviglia. Quante cose sapeva, e quante poteva insegnargliene!

Una sera dei primi di dicembre Fiorenzo aveva eccezionalmente acconsentito a portarla fuori a cena. Il ristorante aveva un'ampia vetrata che mostrava un bel giardino interno su cui, morbida, si posava la neve. Si fecero accompagnare a un tavolo accosto alla vetrata. La coppia del tavolo a fianco era un poco rumorosa, ma Alexandra e Fiorenzo parlavano gli occhi negli occhi, e tutto ciò che stava intorno sembrava svanire. A metà della serata Fiorenzo registrò che la donna si era alzata per andarsi a sedere sulle gambe del suo uomo; un poco sconveniente per un ristorante come quello. Ridevano e ammiccavano. Che avevano da ridere poi?

A un certo punto anche Alexandra si alzò dal tavolo, si bilanciò sui tacchi e annunciò che si sarebbe assentata un attimo. Fiorenzo la guardò camminare sinuosa verso la toilette: proprio una bella preda.

L'uomo al fianco gli rivolse la parola mentre la sua donna gli teneva ancora le braccia al collo.

– La disturbo? Sa, lei certamente è un bell'uomo.

– Come, scusi? – Fiorenzo credeva di non aver compreso.

– Dico che è un bell'uomo. La mia ragazza vuole sapere quanti anni ha.

Fiorenzo li squadrò, sorridevano: erano solamente curiosi?

– Ne ho quarantasei.

– Complimenti, ben portati. Se li goda, sa?

– Grazie.

– Sono gli ultimi.

– Non sono sicuro di aver capito.

– Voglio dire che lei ora è nella età dell'Ultimo Tango.

– Continuo a non capire.

I due si guardarono e risero, che strana coppia! Quanti anni avranno avuto? Probabilmente poco più di una trentina. Fiorenzo li guardò meglio. Una coppia normale né troppo bella né troppo brutta, lui di altezza media con la carnagione e i capelli scuri, lei biondina, rotondetta e graziosa, nulla di più.

– Ultimo Tango! Non ha presente il film di Bertolucci con Marlon Brando? Quello in cui i due protagonisti si ritrovano in un appartamento vuoto di Parigi e cominciano una storia rovente di sesso e amore?

– *Ultimo tango a Parigi*. Sì, l'ho visto – rispose Fiorenzo.

– Io e la mia ragazza siamo appassionati di cinema e abbiamo sviluppato una nostra teoria. Diciamo che in quel film Brando era al suo meglio. Non aveva il fulgore della giovinezza, lo splendore nell'erba degli anni giovani, quando i muscoli erano guizzanti e la pelle perfetta. Era un poco pingue, la faccia non aveva la sfacciataggine luminosa di *Fronte del porto*, e neppure la potente bellezza esotica di *Gli ammutinati del Bounty*; eppure in quel corpo e in quel volto c'era un fascino e una capacità di attrazione che nessun Brando giovane avrebbe potuto eguagliare. Era il fascino del tramonto, quando il sole splende di una lucentezza morbida e ricava da quegli ultimi minuti di luce tonalità e colori che nessuna giornata, anche la più brillante e luccicante, può avere. Poi, dopo, c'è solo la notte. Ma, intanto, lei si viva questo splendido momento.

– Grazie. – Fiorenzo era sbalordito: ma questi come si permettevano? E come parlava costui? Pensò con un misto di invidia e rabbia. Un bravo affabulatore, niente da dire.

– La teoria ha poi un seguito – intervenne la donna che aveva una voce acuta, ma non sgradevole. – Vuole saperlo? Si tratta di capire se lei appartiene ai tipi a cui è stato dato in destino un tramonto subtropicale oppure se lei è un tipo il cui tramonto è simile a quello delle fasce temperate. Se il suo è un tramonto subtropicale mi dispiace, lei in pochissimo tempo avvertirà il buio intorno a sé. La vecchiaia si impadronirà di lei e presto diventerà una persona trasparente, una di quelle figure che le donne per strada non vedono nemmeno passare e alla quale non dedicano neppure uno sguardo di compassione. I tramonti delle fasce temperate, invece, sono lunghi, a volte lunghissimi, addirittura estenuanti. Beh, le auguro un tramonto di questo tipo, così lei avrà ancora tanta gioia e tanto amore davanti. Eccola che ritorna... complimenti eh, da parte di tutti e due!

I due si voltarono in fretta, tornarono a sorridersi e a parlare fitto fitto delle loro cose.

– Che cosa hai? Ti è successo qualche cosa? – Alexandra si era seduta e lo guardava preoccupata.

– Una strana conversazione con i tipi dell'altro tavolo – rispose lui.

– Ti hanno offeso? – Alexandra represse l'istinto di voltarsi.

– No, no, anzi. A loro modo mi hanno fatto dei complimenti... certo un poco strani.

– Vuoi raccontarmi?

– No, in fondo non è poi così importante.

– Ma perché? Sembri turbato.

– Forse perché ho ascoltato la verità.

– E non vuoi dirmela?

– Dai, cambiamo argomento, che cosa vuoi per dessert?

– Niente.

Mise il broncio, ma bastò qualche minuto perché le passasse. E infatti dopo poco gli rivolse subito una preghiera: – Ascolta, venerdì sera festeggiamo il nostro primo semestre in Italia, ci saranno tutti gli amici che abbiamo conosciuto e che ci hanno aiutato e sorretto in questi mesi. Vieni anche tu? Dai dimmi di si, dimmi che vieni!

– Ma, Alexandra, come faccio? Ci saranno studenti della università e...

– No, no, non ti preoccupare. Tu vieni, saluti e fai due chiacchiere. E poi ci sono anche altri docenti dell'università che passeranno a salutarci, non c'è nulla di male se vieni anche tu. Davvero, la tua presenza passerebbe inosservata.

– Massì, chi ci verrà mai alla vostra festa? Forse qualche dottorando di pochi anni più vecchio di voi, ma io? Mi ci vedi? Dai, non è possibile!

Andarono avanti a discutere ancora un poco e alla fine trovarono un compromesso: la sera prima Fiorenzo sarebbe andato a cena a casa di Alexandra e avrebbe conosciuto Barbora e Sonia, le sue amiche. Purtroppo non Janua che quel giovedì non ci sarebbe potuta essere perché a Ferrara per una ricerca iconografica sul Palazzo dei Diamanti.

In ogni caso la loro serata si era comunque un poco spenta e, per quella notte, nemmeno i loro corpi uniti riuscirono ad accenderla come al solito.

Quella cena a casa delle ragazze andò bene. Fiorenzo tra le donne sembrava a suo agio, soprattutto se erano giovani e carine. Anzi, quella Barbora lì tutta sesso e stupore lo intrigava, e chissà che anche lei non fosse interessata al professore. Fiorenzo si era reso conto che la ragazza lo guardava durante la cena, ma non comprendeva se si trattava di semplice curiosità o altro.

Tra sé e sé si lamentò del fatto che la mattina dopo aveva un appuntamento di lavoro molto importante al quale non poteva assolutamente presentarsi in condizioni precarie. Diversamente, come un buon giocatore di poker, sarebbe andato a verificare la puntata costituita dalle occhiate insistenti di Barbora. E non importa a quale ora della notte la ragazza avrebbe deciso di svelare le sue carte.

Il giorno dopo, alle otto e trenta, Fiorenzo era in via Pantano, di fianco alla sede Assolombarda, dove aveva gli uffici l'oligarca russo che doveva incontrare, il quale parlava perfettamente italiano perché si era installato a Milano oramai da parecchi anni per condurre i suoi affari. Il suo soprannome universalmente riconosciuto era "piccolo Putin".

Gli uffici erano di un bianco abbagliante, gli ascensori si muovevano silenziosi con il loro sibilo sommesso pari a quello prodotto dai condizionatori che assicuravano una atmosfera e una temperatura perfettamente controllate e costanti: ventuno gradi indipendentemente dalle stagioni.

Il piccolo Putin era un uomo alto, sulla sessantina, con un portamento freddo e controllato che faceva pensare a un passato da militare, come in effetti era. Canuto e perfettamente pettinato, con un paio di occhialini tondi che gli donavano un tono vagamente crudele e un fisico asciutto e segaligno, Anatoly Podborsky accolse con un sorriso che assomigliava piuttosto a un ghigno il nuovo entrato, e gli fece cenno di accomodarsi.

– Prego Capitani, prego. Si metta pure a suo agio. Noi qui abbiamo da parlare parecchio oggi, vero? Allora come vanno le cose in università?

Fiorenzo si sentiva sempre a disagio di fronte a quell'uomo. Ricordò il loro primo incontro più di un anno fa, quando il rettore lo aveva mandato in avanscoperta per valutare la possibilità di acquistare da piccolo Putin i terreni adiacenti alla università per allargare il campus. Era passato tanto tempo oramai, e si erano incontrati almeno una dozzina di volte da allora, ma ogni volta avvertiva freddo alle mani. Niente altro che una sgradevole sensazione di freddo alle mani, come se avesse trascorso una giornata intera sulla neve senza guanti. Odiava quella sensazione.

Quando lo incontrò la prima volta aveva cercato informazioni su Podborsky, oramai su internet si trovava veramente di tutto e, tra le varie, era inciampato in una biografia non autorizzata, in formato pdf, che aveva letto avidamente.

Quella biografia in rete raccontava che Podborsky aveva combattuto tanti anni fa in Afghanistan, si era sposato, divorziato, risposato ancora. Nella sua vita c'era anche un fatto cruento. La compagna che ebbe dopo il fallimento del primo matrimonio era infatti morta di morte violenta. In quali circostanze fosse accaduto e perché, la biografia non lo spiegava. L'autore del documento in pdf presumeva che quel tragico episodio lo avesse squassato dal dolore e in qualche modo cambiato per sempre. In seguito, e forse proprio a causa di quella morte, Podborsky si era trasferito in Italia, a Milano, e quando la vecchia Unione Sovietica si era trasformata nella meno potente e più malavitosa Russia, così recitava il pdf, lui aveva approfittato del sue conoscenze all'interno di quello che fu il vasto impero sovietico per fare affari con l'Italia: petrolio, gas e gasdotti, diceva la biografia, ma anche agenzie matrimoniali per donne slave desiderose di mariti occidentali. Erano imprese che all'occorrenza si trasformavano in agenzie di collocamento per badanti, ballerine, modelle o prostitute che volevano iniziare o rilanciare la loro carriera in Italia. "Tutti prodotti della vecchia madre Russia"; la biografia *online* assicurava che questa era una frase che Podborsky usava spesso ripetere. Pareva che fosse coinvolto anche in affari più loschi. Ma questo la biografia non lo spiegava. In pochi anni aveva scalzato molti degli squali che avevano lottizzato la capitale lombarda e aveva acquistato vasti terreni nella zona sud della città diventando, così, un importante proprietario immobiliare e un brillante imprenditore edile. Uno di questi lotti interessava alla università, e la trattativa era andata avanti da tempo prima di concludersi positivamente con l'acquisto del terreno.

Oggi Fiorenzo sapeva che doveva giocare una partita difficile, da cui dipendeva il buon esito dell'intero accordo da poco siglato. Con il russo i rapporti erano sempre rimasti molto formali, nonostante tutto.

– Dottor Podborsky...

– No, no, lo sa che non sono dottore; non per le leggi italiane. Mi chiami pure Podborsky come ha sempre fatto. O, se vuole, usi quel soprannome che mi hanno dato da queste parti. Lo conosco perfettamente, sa?

– Allora senta, Podborsky – e di nuovo Fiorenzo avvertì quel freddo alle mani. – Le devo comunicare che mi hanno incaricato di svolgere delle ricerche riguardo quel terreno.

– Ricerche? Sì? E dove l'hanno condotta le sue ricerche, mi dica.

Fiorenzo sapeva che ora stava avanzando su un terreno davvero malagevole per lui. Decise di farlo come se stesse esponendo un passaggio di una sua lezione in aula; si trattava di una modalità che gli risultava più consona. Gli argomenti erano differenti, la forma poteva essere la stessa.

– Negli anni settanta Milano è stata presa d'assalto da una banda di speculatori che volevano a tutti i costi trasformare ogni lotto di terreno in area edificabile. L'inurbazione della città, quel fenomeno iniziato negli anni sessanta che ha permesso alla area metropolitana di allargarsi in tempi relativamente rapidi, inglobando piccoli e medi comuni limitrofi e mangiandosi fette considerevoli della campagna circostante, costruendo case e palazzi senza badare a strade, né a parcheggi, o negozi, o servizi, stava lentamente volgendo al termine. Come spesso accade quando fenomeni sociali, quali a esempio la *gentrizzazione*, giungono in vista della conclusione del loro ciclo, i difetti e le caratteristiche potenzialmente negative di tali fenomeni vengono improvvisamente alla luce e si acuiscono; come se l'imminenza della fine fosse la giustificazione per "rompere le righe", dimenticando le regole di convivenza civile fino a quel momento seguite, eludendo ogni forma di controllo e così deteriorando il tessuto sociale...

– Mi scusi, professore! Ma di che cosa parla? Che mi sta dicendo? – Podborsky sogghignava quasi divertito e non sembrava particolarmente impressionato. – Noi siamo qui per parlare di affari, vero? E allora parliamo di affari – proseguì il russo.

– Ci arrivo, se ha un attimo di pazienza.

– No, non ne ho. – Adesso l'espressione di Podborsky sembrava tagliata nel marmo.

– Va bene. – Fiorenzo comprese che era necessario cambiare strategia, e affrontò l'argomento in modo più diretto. – Quel che voglio dire è che abbiamo scoperto che molti di quei terreni lottizzati negli anni settanta sono in realtà terreni avvelenati. C'erano all'epoca molte fabbriche che producevano prodotti a dir poco nocivi: dalle lastre di amianto alle batterie per grossi autoarticolati. Ci furono parecchie inchieste giornalistiche che denunciarono i comportamenti criminosi dei dirigenti di quelle fabbriche. Lei non può saperlo perché non era in Italia, ma la Reburghini S.p.A. salì più volte agli onori della cronaca di quel tempo, e mai con notizie edificanti: erano forti inquinatori. Ebbene, la sede della Reburghini era proprio dove sorgerà la nuova ala della università. Credo che, dovendo scavare per le fondamenta dei nuovi edifici, troveremo di tutto: batterie esauste, pezzi di amianto, liquami intrisi di sostanze chimiche velenose. Lei comprenderà che un terreno simile...

– Lei invece comprenderà, caro Fiorenzo – raramente lo chiamava per nome e lui avvertì un brivido lungo la schiena: le sue mani ritornarono diacce – che noi tutti siamo preoccupati della salvaguardia della salute dei nostri concittadini, e che nessuno, dico nessuno, farebbe affari sulla pelle degli altri, non crede? Voglio dire: nessuno si spingerebbe sino al punto di uccidere, le pare?

Fiorenzo annuì.

– Io sono conosciuto come un imprenditore spietato, lo so. Ma non fino al punto di valicare i confini della legge. Quello non l'ho mai fatto, mi crede?

Fiorenzo non potè fare altro che annuire nuovamente.

– E la legge italiana la conosco bene, perché le ho studiate per anni le vostre leggi e i vostri decreti. Sono al corrente di tutti i regolamenti che spesso si trasformano in impedimenti stupidi, in veri e propri intralci alla libera iniziativa imprenditoriale, ma questo non importa: ho sempre portato avanti i miei affari alla luce del sole e nel pieno rispetto delle regole. Ne conviene?

Ancora un cenno del capo.

– E anche in questo caso mi atterrò scrupolosamente alle vostre leggi. Perché per me gli affari debbono sempre essere legali. Anche se a volte rispettare le leggi significa pagare di più, spendere di più; ma lo faccio volentieri. Lei questo lo sa, vero?

Un nuovo sì con la testa. Che altro?

– Quindi quel che si deve spendere qui, si spenderà. – Il piccolo Putin lo fissava negli occhi.

Fiorenzo non sapeva davvero che cosa altro replicare.

– Caro professore – concluse il piccolo Putin – mi faccia sapere quali specifici documenti vi servono e io ve li fornirò. Quei terreni avranno presto tutti i documenti che dimostreranno quando e in che modo è stata effettuata la bonifica più accurata e precisa che si sia mai vista, e così l'università avrà il suo campus. Anzi, sa che cosa le dico? Che lei è un uomo fortunato. Deve essere orgoglioso del fatto che il suo rettore le ha conferito questo nuovo incarico, perché lei ricaverà molte soddisfazioni da questo lavoro, davvero molte – disse quest'ultima affermazione che, a un tempo, suonò come una profezia, come una minaccia e come una frase di congedo.

Fiorenzo si alzò, interdetto: – E quindi...

– E quindi dica pure che è tutto a posto, che ogni documento verrà fornito nel giro di qualche settimana, che il prezzo concordato è un affare, e che tempo due mesi potranno iniziare i lavori di sbancamento per la nuova ala della vostra università su un terreno perfettamente bonificato. Naturalmente i lavori li faremo noi. Iskra, la mia impresa edile queste cose le sa fare molto bene e in fretta, e ci riuscirà anche stavolta. D'altronde, mi pare che voi abbiate proprio fretta di cominciare, no? – Il sorriso del russo adesso era freddo e duro come un lampione in gennaio.

Fiorenzo annuì e si voltò verso l'uscita senza una parola, afferrò la maniglia della costosissima porta bianca in legno massiccio.

– Un'ultima cosa, Capitani. Lasci i suoi nuovi recapiti alla mia segretaria. Adesso che diventerà prorettore avrà un nuovo ufficio e nuovi numeri di telefono, no?

Fiorenzo fu sul punto di replicare che lui non era un prorettore e che i suoi recapiti erano gli stessi di sempre, ma tacque. Il russo sapeva cose che lui ancora non sapeva? Sorpreso, se ne uscì. Guardò la segretaria incerto se lasciarle i suoi soliti recapiti, poi decise di lasciar perdere e passò oltre. Lasciò l'edificio con la spiacevole sensazione di aver ricevuto una conferma di condanna.

Quella notte non riuscì a prendere sonno e quando, alfine, si addormentò ebbe un incubo: sognò di guidare in autostrada e di imboccare una rampa nella direzione sbagliata. Sapeva che stava commettendo un errore, ma non riusciva più a tornare indietro.

Qualche settimana dopo telefonò tutto allegro ad Alexandra.
– Che cosa fai per Natale? Torni a casa? E se ti venissi a prendere e andassimo a trascorrere il capodanno a Goa? Non ti devi preoccupare di niente. Prenoto tutto io. E nel ritorno potremmo fermarci qualche giorno alle Maldive. Che ne dici?

Alla fine della telefonata Fiorenzo riagganciò, tutto contento. Il sogno lo aveva ammonito, ma era giunto alla conclusione che correre in autostrada nella direzione opposta, tutto sommato, aveva i suoi lati positivi.

11.
Amiche

– Fiorenzo mi piaceva, perché l'ho mollato?

– Ah! Mi fai venire in mente quello che diceva Holly Golightly nel film *Colazione da Tiffany,* "Non puoi continuare così per sempre, a non sapere che cosa è tuo finché non lo butti via". Te lo ricordi?

Paola guardava Silvia divertita. Il broncio dell'amica di sempre la metteva di buon umore ma soprattutto la attirava come il ferro una calamita, se avesse potuto avrebbe voluto appoggiarci le labbra sopra per spianarlo.

– L'ho visto uscire dall'università con quella rumena del cazzo, una schifosa che non parla neppure bene l'italiano.

– Schifosa mica tanto. – Paola si divertiva a contraddirla. – È una supergnocca se così posso esprimermi. Una bella figa che mi piacerebbe leccare.

– Ma dai!! Paola, smettila.

– Eppure, lo sai come la penso e quali sono le mie preferenze – le rispose sorridendo.

– Lo so, non mi piace però che tu me lo ricordi ad ogni momento.

– E poi, *never say never.* Chissà, magari un giorno anche tu... – Il sorriso adesso era sornione.

– Smettila ti ho detto! Non voglio ascoltare queste cose. E poi stavamo parlando di Fiorenzo.

– A dire il vero eri tu che parlavi del nostro professore. E che colpa ne ho io se sei piena di ripensamenti? Dovevi deciderti prima. Ora mi pare sia troppo tardi, non credi? Quello si è già consolato.

Silvia non la stava più ascoltando perché adesso osservava con improvvisa attenzione il bar dell'università. – Eccola lì! Adesso vado da lei!

– E che cosa vuoi fare? Fermati, dai. Non fare sciocchezze.

Alexandra svettava di una mezza testa sopra gli studenti che si accalcavano attorno al bar. I tacchi Jimmy Choo la slanciavano dando risalto alle belle gambe di fresca abbronzatura. L'abito a disegni geometrici di Narciso Rodriguez era sufficientemente corto da attirare ben più di uno sguardo. E anche Silvia, avvicinandosi, non poté fare a meno di ammettere che Alexandra era proprio bella.

– Ehi, posso parlarti?

Alexandra si voltò lentamente a guardare chi l'aveva apostrofata. Soppesò con uno sguardo l'interlocutrice. Mora, altezza normale, un bel caschetto di capelli lisci, belloccia e procace, con i lineamenti che avevano una punta di esotico; agli uomini doveva piacere, e agli uomini sui quaranta ancora di più. Comprese di che cosa si trattava ancor prima prima che Silvia si spiegasse.

– Dimmi pure.

– Ti devo parlare di una persona che conosciamo entrambe.

– Chi, Fiorenzo Capitani?

Silvia si bloccò, colpita.

– Beh sì, stai con lui adesso, eh?

– Già. E probabilmente tu sei Silvia.

Si chiese come faceva a saperlo. Però non appena si pose questa domanda le venne la naturale risposta. – È lui che ti ha parlato di me?

– Sì.

– E...?

– Le solite cose che un uomo può dire di una ex davanti alla donna del momento: si, era carina e simpatica, ma certo tu sei veeeramente speciale!

Alexandra squadrò per un momento Silvia guardandola dritto negli occhi, poi le due ragazze scoppiarono a ridere.

– Che stronzo!

– È un uomo!

– Sono d'accordo con te – intervenne Paola che nel frattempo si era avvicinata. – È un uomo. Loro ragionano così. Piacere – si presentò. – Sono Paola Isola, e questa Erinni che ti ha assalita è Silvia Iovanni.

– Non mi ha assalita. E comunque se lo ha fatto non mi ha dato fastidio. – Alexandra rispondeva con calma, senza alcuna nota di superiorità nella voce. – Chiedeva notizie e gliele ho date, senza problemi. D'altronde, non ho mai avuto conflitti insanabili con la madre.

Paola e Silvia si guardarono, non erano sicure di aver compreso ma decisero di non approfondire. Poi Paola propose: – Vieni, andiamo a sederci a quel tavolo. – Le tre ragazze si sedettero insieme e continuarono la conversazione. A un certo punto le raggiunse Barbora e il quartetto stese subito una fitta rete di chiacchiere, confidenze, risate.

Paola distolse la sua attenzione da Alexandra che, sfoderando il suo italiano già molto fluente, continuò a parlare con Silvia, e si rivolse alla nuova arrivata.

– Ciao. Come ti trovi in Italia?

– Bene, direi. Ci si diverte. Mi sono fatta un sacco di amici qui – rispose Barbora.

– Vivete tutte insieme e siete in quattro, vero?

– Sì abbiamo trovato un appartamento in via Conchetta, freddo d'inverno e caldissimo d'estate, ma va bene. Dopotutto è quello che riusciamo a permetterci – concluse Barbora con una lieve nota di tristezza.

– Ah sì? E senti, dove andate a divertirvi? La sera per esempio?

– Al "Vogue", di solito. E ci divertiamo molto! Non ci crederai, ma mi capita di restare al club fino alle sei del mattino!

– Capito. Un after quindi!

– Che cosa? – Barbora non capiva.

– Sono le notti "tirate dritto", come si dice qui. Non si dorme, si balla e ci si diverte tutto il tempo per poi raggiungere il mattino dopo qualche bar per la prima colazione.

– Non lo sapevo.

– Però, sai una cosa? Mi è venuto in mente che il "Vogue" è luogo preferito dagli omosessuali qui in città. Lo sapevi?

– Ho un sacco di amici omosessuali, io. Mi trovo bene con loro, hanno un modo di fare che mi piace. E poi sono così sensibili.

– Sei una frociara? – le chiese Paola.

– Ma che cosa dici? È una offesa?

– No, non direi; è volgare, sì, ma offensivo no. È una ragazza di solito giovane, carina ma non strafiga, che in quel caso avrebbe troppe tentazioni a cui dare retta e probabilmente non perderebbe tempo con chi ha altri gusti sessuali. Sì, sono proprio quelle ragazze a cui piace circondarsi di omosessuali perché stanno bene con loro e con il loro modo di pensare, di parlare e di comportarsi. Quello che hai detto tu, insomma.

– In effetti mi trovo bene con loro; sono sensibili e attenti.

– E sfacciati.

– Con gli altri uomini forse, con me no.

– Non ti è mai capitato di sentirli parlare della loro sessualità? Di quello che fanno o che vorrebbero fare con gli altri uomini?

– In realtà non è che li ascolti sempre.

– Cioè? Se per esempio si mettono a parlare di *fist fucking* tu te ne vai da un'altra parte? Ti distrai? Insomma che cosa fai?

– Beh, te l'ho detto; non è che stia lì proprio ad ascoltare tutto, non mi interessa e poi, scusa, ma che domande mi fai?

Paola sorrideva. – Sono curiosa. E poi voglio sapere come reagisci di fronte a certi argomenti.

– Come la sessualità?

– Si certo, come la sessualità. Te la sei mai guardata?

Ci fu una lunga pausa in cui Barbora fissò Paola in silenzio, ma il volto della nuova amica restava sereno.

– Credo di non essermela mai guardata con attenzione e intenzione fino a che non avevo quasi dieci anni... – rispose.

– E poi che cosa hai fatto?

Barbora tacque di nuovo e si guardò in giro. Il modo in cui Paola si rivolgeva a lei era tranquillizzante e doveva ammettere che non si sentiva a disagio, anche se si trattava di una persona appena conosciuta. Tuttavia, si trovava in un luogo pubblico e questo la metteva in imbarazzo perché non voleva assolutamente farsi sentire da orecchie indiscrete. Comunque, quella ragazza di fronte a lei era speciale; riusciva a parlare tranquillamente di cose e argomenti che normalmente la avrebbero fatta arrabbiare, oppure arrossire da capo a piedi; con chiunque altra avrebbe troncato immediatamente la conversazione.

– Quello che fanno tutte, credo.

– E cioè?

– Ho cominciato a toccarmi e a toccarmi finché...

– No, non lo fanno tutte, sai?

– Beh io sì, ma poi mi sono spaventata.

– Perché?

– Perché c'è stata una vera inondazione. Si è allagato lo specchio che avevo steso sul pavimento e...

– Aspetta, aspetta! Che cosa hai fatto? Che cosa? Tu a dieci anni o giù di lì ti sei toccata davanti a uno specchio? Ma è fantastico!

– Piano, piano. Non è che ne fossi conscia. Tu mi hai chiesto quando l'ho guardata e per farlo ho dovuto appoggiare uno specchio sul pavimento. Poi lo specchio me lo sono dimenticato e l'ho rivisto solo quando era sporco, bagnato da quel liquido che veniva da me.

Paola deglutì.

– Che cosa c'è? Danno fastidio anche a te adesso le cose che dico? Sei tu che mi hai chiesto di parlare di questi argomenti.

– No, no, nessun fastidio. Soltanto avrei voluto berla io quella tua acqua.

Barbora questa volta avvampò, e fu in quel momento che decise che la conversazione era andata avanti abbastanza per cui la troncò, sorrise e con una scusa lasciò la compagnia.

Nonostante quella brusca interruzione le due donne continuarono a frequentarsi, finché un giorno Barbora condusse Paola a casa sua. Andarono nella stanza grande che Barbora condivideva con Alexandra, quella sera lei non c'era perché fuori a cena con il suo Fiorenzo. Anzi, aveva lasciato detto che per quella notte non sarebbe tornata. Barbora si sedette sul bordo del letto, Paola le si mise accanto e le sorrise. Erano passati solamente pochi giorni da quel loro primo incontro. Non provò a baciarla, e neppure a cingerla con le braccia. Le fece invece passare due dita leggere sulle guance e poi le avvicinò le labbra a un orecchio sussurrando: – Sei bellissima. – Barbora rabbrividì e lasciò scivolare il capo all'indietro. Paola allora spostò le labbra posandole sul collo e avvertendo sotto la pelle le pulsazioni del cuore. Il battito della vita insieme con il profumo fragrante della epidermide la accesero di desiderio.

Si abbracciarono forte e rimasero strette così. Poi si lasciarono andare sul letto e cominciarono ad accarezzarsi e a baciarsi.

Prima piano, poi più velocemente. Barbora non sapeva che cosa fare, aveva paura di sbagliare, o di iniziare a fare gesti che poi non sarebbe stata in grado di portare a termine. Ma a questo badava Paola. Si ritrovarono nude e Paola cominciò a sfiorarla con la lingua tra le cosce, con precisione e leggerezza, su e giù, a destra e a sinistra, e ancora a destra, e ancora a sinistra e poi in tondo, e poi su e poi giù.

Intanto, al ristorante di tendenza della movida milanese *Debrief*, Alexandra e Fiorenzo discutevano. – Ma che cosa continui a guardare il cellulare? La smetti di farlo? Almeno quando sei con me! – Alexandra si era rivolta a Fiorenzo con un sorriso, ma il tono era freddo, determinato.

– Tranquilla. Non sono altro che comunicazioni di lavoro.

– Tranquilla un cazzo. A quest'ora ricevi comunicazioni di lavoro? Chi vuoi che ti cerchi alle undici di sera?

Fiorenzo si risentì. – Ehi, bambina! Ridicolo a chi? Se ti dico che sono messaggi di lavoro tu mi devi credere.

– Ah si? Beh, mi dispiace ma non ci credo, fammeli vedere se davvero vuoi convincermi.

– Ma non se ne parla nemmeno.

– E perché?

– Perché no. Sono cose mie e tali devono restare.

– Ma se sono messaggi di lavoro non saranno compromettenti, vero? Semplici e onesti messaggi di lavoro, e quindi perché non farmeli vedere? – Alexandra insisteva, sospinta in questo dalla propria bellezza che non l'aveva abituata a ricevere rifiuti.

Fiorenzo nemmeno rispose e continuò a fissare il cellulare.

– Uffa. Mi sono stancata. Questa volta non ho voglia di venire da te.

Fiorenzo sollevò lo sguardo e fissò gli occhi di lei. – Non mi sfidare, ci rimetti.

– Sentilo il maschio! È il testosterone che parla. Bah, solo parole.

L'atmosfera comunque si era davvero guastata per quella sera. E Alexandra non aveva più voglia di dormire con Fiorenzo. Trovò una scusa per congedarsi e rientrò a casa.

Nella sua stanza però c'erano Barbora e Paola e lei impiegò qualche secondo per capire quel che stava accadendo oltre quella porta. Brontolando si adattò per la notte a dormire raggomitolata sul divano, tirandosi una coperta sopra. Faticò ad addormentarsi; non era colpa del divano stretto, ma della gelosia che rodeva e rodeva.

Il mattino dopo Alexandra si recò in un negozio di elettronica, esperto in piccole riparazioni di computer e cellulari.

– Buongiorno.

– Buongiorno, mi dica.

– Avrei bisogno di una informazione. Esiste un programma per cellulari che possa permettermi di leggere gli sms?

– Mi scusi, credo di non aver compreso.

– Ho due cellulari, e vorrei leggere i messaggi che ricevo in un cellulare anche sull'altro. Mi domandavo se in qualche modo fosse possibile.

Il ragazzo squadrò Alexandra e la sua espressione dimostrava che si stava facendo una serie di domande. Il suo viso era un punto interrogativo. Si trattenne dal porre questioni dirette e semplicemente chiese: – Ma lei riesce a portarmi entrambi i cellulari?

– Sì, credo di sì.

Il commesso tacque, poi aggiunse: – Va bene, in ogni caso noi queste cose non le facciamo, però so che c'è un piccolo negozio qui vicino, in via Sigismondi, dove lavora uno bravo che le può dare una mano.

– Grazie! Allora ci vado subito.

Il negozio era piccolo e ingombro di computer dismessi, portatili aperti e smontati, schede, circuiti, memorie e hard disk vari; fili, trasformatori, chiavi e cacciaviti minuscoli, lenti di ingrandimento, cellulari, palmari, smartphone di tutti i tipi e di tutte le epoche. In mezzo a quella confusione l'occhio si perdeva e solamente dopo un minuto Alexandra scorse una testa china in un angolo del negozio. Apparteneva a un tizio magro e, notò Alexandra, dall'aria neppure troppo pulita. Non era vecchio, ma la pelle del viso sembrava davvero raggrinzita. In più, il colore dell'incarnato era molto pallido: quello era un viso che certamente vedeva il sole di rado.

Il tizio era intento a guardare attraverso una lente di ingrandimento e non si scomodò ad alzare il capo. Si limitò a domandare: – Desidera? – continuando a guardare attraverso una lente la pancia aperta di uno smartphone. Alexandra si avvicinò con il suo migliore sorriso.

– Buongiorno, avrei bisogno del suo aiuto.

Il ragazzo alzò la testa e un attimo dopo spalancò la bocca. Alexandra lo guardava dall'alto, sorridente e radiosa, vestita con gusto ed eleganza. L'abito, forse troppo leggero per il clima milanese di quei mesi, lasciava in mostra le belle gambe lunghe sulle quali gli occhi dell'uomo indugiarono.

– Mi dica.

– C'è un modo per leggere i messaggi di un cellulare anche da un altro cellulare? Sa ne ho due e...

– No, no. Mi eviti le spiegazioni, preferisco non saperlo. Comunque, non c'è modo a meno che lei non mi lasci i due cellulari almeno per un paio d'ore.

– Bene. Posso farlo.

– Lo sa che quello che lei mi chiede non è legale?

Alexandra lo guardò, indecisa se giocare la parte dell'ingenua, oppure dire come stavano in realtà le cose.

– Sì, lo immaginavo. Ma lei mi può aiutare? Non sono sicura di quel che combina il mio ragazzo con le altre. Sa, sono una persona molto gelosa.

Il tizio la guardò. – Dia retta, quello è un cretino se le dà qualche motivo per ingelosirla. Come farà?

– A portarle i due telefoni? Ci penserò.

– Ci dobbiamo pensare ora. Io devo essere pronto quando lei arriva, e lei deve darmi un'ora precisa se vuole riavere indietro il cellulare il più in fretta possibile.

– Ha bisogno di una attrezzatura complessa?

– No.

– E se le chiedessi di lavorare fuori orario di lavoro? Non mi fraintenda, ma sto pensando che forse la cosa più facile sarebbe di sottrarre il cellulare al mio fidanzato mentre lui dorme. E se lei fosse in auto potrebbe aspettarmi ad un indirizzo che le darei, e a quel punto il cellulare se lo può tenere anche per qualche ora.

– Mmmh, si può fare. Potrei anche lavorare in auto, non ho bisogno di attrezzature ingombranti. Le costerà però. Lo sa questo?

– Lo immagino. Ma sono disposta a pagare. Mi interessa davvero capire come stanno i fatti.

– Come vuole lei.

Si misero d'accordo sui dettagli e decisero di agire per la settimana successiva. Alexandra avrebbe dormito a casa di Fiorenzo. Durante la notte gli avrebbe sottratto il cellulare e lo avrebbe consegnato al tecnico che avrebbe fatto quel che doveva fare. E finalmente Alexandra avrebbe saputo.

Nei mesi successivi Paola e Silvia continuarono a frequentare le quattro ragazze di via Conchetta. Paola pensò di essersi innamorata di Barbora mentre Silvia e Alexandra, deposte le armi, scoprirono di essersi simpatiche. Le univa una certa ironia nei confronti degli uomini che si prendevano troppo sul serio. Ironia che talvolta sconfinava nel sarcasmo.

Barbora, intanto, era combattuta, divisa. A volte, mentre andava in università o quando sbrigava gli impegni quotidiani, immaginava all'improvviso il volto di Paola davanti a sé e subito avvertiva il calore delle sue carezze e la forza delle sue attenzioni. In quei momenti il suo desiderio di lei, già così palpabile e forte, cresceva ancora di più. Le pareva di essere un arco flesso e piegato ai voleri dell'amante, oppure una tavoletta di cera facile a cedere alle pressioni della persona cara.

Poi, una notte, le accadde di sognare una enorme lingua che la leccava mentre lei cercava di sfuggire, di allontanarsi. La lingua però la inseguiva, la sfiorava, poi si allargava per avvolgerla tutta. Un attimo dopo si contraeva e colpiva Barbora proprio lì, tra le gambe, solamente con la punta; piccoli colpetti maliziosi. Infine si allargava di nuovo come il collo di un cobra pronto a colpire e attendeva fremente che la sua preda si sciogliesse di tremore e piacere davanti a lei. Barbora si svegliò di soprassalto. Si sentiva bagnata poiché il sogno l'aveva spaventata ed eccitata al tempo stesso. Che fare? Aveva sempre creduto di amare gli uomini, eppure da qualche mese in qua non ne era più così sicura. Paola non riusciva ad attrarla fisicamente come avrebbe fatto il corpo di un uomo, ma quando si sorprendeva a pensarla, e a ricordare quel che lei le faceva, gli occhi le diventavano improvvisamente liquidi e non esisteva null'altro. I pensieri erano assorbiti da quella lingua che sembrava la sola ragione del trascorrere delle ore e del passare delle giornate. I giorni non avrebbero avuto più senso se lei non avesse potuto più ricongiungersi con quella parte essenziale di Paola. In altri momenti, al contrario, era indispettita dal fatto che quella ragazza italiana avesse tanto potere su di lei, e allora quel dispetto si trasformava in un odio che tracimava. Ricordò che una volta, dopo averla maltrattata duramente e averla condotta più volte sull'orlo delle lacrime, Paola le rispose: – Tu per me sei un tepore buono, un piccolo fuoco presso cui accoccolarmi tutte le volte che desidero. Ma sei anche graffi sul cuore, dolore che lacera e piega, che non lascia nemmeno la forza di reggersi in piedi. – E da allora Barbora depose le armi, lasciò perdere. Decise di non lottare e seguire docilmente quel che sarebbe accaduto: – Fosse anche seguire quella lingua ovunque mi porterà – si disse quel mattino scendendo dal letto.

La giovane donna si diresse verso la finestra, il calendario diceva che era marzo e lei sbirciò fuori per guardare la livida mattina milanese con l'ultima neve scesa a imbiancare la città; le sembrò un'alba gradevole come unghie sulla lavagna. Cominciò ad aggirarsi per l'appartamento preparandosi pigramente la colazione. Incrociò Janua in cucina che già stava aprendo i libri.

– Eccola qui l'intellettuale del gruppo – la apostrofò. – Come vanno i tuoi studi di storia dell'arte? Le tue ricerche letterarie?

Janua le sorrise, non rispose e finse di non accorgersi della vena di sarcasmo nella voce dell'amica. Il fatto è che lei si sentiva davvero in pace con i suoi libri mentre le paturnie esistenziali e amorose delle sue compagne di appartamento non le condivideva, anche se certamente le comprendeva. Le andava bene così, d'altronde, era felice, sicura che presto anche lei avrebbe trovato un ragazzo in grado di comprenderla e di condividere le sue passioni; ma per il momento non chiedeva altro che perdersi nei suoi studi. Guardò fuori dalla finestra. – Sai che un bravo scrittore italiano, uno dei più grandi del dopoguerra, aveva scritto un libro divertente su Milano imbiancata? Il libro si intitolava *Marcovaldo*, mi pare. Anzi, ora che ricordo bene Milano con la neve era soltanto l'argomento di un capitolo del libro. Ma forse non era neppure Milano, era una imprecisata città del nord Italia, non ricordo più... Comunque un libro divertente, sai? Dovresti leggerlo. La storia e le piccole avventure di un povero immigrato del sud che cerca di cavarsela in una grande città. Come se un contadino di una perduta zona della Slovacchia andasse a vivere a Praga. Ma come si chiamava quello scrittore?

– Non importa – rispose Barbora imbronciata. – Non ti sforzare. Ho davvero altro a cui pensare in questo momento. Dovrò andare in università a parlare con un docente perché mi aiuti. Si avvicinano le sessioni di esami e non ci capisco niente di quei testi. Non mi parlare di altri libri da leggere, ne ho già abbastanza di quelli che devo studiare – e si voltò ostentatamente dall'altra parte, cercando il caffè.

Janua sorrise e tornò a chinare il capo sul libro di storia dell'arte che in quel momento la appassionava. Era arrivata al capitolo dedicato a Paolo Uccello.

Anche Alexandra si era svegliata e venne a sedersi vicino alle amiche. Barbora le gettò uno sguardo distratto e si domandò che cosa ci faceva in piedi a quell'ora ma Janua, quando la vide in faccia, si spaventò. Era un volto disperato. – Che cosa ti è successo? – le chiese.

Alexandra le guardò, prima Janua poi Barbora: – Questa notte non ho dormito. Ho pensato, ho pianto e ho pensato ancora. Sapete, ho controllato il cellulare di Fiorenzo e...

– Ecco, lo sapevo! – sbottò Barbora con una rabbia appena condita da un pizzico di soddisfazione. – Scommetto che hai scoperto che ti tradisce! Che schifo gli uomini! Ma vi rendete conto? Un vecchio scemo che non è quasi capace di tenere l'uccello dritto, ma che appena può lo infila in ogni buco possibile! Eppure ha tra le mani una bella ragazza, tanto più giovane di lui. Come è possibile?

– Non è quello!

– Non è quello?

– No! È qualche cosa di peggio.

– E che cosa ci può essere di peggio? – Adesso le ragazze erano stupite.

– C'è di peggio, perché quello che ho scoperto e molto più grave di un tradimento. È vero, Fiorenzo mi tradisce, o meglio sta cercando di tradirmi, nel senso che ha alcune donne che gli girano intorno e probabilmente sta aspettando soltanto il momento giusto per farlo. Ma non è quello che mi distrugge.

– Ah no? E che cosa è allora?

– Fiorenzo ha fatto una cosa orribile.

– Vuoi spiegarti? Non ci girare attorno. Chiarisci! – Era stata Janua a parlare e per la prima volta la videro spazientita, non era da lei perdere la calma.

– Sì, vi dirò tutto, e non importa se parlerò e piangerò insieme. Debbo scaricarmi da questo peso, ma prima... – Alexandra si alzò e andò in camera dove ancora dormiva Sonia, si avvicinò al letto e la toccò delicatamente.

– Sonia, Sonia, svegliati.

– Mmmh, che cosa c'è? Che cosa volete? Sono già le dieci?

– No – le rispose Alexandra, – Non sono neppure le sette. Dai, vieni in cucina con noi.

– Nemmeno le sette?!? Ma, siete matte? Che cosa ci fate in piedi a quest'ora? Nooo, ieri ho fatto tardi, non ho voglia di alzarmi.

– Devi venire, invece.

Qualcosa nel tono di voce di Alexandra fece aprire gli occhi a Sonia che fino a quel momento manteneva volontariamente chiusi. Voleva domandarle il motivo, ma l'amica la prevenì. – C'è qualche cosa di molto importante e molto grave che vi devo raccontare, e lo voglio dire a tutte voi. Siete le mie amiche più care e devo mettervi al corrente.

Le quattro ragazze si ritrovarono in cucina mentre fuori le luci dell'alba piano piano si imponevano sulla notte che lentamente si dileguava. Alexandra raccontò della sua gelosia e dell'astuto accorgimento tecnologico che aveva fatto installare sul cellulare del fidanzato. – Ero preparata ad ascoltare le solite porcherie tra amanti, e invece ecco quello che ho sentito.

12.
Il successo

"Mi hanno fatto Prorettore!" Fiorenzo provò il piacere di camminare lungo i corridoi dell'istituto mentre ripeteva come un mantra quella frase con cui si stava dolcificando il cervello da oramai una decina di minuti. Non vedeva l'ora di raccontarlo a qualcuno. Un quarto d'ora prima il Rettore lo aveva convocato nel suo ufficio e gli aveva annunciato la promozione: Prorettore per i rapporti con Enti e Imprese: in altre parole il Ministro del Commercio e dell'Industria di quell'ateneo. Che carriera! Che felicità! La prima che incontrò fu Mirella Gordera, e la notizia fu detta alla collega con *nonchalanche*, quasi lasciata cadere nel mezzo di un discorso generale sulla vita universitaria. Fiorenzo sapeva che quello era il modo migliore per farla crepare di invidia. La seconda volta, invece, ripeté la notizia al suo amico Alessandro da cui Fiorenzo si aspettava soprattutto partecipazione e la condivisione di questa gioia; perché gli amici sono amici.

Alessandro reagì invece con un distacco che non era mosso da invidia, di questo Fiorenzo si rendeva conto. Ciononostante, i comportamenti dell'amico lo ferivano e inoltre le ragioni di quella sua reazione gli rimanevano oscure.

– Che ti prende? Non sei contento per me? – Fiorenzo saggiò con una domanda diretta.

– No – fu la semplice risposta.

– E perché? – chiese Fiorenzo.

– Perché non te lo meriti, non è spiegabile.

– Non capisco.

– Insomma, che cosa hai fatto per meritartelo, Fiorenzo? Quali sono i tuoi reali meriti per questa promozione? Meriti accademici? O che cosa? Fiorenzo, te lo voglio dire in modo ancora più chiaro: questa promozione è un premio? E se lo è per che cosa lo è? Me lo vuoi spiegare?

– Se sono le ragioni che cerchi devi chiederle direttamente al Rettore, io non sono nella sua testa – rispose Fiorenzo. –

Comunque, credo che i meriti accademici ci siano, eccome, sono anni che lavoro in questa università e che mi do da fare per...

– Non venirmi a raccontare stronzate, Fiorenzo. Non venirle a raccontare a me! – lo interruppe brusco Alessandro.

– Ma, insomma, si può sapere che ti ha preso? Sei così acido.

– Non sono acido, sono preoccupato.

– Preoccupato?!

– Sì, preoccupato per te – concluse Alessandro.

– Ma non ti capisco. Spiegami!

– Fiorenzo, non esiste una cosa come un pasto gratis. Se ricevi qualche cosa te lo devi pagare, in qualche modo. Ne convieni? Anche la carità ha il suo tornaconto, talvolta nobile, ma sempre di tornaconto si tratta. L'atteggiamento oblativo è una rarità. Che esista la parola per definirlo è già un merito da ascrivere alla razza umana, significa che esiste un comportamento che perlomeno è possibile praticare, raramente aggiungo io. Ma in generale le azioni umane sono rette dalla regola del dare per avere. E tu che cosa hai dato per avere questa promozione in cambio? – domandò Alessandro.

– Se non ti conoscessi bene direi che a farti parlare è l'invidia.

– Tu lo sai bene che non sto parlando mosso dall'invidia. Certo che una promozione come la tua sarebbe piaciuta anche a me, non lo nego, ma il pensiero che mi spinge a dirti quello che ti dico è: perché? Perché ti hanno promosso, che cosa hai già fatto o che cosa farai per loro?

– Per loro? Ma, Alessandro, non stiamo mica parlando di una associazione a delinquere. Stiamo parlando del rettore, uomo di potere, certo, comunque non un delinquente.

– No, non mi convince. Qualcosa non torna, anche se non so che cosa. Vuoi spiegarmelo?

– Non ti spiego niente perché non ho niente da spiegare. È tutto chiaro e alla luce del sole. Fattene una ragione.

– Sarà. Se mi assicuri che è così io non ho motivi validi per mettere in dubbio la tua parola. Eppure tutta la vicenda suona strana.

Si lasciarono con un senso di fastidio reciproco, entrambi con l'idea che l'altro nascondeva qualcosa.

Nelle settimane che seguirono Fiorenzo iniziò il suo nuovo incarico con entusiasmo ed energia, ma presto si accorse che il suo era un lavoro solamente di facciata in cui semplicemente seguiva le direttive del rettorato, mettendoci la faccia e una bella presenza, ma senza la possibilità di fare scelte di sostanza, né ebbe il potere di prendere decisioni di rilievo.

In una bella e fredda mattina di inizio primavera si trovò ad attraversare Piazza della Scala per entrare deciso in Municipio dove aveva un appuntamento con l'assessore milanese all'edilizia e viabilità.

– Caro Professore, come sta? E il suo rettore? Me lo saluti tanto, sa? Prego, prego, si accomodi.

Fiorenzo si accomodò nella comoda poltrona mentre l'assessore Grimaldi girò dietro la sua scrivania per andare a sua volta a sedersi.

– Mi dica: come vanno le cose?

Fiorenzo sapeva che l'efficiente gabinetto del suo rettore si era messo in contatto settimane prima con la segreteria di Paolino Grimaldi, e che una delle sue segretarie aveva fissato l'appuntamento. Molto se non quasi tutto di ciò di cui dovevano parlare oggi era già stato discusso: i vari argomenti, i punti di convergenza e i punti di divergenza, le pianificazioni, i programmi futuri, eccetera. Accettò con finta condiscendenza la studiata innocenza dell'assessore e percorse il risaputo tragitto verbale dei convenevoli con una certa rassegnazione, prima di entrare in argomento. Dopo essersi gentilmente e reciprocamente interessati delle rispettive famiglie, dopo qualche banalità sulla attuale situazione politica italiana e dopo aver parlato dei lavori svolti insieme dall'assessore e dal rettore, finalmente Grimaldi si decise a porre la domanda.

– A che cosa debbo la sua visita?

– Mi interessava discutere di alcune cose con lei.

– Riguardo?

– Riguardo i nuovi lavori che si stanno effettuando nell'area adiacente alla nostra università.

– Ah sì, certo. Sono al corrente dei lavori di ampliamento della vostra università. Se posso aiutarla...

– Beh, sì. In effetti potrebbe. Avremmo bisogno di studiare insieme all'assessorato la nuova viabilità che dovrà entrare in vigore dopo l'ampliamento.

– Ma certo. Credo che il mio ufficio tecnico possa mettersi subito al lavoro. Non ci sono problemi. Soprattutto ora che sono arrivate tutte le documentazioni attestanti la corretta bonifica del terreno. Tutta la zona su cui sorgerà la nuova ala adesso è più pulita di una fabbrica di microchips scandinava. Lo sapeva? Ma, a proposito, già che ci siamo dovremmo anche pensare a potenziare i servizi di superficie che si adatteranno alla nuova capienza del vostro ateneo e all'aumentato numero di studenti, eh? Che ne dice?

L'assessore continuava a parlare ma Fiorenzo aveva smesso di ascoltarlo. L'accenno al terreno bonificato aveva dato la stura a una serie di pensieri.

Intanto l'assessore si era appena offerto di predisporre una stazione di *bike sharing* davanti all'università, non appena i lavori fossero terminati. A quel punto Fiorenzo decise di prendere congedo e tagliò corto. L'incontro era andato bene e aveva perfettamente seguito i binari prestabiliti. Era stato talmente liscio e senza contraddittori che quella visita gli era sembrata del tutto superflua; una semplice telefonata avrebbe ottenuto lo stesso effetto. Uscendo si concesse uno sguardo al teatro alla Scala. Ad attirare la sua attenzione fu il timpano triangolare che sovrastava l'intera facciata, sobria e limpida così come l'aveva voluta l'architetto Piermarini che la costruì nel 1778. Fiorenzo si ricordò che fu utilizzata una particolare pietra chiara per realizzare gli elementi architettonici del teatro, e che l'unico fregio impreziosente una architettura altrimenti davvero semplice ed essenziale era proprio quel timpano con un bassorilievo raffigurante il Carro d'Apollo, protettore delle Muse, trainato da quattro cavalli. Gli sarebbe piaciuto essere come quella facciata, sobrio ed essenziale, preciso e pulito.

Ripensò alla questione della bonifica dei terreni, i documenti erano arrivati e la attestavano. Ripensò al suo colloquio con il piccolo Putin, ripensò alla sua promozione e anche al litigio avuto con Alessandro, e ripensò anche ad altre cose avvenute di recente, poi con la mano cacciò tutti quei pensieri come si fa con una mosca molesta. Tornò velocemente in università perché, dopo tutto, preferiva rivolgere la sua attenzione al *paper* che doveva ancora finire di scrivere per l'imminente convegno al quale si era iscritto, piuttosto che ai suoi inutili doveri di novello prorettore.

Il convegno era previsto per la settimana successiva ed era sulla costiera amalfitana, precisamente all'interno del complesso in cui sorgeva il duomo di Ravello.

E fu esattamente una settimana dopo che i convegnisti si ritrovarono ad ascoltare la voce flautata della guida, una voce impreziosita dalle sue inflessioni campane, mentre illustrava le meraviglie del duomo di Ravello.

– Il duomo di Ravello è stato fondato poco dopo l'anno mille ed è stato costruito sulla falsariga della abbazia di Montecassino. Oltre ad alcune meraviglie architettoniche, il campanile a due piani con bifore e archi intrecciati, il portale a formelle in bronzo, gli amboni, il duomo possiede una ulteriore particolarità. Come nella più famosa Basilica di Santa Chiara a Napoli dove il sangue del patrono San Gennaro si liquefa ogni anno, anche nel duomo è custodita una ampolla del sangue di San Pantaleone, una reliquia del 1112 che ogni anno regala ai fedeli l'identico fenomeno della liquefazione. La Reliquia di San Pantaleone è più antica di quella di San Gennaro, e ripete scrupolosamente, e da più tempo, il miracolo della liquefazione. Ma è San Gennaro che il mondo riconosce come l'unico santo capace di fare *o'miracolo*. Evidentemente la devozione chiassosa di Napoli, unita alla indubbia capacità comunicativa dei suoi concittadini, sono vincenti. E San Gennaro batte San Pantaleone. – La guida ammiccò, poi mostrò al gruppo come, dalla navata sinistra, fosse possibile accedere a un vasto ambiente adibito a pinacoteca: – Proprio qui – concluse con un sorriso – vi ritroverete domani per seguire i lavori del convegno. – Disse queste ultime parole con una vena di ironia, come fosse perfettamente al corrente che i convegnisti preferivano di gran lunga le passeggiate e lo shopping per Ravello alle lunghe sessioni plenarie in cui si ascoltavano noiosissimi interventi.

La pinacoteca era stata allestita per l'occasione con un tavolo di presidenza, un leggio e lo schermo per eventuali diapositive. Alessandro era uno dei primi iscritti a parlare e, quando iniziò il suo intervento, ad ascoltarlo c'era, tra gli altri, proprio Fiorenzo.

– Se non annoio la competente platea mi piacerebbe iniziare questo intervento leggendovi il primo paragrafo dello scritto del 1873 di Friedrich Nietzsche intitolato: *Su Verità e Menzogna in senso extramorale*. È un testo che sicuramente la maggior parte di voi conosce e padroneggia perfettamente, ciononostante vorrei proprio muovere da questa lettura per proporre alcune riflessioni che desidero condividere. Una annotazione preliminare mi sia consentita: il testo, ritrovato postumo, fu scritto e pensato quando Nietzche aveva ventinove anni. È il frutto di una mente ancor giovane e certamente prodigiosa: «In un angolo remoto dell'universo scintillante e diffuso attraverso infiniti sistemi solari c'era una volta un astro, su cui animali intelligenti scoprirono la conoscenza. Fu il minuto più tracotante e menzognero della "storia del mondo": ma tutto ciò durò un minuto. Dopo pochi respiri della natura, la stella si irrigidì e gli animali intelligenti dovettero morire. Qualcuno potrebbe inventare una favola di questo genere, ma non riuscirebbe tuttavia a illustrare sufficientemente quanto misero, spettrale, fugace, privo di scopo e arbitrario sia il comportamento dell'intelletto umano entro la natura. Vi furono eternità in cui esso non esisteva; quando per lui tutto sarà nuovamente finito, non sarà avvenuto nulla di notevole».

Ad un primo sguardo questo passo di Nietzsche potrebbe essere interpretato come una dichiarazione nichilista, in linea con la vulgata che indica il pensatore tedesco come il principale rappresentante di tale corrente filosofica. Una dichiarazione che potremmo all'incirca tradurre così: noi non siamo nulla a dispetto di quello che crediamo di essere. Non abbiamo il senso dell'immenso che ci circonda, sia spaziale che temporale, e riteniamo che tutto, al contrario, ruoti attorno a noi, alle nostre preoccupazioni, alle nostre gioie, alle nostre scoperte e ai nostri fallimenti, ai nostri colpi di fortuna e alle nostre disgrazie, o magari attorno alla nostra economia con le sue crisi e le sue opportunità. Persino le nostre guerre, e il tributo di milioni e milioni di morti che nei secoli esse hanno richiesto sono, nella visione di Nietzsche, molto meno che un battito di ciglia nell'immenso silenzio dell'universo.

Gli affanni di leopardiana memoria, le nostre lotte per la sopravvivenza e per una migliore condizione economica e sociale, così come le lotte di potere che si svolgono negli uffici, nelle università, nei ministeri, o tra gli stati sovrani, non sono in grado di formare neppure una increspatura sulle lisce superfici del cosmo. Ma di questo noi esseri umani non ci rendiamo conto. Poiché se lo facessimo davvero fino in fondo, assumendocene tutte le conseguenze, allora ce ne sarebbe d'avanzo per ritenere che solo il nulla abbia senso e che sia vano il nostro affannarsi. Questa è una forma di nichilismo che definisco "forte". È il nichilismo meno interessante, quello, forse, in cui sembrava incorrere pure Leopardi, e sia detto questo nel pieno rispetto per il pensiero del grande poeta e scrittore italiano.

– Molto più interessante è invece il cosiddetto nichilismo "debole". Quel nichilismo, cioè, che muove dalla visione nicciana per costruire un nuovo senso della realtà e una nuova concezione del nostro essere nel mondo e del nostro abitare. Infatti, in questo scritto Nietzsche non si ferma alla narrazione della favola così icasticamente dipinta, ma da lì muove per comprendere che cosa è la verità. Se ogni nostro agire e ogni nostro pensiero sono insensati e stolti comparati al senso universale, al senso del cosmo, allora anche i nostri principali valori, le ragioni essenziali del nostro vivere in comunità e in società organizzate, sono da relativizzare, da vedere in modo diminuito se non addirittura in modo "misero, spettrale, fugace e privo di scopo", e arbitrario.

Alessandro sentiva di aver trovato il ritmo giusto del discorso e, guardando in platea, si accorse che era riuscito a richiamare la più completa attenzione.

– Proviamo a spiegare questo punto. Su che cosa si reggono le società? Su quali valori? E su che cosa si fonda il vivere comune, cioè il nostro stare assieme? Certamente, e tra le altre cose, esse si reggono sulla verità. Noi riteniamo cioè, che sia la verità a doverci guidare, nella scienza, nella società, nei rapporti umani. Ed è sempre la verità a fornire ordine, poiché senza di essa precipiteremmo nel caos. La verità ci deve essere, poco importa che molti la denigrino, la evitino, la imbroglino. La verità, in verità, fa da sfondo alla possibilità stessa del nostro stare in società. Anche il senso comune accetta tutto questo. Non è possibile, infatti, non cercare di educare i nostri figli alla verità; diciamo loro di evitare le bugie, così come cerchiamo di fondare sulla verità il nostro rapporto con il partner, perché sappiamo che dall'impegno alla verità deriva poi la fiducia che sembra essere il cemento fondamentale delle nostre unioni sentimentali. Ed è sempre sulla verità che si fonda il rapporto del cittadino con lo stato e con le sue leggi: verità nella dichiarazione dei redditi, verità nelle testimonianze, verità nei rapporti d'affari e societari, eccetera. In base a questa *necessità di verità* costruiamo le società umane. Ma ecco, in proposito, la risposta di Nietzsche: «Che cos'è dunque la verità? Un mobile esercito di metafore, metonimie, antropomorfismi, in breve una somma di relazioni umane che sono state potenziate poeticamente e retoricamente, che sono state trasferite e abbellite, e che dopo un lungo uso sembrano a un popolo solide, canoniche e vincolanti: le verità sono illusioni di cui si è dimenticata la natura illusoria, sono metafore che si sono logorate e hanno perduto ogni forza sensibile, sono monete la cui immagine si è consumata e che vengono prese in considerazione soltanto come metallo, non più come monete».

Il testo spiega quindi che la vita degli individui sulla terra, così come la vita collettiva, si reggono in realtà sulla menzogna, La verità è una illusione di cui si è dimenticata l'origine illusoria. D'altro canto, potremmo dire che la menzogna poggia su un insieme di elementi costruiti, retorici. Eppure, è soltanto in mezzo a tale finzione che noi possiamo vivere e prosperare. Quello che vuole qui suggerire Nietzsche è che noi diciamo il vero quando *mentiamo secondo una convenzione stabilita dalla moltitudine*, la quale proprio per questo viene accettata socialmente. La verità è mentire nello stile della verità, se così si può dire. È forse per questo motivo che in qualche modo tutti noi arriviamo a percepire una cupezza di fondo nel nostro vivere? Si tratta forse della consapevolezza che siamo costruiti sulla menzogna, impastati nella menzogna? E ancora: è tale consapevolezza che ci forma inquieti, che ci rende uomini e donne di costante tristezza, colmi di spleen, di blues, di perturbante e spaesato umore? Ed è forse per far fronte all'inquieto che l'umanità, almeno una parte consistente di essa, si accascia ai piedi della croce e ritaglia nel legno della paura una figura a cui dà il nome di Dio? Quest'ultima domanda ci condurrebbe lontano dagli intenti di questo ragionamento, che vuole rimanere una riflessione sul tema della verità a partire dallo scritto di Nietzsche. Certo, pensare di essere nulla di fronte all'universo, è una riflessione in grado di condurre al vuoto di azione e pensiero. E quindi noi umani accettiamo ben volentieri la costruzione, la menzogna, la finzione della nostra importanza, ci poniamo al centro di tutto perché riteniamo di valerlo. Noi valiamo. "Perché io valgo": lo slogan pubblicitario di una famosa casa di cosmesi potrebbe diventare la dichiarazione di accettazione delle menzogne poetiche e retoriche da noi escogitate per meglio vivere. A tale scopo accreditiamo ciò che io definisco la "praticabilità", vale a dire il fatto che sono "vere" quelle finzioni che funzionano e paiono più adatte ad essere recepite e accettate dalla collettività. Vedete, prima ancora che essere individui noi siamo esseri sociali e, per questo, abbiamo necessità di condividere la nostra esistenza insieme agli altri, e perciò la menzogna non può essere (anch'essa!) assoluta dal momento che deve mediare con le menzogne altrui, deve adattarsi e deve cementarsi con altre menzogne ed essere accettata, approvata e goduta in comune, poiché la menzogna idiosincratica è ancor meno forte e resistente della verità idiosincratica. Questa idea di finzione condivisa, e di praticabilità, è a mio modo di vedere il nucleo della teoria del nichilismo debole perché ammette che ci deve essere qualche cosa di compatibile con ciò che dicono gli altri. La menzogna è un artificio che ci consente di vivere e di accettare la nostra condizione umana che è poi quella dell'errore, però, diciamo così, dell'errore compatibile. Ciò che chiamiamo verità non è altro che una immensa varietà di errori necessari e utili per vivere, amare, soffrire, gioire, mutare, trasformarsi e crescere.

Guardò la platea un'ultima volta prima di affrontare la parte finale del suo discorso. Al suo sguardo parve di scorgere ancora una forte attenzione da parte del pubblico. Proseguì.

– In conclusione possiamo affermare che le riflessioni di Nietzsche inducono a ritenere che la nozione assoluta di verità non esiste: verità e menzogna sono costruzioni del linguaggio e del pensiero umano che ci servono, se non altro, per praticare il nostro mondo, ovvero quel minuscolo pezzettino di cosmo che ci è assegnato. Tutto ciò complica certamente il nostro rapporto con la realtà, ma anche questo è un discorso che ci condurrebbe lontano e che, semmai, andrebbe approfondito a parte. Avanzerei solamente l'ipotesi che la verità finisca per configurarsi come la sedimentazione delle menzogne che si sono dimostrate vincenti per quel che riguarda le nostre letture della realtà. Resta, a questo punto, almeno un residuo, uno sfrido, un tassello del puzzle che non si incastra. E si tratta del nostro bisogno di verità rimasto insoddisfatto che spesso prende le vie delle religioni ma che, dal punto di vista delle nostre rappresentazioni interne e della nostra condizione del vivere, produce invece la cupezza e la tristezza di cui parlavo prima. Ciò sembra trasformare la questione aletica in questione estetica e patetica. Voglio dire che tale insoddisfazione ci costringe a guardare l'abisso delle nostre menzogne quotidiane oramai levate a regola di vita comune, e l'insoddisfazione morale che ne deriva si trasforma in insoddisfazione emotiva, passionale, in questo senso patetica. Inoltre, guardando a lungo l'abisso delle nostre menzogne poi accade che l'abisso guardi noi. E un tale scambio di sguardi riempie di un'inquietudine vasta come il mare, a sua volta inquieto. Lo ricordava Conrad in una frase che a me, innamorato da sempre degli ambienti marini, è molto cara: "Il mare non è mai stato amico dell'uomo, tutt'al più complice della sua irrequietezza".

Quello che ci rimane è il mare vasto della nostra inquietudine, quanto ci tocca pagare per vivere. È il nostro nichilismo debole, il costo della quota per essere iscritti al club della razza umana. Proprio come accade al personaggio di Guido Anselmi, interpretato da Marcello Mastroianni che, in *Otto e mezzo* di Fellini, vive la crisi e la depressione del suo tempo scoprendo che la soluzione alberga solamente nell'accettazione di tale confusione, noi diremmo nell'accogliere il doloroso mescolamento di verità e menzogna. Guido si domanda come mai tanta infelicità, e la risposta gliela suggerisce uno dei personaggi del film il quale gli risponde: "Figliolo, chi lo ha detto che dobbiamo essere felici?"

Grazie per l'attenzione.

Mentre scrosciavano gli applausi Fiorenzo sentì formicolio alle mani. Non ci poteva far nulla, il discorso di Alessandro lo aveva inquietato e preoccupato. Sembrava che in qualche modo fosse rivolto a lui, dicendogli che oramai la strada era inaugurata e non si poteva più tornare indietro: e che si trattava semplicemente di cementare le proprie menzogne con quelle altrui.

Quando fu il suo turno salì lentamente i tre scalini che portavano al leggio. Li superò a fatica, i piedi trascinati, il collo curvo in avanti, come portasse il peso di una enorme valigia poggiata sulla nuca. Sentì a malapena che il presidente della sessione lo presentava come il nuovo prorettore, non gli badò mentre ricordava le sue recenti pubblicazioni e lo presentava come nuova star accademica. Poi, guardando la platea, i sorrisi di attesa, gli sguardi compiaciuti, Fiorenzo iniziò a parlare.

Alessandro non aveva voglia di ascoltare, non quella volta, e si diresse verso il corridoio adiacente alla sala della pinacoteca, ammirando i soffitti affrescati e gli stucchi. Non si era allontanato solamente per bighellonare, si era prefisso un compito preciso e doveva svolgerlo; voleva incontrare l'ex assessore di Milano alla edilizia, Francesco (detto Franco) Menghini. Negli anni novanta le ragioni tortuose della politica avevano reclutato Menghini per una breve stagione in cui era stato chiamato a ricoprire il ruolo di assessore all'edilizia del comune di Milano. Menghini all'epoca era già conosciuto come esperto di cultura d'impresa, e aveva svolto brillantemente il lavoro di consulente per multinazionali e importanti aziende italiane. Aveva iniziato studiando il *just in time* giapponese e il *kaizen*, poi era passato attraverso lo studio del management e dei circoli della qualità, molto in voga in quegli anni perché sembravano essere la nuova metodologia aziendale per la soluzione dei problemi delle grandi imprese: infine i suoi interessi lo avevano portato a studiare l'aspetto sociologico della questione vale a dire la sociologia di impresa, la cultura e la comunicazione organizzativa che erano adesso i suoi nuovi cavalli di battaglia. Sull'onda di questi nuovi interessi era venuto al convegno dove presentava una relazione dal titolo: *L'estetica della organizzazione come miglioramento individuale.* Nell'*abstract* spiegava che "la bellezza salverà il mondo", e che l'estetica può svolgere una importantissima funzione etica. Per certi versi proprio il contrario di quello che aveva appena affermato Amaldi nel suo intervento. Nel riassunto di Menghini il riferimento all'*Idiota* di Dostoevsky sembrava palese eppure, riflettè Alessandro, il principe Minskin aveva una fiducia smisurata nei confronti dell'arte che oggi la postmodernità era ben lontana dall'avere. Notò che in bibliografia Menghini riportava solamente un libro, il testo di Tzvetan Todorov dal titolo omonimo: *La bellezza salverà il mondo*.

Alessandro scorse da lontano l'ex assessore, abbandonò le sue riflessioni da professore e lo abbordò senza indugi.

– Ecco uno degli uomini che mi aveva fatto sperare in una Milano diversa, ma a volte la sinistra italiana promette più di quel che mantiene, non crede? – lo apostrofò.

Menghini sembrò parecchio sorpreso, ma fu pronto a replicare: – L'importante è che si tratti delle promesse giuste, così perlomeno si muovono i primi passi nella corretta direzione, non crede?

– Direi di sì. Io lo pensavo, in effetti, che quella fosse la direzione giusta, tanto che a suo tempo votai proprio per la sua giunta – ammise Alessandro con un sorriso.

– Mi è piaciuto il suo intervento. Anche se vi ho trovato dentro, come dire, troppo dolore cosmico. La sua è una visione tragica della condizione umana.

– Non la mia, non la mia. Quella di Nietzsche semmai! E comunque ho cercato di dimostrare che attraverso quel "dolore cosmico", come lo definisce lei, in realtà il pensatore tedesco cercava solo una maggiore pulizia filosofica, una chiarezza sopra tutti i falsi moralismi e tutte le false coscienze.

Continuarono a parlare del più e del meno per una decina di minuti poi, a un certo punto, Alessandro chiese bruscamente all'assessore se era al corrente dei nuovi lavori di sbancamento e di costruzione della nuova ala della sua università. L'assessore lo guardò dritto negli occhi, rispose di esserne al corrente e gli domandò le ragioni di quella domanda: che cosa voleva sapere?

– Posso offrirle un caffé in piazza? – disse Alessandro per tutta risposta.

Seduti all'ombra di un morbido tendone bianco, con la facciata del Duomo davanti a loro, ordinarono due granite al caffè e, dopo aver bagnato le labbra nel ghiaccio tritato, ripresero a parlare.

– Vede, Amaldi, dal di dentro il lavoro della politica è completamente differente. Le idee, le visioni del mondo, le utopie... tutto sparisce. Rimane solamente una vaga istanza etica che alcuni cercano di trattenere e che, invece, la maggior parte di noi decide di buttare allegramente alle ortiche. Ma non è di queste considerazioni generali che lei mi vuole parlare, vero? Lei vuole sapere qualche cosa di più preciso. – Squadrò l'interlocutore e tacque.

– Le dirò, Menghini, sono molto preoccupato. La mia università l'estate scorsa è stata al centro di un quadruplo omicidio ancora insoluto. Le indagini sono a un punto morto nonostante chi le conduce sia persona capace. È stata l'opera di un maniaco? Oppure ci sono interessi dietro? Interessi importanti, magari, che possono condurre a una strage come questa? E se è così quali possono essere? Le ipotesi sono tante, il risultato comunque è che quelle povere ragazze sono morte senza uno straccio di colpevole. Quest'anno la mia università ha dimezzato il numero delle iscrizioni, se continua così ce ne andiamo tutti a spasso. Lo so, si tratta di una piccola cosa comparata a quattro giovani vite cancellate, ma sembra proprio che si siano innescate una serie di conseguenze negative dopo quella tragedia. Arriva la prima che ne genera subito un'altra e poi un'altra ancora. Non più tardi dell'altro ieri il rettore ha comunicato al Consiglio di Facoltà che siamo a rischio cassa integrazione, come quelle fabbriche costrette a lasciare a casa migliaia di operai. La nostra università in realtà non impiega migliaia di persone, ma centinaia sì. E tutto questo sta saltando per aria.

– Ho letto, naturalmente, di quei quattro omicidi. Ma perché mi racconta queste cose?

– Perché mi è venuta una idea che vorrei verificare insieme a lei: e se le ragioni di questa catena di drammi risiedessero nel solito maledetto danaro? Se ciò che ha dato il via a tutto quanto fosse l'avidità umana? Menghini, girano dei grossi interessi intorno alla nostra università, lo sa? Il terreno su cui sorge la nuova ala si è apprezzato tantissimo; è un'area ampia che, una volta edificata, risolleverà l'intero quartiere e i prezzi delle case intorno andranno alle stelle. Una manna per gli speculatori. Lei era assessore all'edilizia quando il terreno fu acquistato da una importante impresa privata, non è vero? Ho pensato che forse ne poteva sapere qualche cosa di più, ecco perché l'ho cercata e mi sono permesso di importunarla. Non volevo perdere questa occasione. Se può, mi aiuti.

Menghini lo guardò a lungo prima di rispondere, poi fece lui una domanda.

– Professore, lei sa che cosa è il mesotelioma?

– Una domanda che sorprende. Non ne so molto: un tumore?

– Sì, un tumore. Uno dei peggiori. La storia che le sto raccontando non ha prove, badi. Ma è una storia interessante, giudicherà lei. Il mesotelioma è un tumore che colpisce le persone che subiscono una prolungata esposizione alle fibre di amianto. Le categorie a rischio sono le solite: gli operai, i falegnami, gli idraulici, gli elettricisti, ecc... Coloro che hanno lavorato a contatto con quel pericoloso materiale o che tutt'ora lavorano a vario titolo in aree non bonificate e in terreni dove prima sorgevano fabbriche che producevano o trattavano l'amianto. L'amianto è davvero bastardo, sa? Colpisce poco alla volta, attraverso continui rilasci e lunghe esposizioni e inalazioni; nel corso degli anni il tumore si insinua tra le fibre e poi, alla fine, esplode. È un male dalla lunga latenza. Può manifestarsi anche trent'anni dopo l'esposizione e colpisce soprattutto a livello pleurico: i polmoni. Una parte penetra nei tessuti più profondi, interstiziali. Pensi, le fibre di amianto si accumulano per anni nella parte inferiore dei polmoni e lì, piano piano si trasformano in cancerogeni attivi. La dose ed il tempo di esposizione sono in relazione diretta al rischio. Normalmente il tumore può svilupparsi a distanza di venti anni dalla prima esposizione, con un picco di incidenza tra i trentacinque e quarantacinque anni.

– Lei mi sembra molto informato – annotò Alessandro.

– All'epoca la faccenda mi coinvolse parecchio perché numerose aree edificabili di Milano necessitavano di una profonda e radicale bonifica. Crescevano case dappertutto dove prima esisteva soltanto la cintura industriale e, mi creda, quello che le fabbriche hanno fatto e continuano a fare al terreno sottostante non è bello. Si tratta di una vera e propria devastazione. Per una ragione o per l'altra c'era sempre bisogno di eseguire interventi di bonifica prima di iniziare a costruire nuovi edifici e di gettare nuove fondamenta... beh le bonifiche costano parecchio.

– Che cosa mi vuole dire, Menghini?

– Non ci sono prove, le ripeto, ma lei lo sa che cosa sorgeva nell'area attualmente occupata dalla sua università? Si è informato?

– No, non so che cosa c'era prima. Non mi sono mai dato la pena di prendere informazioni. Comunque le bonifiche sono state fatte, no? Non c'è ragione di preoccuparsi, non è così? – La voce gli era salita di una ottava.

– Sono state fatte, sì. Questo almeno è quello che dicono i documenti ufficiali forniti a suo tempo da una società italiana con un nome russo, che ora però non riesco a ricordare. Sono i documenti ufficiali di un paese il cui livello di corruzione è tra i peggiori d'Europa. Proprio la settimana scorsa leggevo che l'indice della corruzione percepita ci dà quest'anno al pari del Ghana, e questo sia detto senza alcuna offesa verso i ghanesi. Lei crede alla trasparenza in un paese meraviglioso come il nostro? Eh, Amaldi, mi dica: lei ci crede? I miei sono solo sospetti, è vero, ma come diceva quello, a pensare male ci si piglia. Hanno o non hanno realmente bonificato?

Si guardarono per un momento in silenzio. Poi Menghini riprese: – Nel luogo in cui sorgerà l'ala nuova della sua università operava la Reburghini S.p.A., nota alle cronache dell'epoca per essere una azienda ferocemente inquinatrice.

Alessandro rimase ancora un poco ad ascoltare le spiegazioni dell'ex assessore e i timori sul fatto che, semplicemente, le bonifiche non fossero state fatte se non sulla carta. Aveva ricavato notizie importanti da quel colloquio, ma non erano belle notizie.

Si lasciarono senza altre cose da dirsi e con l'umore mutato in peggio: non era più tempo per amabili conversari, e anche la vista mozzafiato di Ravello non riusciva a distrarre Alessandro più di tanto.

Quella sera, in albergo, cercò sulla rete le notizie che gli mancavano. E trovò alcuni siti utili.

Il mesotelioma e i suoi rapporti con l'esposizione all'amianto

Cos'è il mesotelioma?

Il mesotelioma maligno è una forma rara di cancro che ha origine nel mesotelio, la membrana che riveste e protegge la maggior parte degli organi interni del corpo. Il mesotelio è costituito da due strati, uno che circonda l'organo stesso, e l'altro che forma un rivestimento a sacco interno ad esso. Tra questi due strati si produce normalmente una piccola quantità di liquido, per lubrificare i movimenti degli organi protetti. Quando le normali cellule del mesotelio vanno fuori controllo e si moltiplicano rapidamente, si parla di mesotelioma. La forma più comune di mesotelioma è il mesotelioma "pleurico", che si genera nel rivestimento dei polmoni. Altre forme sono il mesotelioma "peritoneale", che riguarda il rivestimento della cavità addominale, e il mesotelioma "pericardiaco", che riguarda il rivestimento del cuore.

Quanto è comune il mesotelioma?

Secondo le informazioni dell'Istituto finlandese per la salute sul luogo di lavoro, Helsinki, Finlandia, si prevede che l'incidenza del mesotelioma nell'Europa occidentale raggiungerà il picco tra il 2010 e il 2020. Di seguito vengono fornite le statistiche sull'incidenza, attualmente disponibili, paese per paese.

Paese	Casi all'anno	Casi per milione all'anno
Finlandia	75 (2002)	18
Francia	870 (200)	18
Germania	1094 (2001)	16
Gran Bretagna	1862 (2002)	39
Italia	1050 (2000)	21
Olanda	389 (2000)	30
Norvegia	57 (2000)	16
Svezia	149 (2003)	20

Chi è a rischio di sviluppare il mesotelioma?

Coloro che hanno lavorato a diretto contatto con l'amianto o con i suoi prodotti sono portatori del rischio maggiore di sviluppo del mesotelioma, tuttavia, il mesotelioma è stato riscontrato in alcuni individui la cui esposizione era minima. Tra le attività ad alto rischio di sviluppo del mesotelioma vi sono:

Operai delle piastre metalliche (inclusa la costruzione di navi)

Costruttori di veicoli (inclusi i veicoli su rotaia)

Idraulici

Installatori di impianti a gas

Falegnami

Elettricisti

Operai del settore edile

Intonacatore
Costruttori
Operai tuttofare
Montatori di acciaio
Imbianchini
Operai delle lamiere sottili
Saldatori

Quali tipi di prodotti contenevano generalmente amianto?

I seguenti prodotti contenevano generalmente amianto in diverse concentrazioni. Questo elenco non è completo ed è stato concepito solo come riferimento generale.
Rivestimenti sagomati o preformati, utilizzati per l'isolamento termico dei tubi e delle caldaie
Amianto in spray utilizzato come protezione antincendio nelle condutture, nei margini parafuoco, nei pannelli, nei tramezzi, negli assi del solaio, nei pannelli del soffitto e intorno a strutture in acciaio
Assi isolanti utilizzati per le protezioni antincendio, l'isolamento termico, i tramezzi e le condutture
I rivestimenti di amianto utilizzati nei margini parafuoco e nelle intercapedini del soffitto
Cartone doppio pressato, carta e prodotti della carta utilizzati per l'isolamento delle apparecchiature elettriche; la carta di amianto può essere utilizzata anche come rivestimento ignifugo sui pannelli di fibra di legno
I prodotti del cemento di amianto, in fogli sia piatti che ondulati, utilizzati per le coperture o il rivestimento delle pareti; i prodotti del cemento erano inoltre utilizzati nelle grondaie, nei pluviali e nei serbatoi d'acqua
Rivestimenti strutturati (come l'Artex)
Materiale di copertura a base di bitume
Piastrelle in vinile o termoplastiche

Poi, in un altro sito trovò la spiegazione di quel che significa bonificare un terreno edificabile. Non si trattava solamente di scavare e rimuovere il terreno contaminato o di monitorare le acque e le falde per rilevare il loro livello di inquinamento. In realtà esistevano differenti tipologie di bonifica: chimica, fisica, termica e biologica; e in ogni caso i procedimenti di bonifica erano in continuo aggiornamento perché si trattava di una tecnologia relativamente nuova che si sviluppava in continuazione. In una bonifica come si deve, per esempio, bisogna includere il lavaggio del terreno e una serie di complesse azioni di biorisanamento. Esistevano tutto sommato poche società in Italia che svolgevano questo tipo di lavoro, tra cui la più importante era certamente la GD-General Decomissioning, una società con sede a Milano la quale, come tante, riteneva di lavorare meglio dotandosi di una ragione sociale inglese. Alessandro scoprì che i costi di bonifica di un terreno erano davvero alti, talvolta spropositati. E per questi motivi spesso si effettuavano opere di bonifica suddividendole in varie *tranche*. In ogni caso c'era da comprendere e prevedere innanzi tutto l'asporto della terra, e a volte si trattava di centinaia di viaggi/camion; poi c'era lo smaltimento del terreno in discarica, il ripristino del nuovo terreno, ecc... Ogni *tranche* poteva costare dai 400.000 al milione di euro, a seconda dell'ampiezza dell'area da trattare, delle migliaia di tonnellate di materiale da rimuovere, imballare, trasportare, e smaltire.

Che fosse proprio quella la strada da seguire?

13.
Nubi oscure

Una settimana dopo il rientro da Ravello Alessandro si recò agli uffici della GD, in via Vittor Pisani a Milano. Fingendosi interessato ai nuovi lavori di bonifica che si dovevano svolgere sul terreno della sua università, riuscì ad avere un incontro con un ingegnere.

E trovò conferma che tutta l'area su cui ora sorgeva l'università era stata a suo tempo bonificata da una ditta dal nome straniero, russo come gli aveva detto l'ex-assessore. Il nome era Iskra però, di fatto, la società non era straniera. Iskra a dire il vero era il nome della capocommessa, coloro che poi avevano svolto il lavoro erano stati proprio quelli della GD.

– E a questo punto viene il bello. – Alessandro quella sera raccontò il risultato dell'incontro a Marco e Marta che lo ascoltavano, dopo cena, comodamente seduti nelle poltrone con un bicchiere di rum in mano.

Alessandro proseguì: – Quelli della GD avevano fatto qualche lavoro, sì, ma poca roba. In realtà una azione di bonifica totalmente inadeguata! Tanto da far pensare a un lavoro di copertura. L'ingegnere con cui ho parlato ricordava bene che alla fine si trattò della semplice rimozione di uno strato superficiale di terreno con il ripristino di un sottile strato di terreno nuovo. In tutto qualche decina di camion. Nemmeno sessantamila euro di lavoro, ricordava. Quell'ingegnere oltre a sembrarmi molto scrupoloso possedeva una memoria di ferro e non aveva bisogno di consultare documenti.

– Lo credo bene che non ne avesse bisogno – intervenne Marta. – Gli dovrà essere sembrato ben strano quel lavoro. Un lavoro del tutto inutile avrà pensato: soldi buttati via. In realtà un imbroglio.

– Già, è ridicolo che abbiano compiuto una operazione da poche migliaia di euro. Il lavoro da fare era molto di più, e oneroso, ma qualcuno per risparmiare semplicemente non lo ha fatto. Ed è una azione criminale motivata dalla vecchia e solita logica della massimizzazione del profitto. La domanda da porsi quindi è: che cosa c'è davvero nel terreno sottostante l'università? Quali e quanti elementi inquinanti ancora lavorano là sotto?

Alessandro sembrava quasi esasperato, e Marta decise di stemperare l'atmosfera.

– Mi sa che se volevi davvero un aiuto non dovevi riempirci così tanto i bicchieri. È davvero buona questa cosa che ci hai versato, ma accidenti se è forte – disse.

– Già, ma a proposito, che cos'è? È forte, molto scuro, e ha un mix di sapori che non ho mai sentito prima: vaniglia, melassa e frutta, se posso sbilanciarmi.

– Bravo, Marco, bravo. Ci hai azzeccato; è uno Zafra, un rum spagnolo prodotto a Panama. Molto buono.

– Sì, buono.

Rimasero per un poco in silenzio guardando l'ovale di liquido ambrato e profumato che occhieggiava dal bicchiere largo e spesso.

– Che cosa facciamo? – disse alla fine Marta

– Andiamo avanti. Voglio capire che cosa c'è sotto, in tutti i sensi – rispose Alessandro con un sorriso per l'involontario gioco di parole. – Il presidente della Iskra è un tal Podborsky. Prenderò informazioni.

Per il momento, però, andarono avanti a prendere superalcolici. Finirono l'intera bottiglia di rum e si prepararono una sigaretta di sensimilia.

Erano quasi le tre di notte quando Marco si alzò faticosamente dalla poltrona per prendere congedo.

– Serate piacevoli, queste – chiosò Alessandro. – Resto preoccupato, ma chiacchierare e scherzare con voi mi regala sempre spensieratezza.

– Spensieratezza? – Marco si era incupito, forse a causa dell'abbondante alcol che gli circolava nelle vene, e guardava fisso davanti a sé.

– Che c'è? Che cosa non va? Non ti piace la parola?

– No, non mi piace.

– E perché mai? – Ad Alessandro venne da sorridere per la sbronza triste che sembrava aver preso l'amico. L'espressione cupa di Marco gli procurava, al contrario, buon umore. Guardò Marta, ma lei ora stava seduta immobile: in faccia una espressione indecifrabile.

– Che ti avrà mai fatto questa parola? – lo incalzò Alessandro con la lingua un poco impastata.

– E dai? Ti sei ammutolito? – insisté.

– Non ti ho mai raccontato un episodio della mia vita, Alessandro. In realtà ne ho parlato solo a Marta, e neppure tanto tempo fa. Non ti so dire perché mi sia venuto in mente adesso, e perché proprio quella tua parola pronunciata da te "spensieratezza" me l'ha fatto ricordare. Dico "tornare in mente" ma non è esatto, perché in realtà ciò che voglio raccontarti non mi è mai andato via dalla testa, nemmeno un istante.

Alessandro adesso non sorrideva più. Guardò l'amico mentre lo sforzo di snebbiare i fumi dell'alcol gli disegnava una ruga in mezzo alla fronte.

Marco, intanto, era tornato a sedersi. Si sistemò sul bordo del divano appoggiò gli avambracci sulle cosce e intrecciò le mani, poi cominciò.

– Ricordo la spensieratezza, sì la ricordo. In una mattina di primavera, avrò avuto all'incirca otto anni, mi trovavo nel cortile del palazzo dove abitavo, recentemente bitumato in omaggio a quella voglia di cemento che negli anni sessanta e settanta asfaltava mezza Italia. Ci eravamo ritrovati noi bambini, non c'era la scuola. Forse erano le vacanze di Pasqua, non ricordo bene. Rammento però che il tempo era bello e che possedevamo tutti una bicicletta perché proprio in quel periodo, chi più chi meno, avevamo imparato a usarla. Prendemmo a girare intorno, seguendo i confini più esterni di quel cortile rettangolare in cemento che era il nostro parco giochi. Mi sembrava un cortile molto ampio allora, ci sono ritornato da adulto e mi sono stupito di quanto in realtà fosse angusto. Non importa, per noi allora c'era spazio più che a sufficienza. Pedalavamo in fila indiana, cantando tutti insieme. Una manciata di bambini nell'età più azzurra che ridevano e cantavano alla primavera. La canzone? Una canzone sciocca, di quelle che si cantavano alla radio in quegli anni leggeri. Parlava di amore, di colline in fiore, di speranza e di passione, tutte cose che non conoscevamo ma che eravamo ansiosi di conoscere. La canzone ci poneva davanti alle meraviglie della nostra esistenza che doveva venire. Ero felice come mai prima, e credo di non essere stato mai più così spensierato. Visto che questo è il racconto di un bambino violentato.

– Era francese e giovane, lo stupratore. E sorrideva sempre, con una cascata di riccioli neri e una bocca a cuoricino davvero graziosa. Parlava piano, sussurrava quasi, e l'accento francese, oh quello, suonava così esotico alle nostre orecchie provinciali! Ci affascinava con quei suoi modi gentili e pacati. Ridevamo piano dei suoi scherzi semplici e delle parole captate a fatica in mezzo ai quei sussurri e a quello strano accento. Stava spesso con noi ed eravamo davvero lusingati che un adulto passasse così tante ore con dei bambini. Ricordo solo una leggera sensazione di stranezza per quel suo comportamento, nulla di più. Fu proprio verso la fine di quella mattina chiara in cui cantavamo sulle biciclette che chiese a me e ad un altro ragazzino di riaccompagnarlo. Viveva in canonica, nella chiesa. Non ho mai capito bene perché. A pensarci bene doveva essere un novizio, uno che forse doveva prendere i voti. Non so. Certamente era ospite dei frati domenicani che vivevano lì. Ci portò nella sua cella, che in realtà era una stanzetta confortevole e luminosa da cui si aveva una vista ravvicinata della torre campanaria. E con la scusa della stanchezza ci fece sdraiare tutti e due nel letto al suo fianco. Non ricordo molto, Alessandro. Devo avere voluto dimenticare con tutte le forze. Tutto quello che mi è rimasto sono dei sintomi. L'idiosincrasia per alcune parole e uno schifo profondo, primordiale, per tutto ciò che è vischioso, attaccaticcio.

Chinò il capo mentre Marta, che si era avvicinata lentamente, gli sorreggeva le spalle.

Alessandro aveva i brividi. Cercava qualche cosa da dire ma non spiccicava parola.

– E sai che cosa è che mi toglie serenità? Non il rancore, né la rabbia. Nemmeno la vergogna o il disonore. No. Una volta ho letto un libro che raccontava la storia di un orco. A un certo punto del racconto un bambino, l'ennesimo, viene preso e violentato dall'orco e da quel momento la trama del libro comincia a interessarsi solamente a quel bambino, alle sue vicende, ai suoi dolori e alle sue fatiche. Il lettore parteggia adesso per il piccolo sofferente e vuole a tutti i costi che lui ce la faccia, che venga fuori da quella orribile vicenda e che possa finalmente diventare un adulto equilibrato. Gli anni passano e il bambino cresce; diventa prima ragazzo e poi uomo ed ecco che, piano piano, comincia a cercare altri bambini e diventa lui stesso un nuovo orco. E il lettore non ci sta; non vuole credere che da metà romanzo in poi quel bambino per cui ha trepidato e sofferto, e a cui si è avvicinato con pietà e partecipazione letteraria, immedesimandosi, stia invece a sua volta commettendo le medesime efferatezze. Lo stesso dolore sofferto ora il protagonista lo infligge ad altri. Ecco: questo è ciò che non mi fa dormire, che mi toglie spensieratezza. È una paura talmente forte che a volte mi soffoca.

Si prese una pausa dove nessuno riuscì a replicare: un silenzio profondo e imbarazzato.

Quando Marco riprese la parola ebbe voglia di spiegare il senso di questa sua confessione.

– Quelle quattro bellissime ragazze intrappolate per sempre in quella maledetta sala riunioni, senza più una vita davanti! La loro immagine mi perseguita facendo riaffiorare come un rigurgito i miei ricordi che ho sempre cercato di ficcare giù in basso. Tutti i loro sogni, i racconti, le speranze, gli amori e gli odii, le manie, le piccole e grandi paure, le smorfie e i sorrisi, le gioie minuscole e quelle grandi, le innumerevoli cose che potevano e dovevano ancora svolgere, tutto ciò è stato tolto per sempre... Avevano il diritto di innamorarsi ancora, avevano il diritto di piangere, di ridere, di disperarsi e rallegrarsi, di sgolarsi sotto la pioggia, di ammirare le nuvole nel cielo in una giornata di vento, e avevano il diritto di correre, di cantare, di ballare, di fare tutto quello che noi continuiamo a fare senza neppure rifletterci su. Non possiamo riportarle in vita, ci sono cose che non ritornano più a posto come il famoso dentifricio entropico che studiavamo tanti anni fa all'esame di epistemologia, te ne ricordi Alessandro? Una volta che la pasta fuoriesce nulla può riportare l'ordine che c'era prima, quando il dentifricio riposava ancora all'interno del tubetto. Così aumenta il caos del mondo. Ricordo bene? E allora nessuno mi può ridare indietro la vita che non ho avuto, e togliere dalla mia strada quel giovane francese così gentile e carino. Però possiamo cercare chi ha fatto tutto questo, possiamo stanarlo quel bastardo e fargliela pagare. Il tubetto è ammaccato, il dentifricio è uscito e nessuno è in grado di rimetterlo a posto, ma almeno possiamo usare quel dentifricio fuoriuscito, no? Possiamo sfruttarlo per qualche scopo utile, vero? Prendiamo quel maledetto che le ha uccise. Non mi interessa comprenderne le ragioni. Non ne ha, non ne può avere, non ci sono ragioni per il male, che pure ne trova sempre a bizzeffe per giustificarsi. Voglio tornare a pulirmi i denti Alessandro, non so se comprendi quel che voglio dire. E se lo faccio per quelle ragazze mi sembrerà di averlo fatto un poco anche per me.

– Ma non hai mai pensato di cercare quel francese? Da adulto non ti è mai venuta la voglia di scovarlo, di sapere chi era?

– Quel francese è morto. Suicidato in una cella dove l'avevano sbattuto dopo l'ennesimo stupro di un minorenne. Non ho avuto neppure la soddisfazione di sputargli in faccia, Alessandro. Se ne è andato da solo in una cella oltralpe, quel maiale.

Nella stanza scese il silenzio. Fu Marta che decise di romperlo.

– Alessandro, posso farti una domanda? È da un po' di tempo che ce l'ho in testa.

– Dimmi.

– Comprendo che questa faccenda ti coinvolga e ti abbia in parte sconvolto. Sapere che c'è qualcuno che ha messo nel tuo ufficio del sangue di una morta assassinata per sviare i sospetti su di te non è certo piacevole. Ma c'è in questo tuo interesse un accanimento e una determinazione che mi sorprende. Perché stai dedicando anima e corpo a questo caso?

Alessandro chinò il capo, pensieroso. Quando si decise a rispondere raccontò una storia, una vicenda avvenuta quando le quattro ragazze erano ancora in vita.

Circa un anno prima Alessandro si era recato in università di pessimo umore. Fiorenzo lo bloccò e lo trascinò nel suo ufficio.

– Vieni un momento nel mio ufficio, ti devo chiedere un favore.

– Guarda, Fiorenzo, spero sia una cosa seria perché stamattina non è aria per le stronzate. Dimmi di che cosa si tratta – gli rispose bruscamente.

Fiorenzo si arrestò per un momento, poi riprese. – Verrà a trovarti una studentessa.

– E chi sarebbe?

– Barbora Traine, è una coinquilina della mia attuale fidanzata.

– Fiorenzo, ti ho già detto che...

– Non devi fare niente, non devi fare niente! Devi solamente avvertirmi con un sms quando arriva, così posso casualmente entrare nel tuo ufficio e scambiare due parole con lei, tutto qui.

– Ma perché devo tenere le fila delle tue tresche? Eh? Me lo spieghi?

– Sai, è una ragazza che ho conosciuto qualche tempo fa quando ero a cena a casa loro.

– Loro chi?

– Si tratta di quattro studentesse che vivono assieme e che... insomma è una storia lunga e non importa che te la spieghi adesso. Comunque ho conosciuto Barbora ma da allora le cose non sono andate più avanti tra noi. Lei vive nella stessa casa con la mia fidanzata e...

– Fiorenzo ti ho già detto che non ne voglio sapere. – Alessandro era deciso.

– Ma è l'unico modo che ho escogitato per poterla incontrare senza suscitare sospetti. L'ho informata che per i suoi problemi universitari una serie di colloqui con te l'avrebbero aiutata. Ho pensato che poteva essere una buona idea, così poteva venire tranquillamente in dipartimento e io avrei avuto l'opportunità di incontrarla, e magari restare un poco soli io e lei.

– Non mi interessa. Se quella studentessa viene a chiedere informazioni la aiuterò, ma non aspettarti nessuna complicità da parte mia – e se la svignò velocemente nel suo ufficio, sbattendo la porta.

Fiorenzo considerò che le cose non stavano funzionando al meglio tra loro due. Una volta Alessandro avrebbe brontolato ma poi si sarebbe prestato o, almeno, non si sarebbe mostrato così scontroso. Che strano, pensava ad Alessandro come ad una relazione coniugale. Beh, in effetti quasi lo era. E forse il recente raffreddamento e fastidio che avvertiva da parte dell'amico era dovuto alla sua recente promozione. Non credeva Alessandro capace di invidia, ma forse si sbagliava. O c'era dell'altro?

Barbora si fece vedere in istituto circa una settimana dopo. Si sedette a disagio nella sedia di fronte ad Alessandro e non parlò.

– Mi dica pure – la incalzò Alessandro.

– Beh, ecco... – In situazione di stress Barbora era conscia del fatto che il suo accento lituano aumentava fin quasi a rendere quasi incomprensibile l'italiano che invece sapeva masticare bene. E questo aumentava la tensione, la quale aumentava l'accento. Un circolo linguistico infernale. Si costrinse a guardare fuori dalla finestra e a prendere un profondo respiro, poi riprese.

– Professore, avrei bisogno di qualche consiglio sul metodo di studio, e inoltre avrei bisogno di un suggerimento riguardo l'esame: secondo lei è meglio che lo sostenga scritto o orale? – Era contenta di aver scelto il verbo giusto, sostenere. Questo le diede coraggio.

Alessandro guardò il proprio smartphone appoggiato sulla scrivania, ma deliberatamente distolse lo sguardo e lasciò perdere. Non avrebbe inviato alcun sms. Chiese alla studentessa se avesse trovato il libro di testo troppo difficile. Le diede alcune indicazioni su che cosa era meglio approfondire e che cosa si poteva invece tralasciare. Barbora lo ascoltava rapita.

Non aveva mai provato attrazione verso gli uomini più grandi, però in quel periodo stava vivendo parecchie situazioni che lei definiva bizzarre, sorprendenti. Solamente qualche mese prima non avrebbe mai pensato, neppure per un istante, che sarebbe finita a letto con un'altra donna. Eppure era accaduto. Si accorse che beveva le parole di Alessandro e si gustava il suo bell'italiano forbito, ben pronunciato.

Alessandro si accorse che lo sguardo della studentessa non era neutro, e fece finta di niente. Almeno fino a quando

Barbora, superando le sue reali intenzioni, esclamò: – Non ho mai avuto delle spiegazioni così chiare da nessuno, sa? Verrei tutti i giorni a farmi spiegare le cose da lei, anche sabato e domenica! – Appena dette queste parole Barbora si accorse delle implicazioni, e arrossì. Ma volle comunque continuare a sorridere e tenne lo sguardo fisso sul suo professore.

Alessandro annuì e le sorrise. Era molto carina senza essere una bellezza. Aveva l'altezza e i tratti delle ragazze del nord Europa e, nello sguardo, lampi di orgoglio che parlavano di una figlia viziata, abituata ad avere tutto quel che voleva. Vestiva bene, abiti italiani costosi, possedeva una *t-bag* che lasciava appoggiata con nonchalanche alla sedia; Barbora era appetibile e Alessandro se ne rese conto. Rimasero a lungo nell'ufficio a parlare e, quando lei se ne andò, dall'ufficio adiacente la porta di Fiorenzo si scostò solo un poco per permettere di sbirciare. Intanto la ragazza era già lontana, verso l'uscita.

Si videro ancora in università durante quella fredda primavera; la studentessa straniera e il suo professore. Un giorno in un'aula vuota, lontano dall'orario delle lezioni, si baciarono.

Alessandro aveva voglia di cedere all'aprile e gli venne in mente quella vecchia canzone di Faber che canticchiò a memoria: «Primavera non bussa, lei entra sicura. Come il fumo lei penetra in ogni fessura; ha le labbra di carne i capelli di grano, che paura che voglia che ti prenda per mano, che paura che voglia che ti porti lontano». Barbora lo ascoltò stupita, senza capire. E poi lo baciò di nuovo.

14.
Amaldi indaga

Alessandro Amaldi rivide con sentimenti contrastanti l'androne della questura di via Fatebenefratelli. Si soffermò solo qualche istante, più che sufficiente al suo naso per certificare un forte sentore di urina: probabilmente qualche ubriaco molesto non aveva trattenuto la vescica. Chiese dell'ispettore e lo pregarono di attendere indicandogli una saletta nella quale avrebbe dovuto accomodarsi. Cercò un posto e si sedette. Dopo qualche minuto Michele Quarzi arrivò presentandosi con la sua solita forte stretta di mano.

– Buongiorno. A che cosa debbo?

– Grazie per aver accettato l'appuntamento con così scarso preavviso, ispettore. Volevo porle alcune domande – rispose Alessandro.

– Di solito siamo noi che facciamo domande, professore. Comunque venga, possiamo parlare nel mio ufficio.

L'ufficio era sempre quello che aveva conosciuto sin dal primo interrogatorio e, quando entrò, ad Alessandro parve che i muri mantenessero memoria di quel che era accaduto in quel luogo: il senso di frustrazione e di impotenza che aveva vissuto lì dentro, la rabbia sorda che aveva provato.

Si accomodò sulla sedia in ferro dal colore verde oliva, gettò uno sguardo alle carte sparse sul tavolo, lasciò a Quarzi il tempo di raccoglierle e chiuderle nei faldoni, poi domandò: – Ispettore lei che cosa sa dell'Iskra?

Quarzi non rispose subito. – Dovrei sapere qualche cosa?

– Forse sì. Sono convinto che verrebbero fuori un sacco di cose interessanti se solo lei svolgesse una indagine accurata.

– Mi sta chiedendo di svolgere una indagine su questa società? E a che titolo?

– Non le sto chiedendo di svolgere nessuna nuova indagine, semplicemente la cortesia di raccontarmi quello che può e che sa su Iskra. L'indagine, lei l'ha già avviata da un pezzo.

Di nuovo silenzio.

– Come lo sa?

– Me lo ha detto lei un attimo fa. Ho parlato genericamente di Iskra e mi ha risposto specificando che era una società. Sapeva bene di che cosa stavo parlando e non ha avuto bisogno di ulteriori delucidazioni. Sta facendo o ha già fatto indagini in merito, mi dica se sbaglio?

Quarzi scrutò Alessandro con attenzione e non parlò. Alessandro ricambiò lo sguardo, tranquillamente.

– Che cosa vuol sapere, professore?

– Che cosa c'entra l'Iskra con l'amianto?

– Con l'amianto? Non saprei. Iskra è una impresa edile nata dal nulla una decina di anni fa che, improvvisamente, è entrata nel giro importante delle grandi commesse pubbliche. E non solo. Iskra sta costruendo i nuovi grattacieli commissionati dalla Regione ma ha anche le mani sui vari quartieri residenziali che si stanno costruendo nella zona sud della città. Oggi è una potenza economica che riesce sempre a proporre le offerte più convenienti indicando per lo svolgimento dei lavori tempi molto più rapidi della media delle altre imprese in gara, e vince a man bassa tutte le commesse. Non esiste un cantiere importante in città dove quella società non sia entrata, o come appaltatrice o come impresa subappaltata. Lavorano in fretta, costano poco e in generale svolgono abbastanza bene i loro compiti. Non lesinano sui materiali, o sulle rifiniture e, se si lascia mano libera sui progetti, di solito si avvalgono pure di buoni architetti.

– E perché avete indagato su di loro?

– Per una marea di motivi. Ci sono arrivate informazioni riguardanti malversazioni, concussioni, mazzette e tangenti, per parlare solamente del rapporto con gli enti pubblici. Poi i sindacati si sono lamentati delle condizioni di lavoro delle maestranze impiegate.

– Lavoro nero?

– No, no, tutt'altro. Sono perfettamente in regola, ma lavorano all'occorrenza anche sabato e domenica: ci è giunta notizia che fanno un mucchio di straordinari senza mai essere pagati. Un poco strano non le pare? A meno che non ci siano forti pressioni o minacce. Comunque non ci è mai pervenuta una denuncia precisa.

– Che altro?

– Ottengono sempre i migliori materiali e a minore prezzo; i loro clienti pagano regolarmente, anzi in anticipo. Anche in questo caso nessuna denuncia ma piuttosto lamentele diffuse anche se debbo aggiungere: poco circostanziate.

– Lamentele di che tipo?

– Ci sono state lagnanze che parlavano di veri ricatti. Alcune ditte ci hanno raccontato che un bel mattino sono andati a trovarli due signori ben vestiti i quali hanno mostrato, carte alla mano, che nella loro situazione amministrativa c'erano gli estremi per essere accusati di frode fiscale. Minacciavano di mandare una ispezione se non avessero fatto quello che loro chiedevano.

– Erano della Agenzia delle Entrate?

– Macchè! È risultato che, chissà come, erano entrati in possesso della posizione fiscale di queste ditte fornitrici e, sotto minaccia, li hanno costretti a fornire il migliore materiale al minor prezzo e nel minor tempo possibile. Ma, ripeto, nessuna denuncia. Solo voci.

– Continui, la prego.

– Ci hanno anche raccontato di piccoli e fastidiosi incidenti nelle fabbriche dei fornitori o nei dettaglianti che procuravano i materiali edili. Incidenti che in realtà erano avvertimenti a rigare dritto. Abbiamo anche avuto informative riguardanti pressioni sulle banche per rilasciare mutui agevolati agli acquirenti delle case costruite dalla Iskra.

– E per questo avete avviato una indagine?

– No, questo sarebbe stato sufficiente per muovere la finanza, non per muovere polizia e carabinieri. Il fatto è che a capo dell'Iskra c'è un tal Podborsky, Anatoly Podborsky.

Alessandro annuì.

– Costui, soprannominato piccolo Putin, pare sia legato alla Fratellanza, un'importante organizzazione criminale russa che è sbarcata in Italia circa una ventina di anni fa. Secondo alcune stime, forse esagerate, l'organizzazione conterebbe diecimila affiliati. Il gruppo ha una organizzazione militaresca ed è costituito da brigate che operano sotto il nome collettivo di

Solncevo, che è poi il nome del quartiere alla periferia di Mosca dove sono nati. Benché si sappia pochissimo dei meccanismi interni del gruppo, pare che sia governato da un consiglio di dodici persone che si incontrano regolarmente in diverse parti del mondo in occasione di feste e matrimoni, mascherando in questo modo il vero motivo dei loro incontri. La loro attività principale sarebbe la protezione, quella che in russo viene chiamata "fornire un tetto" Ma questo è quello che avviene in patria, all'estero, invece, il loro business, diciamo così, si è sviluppato in modo diverso. Si ritiene che non abbiano mai fornito attività di protezione qui da noi perché questa richiede un forte radicamento nel territorio che, per forza di cose, la Fratellanza non può avere. – L'ispettore fece una pausa per vedere se Alessandro lo seguiva. Poi proseguì.

– La protezione è una attività che svolgono meglio le nostre organizzazioni criminali locali, mafia e camorra per prime; i russi non potevano farlo. Così, all'inizio hanno importato cocaina acquistandola dai colombiani prima, e dai messicani poi. Hanno condotto in Italia molte ragazze dell'est avviandole alla prostituzione; una sorta di tratta delle bianche. In questo modo si sono arricchiti e hanno cominciato a insediarsi nel territorio. Hanno dimostrato di essere duttili e in grado di diversificare i loro affari a seconda dei luoghi in cui si trovavano ad operare, come farebbe una qualsiasi azienda orientata alle esigenze del mercato. Che cosa vuole il nostro cliente? Come glielo possiamo fornire? La Fratellanza ha compreso subito quali attività criminali potevano essere più redditizie in Italia e hanno ragionato all'incirca così: che cosa cerca il maschio italiano abitante delle medie e grandi città con una capacità di spesa medio-alta? E la risposta è stata: belle donne disponibili a poco prezzo, preferibilmente alte e con gli occhi chiari e, all'occorrenza, droga, tanta droga. Non sto dicendo che gli italiani siano peggio degli altri, sto solo dicendo che le cose vanno così, in Italia come altrove, e loro lo sanno. In realtà le multinazionali del crimine non funzionano diversamente dalle altre multinazionali, lo sapeva? La logica che li muove è identica: arricchirsi e fare profitti. E spesso anche le strutture organizzative si assomigliano. I mezzi con cui ottengono i loro scopi, glielo concedo, sono ancora molto diversi. E anche la tipologia dei prodotti che offrono, se è per questo. Ma per il resto...

– Ispettore, lo sa che questi sembrano i discorsi di un pericoloso sovversivo? – Il professore sorrise un poco compiaciuto.

– Già. Oppure sono i discorsi di una persona che tiene gli occhi bene aperti. Non ho ideologie da difendere, Amaldi. Ho solamente il mio lavoro e ciò che mi ha insegnato in questi anni.

– Non volevo essere offensivo – si scusò Amaldi.

– Non lo è stato.

– Continui.

– La polizia russa ritiene che l'organizzazione controlli diverse banche e un centinaio di piccole e medie imprese dal momento che la Solncevo dispone di un ingente fondo che viene reinvestito nell'economia legale proprio attraverso gli istituti. E pare che questo sia quello che hanno fatto in Italia. A Milano sono cresciuti attraverso una serie di rapporti privilegiati con gli istituti di credito, di cui adesso alcuni sono direttamente in mano loro. Come funziona? Abbiamo scoperto che questi criminali entrano come normali correntisti e rimpolpano via via i loro conti fino a diventare i clienti più importanti di quella filiale. Poi iniziano a intrecciare una serie di affari nei campi più disparati e coinvolgono il *board* centrale della banca in operazioni con tassi di interesse molto vantaggiosi, e in questo modo contribuiscono a mantere attivo il bilancio della banca e alto lo spread, cioè la differenza fra il tasso di riferimento di mercato e il tasso applicato ai finanziamenti, insomma tra il costo dei soldi che le banche pagano alla banca centrale e il costo dei soldi e dei finanziamenti che queste fanno invece pagare ai loro clienti. Ma forse queste cose l'annoiano?

– No, tutt'altro. Continui, la prego.

– Bene. L'organizzazione si incarica di trovare sempre nuovi correntisti che pagano alti tassi per mutui e prestiti e che rispettano regolarmente le scadenze. Contemporaneamente, per i loro servigi, per le informazioni, per i contatti, eccetera, si fanno pagare con azioni della banca. E a un certo punto ne rastrellano un numero sufficiente in modo da diventare loro i veri padroni. Tutto legale, per carità. O, almeno, sul filo della legalità. Ma il punto è: da dove proviene quell'enorme massa di denaro iniziale che permette di intrecciare quei solidi rapporti con le banche? E poi: come fanno a trovare e "convincere" i clienti ad accedere a prestiti e mutui i cui tassi sono tutt'altro che agevolati? E ancora: come mai quelle banche che entrano sotto l'ala protettrice della organizzazione poi non hanno più alcuna sofferenza? Nessuno che protesta, o che salta una rata del mutuo, o che smette di pagare un finanziamento. Come mai?

– Capisco – annuì Amaldi. – Quindi siete sulle tracce di Podborsky da tempo.

– Beh, pare che Podborsky non sia stato per nulla estraneo a quelle scelte di business, anzi. Certamente lui era presente sin dall'inizio, anche se nessuno è mai riuscito a dimostrarlo apertamente e tantomeno a incastrarlo. Oggi è a capo dell'Iskra che, apparentemente, non ha nulla a che fare con la Fratellanza. Ma io credo che la verità sia molto diversa. Per questo abbiamo intrapreso le indagini qualche anno fa e non le abbiamo mai archiviate.

– Anche io ritengo che Podborsky continui a essere coinvolto con i Fratelli. Quello che lei racconta, ispettore, fa ritenere veri alcuni miei sospetti.

Alessandro mise l'ispettore al corrente della faccenda dell'amianto, raccontando il suo colloquio con l'ex assessore Francesco Menghini e gli spiegò quello che le fibre di questo materiale facevano, anche a distanza di decenni, al corpo umano. Gli confessò che temeva fortemente che sotto il terreno della sua università non fosse stato fatto alcun intervento serio di bonifica, mai. Si tenne invece al momento per sé il sospetto che tutta questa faccenda avesse in qualche modo a che fare con i quattro omicidi delle studentesse. In realtà quel pensiero non lo abbandonava mai, neppure per un istante. Era una certezza che gli proveniva da dentro, e non avrebbe saputo dire su quali ragioni si fondasse. Non ancora.

– Indagherò su questa faccenda dell'amianto, Amaldi.

– Su Podborsky ha scoperto qualcosa d'altro?

– Per esempio?

Ad Amaldi venne una idea: – È sposato?

– È stato prima sposato al tempo della Unione Sovietica, tanti anni fa. Poi si è risposato qui in Italia per un breve periodo. Separato, divorziato, è andato a convivere con un'altra donna, poi più nulla, o meglio solo donne a pagamento oppure amiche di qualche sera. Podborsky lo abbiamo spesso pedinato ma no, al momento non risulta alcuna donna fissa.

– Ispettore le devo confessare una cosa: questa faccenda è molto intricata, e più mi ci avvolgo più mi pare complessa e, non so come dirlo con altre parole, mi sembra proveniente da lontano. È come se affondasse le radici nel passato, in un passato che non conosciamo. In un passato che ritorna.

– Come le vengono in mente queste cose? – domandò Quarzi sinceramente stupito. – Le pare che non abbiamo fatto indagini adeguate? Se sta pensando alla faccenda delle quattro ragazze uccise guardi, Amaldi, che abbiamo svolto ricerche internazionali, abbiamo coinvolto l'Interpol...

– Lo so, lo so, ispettore. Queste cose le ho ben presenti. Eppure nella faccenda ci sono dei legami che ci sfuggono, tracce consumate dal tempo che non hanno perso nulla della loro forza mortifera. E mi rimane la convinzione che ci sia un collegamento.

– Quale collegamento? Amaldi, continuerò ad ascoltarla se mi fornisce una spiegazione valida, altrimenti sarò costretto a ritenere che lei stia solamente fantasticando.

– Tre delle ragazze uccise erano già amiche ancor prima di venire in Italia, no? Quindi si suppone che ci fosse una ragione comune per ucciderle. Ma perché ammazzare anche la quarta che era sì straniera, ma non conosceva le altre tre fino a qualche mese prima? Evidentemente perché anche la quarta era in qualche modo coinvolta.

– Ma coinvolta in che cosa?

– Mi lasci spiegare, ispettore. Pare che le quattro si fossero conosciute qui in Italia e che non ci fosse alcun legame precedente. Con Alexandra non si conoscevano, non si frequentavano. Hanno semplicemente deciso di condividere le spese della loro casa da studentesse. Si sono piaciute subito e hanno accolto come una vecchia amica la nuova arrivata.

– Lei queste cose come le sa?

– Ispettore, per questo basta leggere i giornali. Sono informazioni di pubblico dominio. Mi lasci continuare ancora un minuto, vuole?

– Non sarà che lei a suo tempo è entrato in possesso di qualche informazione da fonte privata? – insinuò sornione. Poi vedendo la non reazione di Amaldi smise di sorridere e annuì: – Continui pure.

Amaldi ricordava non senza dolore la breve relazione avuta con Barbora, e anche se aveva avuto modo di confessarla a suo tempo all'ispettore, non ci voleva tornare su. Riprese a sviluppare il suo pensiero.

– Avrebbero potuto ammazzarle quelle tre, senza coinvolgere la quarta, le pare? Invece organizzano una serata in cui tutte e quattro partecipano. Probabilmente la serata è stata voluta da qualcuno che le conosceva bene.

– Abbiamo indagato anche su questo, Amaldi, ci sono sospetti ma non si aspetti che le racconti tutto.

– Non le chiedo niente, se non di seguire la linea del mio ragionamento. Dunque, la quarta è in qualche modo coinvolta e io ritengo che lo sia a sua insaputa: non sa che esiste un legame che la allaccia indissolubilmente alle altre tre. Un legame antico. L'assassino, invece, quel legame ce l'ha ben presente e le vuole morte. Di che legame si tratta? Non lo so, posso solo avanzare l'ipotesi che sia probabilmente più vecchio della età delle ragazze, un legame di cui loro al momento sono ignare. Perché le uccide? Forse non vuole che le ragazze condividano alcune cose, ora che sono tutte e quattro assieme. Che ne so, una conoscenza che potrebbe essere pericolosa, un fatto sepolto che deve rimanere nascosto. O forse le uccide perché questa conoscenza è già condivisa, e non deve assolutamente essere divulgata. O magari si tratta di una vendetta. Per tutte queste ragioni ritengo non possa trattarsi altro che di un legame che affonda le sue radici nel passato. Ci ho pensato parecchio, sa? E credo che qui ci abbia messo lo zampino il caso. Tutto ciò che esiste nell'universo è frutto del caso e della necessità? Democrito lo riteneva, io so soltanto che il caso fa un mucchio di lavoro in questo mondo. E talvolta fa anche quello sporco. Ecco quello che penso: la conoscenza casuale di quelle quattro ragazze deve essere stato il fattore scatenante, ciò che le ha portate a morire in quel modo orribile. Scaviamo nel loro passato e troveremo la ragione della loro morte.

– Quindi lei non ha un perché. Sono tutte congetture le sue.

– Ispettore, se avessi il perché avrei anche il movente! E questo mi sfugge. Quello che invece non mi sfugge è che qualche cosa non doveva accadere, e invece è accaduto. Sono convinto che potremmo comprendere quel che è successo realmente, basterebbe un indizio, un segnale, che so, una tessera spostata. Sono mesi che vado alla ricerca di qualcosa che magari abbiamo ignorato, dimenticato. Perché sono convinto che potremmo scoprire il motore che ha dato avvio all'intera tragica vicenda.

– Filosofia la sua, solo filosofia, Amaldi.

– Può darsi, può darsi. Eppure mi pare di vederlo l'assassino, o il mandante dell'assassinio, quando si rende conto che le ragazze vivono sotto lo stesso tetto; si preoccupa perché le immagina parlare e confidarsi come si fa a quella età. Ecco, teme che venga a galla una confidenza o che le donne facciano una scoperta che le le renda consapevoli di qualcosa. Ed è per questo che egli agisce. Se solo trovassimo... È importante farsi venire in mente di tutto, anche le cose più disparate, ispettore.

Ma proprio a quel punto Amaldi si interruppe perché una nuova domanda gli aprì il cervello come un bisturi ben affilato. – Come si chiamava di cognome la moglie italiana di Podborsky?

– Non è una informazione in mio possesso, ma basta fare una rapida ricerca.

– Bene. Chissà che non salti fuori qualche cosa di interessante – concluse Amaldi, e si sedette più comodo, per quel che la sedia in ferro gli permetteva.

– Come, come? Ma che cosa vuole da me? – domandò l'ispettore.

Amaldi sorrise e non rispose, l'altro lo guardò per un momento poi, lentamente, si alzò e uscì dalla stanza. – Mi aspetti qui, non si muova e soprattutto non tocchi niente. Ho una memoria fotografica e se mi sposta un faldone lo registro – lo ammonì mentre era già oltre la soglia.

– Uhh, che sospettoso! – lo canzonò Amaldi.

Dopo circa mezz'ora l'ispettore fu di ritorno. Si sedette e guardò negli occhi il suo interlocutore.

– Isola. La prima moglie si chiama Nadia Isola.

Amaldi balzò in piedi. – Vede? Vede Ispettore? Che cosa le dicevo: connessioni.

– Aspetti Amaldi, c'è di più. – L'ispettore teneva lo sguardo concentrato sull'interlocutore. – Ci ho impiegato tempo perché a quel punto ho allargato le ricerche anche alle altre donne che Podborsky ha frequentato. E abbiamo trovato che la sua amante di tanti anni fa, quella con cui convisse per un breve periodo, si chiama Marianna Iovanni.

– Urca! – Fu tutto quello che Amaldi riuscì a dire.

15.
L'incontro

– A che cosa debbo l'onore della vostra visita? – Il russo sorrideva ma la piega delle labbra assomigliava piuttosto a una smorfia.

– Buongiorno – rispose affabile Alessandro fissandolo negli occhi. – Lei ci deve scusare per l'intrusione. Ci siamo permessi di usare uno stratagemma per incontrarla, ma era molto importante parlare con lei.

Podborsky lo fissò. – Lei mi crede un imbecille?

L'incontro stava prendendo una brutta piega.

Qualche giorno prima, non appena uscito dall'ufficio dell'ispettore Quarzi, Alessandro aveva contattato Marco e aveva insistito per farsi accompagnare in via Pantano. A nessuno dei due era sfuggito il legame con Lenin quando videro sul campanello dorato la scritta *Iskra* in carattere simil cirillico. Ma quel giorno avevano ben altro in testa che la storia del Novecento, con le sue ideologie e con le sue rivoluzioni.

Mentre avanzavano lungo l'atrio la segretaria li squadrò da lontano dietro una costosa scrivania bianca che non le copriva i fianchi e che, anzi, là sotto mostrava abbondantemente le cosce accavallate. Più in basso le caviglie sottili e le scarpe nere con tacchi completavano lo spettacolo. Si era infilata gli occhiali in osso e con un sorriso freddo domandò: – Desiderate? – pronunciato con un lieve accento chiuso, tipico dell'est Europa.

– Abbiamo un appuntamento con il presidente – aveva risposto Alessandro.

– I vostri nomi, per favore?

– Alessandro Amaldi, sono l'incaricato del rettore Carri.

La donna aveva scorso la lunga lista di nomi comparsa sullo schermo del suo computer. Poi aveva battuto il nome di Amaldi ed era rimasta in attesa. – Mmmh, mi dispiace, lei non risulta.

Sollevando il viso verso i due uomini e con un sorriso che continuava ad emanare freddezza aveva aggiunto: – In ogni caso l'incaricato del rettore è già venuto parecchie volte, e... non è lei.

Alessandro e Marco si erano guardati.

– Sì, lo sappiamo bene. È stato momentaneamente sostituito. Adesso sono io.

– Nessuno ci ha avvertiti. Forse è il caso che chiami il gabinetto del rettore per un chiarimento. Di solito gli appuntamenti sono fissati settimane prima e qui invece... – la segretaria era ancora gentile ma sempre più gelida. Il sorriso aleggiava senza anima e senza calore sul bel viso dai tratti euroasiatici.

– Aspetti, si fermi – la aveva interrotta Marco.

– Sì? – sollevando lo sguardo e traguardando Marco da sopra la montatura degli occhiali.

– Non stia a scomodare il rettore per così poco – le aveva suggerito lui con una smorfia.

La donna rispose con altrettanta smorfia, di quelle che si fanno di solito quando si annusano odori sgradevoli; l'espressione era durata solo un attimo.

– Dell'università anche lei? Comunque mi pare proprio il caso di chiamarlo, invece. E lo faccio subito – aveva aggiunto prontamente.

A quel punto era intervenuto di nuovo Alessandro. – Il rettore non è in ateneo oggi, e al cellulare non è facilmente reperibile. Tra convegni, incontri e riunioni è più il tempo che lo tiene spento che acceso. Scommetto che queste cose lei le ha ben presenti, vero? Chissà quante volte le sarà capitato di trascorrere le sue giornate rincorrendolo telefonicamente e lasciandogli vani messaggi in segreteria. Non è così? E magari ha dovuto farlo mentre il suo presidente le teneva il fiato sul collo perché voleva parlargli immediatamente. – Aveva detto queste ultime parole sorridendo complice, piegandosi leggermente verso la donna che stavolta aveva abbozzato un sorriso meno di plastica.

– Quello che lei potrebbe fare, invece di una inutile chiamata, è sentire la segretaria del preside che è pro tempore presso il gabinetto del rettore. Si chiama Donatella Caruana e sono certo che può trovarla facilmente; è stata lei che ci ha fissato l'appuntamento. D'altronde non saremmo mai venuti qui di nostra spontanea volontà, le pare? – disse suadente Alessandro.

La segretaria lo aveva guardato. – Conosco la segretaria del preside, non è un problema per me chiamarla.

– Donatella Caruana.

– Sì, sì, lo so.

– Chiami pure.

La donna compose il numero e parlò per qualche minuto, poi chiuse la telefonata e compose un numero interno parlando questa volta in russo. Dopo qualche momento, riagganciando, si era rivolta ai due uomini in piedi di fronte a lei.

– Bene. Potete entrare. Ma vi dovrò fare attendere circa mezz'ora perché il presidente è in riunione. Vi accompagno nella saletta – e così facendo si alzò precedendoli lungo un corridoio. Presero un ascensore che li portò fino all'ultimo piano dove la donna li fece accomodare in un'ampia sala impreziosita da una grande vetrata che permetteva di vedere quasi tutta la città dall'alto.

Marco aveva raggiunto la vetrata per gustarsi il panorama. Alessandro, invece, si era seduto nella poltrona più vicina ma il suo cellulare aveva iniziato immediatamente a squillare costringendolo a parlare concitatamente per qualche minuto. Aveva appena chiuso la telefonata e stava per riferire a Marco ancora in piedi presso le vetrate, quando il cellulare aveva suonato di nuovo. Marco questa volta si avvicinò.

– Buongiorno. Si, sono io. Mi dica. Si, si certo. Come? Come ha detto? Ripeta per favore. Ho capito.

Riponendo il cellulare in tasca Alessandro si era sollevato dalla poltrona. Aveva il colore delle guance acceso. Cominciò a camminare avanti e indietro, inizialmente sordo alle richieste di spiegazione di Marco. Sul viso gli si alternavano stati d'animo diversi.

– Ma insomma, vuoi dirmi quel che è successo! – La voce di Marco era quasi urlata, il volto dell'amico a pochi centimetri dal suo.

Alessandro lo aveva guardato come un estraneo, poi si era ripreso.

– Sì, sì, scusami. Ho avuto una notizia che... La prima telefonata era di Donatella. L'ho subito ringraziata per avermi sostenuto, ma lei mi ha risposto che aver raccontato tutte quelle bugie è stata una grande sciocchezza. Aveva paura, allora io le ho detto di stare calma e lei mi ha gridato con quella sua voce querula che non voleva proprio perdere il posto di lavoro a causa di questa faccenda, e che tutta la storia non le piaceva affatto. Mi ha detto che non potevamo fingere di essere quel che non siamo, che l'amicizia è importante ma che non si poteva proprio metterla alla prova così, e se il rettore l'avesse scoperta... Insomma, ho faticato parecchio per calmarla, ma credo di esserci riuscito, almeno in parte. Le ho detto che non sarebbe accaduto nulla e che nessuno avrebbe fatto una verifica, e in ogni caso lei poteva sempre dire che era stata una mia richiesta a cui lei non aveva saputo sottrarsi. Poi mi è arrivata quella seconda telefonata.

– Quella che ti ha sconvolto? Chi era?

– L'ufficio anagrafe.

– L'ufficio anagrafe? Che ti potrà mai dire di così sconvolgente un ufficio anagrafe!

Alessandro aveva guardato Marco. – Ho fatto alcune ricerche la settimana scorsa.

– Ah sì?

– Sì, e ho scoperto alcune cose interessanti. Perciò ho deciso di venire qui a confrontarmi con Podborsky in persona... e avevo bisogno di te per farlo.

– Di me?

– Di te, sì. Volevo ci fosse un testimone per rendergli le cose più difficili, perché ammazzare due persone è più difficile che ammazzarne una sola.

Marco lo aveva guardato in silenzio avvertendo un brivido di paura. Non gli pareva che l'amico avesse scherzato, proprio no.

Senza bisogno di essere ulteriormente sollecitato, Alessandro lo mise rapidamente al corrente di quello che aveva scoperto dall'ispettore Quarzi.

– Dallo stato di famiglia delle quattro ragazze assassinate risulta che i loro padri hanno tutti prestato servizio nell'esercito della Unione Sovietica, nello stesso periodo.

– Unione Sovietica? Ma allora non stai parlando dell'anagrafe italiana.

– No, l'ispettore mi ha aiutato a svolgere ricerche internazionali. E mi hanno comunicato i risultati adesso.

– E che cosa vuol dire tutto ciò?

– Forse vuol dire che qui c'è il famoso legame che cercavamo.

La segretaria dagli occhiali in osso era entrata proprio in quel momento nella saletta con piglio deciso annunciando: – Prego, seguitemi, adesso il presidente può ricevervi.

Marco e Alessandro l'avevano seguita lungo il corridoio.

– Sei certo di quel che fai? – gli aveva sussurrato Marco in un orecchio, per non farsi sentire.

– Sì.

– Non dovevi coinvolgermi.

– E tu non dovevi raccontarmi quella storia.

– Quale storia?

– Quella della ingiustizia che hai subito da piccolo.

– E allora, che cosa c'entra?

– E allora qui è pieno di ingiustizie. Dovresti ringraziarmi, ti sto dando l'occasione per mettere un poco di ordine; ti permetto di fare giustizia appunto.

– Ma vaffanculo!

– Sono contento che hai compreso.

– Non scherziamo Alessandro, e se quello si incazza? Ha già ammazzato una volta, anzi quattro volte, anzi chissà quante volte. Che cosa sarà mai per lui ammazzare ancora? Roba da niente.

– Forse, ma ho una certa idea in testa che magari ci permetterà di salvare la pellaccia.

– Dimmela.

– Lo vedrai.

– Dimmela, o altrimenti giro i tacchi e me ne vado!

– Questo è un ricatto, comunque sappi che lo colpirò nei suoi affetti paterni. E credo che questo lo distoglierà dall'idea di ammazzarci. Avrà altro a cui pensare. E adesso forza, il ballo comincia.

Entrarono nel grande ufficio, Podborsky li aveva attesi in piedi dietro la scrivania con uno sguardo fermo e indecifrabile e, come aveva già osservato Alessandro, l'incontro aveva subito preso una brutta piega.

– Prego?

– Ho detto: lei mi crede un imbecille? Pensava non avessi compreso che voi con il rettore non c'entravate nulla? Sono stato indeciso se denunciare subito il vostro stupido bluff e farvi passare un brutto quarto d'ora con Antonio Carri, che immagino non sia per nulla contento di sapere che qualcuno usi a sproposito il suo nome. Ma poi ha prevalso la curiosità. Sentiamo che cosa hanno da dirmi quei due, mi sono detto. E quindi: eccovi qui.

Marco guardò l'amico con una smorfia di sottile superiorità come a dire che a lui quel sotterfugio era sembrato infantile, se non addirittura stupido, sin dall'inizio. Ma tacque.

– Allora non ci resta che ringraziarla per averci accolto e averci dato udienza – rispose con una punta di ironica deferenza Alessandro.

– Che cosa volete?

Podoborsky era in piedi, girato leggermente di traverso rispetto a Marco e Alessandro che fronteggiavano la grande scrivania. Quell'uomo aveva un modo di porsi obliquo rispetto all'interlocutore che non significava timore, ma semmai astuzia e cattiveria.

– Vogliamo sapere se lei ha davvero svolto i lavori di bonifica sul terreno dell'università. Sappiamo che era il proprietario del terreno poi venduto e che la società che conduce i lavori, Iskra, è sua. Lo sa che se si scopre che il terreno non è stato bonificato lei passa guai seri? – Marco era partito all'attacco.

Podborsky volse lo sguardo verso di lui e lo fissò duramente prima di rispondere.

– La bonifica è stata fatta – disse in modo stringato.

– E chi lo dice?

Podborsky ebbe un moto di noia misto a stizza, come un padre che ha a che fare con un figlio stupido.

– Ci sono le carte a dimostrarlo. Sono stati fatti dei controlli. La Regione Lombardia ha svolto tutte le ispezioni e le verifiche e, alla fine, ha dato il suo consenso. Lei capisce, vero, che se qualche cosa non torna è direttamente la Regione Lombardia a risponderne?

– Noi crediamo che...

– Quello che voi credete non importa. Vi ho già risposto e ho perso anche troppo tempo. Se vi siete scomodati per chiedermi solo questo allora vi dico che avete fatto la strada per nulla. Io sono a posto, pulito. I permessi li ho avuti, così come ho avuto via libera. E adesso se permettete... – fece un cenno di congedo.

– Chi sono Nadia Isola e Marianna Iovanni? – lo pressò Alessandro.

Podborsky si irrigidì, e per la prima volta parve sul punto di perdere il controllo.

– Che cosa volete voi due? Perché siete venuti da me? – Non erano due domande, erano due ruggiti.

– Vogliamo solo sapere che rapporto hanno queste persone con lei.

– Di che cosa vi impicciate?

Alessandro spiegò. – Sono due ex-studentesse che mi hanno molto aiutato in questo periodo.

Podborsky sembrò leggermente acquietarsi. – E allora? – incalzò.

– E allora oltre a essere due mie ex-studentesse mi risulta che siano anche figlie sue, mi sbaglio? Avute da donne diverse.

– Non mi pare sia un reato – rispose gelido il russo. Non sapeva dove stava andando a parare quel professorucolo che gli stava davanti, e iniziò ad avvertire una lieve inquietudine.

– No, non lo è – concesse Alessandro – ma potrebbe diventare difficile il rapporto con loro nel momento in cui scoprissero che il loro paparino è uno speculatore edilizio e un criminale che ha sulla coscienza l'avvelenamento da amianto di decine e decine di studenti e studentesse della loro università. Amici e amiche condannate a una morte certa. Persone a cui Paola e Silvia magari volevano bene.

Podborsky tacque e Alessandro continuò.

– O forse, chi sa, con qualche esame medico accurato si potrebbe anche scoprire che il loro dolce papà con la sua cieca avidità criminale ha già condannato a morte pure le sue due figliole. Gli esami potrebbero dimostrare che negli alveoli dei polmoni delle due ragazze c'è già tanto di quell'amianto che prima o poi si trasformerà in cellule cancerogene. E chi dovrebbero ringraziare per questo? Ma proprio il loro caro genitore senza scrupoli! Ha in mente quel famoso quadro di Goya, Podborsky? – Alessandro adesso era diventato un fiume in piena. – Ma si che lo ha in mente! Con tutti i soldi che ha fatto si sarà pure permesso un poco di cultura, no? Intendo quel quadro intitolato *Cronos divora i suoi figli*? È un mito antico, che spiega molto bene che cosa fa il tempo, *chronos* appunto, il quale produce continuamente figli. Se ci pensa, Podborsky, ogni cosa ma proprio ogni cosa è figlia del tempo: gli uomini, gli animali, i fiori, le piante, le pietre, le montagne, i mari, insomma la natura... E ogni cosa il tempo consuma, mangia, divora. E lei è proprio come Cronos, il dio maledetto che uccide tutto ciò che ha creato, che uccide ciò che ha di più caro!

A quelle parole Podborsky esplose. Picchiò un pugno sul tavolo mentre con l'altra mano spazzò dalla scrivania tutto quello che c'era sopra, gettandolo sul pavimento.

– Non pronunci quelle parole! Non le pronunci mai più se ci tiene alla vita!

Alessandro sbattè le palpebre, ma fu l'unico segnale di sorpresa che si concesse. Per il resto rimase calmo, freddo.

– Non le servirebbe a niente ucciderci. Non sposterebbe di una virgola la situazione. Credo che lei dovrebbe invece esserci grato di averla avvertita. Non deve preoccuparsi di farci tacere ma semmai ringraziarci del fatto che siamo venuti qui a parlare. Non è di noi che si deve occupare ma delle sue figlie, e di tutte quelle persone che forse oggi sono intossicate per causa sua.

Podborsky appoggiò entrambi i pugni su tavolo e chinò la testa. Poi tornò a guardare Alessandro da sotto in su: – Sono malate?

– Chi? Paola e Silvia? Non lo sappiamo Podborsky. Non sono venuto qui per portarle cattive notizie, piuttosto per metterla di fronte alle conseguenze dei suoi atti e per costringerla a venire allo scoperto.

Podborsky non rispose.

– Quelle quattro povere ragazze, l'estate scorsa, sono state ammazzate perché sapevano, Podborsky? Avevano scoperto qualche cosa della faccenda dell'amianto e lei, o la gente per cui lei lavora, hanno deciso che dovevano tacere per sempre?

– Basta. Non c'è altro che vi interessi sapere né io ho altro da aggiungere – e così dicendo chiamò la segretaria che, a causa del forte trambusto di qualche momento prima, si era evidentemente avvicinata e appostata dietro la porta. La donna infatti comparve immediatamente.

– Accompagni i signori all'uscita – disse cupo Podborsky.

I due si guardarono, poi raggiunsero la segretaria che li attendeva.

– Non è necessario che ci accompagni, occhiali d'osso. Conosciamo la strada – la apostrofò Marco.

Qualche minuto dopo nel taxi diretto verso casa Marco, intento alla guida, disse: – Mi hai fatto passare un brutto quarto d'ora Alessandro, per fortuna è finito. Però ti chiedo: che cosa ricaviamo da questo colloquio?

– Vuoi fare il punto della situazione? Si hai ragione, è una buona idea. Credo che da questo momento in poi possiamo essere ragionevolmente certi che quelle bonifiche sono state fatte solamente sulla carta. Chiederò all'ispettore Quarzi di fare delle ricerche sulle componenti chimiche del terreno nei dintorni dell'università. E per quanto mi riguarda farò un esposto alla magistratura e, se necessario, raccoglierò le firme di colleghi, studenti e amministrativi della università, insomma di tutti quelli che ci lavorano. In fondo, potrei essere ammalato anche io. – Disse queste ultime parole con voce bassa, quasi riflettendo tra sé.

– Scatenerai un putiferio. Ti rendi conto, vero, che in questo modo coinvolgerai buona parte della amministrazione regionale? Qualcuno, là dentro, ha falsificato i documenti attestanti la verifica del lavoro di bonifica. Sappiamo chi è stato il corruttore, non abbiamo idea di chi e di quanti siano i corrotti.

– E te ne preoccupi? Se anche questa intera amministrazione regionale venisse messa agli arresti con contorno di gogna mediatica non avrei un solo moto di pietà. Si tratta di colpevoli e di criminali quanto Podborsky. Ci sono casi in cui la responsabilità limitata non esiste, Marco, e questo è uno di quelli.

Un grosso SUV li sorpassò veloce per rientrare bruscamente in corsia onde evitare una berlina che giungeva in senso opposto, costringendo Marco a frenare all'improvviso per evitare il tamponamento, e a suonare all'indirizzo del SUV.

– Guida con più attenzione – lo rimbrottò Alessandro.

– Io? Ma è quello che non sa guidare! Meglio che prenda un taxi la prossima volta.

– Va bene, dai, dove eravamo rimasti?

– Eravamo rimasti alle bonifiche – riprese Marco. – Allora: non sono state fatte, Iskra ha intascato i soldi senza svolgere i lavori e, a quel punto, ha certamente destinato parte degli introiti alla corruzione.

– Non è esattamente andata così. Podborsky vende il terreno alla università e nel contratto ci doveva essere anche una clausola che incaricava Iskra di svolgere i lavori di bonifica. Forse in cambio di questo il rettore avrà ottenuto un buon prezzo, chi lo sa? Comunque, Iskra subappalta a GD-General Decomissioning soltanto una parte risibile del lavoro mentre un'altra parte dei soldi risparmiati li usa per corrompere. Gli altri, bellamente, se li intasca.

– O meglio, se li intasca Podborsky, che tanto è tutta roba sua no?

– Proprio così.

– E adesso noi facciamo venire a galla l'intera faccenda, sempre che qualcuno come la Regione, o Podborsky, o magari lo stesso rettore non decidano di fermarci mettendoci, ognuno con i suoi metodi, i bastoni tra le ruote.

– Il candidato più probabile a metterci i bastoni tra le ruote rimane Podborsky.

– Che è anche il più pericoloso. Poi, che cosa altro abbiamo? Io, se permetti, farei una considerazione psicologica, magari è di basso profilo ma voglio condividerla: quel russo deve vivere quasi come un disperato. Il timore di perdere il poco affetto che lo circonda deve essere stato enorme. Altrimenti non mi spiego quella sua reazione abnorme, non credi? Ha perso letteralmente la testa. È proprio vero quello che dicono, e cioè che solo amare qualcuno ti libera dalla disperazione. Lui non ama nessuno, non è amato da nessuno ed è disperato.

– Dici? Forse hai ragione. Anche se non sono proprio sicuro che quella reazione abnorme, come dici tu, sia stata motivata solamente dal timore di perdere le figlie o, addirittura, dal suo bisogno di amarle. Le sue figlie penso le ami, ma non risulta le abbia poi frequentate molto, perlomeno negli ultimi quindici anni. Le ama a distanza, diciamo così. No, credo in realtà di aver toccato con le mie parole un nervo scoperto; ho avuto l'impressione di versare alcol su una ferita mai chiusa.

– Come lo sai?

– Che cosa?

– Che non le ha mai frequentate.

– Le figlie? Risulta da alcune indagini dell'ispettore Quarzi.

– Oramai siete pappa e ciccia voi due.

– Geloso?

– Uff! Andiamo avanti. Che cosa mi dici dei quattro omicidi? – Marco cercava fatti concreti.

– Quelli? Non abbiamo niente. Non ancora almeno. Podborsky si è comportato come chi non avesse nulla a che fare con la faccenda. Lo hai sentito, quando ho affrontato l'argomento le mie parole non hanno sortito effetto. Si è chiuso immediatamente a riccio e non era sconvolto come pochi istanti prima per la faccenda delle figlie e dell'amianto. Anche se...

– Anche se?

– Se partiamo dal presupposto che lui c'entra con l'assassinio delle studentesse, si può ipotizzare che le mie parole non l'abbiano particolarmente colpito perché avanzavano una spiegazione che non è quella reale. O non è la più importante e tantomeno quella decisiva. Potrebbe essersi tranquillizzato ragionando sul fatto che sono molto lontano dall'immaginare come sono andati realmente i fatti. E ha ragione: quello che mi manca in effetti è la motivazione. Non ho ancora trovato il glutine.

– Il glutine?

– Sì, lascia perdere.

Si erano fermati a un semaforo in attesa del verde quando un uomo bussò al finestrino dalla parte di Alessandro. Marco abbassò il vetro quel tanto necessario per parlare, ma non abbastanza da permettere allo sconosciuto di infilare una mano; una abitudine che aveva contratto facendo il taxista nei turni di notte, quando i clienti balordi o malintenzionati potevano essere sempre dietro l'angolo. L'uomo sembrò indispettito, ma con gentilezza chiese se il taxi era libero.

– Ma non vede che ho un cliente a bordo? No che non lo è. – rispose Marco piegandosi oltre il sedile di Alessandro, in modo da potergli parlare meglio.

– Eppure lei ha il segnale di taxi libero, altrimenti non mi sarei permesso – insistette quello.

Marcò guardò la spia corrispondente sul cruscotto, che invece era spenta. – No, non è vero, qui è tutto spento.

– Allora non funziona la sua spia. Guardi lei stesso se non ci crede! – e così facendo l'uomo si era rialzato indicando la scritta taxi sul tetto dell'auto. Marco decise di verificare lui stesso, e l'uomo iniziò a venirgli incontro girando intorno al cofano dell'auto. Proprio mentre usciva dall'auto Marco intravide parcheggiato più avanti, in una strada laterale, il SUV di poco prima con la portiera del passeggero ancora aperta e la sagoma di un uomo seduto alla guida. Si risedette di colpo e senza neppure chiudere innestò immediatamente la marcia pigiando sull'acceleratore. L'auto scattò in avanti costringendo l'uomo a buttarsi di lato per non essere investito.

– Via! Via! Via! Via! Via! – urlò.

Alessandro, immerso nei suoi pensieri, venne spinto all'indietro dalla violenta accelerazione.

– Che succede?

– Guarda alle nostre spalle!

Alessandro si voltò e vide l'uomo che correva verso il SUV; non appena salì a bordo l'auto scattò in avanti, inseguendoli. Attraverso il parabrezza osservò le due sagome del guidatore e del passeggero, e il profilo di chi era al volante gli sembrò piuttosto familiare.

– E adesso che cosa facciamo? – chiese all'amico.

– Innanzi tutto non ci facciamo prendere – rispose Marco affondando il piede sull'acceleratore.

– Sono uomini di Podborsky? – domandò Alessandro.

– Tu che ne dici? Hai fatto i dispetti a qualcun altro?

– Mmmmh, no, direi di no.

– E allora puoi stare sereno. Quei tizi che ci inseguono sono un pensierino di quel russo.

Le due auto iniziarono a correre a velocità folle lungo i viali, superando a destra e a sinistra. Il SUV era meno scattante ma più potente, e non appena la strada si liberava guadagnava terreno. Per fortuna i viali della circonvallazione di Milano erano soggetti a restringimenti improvvisi della carreggiata nei quali la Mercedes poteva scivolare via meglio, evitando il traffico in maniera più spedita di quanto non potesse fare il SUV.

– La prossima volta non sceglieranno un bestione così. Vedrai, si doteranno di una Cooper – ghignò Marco.

– Non ho molta voglia di riderci su – si lamentò Alessandro. – E comunque dobbiamo fare qualche cosa, non possiamo correre come disperati in questo modo. O quelli ci raggiungono, oppure ci schiantiamo. Non vedo altre vie – disse aggrappandosi ai braccioli.

– Maledetta polizia, come al solito non c'è mai quando ne hai bisogno – rispose Marco.

– Aspetta, ho una idea, gira alla prossima a sinistra.

– Perché?

– Andiamo a palazzo di Giustizia.

– Perché?

– Per prendere un cappuccino. Che domanda! Per salvarci il culo, no?

Marco imboccò a velocità folle Corso XXII Marzo e, giunto all'altezza del Palazzo di Giustizia, piantò una frenata decisa per poi sterzare a sinistra incurante dei divieti e attraversò i binari del tram che in quel momento non sopraggiungeva. Evitò di misura marciapiede e pensilina d'attesa dei passeggeri e proseguì per via Carlo Freguglia che fiancheggiava il palazzo per poi buttarsi ancora a sinistra, nel cortile interno. Qui rallentò bruscamente e fermò la vettura. Un carabiniere li raggiunse sollecitamente.

– Qui non si può entrare a meno che lei non abbia un passi.

– In realtà dovremmo fare un esposto alla magistratura – rispose Alessandro.

– Allora deve parcheggiare in uno dei parcheggi esterni, poi rientrare a piedi – spiegò pazientemente l'uomo in divisa.

Nel frattempo, negli specchietti retrovisori, Marco scorse il SUV proseguire a velocità sostenuta lungo la via che fiancheggiava il palazzo.

– Sono andati. Ma comunque non mi fiderei – disse rivolto ad Alessandro, poi tornò a dedicare la sua attenzione al militare.

– Senta, mi è appena arrivata una chiamata da parte di un cliente interno al palazzo, posso riferirgli che lo attendo qui?

– Si tratta di un giudice? – chiese il militare.

– Guardi, non lo so. Ma è molto probabile.

Il poliziotto fece un sospiro poi disse. – Va bene, accosti vicino a quel muro e attenda lì, non più di cinque minuti però, eh?

– Non si preoccupi.

Una volta che il carabiniere si allontanò, scesero rapidi dalla Mercedes, attraversarono velocemente il cortile senza darsi il tempo di ammirare l'asciutto stile razionalista-monumentale del palazzo, un'opera realizzata dall'architetto Marcello Piacentini verso la fine degli anni trenta. All'ingresso furono accolti da altri poliziotti che li fecero passare dal metal detector e solo a quel punto poterono slanciarsi su per le scale.

Si misero a cercare gli uffici del Sostituto Procuratore, ma non era facile districarsi nel palazzo di Giustizia per chi non era uso frequentarlo. Allora cercarono un usciere, ma quella ricerca sembrava ancora più ardua. Alla fine ne intravidero uno che parlava con una donna. Si precipitarono verso di lui e gli carpirono le informazioni, non senza qualche lungaggine e difficoltà.

– Ma dove l'hai tirata fuori quella frase? – domandò Alessandro mentre si incamminavano nella direzione indicata.

– Quale?

– Quella sul fatto che amare ci libera dalla disperazione.

– Ah, quella? L'ho letta in un libro.

– Hai scelto proprio una bella frase.

– Grazie.

Si fermarono entrambi a osservare la porta chiusa dell'ufficio del Sostituto Procuratore della Repubblica e cercarono intorno una panca che non c'era, poi decisero di attendere appoggiandosi al muro. Bisognava armarsi di pazienza.

Alessandro ne approfittò per passare una informazione all'amico: – Dei due amici burloni di poco fa credo proprio di averne riconosciuto uno.

– Quale?

– L'autista del SUV io l'avevo già incontrato quella notte in università, era completamente mascherato ma ho avuto modo di osservarlo bene dal momento che ne andava della mia pellaccia. Per cui, anche se era lontano e semicoperto dal riflesso del parabrezza, ho riconosciuto in lui il combattente notturno.

Marco tacque per qualche secondo poi riflettè. – Forse abbiamo valicato una linea Alessandro. Io d'ora in avanti mi porto in auto la Beretta. Ti confesso che ho paura.

– Ma sei matto? Hai il porto d'armi?

– Sì.

– Come fanno a dare il porto d'armi a un avanzo di galera come te non lo so proprio. Siamo una nazione oramai allo sbando – sdrammatizzò Alessandro.

– Fottiti – fu l'immediata risposta.

16.
Un viaggio importante

– Dove abitano?

– Di chi sta parlando Amaldi?

L'ufficio di Quarzi non era cambiato dall'ultima volta. A dire il vero non cambiava mai. Alessandro fece scorrere gli occhi sui muri grigi, sulle sedie in ferro verde oliva e sulla scrivania che era sempre ingombra di carte e di faldoni. Il luogo, se non proprio gradevole, perlomeno era diventato consueto. Inoltre, adesso che la tarda primavera portava nuova luce tutto intorno, era meno cupo. Alessandro Amaldi fermò lo sguardo sull'ispettore Quarzi che stava seduto alla scrivania e gli spiegò.

– Sto parlando dei genitori delle quattro ragazze uccise. Vede, ispettore, tra una settimana ci sarà un convegno in Finlandia, precisamente a Imatra. Sono stato invitato e avevo deciso di non tornare immediatamente ma invece di prendere qualche giorno di tempo per entrare in Russia e visitare la vicina San Pietroburgo. Queste erano le mie intenzioni, prima. Ma ora ho deciso che ne approfitterò per andare a far visita ai genitori delle ragazze uccise. Voglio parlare con loro. E lei dovrebbe essere così cortese da fornirmi i recapiti.

– Cortese? Ma Amaldi qui non si tratta mica di cortesia. Lei non è un investigatore, se ne rende conto? A parte che sono già stati interrogati dalla Interpol, e lasciando perdere le implicazioni legali (a che titolo lei andrebbe a porre domande?) ci sono altri elementi da tenere in considerazione; elementi che lei dovrebbe cogliere al volo, visto che ha la mente sveglia. Per esempio: non ha avuto la formazione necessaria, non sa nemmeno dove cominciare per condurre un interrogatorio e potrebbe fare solo danni, questo lo sa?

– Mi aspettavo le sue obiezioni, ispettore – Amaldi sorrise. – Ma non spostano la questione. Andrò a porre domande come un semplice conoscente delle figlie, come un tutore, perché questo a tutti gli effetti sono stato per loro. Non cerco ruoli diversi dai miei. Anzi, guardi, andrò a fare le mie condoglianze e, se è il caso, lascerò cadere qualche domanda. Tutto qua. Quello che mi serve è ben poco.

– Ben poco, dice? E cioè? Che cosa va cercando esattamente? Ma poi lei per caso sa il russo?

– Quelle persone sono vecchi soldati che hanno girato il mondo e parlano inglese, lo so. E se per caso in tutti questi anni la loro conoscenza della lingua si è arrugginita allora cercherò un interprete. Comunque cerco qualche legame, come le dicevo l'ultima volta. Esistono questi legami, basta solamente scovarli ponendo le domande giuste.

– Per caso lei è un presuntuoso? – La domanda era stata posta in modo diretto, ma il tono era amichevole.

– Può darsi, ispettore può darsi. Me lo ha detto anche il mio amico Marco dopo che siamo usciti dal colloquio con Podborsky e...

– Che cosa ha fatto? È andato a trovare quello?

Alessandro riferì il colloquio con il russo e raccontò all'ispettore del successivo inseguimento in auto. Mano a mano che il racconto procedeva Quarzi si prendeva la testa fra le mani e tentava di infilarsi le dita tra i corti capelli castani. Alla fine del racconto si ritrovò piegato sulla scrivania con il mento appoggiato sul tavolo e le mani sul capo.

– Non ci posso credere. Amaldi dovrei metterla sotto protezione, lo sa? Ma lei non può continuare a ficcarsi nei guai così!

– Ispettore – disse Amaldi serio – ne farei volentieri a meno, mi creda, di queste bravate. Mio malgrado ne sono costretto. Mi hanno tirato dentro questa storia e ora devo trovare il bandolo. Lei lo sa, non sono un uomo di azione anche se...

– Non è un uomo di carta come i suoi colleghi, si lo so.

– Esatto. In ogni caso abbiamo immediatamente fatto un esposto al magistrato per quel che riguarda il terreno non bonificato. Mi aspetto che già da domani la notizia finisca sui giornali, perlomeno nella cronaca cittadina. Ma non rimarrò certo qui a rispondere ai giornalisti, ispettore. Sarò invece in partenza per la Russia e là, con il suo aiuto, continuerò le mie ricerche. In Russia, ne sono sicuro, è iniziato tutto: lì troverò le ragioni di quel che è accaduto.

Quarzi lo guardò con un misto di preoccupazione e di ammirazione.

– Vede – puntualizzò Alessandro – ritengo che far uscire la notizia fosse il modo più adatto per coprirci le spalle. Podborsky vuole farci fuori per non far trapelare la verità riguardante la mancata bonifica? Ma se questa notizia è già su tutti i giornali allora che bisogno c'è di ucciderci?

– Comprendo il suo ragionamento, ma in realtà non funziona proprio così. Far trapelare la notizia ha certamente diminuito i rischi, verrà fuori un bel putiferio e questo vi metterà parzialmente al riparo da ulteriori guai, ma non sarete mai completamente al sicuro. – Quarzi si mostrava davvero preoccupato. – Esiste anche l'omicidio per vendetta. No, non siete proprio fuori pericolo – ripeté l'ispettore quasi riflettendo tra sé.

E poi, proseguendo: – Ma sì, Amaldi, sì. Vada in Russia, vada. Almeno rimane lontano per qualche tempo e magari qui le acque si calmeranno o, nel frattempo, scopriremo qualche cosa di nuovo. Mi lasci i recapiti di quel suo amico. Come si chiama? Marco Baldi? Meglio che gli telefoni, voglio avvertirlo subito di stare in guardia. Cercherò di fornirgli un minimo di protezione anche se non so come farò con i pochi uomini a disposizione...

Ci fu un momento di silenzio, come se i due stessero valutando la situazione, poi l'ispettore si agitò sulla sedia, preso da una fretta improvvisa. – Vado a prendere le informazioni di cui ha bisogno. Mi aspetti, qui – e così dicendo uscì dalla stanza. Amaldi rimase solo in compagnia dei suoi pensieri e dei suoi dubbi. Quando l'ispettore rientrò il viso del professore doveva essere un libro aperto perché Quarzi prima gli consegnò una cartelletta: – Dentro trova anche i miei numeri privati. Mi chiami a ogni ora del giorno, o anche della notte. Non si preoccupi, tanto dormo poco. – Poi, salutandolo, gli diede una forte stretta di mano mentre con l'altra gli prese la spalla: – Professore, mi raccomando stia attento. E non faccia sciocchezze. – Nelle sue parole c'era sincera trepidazione.

Amaldi rientrò in università per sbrigare le ultime faccende ed organizzare la partenza. Ebbe anche modo di riflettere sul suo intervento al convegno di Imatra. Era un intervento che aveva preparato solo in parte, non aveva avuto il tempo di perfezionarlo. Bah, si disse che avrebbe trovato comunque qualche cosa da dire.

La cartella fornita da Quarzi era fonte di numerose informazioni. La lesse con attenzione e decise che avrebbe dovuto andare a Mosca dove viveva Irina, la prima moglie di Podborsky: aveva l'indirizzo. Si preparò una vera e propria road map suddivisa per tappe. Imatra era a nord e la si raggiungeva con il treno da Helsinki. Il biglietto andata e ritorno da Helsinki gli era stato pagato dalla organizzazione del convegno, ma per il resto sapeva bene che avrebbe dovuto sborsare tutto di tasca sua.

Decise che dopo il convegno sarebbe andato subito a Vilnius dove vivevano il padre e la madre di Barbora, così come i genitori di Sonia Jankovic e di Janua Novotna. Poi sarebbe volato a Mosca e, infine, a San Pietroburgo dove vivevano i genitori di Alexandra Radu; solo il padre a dire il vero, perché la madre era morta qualche anno prima. Infine il rientro nella capitale finlandese.

Quando, una decina di giorni più tardi giunse a Vilnius rimase colpito dalla bellezza della città. Il cielo azzurro e terso della tarda primavera si riverberava sui vetri delle città e sulle costruzioni barocche del centro storico. La città vecchia era una ragnatela di piccole vie che nelle sere calde di estate si animavano come una qualsiasi località mediterranea. Ma lui non era lì per turismo, Amaldi se lo ricordò mentre raggiungeva via Ausros Vartai e suonava al campanello su cui campeggiava la scritta: Ugnius Traine. La casa era lussuosa, una bella palazzina bianca che si sviluppava su tre piani proprio nel centro di Vilnius; ne rimase impressionato. Dovevano sicuramente stare bene economicamente.

Sulla porta lo accolsero due persone molto diverse. Il padre, Ugnius, era un signore di circa un metro e ottanta, magro e impettito dal portamento decisamente militare. Sin dalle prime battute della conversazione, Amaldi ebbe conferma che Ugnius aveva combattuto per la gloriosa armata sovietica, e che ne era ancora molto orgoglioso. La moglie Julija, invece, mostrava i segni di una decadenza precoce. Uno sguardo attento fece comprendere ad Amaldi che non era stato soltanto il tempo ad appassire Julija, ma anche l'alcol. Il naso era grosso e lievemente sformato. Le guance si presentavano di un rosso acceso ed erano cascanti, così come la pelle del collo. Le rughe di espressione erano molto profonde, inoltre Julija era sovrappeso, o gonfia, questo Amaldi non riuscì a deciderlo. Gli occhi, o almeno quello che si vedeva degli occhi, due sottili fessure circondate da palpebre cadenti, mostravano un fondo perennemente triste.

Erano accomodati nel bel salotto da qualche decina di minuti quando Julija, come scuotendosi dal disinteresse che sembrava averla caratterizzata fino a quel momento, domandò in un inglese elementare dalla pronuncia fortemente marcata: – Lei era il professore della mia bambina?

– Sì, signora. L'ho conosciuta molto bene – disse Amaldi trattenendo a stento un moto di affetto che non voleva mostrare lì, non a loro. Non era il caso che comprendessero più del dovuto.

– Mi dica, era brava?

– Si impegnava molto e, soprattutto negli ultimi periodi, l'avevo vista prendere sul serio la vita universitaria con i suoi obblighi e i suoi doveri.

– Sicuro, professore? – lo interruppe il padre. – Perché mia figlia la conosco, sa? E non mi è mai sembrata né una persona organizzata, né una persona che amasse impegnarsi troppo nelle cose. C'era un unico impegno che amava prendere il più spesso possibile: lo shopping. Ah, quello sì che per lei era un dovere!

Julija si voltò a guardare il marito, poi alzò un braccio quasi volesse colpirlo, ma non ne fece nulla. Lo lasciò ricadere e, rivolta ad Amaldi, chiese con un filo di voce: – Come mai è venuto sino qui?

– Vero – incalzò Ugnius – abbiamo già raccontato tutto alla nostra polizia. Lei che cosa vuole da noi? – Di nuovo Julija guardò il marito come se volesse zittirlo e di nuovo non fece nulla, scuotendo la testa.

– Vede – spiegò Amaldi – dovevo andare a un convegno a Imatra, in Finlandia che, vista dall'Italia, non appare poi così lontana da Vilnius, e perciò ho pensato di venire a farvi visita. Quello che è accaduto nella nostra università è stato tremendo, un fatto orribile che ricorderò per tutta la vita. Mi è parso del tutto naturale venire a trovarvi, dimostrandovi la mia vicinanza. Non so, ho sentito la necessità di conoscervi e di potervi raccontare a che punto stanno le indagini. Se volete posso aggiornarvi sugli ultimi sviluppi.

I due genitori non replicarono e Amaldi li mise al corrente delle ultime novità, stando bene attento a quel che diceva; non voleva metterli a parte dei suoi più recenti sospetti.

Poi chiese: – Erano molto amiche?

– Chi? Barbora, Janua e Sonia? Si certo – rispose brusco Ugnius.

Questa volta Julija nemmeno lo guardò, rivolgendosi direttamente ad Amaldi.

– Professore, le tre ragazze hanno... – si avvertì in lei lo sforzo di non piangere – avevano più o meno la stessa età e le nostre famiglie sono amiche da tanti anni quindi le bambine sono cresciute insieme...

– Ah sì? Vi conoscete da quanto tempo?

– Oh, da trent'anni almeno. Lo sa, gli uomini avevano fatto insieme la guerra in Afghanistan e quando tornarono non si separarono più e decisero di venire tutti quanti a vivere qui a Vilnius tranne...

– Ma che cosa vuoi che interessi al professore di questa vecchia storia, Julija! Vai di là a prendere qualche dolce piuttosto, e non soffermarti troppo in cucina che altrimenti ti viene la tentazione di bere.

Julija levò gli occhi verso il marito mentre un sorriso forzato le si stampò sulle labbra poi, senza che un suono le uscisse dalle labbra, voltò le spalle e si avviò faticosamente verso la cucina.

– Sa professore, mia moglie non è più la stessa dopo la morte di Barbora. Parla troppo e beve altrettanto – spiegò Ugnius ad Amaldi che aveva seguito, attento, il breve e aspro rimprovero.

– Capisco, mi dispiace. Ma vada pure avanti, mi stavate raccontando della vostra amicizia.

– Sì, sì, niente di importante. Piuttosto da quello che lei mi ha detto ci sono degli sviluppi che riguardano lo smaltimento di rifiuti industriali tossici, non è così? E come si chiama quella società coinvolta? Iskra?

Ugnius sembrava molto interessato a questo aspetto della vicenda. Pose ad Amaldi una fitta serie di domande in uno stile molto inquisitorio. A salvarlo fu solamente l'arrivo dei dolci, una casseruola di funghi al miele e una torta di mirtilli: specialità lituane. Un salvataggio davvero benvenuto.

Quando, verso la fine del pomeriggio, si congedò, Amaldi usci da quella casa in preda a un stato d'animo duplice. Da un lato provava tristezza, dall'altro rabbia causata dal comportamento e dai modi prepotenti di Ugnius. Poi riflettè che l'incontro gli aveva dato molti spunti. Ma attendeva alcune conferme.

Nei giorni seguenti andò a far visita alla famiglia Novotna e alla famiglia Jankovic, intrattenendosi soprattutto con i padri, Pavel e Novak distrutti dal dolore. Quello che apprese gli confermò le sue congetture. Erano stati combattenti in Afghanistan tutti e tre e il loro capo era certamente Ugnius, per carattere e per grado. Erano aviatori e Ugnius pilotava gli elicotteri. Anche loro si erano mostrati interessati quando Amaldi aveva fatto il nome Iskra. Ma, come già con Ugnius, egli si guardò bene dal nominare Podborsky. Quello era un *atout* che si sarebbe giocato in un'altra occasione. Laggiù in Afghanistan Amaldi comprese che era accaduto qualche cosa di crudele che, lo percepiva, era la causa degli omicidi. Ma che cosa era avvenuto esattamente?

Il giorno dopo, in volo verso Mosca, riflettè sulla possibilità che ci fosse un legame diverso tra le vittime e il loro carnefice. Un legame che non gli era mai stato del tutto chiaro ma al quale, in fondo, aveva sempre rivolto parte delle sue riflessioni, seppure in maniera inconscia e mai esplicita. "È importante farsi venire in mente di tutto, anche le cose più disparate, ispettore", aveva detto a Quarzi. Poi, all'improvviso, comprese: le ragazze non scoprono qualche cosa che l'assassino teme. Le ragazze sono invece le prede, le vittime sacrificali! La verità lo colpì con la forza della sventagliata di un fucile d'assalto. Era il pensiero che aveva sempre avuto ma mai compiutamente formulato, un pensiero presente sin dall'estate scorsa quando l'ispettore lo aveva portato sul luogo dei delitti. Questo pensiero, come un fiume carsico sprofondava nella sua mente e, talvolta, arrivava fin quasi ad affiorare alla coscienza ma non era mai giunto alla luce, e adesso invece era lì che scorreva placido davanti ai suoi occhi. Questa intuizione attendeva di essere verificata, e sperò che i prossimi incontri lo aiutassero in tal senso.

Dall'aeroporto internazionale Sheremetyevo Amaldi raggiunse la capitale in taxi, e fu impressionato dallo spettacolo della città russa che egli aveva visitato tanti anni prima, quando era poco più di un ragazzo. All'epoca si era stupito che non esistessero le insegne dei negozi e che le poche auto in circolazione fossero solamente le Zil della nomenklatura sovietica; adesso sembrava invece che nelle vie della capitale fossero piovute dal cielo migliaia e migliaia di vetture, per lo più occidentali, nuove e lussuose. Le grosse berline nere della nomenklatura erano state sostituite dalle Mercedes 600 che scorrevano una dietro l'altra sui larghi viali che costeggiavano la Moscova, e in poche ore vide passare una concentrazione di Ferrari più alta che a Maranello. Mosca adesso era tappezzata di insegne luminose e pubblicità di ogni tipo ed era una città ricca, lo si comprendeva subito.

La via dove abitava Irina Ushakova, la prima moglie di Podborsky, si trovava in un quartiere residenziale senza molte pretese, là dove la Moscova disegnava una delle sue tante anse. Era un quartiere occupato da palazzi imponenti senza essere opprimenti. Suonò e salì rapidamente al quarto piano della palazzina e sperò che la donna comprendesse l'inglese, altrimenti si sarebbe dovuto rassegnare a cercare un interprete. Ma fu fortunato, scoprì che Irina insegnava inglese, ed era ben felice di fare conversazione nella lingua di Shakespeare, come diceva lei. Era stata certamente una bella donna, minuta e aggraziata, anche se su di lei gli anni erano scesi come una ragnatela silenziosa e malevola che si era soffermata particolarmente attorno agli occhi, sulle guance e sul collo. Amaldi spiegò le ragioni che lo avevano condotto lì e cominciò a sollecitarla con alcune domande. Il racconto che ottenne fu ricco di particolari. Irina gli parlò del giovane Podborsky e non tralasciò i motivi e le circostanze della loro separazione. Amaldi si stupì di sentir descrivere una persona così differente. Pur attraverso gli stati d'animo esasperati che precedono una separazione, l'uomo che emergeva dalle descrizioni di Irina gli parve tenero, romantico, quasi disarmato; a una distanza siderale dall'uomo che Amaldi conosceva. Che cosa gli era successo? Irina fornì preziose informazioni sulla guerra in Afghanistan e sull'agguato di Kungrad.

– Ma non fu un agguato in realtà, fu un vero e proprio tradimento – precisò.

– Si spieghi per favore.

– Quando Anatoly Podborsky ritornò a Mosca era accompagnato da una nuova compagna, e dovemmo incontrarci alcune volte per sistemare la nostra situazione.

– Si tratta di quella donna che morì in circostanze misteriose?

– Misteriose? Non direi! Fu uccisa da alcuni banditi entrati di sera nel loro appartamento. Podborsky riuscì a fuggire e da allora nessuno ha saputo più nulla di lui. La sua compagna si chiamava Natasha.

Amaldi annotò mentalmente il nome.

– Torneremo sull'argomento, se vuole. Mi stava dicendo di Kungrad.

– Preparare le carte per il nostro divorzio significava dover affrontare un po' di burocrazia e io e Anatoly ci incontrammo più volte. Intendiamoci, tra di noi era finito tutto ma in quei giorni Anatoly era davvero gentile e solare; un'altra persona, molto più sicura di sé, tranquilla, positiva. Provai una punta di gelosia per quella donna che aveva saputo tirare fuori il lato migliore da quello che una volta era stato il mio uomo, e ricordo che quasi mi spiacque perderlo definitivamente. In uno dei nostri ultimi incontri Anatoly mi raccontò la vera storia di Kungrad. Credo che volesse scaricarsi di un peso. Vede, quella è una vicenda che neppure oggi esiste a livello ufficiale, soltanto i reduci e i pochi testimoni rimasti la raccontano. Non so perché mi fece quella confidenza, forse perché in quei mesi di innamoramento coglieva solamente la trasparenza del mondo e non sopportava le infingardaggini, i tradimenti, le cattiverie, le opacità.

– Continui, la prego.

– In quell'epoca eravamo in piena *glasnost* e *perestroika*, si ricorda? Le due parole d'ordine volute da Michail Gorbacëv nell'estremo tentativo di risollevare il morente impero sovietico. La campagna in Afghanistan era diventata non più sostenibile, sia economicamente sia politicamente, perciò alle truppe sovietiche fu ordinato di ripiegare e imponenti colonne militari iniziarono a fare ritorno in URSS. Una di queste era guidata da Anatoly, e fu proprio quella colonna che cadde in un agguato e venne completamente distrutta.

Irina guardò Alessandro per rendersi conto se il professore la stava seguendo. Poi proseguì. – Ma nessuno sa realmente come andarono le cose. E, come le accennavo, ancor oggi chi lo sa non lo racconta tanto in giro. E i fatti, se lo vuole sapere, andarono così. Ci furono alcuni soldati sovietici che fecero la spia, e fu proprio il loro tradimento a permettere ai mujaheddin di preparare l'agguato che risultò poi letale. Anatoly riuscì a scoprirli ma non potè fare nulla se non fuggire. Fuggì con alcune persone per più giorni a piedi lungo il deserto del Kyzylkum rischiando la vita. Furono inseguiti e braccati e alla fine solamente lui e la sua Natasha riuscirono a scampare. Che strano, ancora oggi pronunciare il nome di quella donna mi procura una punta di gelosia. Gli risposi che ero molto preoccupata per questa storia e gli chiesi se poi quei traditori li avevano scoperti e arrestati. Lui rispose di no, ma aggiunse che secondo lui era solamente questione di tempo.

– Si ricorda chi erano? Podborsky glielo disse?

– No, a dire il vero no. E d'altronde non glielo chiesi neppure.

– Come mai?

– Mah, non lo so. Non mi sembrava davvero importante domandare ad Anatoly l'identità di quelle persone. Dopotutto non stavo mica conducendo una indagine.

Quanti problemi gli avrebbe risolto se solo avesse fatto allora quella semplice domandina, rifletté Amaldi. Poi si rivolse di nuovo alla donna. – Senta, rimarrò a Mosca ancora qualche giorno, Se per caso le vengono in mente altri particolari me lo faccia sapere – e così dicendo consegnò a Irina Ushakova un suo biglietto sul quale aggiunse i recapiti moscoviti.

Amaldi dedicò il pomeriggio a fare il turista per le vie della capitale russa. Verso sera si fece consigliare un posto carino in centro città dove andare a cena; voleva raggiungerlo a piedi, se possibile. Gli dissero di andare da Zio Ghiljai e Amaldi, per precauzione, si fece scrivere il nome anche in cirillico. Scoprì che si trattava di un ristorante famoso per i piatti di carne e che era particolarmente indicato per chi volesse andarci accompagnato. L'ambiente era infatti intimo e romantico.

Rientrato presto in albergo, ricevette una telefonata.

– Professor Amaldi, mi scusi se la disturbo a quest'ora, ma mi è venuta in mente una cosa. – Era Irina.

– Sì, mi dica.

– Vede, ci ho pensato tutto il pomeriggio ed effettivamente avevo ragione: non ho mai chiesto ad Anatoly quale era l'identità di quelle persone.

– Capisco, ed è un peccato perché questa informazione mi sarebbe stata di grande aiuto.

– Ma lei crede davvero che si tratti delle persone implicate negli omicidi di cui mi parlava?

– Sì, è altamente probabile.

– Quei tizi non dovrebbero essere dei vecchietti oggi? Lei mi ha detto che l'omicidio, anzi, gli omicidi sono avvenuti nella sua università l'estate scorsa, mentre i fatti di cui le parlo io risalgono a circa trent'anni fa. Come è possibile ci sia un nesso?

Amaldì pensò in fretta. Non voleva svelare a Irina i suoi sospetti su Podborsky. Temeva che ciò l'avrebbe bloccata e trattenuta dal fornire altre informazioni utili, sempre che ne avesse ancora.

– Potrebbero essere stati dei mandanti.

– Dei mandanti? Che se la prendono con delle povere ragazze? A distanza di tanti anni? E perché mai?

– Irina, sto solamente seguendo una pista, e non ho risposte precise, non ancora perlomeno. – Fece trapelare un poco di insofferenza nella risposta.

Dall'altra parte del filo ci fu silenzio. Poi la donna riprese a parlare. – Beh, senta, se può aiutarla... Tutto lo sforzo di ricordare mi ha fatto venire in mente almeno una cosa che non le ho detto. Effettivamente, non domandai nulla riguardo l'identità di quelle persone ma quel giorno, alla mia domanda se li avevano presi, ricordo che Anatoly mi rispose con queste precise parole: "Quegli aviatori li prenderanno prima o poi e li fucileranno, è solo questione di tempo".

La stanza d'albergo era ben riscaldata, eppure Amaldi avvertì i brividi. Ringraziò Irina e riattaccò il telefono.

La mattina dopo si recò all'archivio del Comitato per la Sicurezza dello Stato, il tanto famigerato KGB.

Era stato proprio durante la *glasnost* di Gorbačëv che, nel 1989, fu imposto ad agenti e dirigenti del KGB di rispondere liberamente alle domande dei comuni cittadini che domandavano che cosa era accaduto ai loro cari o ai loro amici dissidenti scomparsi durante gli anni più bui del regime sovietico. Si scoprirono così gli efferati delitti commessi dalla polizia segreta. Naturalmente, in questo modo il Segretario Generale della Unione Sovietica entrò in rotta di collisione con il potente apparato che pensò bene di sbarazzarsi di lui nel 1991, ordendo un colpo di stato che portò, seppur per poco tempo, otto persone alla dirigenza del paese, e tra quelle otto figurava anche l'allora presidente del KGB Vladimir Kryuchkov. Il golpe fu poi sventato e Mikhail Gorbačëv, con un decreto, trasferì più di 200.000 soldati del KGB sotto il comando delle forze armate, e l'11 ottobre del 1991 il KGB venne definitivamente smembrato e sciolto dal Consiglio di Stato dell'URSS.

Perciò i suoi immensi archivi rimasero consultabili, almeno in parte.

Il palazzo della Lubjanka a Mosca, la sede storica del KGB, non aveva più nella piazza antistante la grande statua in bronzo del peso di 14 tonnellate raffigurante Feliks Dzeržinskij, il fondatore della Čeka, la polizia politica antesignana del KGB. La statua era stata deposta a furor di popolo durante i moti popolari che seguirono il golpe del 1991. Ma anche senza statua l'immenso palazzo neobarocco, situato in una delle zone più lussuose della capitale, era ancora in grado di far correre qualche tremito di paura ai frettolosi passanti che attraversavano la piazza dove Amaldi si era soffermato a osservare la storica sede.

Il pomeriggio di ricerche che svolse lì dentro lo portò a scoprire quali erano i protagonisti principali dei fatti di Kungrad.

Alla fine trovò un nome che gli sembrò utile: Colonnello Generale Igor Sokolov. All'epoca era a capo del comando di Herat da cui era partita la colonna militare caduta nell'agguato. Si disse che, se fosse stato ancora vivo, forse questo colonnello poteva spiegargli come erano andate effettivamente le cose. Una breve biografia del militare raccontava che era stato all'estero per lunghi periodi. Bene, questo significava che certamente se la cavava con l'inglese. Sul documento, accanto al nome, c'era un vecchio indirizzo distante solamente pochi minuti dalla Lubjanka. Probabilmente erano passati davvero troppi anni, ma un tentativo andava fatto, e perciò decise di muoversi subito.

Dopo un quarto d'ora circa si fermò davanti a una signorile palazzina di pochi piani. Quando suonò il campanello gli rispose al citofono una voce di donna che lo fece salire dopo aver ascoltato le sue brevi e concitate argomentazioni in inglese. Una giovane venne ad aprirgli la porta di casa e in un inglese quasi perfetto si presentò come la nipote del generale. Non fu facile illustrare i motivi per cui Amaldi desiderava interloquire con il militare in pensione, ma quando fu chiaro che il vecchio uomo era ancora vivo, lucido, e che viveva in una delle stanze di quella stessa casa, egli raddoppiò gli sforzi per convincere Anastasiya, la bella nipote del generale, affinché acconsentisse all'incontro.

– Le concedo solamente pochi minuti. *Deduška* è molto vecchio e non può affaticarsi. Mi promette che quando le dico di fermarsi e di lasciarlo riposare lei ubbidirà?

– Sì certamente.

Anastasiya lo guardò negli occhi e ad Amaldi sembrò di sprofondare in quel mare azzurro. Era davvero molto bella. – Mi guardi, voglio che lei me lo prometta guardandomi negli occhi – disse la donna.

Amaldi fu galante. – Sa, non è davvero una fatica per me fare questo, anzi un vero piacere. Le prometto solennemente che interromperò il colloquio se lei riterrà che il nonno si sta affaticando troppo.

Anastasiya arrossì leggermente per il complimento, e risultò ad Amaldi ancora più affascinante. – Aspetti qui, vado a spiegargli di che cosa si tratta, poi verremo da lei.

– La aspetto. – Amaldi si sentiva un piacione a comportarsi in questo modo ma non riusciva a farci nulla, quella ragazza lo aveva incantato. Rimasto solo si guardò attorno e cercò di concentrarsi sulle ragioni per le quali era venuto lì. La stanza era grande e ben arredata. C'erano vecchi mobili in legno eleganti, curati e lucidi, dal disegno fine e pregiato. Erano avvolti dalla patina del tempo, che contribuiva a renderli ancora più preziosi. Nella sala trovavano posto ben tre divani in ottime condizioni, molto grandi e comodi. Le finestre, ampie e disegnate a semiarco, avevano gli infissi in legno scuro e riempivano il luogo di una chiara luce diffusa. L'occhio si perdeva tra i tantissimi oggetti e le decine di fotografie posate sui mobili o appese ai muri; vi erano, tra quelli, numerosi cimeli militari. Amaldi si concesse un giro avvicinandosi alle pareti e scoprendo alcune foto che dovevano appartenere alla campagna afgana. In una foto Sokolov stava sorseggiando una bevanda calda seduto dietro una scrivania, alle sue spalle si intravedeva un balcone e una fetta di cielo azzuro.

Anastasiya rientrò nella stanza spingendo una carozzella sulla quale stava seduto un vecchio, con pochi capelli ma dalla barba bianchissima e ben curata. Il volto era aperto, la fronte spaziosa, gli occhi chiari. Il fisico, pur piegato dagli anni, era ancora solido e sembrava straordianariamente compatto per un uomo di quella età.

Il vecchio lo salutò in inglese, la sua voce era ancora ferma; una lieve nota di imperio si avvertiva sottotraccia. Ad Amaldi sembrò un tipo ruvido, ma più per abitudine che per sincera attitudine.

– Mia nipote ha detto che lei mi vorrebbe far ricordare vicende passate.

– Colonnello Sokolov è un piacere per me poterla incontrare – rispose Amaldi. Dopo pochi convenevoli, cominciò a raccontargli la storia dei quattro omicidi non nascondendo nulla all'anziano soldato, neppure i suoi sospetti più recenti. Sapeva di correre dei rischi ma pensò che quella era l'unica strada che avrebbe potuto aprirgli le porte della verità su quanto era davvero accaduto a Kungrad.

– Caro professore – cominciò il colonnello – credo che la guerra sia davvero una faccenda complessa. Per alcuni la guerra è un lavacro, un enome pulizia che ridà slancio a chi rimane e che permette di ricostruire con grande energia, quella energia che di solito la pace non riesce a produrre.

Amaldi dubitò che il vecchio fosse ancora lucido e sperò che non cominciasse a parlare a vanvera. Ebbe paura di doversi sorbire lunghe sbrodolate senza senso e di dover perdere il proprio tempo, ma si sforzò di continuare a rivolgere l'attenzione al suo interlocutore.

– Per altri la guerra è semplicemente lo sfogo delle pulsioni più distruttive e meschine dell'uomo, pulsioni che noi umani abbiamo e che in qualche modo dobbiamo scaricare. Esiste un piacere nell'aggredire e nel distruggere, lo sa questo, professore? E alla mia età sono giunto alla conclusione che non c'è proprio speranza di poter debellare questo piacere mortifero, tranne forse combattendolo con un altro piacere, quello erotico, quello della vita. Ma si tratta di una lunga ed estenuante lotta, una guerra di posizione che sembra davvero non avere mai fine, come la ruota di un mulino che macina così lentamente da lasciar morire di fame la gente prima ancora che una sola pagnotta sia pronta.

Ad Amaldi le frasi e le immagini del colonnello generale suonavano conosciute. Gli ci volle un poco di tempo per ricordare che si trattava di idee già espresse e che lui aveva letto non ricordava neppure quando. Le aveva trovate nel carteggio intercorso tra il fisico Albert Einstein e lo psicanalista Sigmund Freud negli anni trenta; un carteggio dedicato proprio al tema della guerra. Sembrò strano che un colonnello generale dell'ex esercito sovietico conoscesse quegli scambi epistolari, ma concluse che anche tra i militari potevano esserci persone colte, perché no? Se le cose stavano così allora la sua prima impressione era stata un errore grossolano. Il vecchio non era per nulla suonato.

– La guerra annienta vite umane piene di promesse, questa è la tragica verità, e lo fa con tutti i mezzi leciti e illeciti possibili – sentenziò il colonnello generale.

Tacque, poi aggiunse mentre una vena di tristezza gli emergeva tra le rughe della fronte. – Il piacere di odiare e di distruggere io l'ho conosciuto da vicino.

– Daduska tutto bene? – domandò Anastasya chinandosi amorevolmente sulla spalla del nonno.

– Sì, mia cara, sì.

Poi, rivolgendosi ad Amaldi: – Che cosa le interessa sapere?

Amaldi guardò il vecchio e decise di non porre più tempo in mezzo. – Colonnello generale, chi fu che tradì a Kungrad? Lei lo sa?

Il vecchio non rispose. Con calma volse lo sguardo intorno come se cercasse conforto nelle mura della casa, nei mobili, nella ampia finestra semicircolare vicina a lui, e Amaldi si accorse che per un istante fissò la foto che egli aveva già notato prima, quella scattata in Afghanistan. Alla fine il vecchio sollevò il capo verso la nipote sussurrandole qualche cosa in un orecchio. La ragazza spinse la carrozzina avvicinando il nonno a un bel *secretaire* in legno. Il vecchio sollevò la ribalta e toccò una decorazione in rilievo. Scattò immediatamente un cassetto nascosto da cui Sokolov estrasse alcune carte, poi si fece riportare verso il divano dove Amaldi aspettava.

– La colonna era partita da nemmeno un giorno, se ricordo bene, e fu allora che mi portarono questa missiva. – La porse ad Amaldi che cominciò a scorrerla. Era un foglio ingiallito, la famosa lettera che gettava i sospetti su Ivan Diatlov, il primo comandante della colonna sovietica, poi destituito. Amaldi ebbe un moto di dispetto: era scritta in russo e lui non lo capiva. Ma, d'altronde, perché sorprendersi?

– All'epoca non sapevo se quella lettera di denuncia fosse sincera oppure no, ma d'altronde non avevo scelta. In guerra si pensa sempre alla opzione peggiore e si agisce di conseguenza, non si può indugiare. Decisi quindi di sostituire immediatamente il capitano mandando due ufficiali a prelevarlo. Scelsi un altro giovane capitano, Podborsky mi pare si chiamasse. Era un ragazzo che mi sembrava sveglio e lo mandai in tutta fretta a capo della colonna. A quel punto per me la faccenda era chiusa e sentivo di aver fatto la cosa giusta, ma qualcuno volle rassicurarmi ulteriormente. E mi suggerirono di mandare un elicottero e alcuni mezzi corazzati a Myrza, il luogo del supposto scambio di informazioni tra il traditore e i mujaheddin che volevano attaccare la colonna. Sapevo che se davvero ci fosse stato un serpente velenoso tra le nostre fila era necessario schiacciarlo, ma non immaginavo che oltre al serpente ci stava anche un burattinaio, il quale guidava i miei passi uno dopo l'altro. Quando i miei soldati tornarono dall'attacco di Myrza mi riferirono che esso era stato rapido e letale, e che non era rimasto vivo nessuno. Chiunque fosse stato tra quelle rovine non si difese, da parte nemica infatti non fu esploso nemmeno un colpo. Così, finalmente, mi tranquillizzai, per quel che è possibile stare tranquilli in guerra. Si immagini il mio sconcerto quando invece appresi che l'agguato ci fu lo stesso e che la colonna era stata comunque attaccata e annientata.

Amaldi si perse le ultime frasi del Colonnello Generale perché nel frattempo aveva gettato uno sguardo alla fine della missiva che esibiva alcune firme in calce: Ugnuis Traine, Anton Radu, Novak Jankovic e Pavel Novotna. Proprio loro!

Ci impiegò qualche secondo a riprendersi. Sollevò lo sguardo e vide che il vecchio e la ragazza lo stavano entrambi osservando in silenzio.

– Chi le ha suggerito di mandare la forza d'assalto a Myrza, colonnello generale?

– L'informativa mi giunse dallo stesso gabinetto del Generale di Armata Nikolaj Pavlov. Quando decisi di dare l'ordine sapevo che, comunque fossero andate le cose, mi ero messo al sicuro e nessuno avrebbe potuto rivalersi su di me. Avevo eseguito gli ordini che mi erano stati imposti dall'alto. Professore, la guerra a volte è anche un luogo di grandi vigliaccherie e di paure inconfessabili. Quella faccenda di Myrza mi sembrò immediatamente uno specchietto per le allodole; pareva la chiusura di un cerchio artificiosamente costruito. Decisi di dare seguito alla informativa anche se mi sentivo preso in giro e, ripensandoci, quella spiacevole sensazione non mi ha mai abbandonato. Forse è per quello che non ho buttato via la lettera.

– Ha subito sospettato dei quattro che hanno firmato? Ha temuto che potessero essere stati proprio loro i traditori?

– Sì, sin dall'inizio. Ma... poi sembrava davvero che non c'entrassero. Me lo assicurò il compagno Generale di Armata in persona.

I due uomini si guardarono, ecco di che cosa si stava parlando: di subdoli serpenti e di meschinità umane che la guerra faceva prosperare.

Sentì su di sé lo sguardo insistente e preoccupato di Anastasiya e si ricordò della promessa.

– Grazie colonnello generale, mi è stato davvero di grande aiuto – e così dicendo si alzò per congedarsi.

– Spero li prenda, sa? Più forte dell'istinto distruttivo è l'istinto di conservazione. Se mettiamo loro paura addosso, se sanno che riceveranno la giusta punizione per ciò che hanno fatto, allora forse questo servirà da deterrente. Non è granchè come speranza ma è l'unica che mi è rimasta, e d'altra parte ho davvero così poco tempo da vivere ancora che mi posso accontentare.

– Ma che cosa dici Daduska? Tu vivrai, e vivrai a lungo! – Anastasiya era intervenuta con forza.

La ragazza lo accompagnò alla porta gli domandò dove era alloggiato a Mosca e quando sarebbe ripartito. Così dicendo pose, leggera, una mano sul suo braccio.

Amaldi le disse che, purtroppo doveva ripartire l'indomani stesso ma che quella sera gli sarebbe piaciuto ritornare in un posto davvero carino dove era stato, Zio Ghiljai. Tacque e la guardò dritta negli occhi, immergendosi di nuovo in quei due mari azzurri.

– Anastasiya posso invitarla a cena? Mi farebbe molto piacere averla mia ospite stasera. – Ad Amaldi quelle due frasi costarono emotivamente tantissimo. Gli batteva il cuore e si sentiva come un bambino che avesse compiuto una marachella. Stava compiendo il primo passo verso un luogo inesplorato. Voleva con tutte le sue forze compierlo e lo incuriosiva moltissimo vedere dove lo avrebbe portato, ma si rendeva conto che non ne sapeva calcolare le conseguenze. Era come gettarsi nel vuoto e sperare che là sotto ci fosse qualcuno a fermarlo, perlomeno ad attutire la caduta. E qualcuno, per fortuna, c'era. Anastasiya, infatti, fece cenno di sì con il capo.

– Verrò – disse, e fu come se un gruppo di provetti pompieri si fossero velocemente disposti in cerchio stendendo un robusto telo sul quale il corpo in caduta libera di Amaldi atterrò morbidamente.

Si misero d'accordo che si sarebbero trovati quella sera davanti al ristorante.

Il locale, visto una seconda volta, non sembrava sprigionare più la stessa atmosfera che inizialmente lo aveva attratto. Tutto sommato, gli sembrava solamente una steak house di lusso. Comunque, il cibo era buono e, soprattutto, Anastasiya sarebbe arrivata tra poco. La ragazza si presentò vestita con un abito longuette color fucsia, la gonna era stretta. Il collo alto, strutturato come quello di una camicia ottocentesca, si allacciava sul davanti e lasciava cadere i revers che drappeggiavano sul seno. Il lieve trucco chiaro esaltava il colore degli occhi. Era splendida, era alta, era giovane, ed era venuta lì per lui.

La fece accomodare al tavolo, ordinarono, poi la donna gli disse: – Raccontami del tuo mondo, Alessandro. Raccontami di te.

– Non saprei da dove iniziare.

– Non è importante da dove inizi, basta che cominci.

Alessandro la guardò in silenzio, poi si mise ad osservare i propri pensieri. Li seguì per indovinare dove stavano andando e li ritrovò intenti a ricordare una citazione e una vecchia canzone.

– Io sono nato a sedici anni.

– Come?

– La persona che vedi, i suoi pensieri, le sue passioni, le sue indignazioni sono uscite, come una farfalla dalla crisalide, intorno ai sedici anni. Durante quella estate ho conosciuto i miei primi amici importanti. Gli amici vanno e vengono nella vita, ma alcuni rimangono. E quelli che rimangono sono preziosi. Più invecchio e più ritengo di avere bisogno degli amici della mia gioventù, perché sono i custodi dei tuoi sogni, e di quello che eri. Se non ricordo male su un romanzo scritto in età avanzata lo scrittore Melville pose un esergo che amava molto, ripreso da Schiller: «Keep true to the dreams of thy youth... rimani fedele ai sogni della tua gioventù. Nel tempo questa frase mi ha colpito. Era per me stupefacente il fatto che un vecchio scrittore, arrugginito dagli anni, inorgoglito dai tanti trionfi ma anche indispettito dalle sconfitte e abbattuto dagli inevitabili disastri che normalmente si incontrano nella vita, fosse ancora così vicino alle visioni della sua gioventù. Come se quel ragazzo di una volta avesse visto bene. Come se i sogni di quando era poco più di un bambino fossero gli unici legittimi, magari un po' troppo manichei, poco articolati e certamente sprovvisti di sfumature, ma corretti. Credo che una persona equilibrata sia proprio questo: fedele a se stessa e capace di ricordare come era, dando i giusti valori alle cose. Invecchiare a volte sposta questi valori, e costruisce una differente scala di priorità. Ho capito che ci sono delle scorciatoie per raggiungere e abitare comodamente la vecchiaia, o meglio, per credere di abitarla comodamente. Una di queste è il cinismo, che è un modo per non rimanere fedeli a se stessi. Si diventa cinici perché si è visto tutto, si è provato tutto e non si vuole essere sorpresi più da nulla. Il cinico riporta ogni valore, anche il più elevato, a un livello minimo. Ma muore lentamente il cinico: muore quando non riconosce un gesto generoso, muore quando critica un comportamento ingenuo, muore quando non si stupisce davanti a un quadro, a un libro, a un tramonto, muore quando ritiene che non ci sia niente per cui valga la pena, se non il proprio tornaconto. Il cinico non sogna, e certamente si vergogna di quando era giovane ingenuo e condiva di illusioni la propria vita. Oppure, dall'altro lato, c'è l'atteggiamento scettico, blasé.

Alessandro fece una pausa, non voleva risultare pedante o, peggio, noioso. Ma Anastasyia lo stava ascoltando con attenzione.

– Lo scettico, diversamente, azzerra tutti i valori, anzi non avverte proprio differenza tra una cosa, un oggetto, un sentimento che ha valore e uno che non ne ha. E anche questo è un modo per morire prima ancora di morire. Queste cose le ho comprese abbastanza presto, sono servite a guidare i miei comportamenti e negli anni non me ne sono mai discostato.

– Sei un fanciullo.

– Un fanciullo? Sì forse. Suona così bene questa parola anche in inglese, ma sai che cosa significa? Significa uno che non parla, un *infans* che non fa nulla. No, quello che cerco di spiegarti è diverso: è diventare vecchi senza diventare adulti, come spiega una canzone francese dedicata ai vecchi amanti. È una canzone di più di cinquant'anni fa.

– I vecchi amanti... *La chanson des vieux amants*. Sì la conosco.

– La conosci?

– Storicamente la cultura russa è sempre stata legata alla cultura francese. Non lo sapevi? Hai mai letto *Guerra e Pace*? Le prime pagine di quel romanzo sono zeppe di conversazioni in francese tenute dai nobili russi dell'epoca nei salotti bene di Pietroburgo. E nemmeno la rivoluzione sovietica ha spazzato via del tutto questa *liaison*.

– E l'inglese invece? Come mai lo parli così bene?

– Il nonno mi ha portato in giro con sé, all'estero, dove per qualche anno ho studiato in scuole internazionali nelle quali la lingua ufficiale era l'inglese.

– Ho capito. Ma continua, ti prego. Che cosa mi puoi dire di te?

– Niente ascendenze letterarie da parte mia, Alessandro. La mia formazione non ha avuto nulla a che fare con libri, scrittori o canzoni, purtroppo. Sono rimasta orfana quando ero bambina e mi hanno tirato su i nonni. Nonna è stata per me come una mamma fino a che non è morta. E da allora sono rimasta con il nonno e ho potuto scoprire che cosa vi era dietro il freddo ufficiale sovietico: un uomo colto, attento e sensibile. Peccato, forse l'ho scoperto troppo tardi. Ma, d'altronde, il nonno era sempre lontano, e anche quando eravamo in missione assieme, per così dire, cioè quando stavo con lui nelle basi militari all'estero, lo vedevo soltanto la sera e a volte solamente i fine settimana. Perciò adesso trascorro tutto il tempo che posso assieme a lui.

– Gli sei molto legata, l'ho notato.

– Sì, gli voglio molto bene.

– E quelle pupille vaste come il mare, chi te le ha date? Non credo che nelle campagne russe crescano fiori più azzurri dei tuoi occhi.

– Poetico. Ma non iniziare a comportarti come un italiano medio – lo rimproverò Anastasiya sorridendo.

– Hai ragione, perdonami, sono scontato. Ma forse è il corteggiamento che lo è.

– Mi stai corteggiando?

– Temo proprio di sì, e devo ammettere che è al di fuori del mio controllo.

– Cioè?

– Non posso farne a meno.

– Dai, smettiamola. Siamo qui solamente per conoscerci...

– Va bene, la smetto. Allora dimmi, Anastasiya, tuo nonno ti aveva mai accennato alla storia di quei quattro aviatori?

Anastasiya chinò lo sguardo e, per un momento, si mise a studiare con attenzione la trama del tovagliolo. – Sì, più di una volta.

– Più di una volta?

– Beh, quella storia era il suo cruccio e lui si è confidato spesso con me. Sai, ci sono alcune cose che il nonno ti ha detto tra le righe, ma che tu non hai colto.

Alessandro suo malgrado arrossì leggermente e gli vennero in mente gli ammonimenti di Quarzi. – Beh, in effetti non sono un investigatore, mi vuoi aiutare?

– Nonno ha parlato di un burattinaio, ricordi?

– Sì, ricordo. Ma devo dire che concentrato come ero sul serpente mi sono perso il burattinaio.

– E ti sei perso anche il fatto che qualcuno gli aveva suggerito di fare quel raid a Myrza.

– Vero. Credevo fosse stato il Generale... come si chiamava? – fece appello alle sue recenti letture svolte alla Lubjanka. – Nikolaj Pavlov.

– Già, ma qualcuno ha imbeccato quel generale. Il nonno ha fatto le sue indagini nel corso degli anni. Lui è un uomo molto intelligente, questo lo avrai capito, e odia essere imbrogliato. È stato molto attento a svolgere per proprio conto le ricerche, ed alla fine ha scoperto che in quella vicenda giravano molti soldi.

– Soldi? Non capisco.

– La guerra Sovietico-afghana fu un disastro economico per la già boccheggiante economia sovietica. I generali stavano portando l'impero Sovietico verso il collasso e la bancarotta. Quello che il nonno scoprì è che ci furono somme ingenti di denaro che passarono dai mujaheddin al comando centrale sovietico. E quel denaro faceva certamente molto comodo.

– Ne sei sicura? I mujaheddin non possedevano ricchezze, erano notoriamente poveri e se non fossero stati armati ed equipaggiati di tutto punto dagli americani non avrebbero mai potuto condurre, e vincere, quella guerra.

– Loro no. Ma alcune potenti famiglie saudite legate alla cerchia reale sì. E un esponente di quella famiglia reale combatteva con i mujaheddin. Attraverso contatti che non è mai riuscito a provare il nonno ha saputo che da parte di quel ricchissimo sceicco sono arrivate somme consistenti a Nikolaj Pavlov, il Generale di Armata, il quale si è tenuto qualcosa per sé e il resto lo ha versato alla causa. E il risultato è stata l'impunità di quei quattro, assieme con la distruzione della colonna sovietica. È stato il generale a spingerlo al raid di Myrza, ma fu il burattinaio saudita ad avere l'idea. Doveva essere una sorta di suggello di un patto scellerato, l'ultimo atto di una messinscena credibile.

– Ma è pazzesco! Tu mi stai dicendo che nemici dei sovietici hanno dato soldi ai sovietici perché fosse permessa la distruzione di una loro colonna militare! Soldi che poi sono serviti ad armare ulteriormente i sovietici per prolungare la guerra proprio contro i mujaheddin! È come se io ti dessi i soldi perché tu possa andare ad acquistare la pistola con cui potrai ammazzarmi!

– No. È come se tu mi dessi i soldi per acquistare un'arma che servirà ad ammazzare non te, ma quelli che combattono per te. A rimetterci non sono mai i burattinai o gli amici dei burattinai, Alessandro: a rimetterci sono sempre i burattini.

A fine cena Amaldi si offerse di accompagnarla a casa e la ragazza accettò. Giunti davanti alla bella palazzina dove abitava si congedarono.

– Anastasiya, non so se e quando ci rivedremo, ma spero con tutte le forze che sia presto. Ho una domanda e vorrei una risposta sincera: questa sera hai accettato di vedermi solamente perché volevi aiutarmi nella indagine o perché volevi passare l'ultima serata con me?

– Entrambe le cose, Alessandro – rispose posando, lieve, un bacio sulle sue labbra.

Il giorno dopo il viaggio in treno da Mosca a San Pietroburgo durò poco più di quattro ore. Il treno viaggiava veloce e la campagna russa scorreva rapida sotto i suoi occhi. Arrivò a destinazione la sera e fu accolto da un crepuscolo rosa delicato che insisteva lungamente nel cielo.

Amaldi si guardò attorno. Seppe in seguito che era la collocazione della città, intorno al 60° parallelo nord, che produceva quell'incredibile e interminabile crepuscolo. Si trattava delle famosi notte bianche di San Pietroburgo che iniziavano a fine maggio e proseguivano per tutto il mese di giugno e oltre. Il sole in quel periodo dell'anno tramontava sempre più tardi e la luce indugiava a lungo nel cielo in modo quasi estenuante, colorando le case, gli edifici della città e le acque della Neva. Le eleganti facciate dei palazzi e delle chiese mutavano continuamente i colori durante la giornata: madreperlacee ai primi raggi dell'alba, color zafferano al tramonto, rivestite di un velo rosa durante la notte. San Pietroburgo era costruita su numerose isolette e vantava centinaia di ponti, tutti levatoi. Dopo aver alloggiato in albergo e cenato frugalmente, Amaldi decise di passeggiare lungo la prospettiva Nevskij e a mezzanotte si gustò lo spettacolo di decine e decine di ponti levatoi che si sollevavano in sincronia uno dopo l'altro per lasciar passare le grandi navi che di notte avevano accesso alle acque interne. Nel silenzio calmo di quelle ore notturne il moto fluido e lento dei ponti levatoi e l'avanzare pacato dei grandi natanti sulle acque ferme gli fecero l'effetto di una immensa magia calata sulla città.

Il giorno dopo si mise alla ricerca di Anton Radu. Sperò che l'indirizzo annotato negli incartamenti ricevuti da Quarzi fosse aggiornato. Decise di raggiungere il posto con un'altra camminata, in modo da poter ammirare ulteriormente le bellezze di quella incredibile città.

L'appartemento di Radu risultò abbastanza anonimo. Il caseggiato non faceva certo parte dell'epoca rococò che aveva prodotto i migliori palazzi della città, era invece recente e non particolarmente bello. Amaldi si disse che, di tutte le case visitate in quel suo giro, quella di Radu era tra le meno attraenti.

Anton Radu lo accolse con diffidenza. In un inglese abbastanza corretto gli disse che era stato avvertito del suo arrivo da una telefonata di Pavel, e che si era preparato alla visita del professore italiano.

– Preparato? Perché? Doveva prepararsi per ricevermi?

– Intendo semplicemente dire che mi aspettavo la sua venuta. Non mi fraintenda.

– Anton, lei era l'unico che sapeva tener testa ad Ugnius; quello che mi hanno raccontato Pavel e Novak mi ha fatto capire che Ugnius comandava, ma quello che pensava era lei. Eravate molto uniti a quell'epoca. Però lei ha deciso di non vivere più a Vilnius fianco a fianco con i suoi vecchi commilitoni, ma di venire invece qui. Perché?

– Scelte personali. Non credo che possano essere di suo interesse.

– Scelte personali oppure rottura insanabile con i suoi ex-amici? Perché, sa, ho percepito una certa preoccupazione nei suoi confronti. Ho avuto modo di parlare a lungo con loro e ho compreso tra le righe che temono che lei... che lei faccia che cosa? Me lo può dire?

– Forse, professore, era meglio se lo chiedeva direttamente a loro, non le pare? Come faccio a sapere quello che hanno in testa quei tre? Si tratta di persone che sento molto saltuariamente, oramai. Sono decenni che abbiamo perso i contatti.

– Senta, Anton. Io non sono un poliziotto, non la sto accusando e non ho nessun potere di costringerla. D'altra parte, sarò franco: lei è troppo anziano e troppo affranto per poter rifiutare la mia richiesta, che è solamente una richiesta di aiuto. Mi dica quello che sa, la prego. Mi aiuti a capire quel che è successo e si liberi di questo peso. Non vuole sapere anche lei chi ha ucciso sua figlia?

– Non capisco di che cosa sta parlando. Certo che lo vorrei sapere, ma lei che ci può fare? Nulla.

Il vecchio era ostinato e Amaldi perse la pazienza. Tuffò la mano dentro la cartelletta. Prese una foto e la fotocopia della lettera che gli aveva mostrato il Colonnello Generale. La foto era una di quelle scattate la mattina in cui erano stati trovati i quattro cadaveri. Amaldi la teneva delicatamente in mano quasi come scottasse, posò per prima sul tavolo la fotocopia.

– Anton Radu secondo me tutta la faccenda è iniziata così, non è vero?

L'anziano soldato diede un veloce sguardo alla lettera, la riconobbe e impallidì. Amaldi si rese conto che stava giocando sporco e che avrebbe fatto del male a quell'uomo, ma non si arrestò.

– E quello che è iniziato in quei lontani anni ottanta è finito l'estate scorsa in Italia, nella mia università, così! – e pose rapidamente sul tavolo la foto raccapricciante delle povere ragazze. Anton Radu spalancò gli occhi, divenne terreo e sollevò sull'italiano uno sguardo di odio misto a ribrezzo, tanto che Amaldi temette che gli sarebbe saltato addosso cercando di ammazzarlo.

– Voi... voi... voi, non potete! Mettete via quella fotografia! Subito!

Ma Amaldi incalzò. – Podborsky è ancora vivo, Anton! È invecchiato anche lui ma è ricco, potente e senza scrupoli. E ritengo che ci sia lui dietro a tutto. Non lo crede forse anche lei?!

Anton Radu non rispose, sembrava sul punto di scoppiare. Poi, con un enorme sforzo di autocontrollo si alzò lentamente e si trascinò in un'altra camera, dove rimase a lungo. Amaldi lo sentì piangere sommessamente e ripetere: – Alexandra, *rebiònok*, bambina mia, bambina mia, bambina mia...

Amaldi ripose le foto e la fotocopia nella cartella e attese che Anton si calmasse. L'anziano padre tornò e Amaldi vide che dieci anni erano caduti sul suo volto nel giro di pochi minuti. Si sentì in colpa, ma non dimenticò chi era colui che aveva davanti e quanti pochi scrupoli avesse avuto in passato. Era sicuro di aver fatto la cosa giusta e, infatti, quando il vecchio si sedette guardò Amaldi e iniziò a parlare. Raccontò tutta la vicenda sin dall'inizio. Narrò di come avvenne l'incontro con Muhammad, quale patto strinsero, raccontò che la lettera fu una sua idea ma che la scrissero tutti e quattro assieme e spiegò i retroscena dell'agguato alla colonna militare. Ricordò, infine, l'inseguimento a Podbrosky lungo le lande desolate del deserto del

Kyzylkum e come cercarono di ucciderlo in seguito a Mosca, ammazzando invece solamente la sua compagna, Natasha.

Anton Radu parlava e parlava. Amaldi asoltava in silenzio e mentre seguiva con attenzione ebbe la sgradevole impressione che, alla fine, dal marciume di quella storia non ne sarebbe uscito indenne neppure lui.

– Podborsky dunque è ancora vivo? Non ho più sentito parlare di lui. Credevo fosse finito all'inferno.

– È vivo ed è fuggito molti anni fa in Italia. Vuole sapere dove sta ora? A Milano, e abita non lontano dalla università dove studiavano sua figlia e le altre povere ragazze. Il caso cinico e baro ha collocato le quattro vittime a portata degli artigli di quel criminale, permettendogli infine di compiere la sua vendetta.

17.
I legami

– Fiorenzo, ti debbo parlare.

Alexandra Radu aveva preso il coraggio a due mani e aveva telefonato a quello che oramai considerava il suo ex. Non era preoccupata di dovergli comunicare che tra loro era tutto finito. Non questo la angustiava: c'era ben altro. Qualche giorno prima si era confidata con le compagne di appartamento su quanto aveva scoperto. E ora voleva solamente capire perché. Perché Fiorenzo aveva accettato di non denunciare la faccenda dell'amianto? Perché aveva accettato i favori e gli aiuti da quel russo?

Si diedero appuntamento a "Il bistrot della mente", un locale carino in via Foppa. C'erano numerosi libri sugli scaffali, frasi di autori e romanzieri celebri erano state riportate alle pareti, e una scelta accurata di riviste e giornali era sparsa sui tavoli. Non era una libreria, ma un luogo dove mangiare e leggere. In mezzo a quella atmosfera letteraria i numerosi tavolini da caffè vagamente parigini, permettevano ai clienti di consumare il pranzo o di bere aperitivi scambiando due chiacchiere, leggendo un passaggio di un libro oppure scorrendo gli articoli sulle riviste.

Fiorenzo Capitani, alto, abbronzato e sorridente entrò nel locale come se fosse suo, e con un rapido sguardo individuò Alexandra. Non era difficile d'altronde, non passava inosservata.

– Alla fine ti sei decisa, sei tornata – disse, accomodandosi nella sedia vuota davanti a lei.

– Non è come pensi, Fiorenzo. Non sono qui per rappacificarmi. Se pensi questo sei in errore.

Il sorriso di Fiorenzo scomparve immediatamente dal suo volto.

– E allora, perché hai voluto questo incontro?

– Per sapere.

– Per sapere che cosa?

– Fiorenzo, ho manomesso il tuo cellulare.

– Tu? Hai fatto che cosa?

– Ero gelosa, e arrabbiata con te. Volevo capire, volevo scoprire, e perciò te l'ho sottratto per qualche ora e ho fatto in modo che tutti i tuoi messaggi spediti e ricevuti, arrivassero contemporaneamente anche sul mio cellulare. Addirittura mi giungeva notifica di ciascuna delle telefonate che facevi e ricevevi, con tanto di numero di telefono dell'interlocutore. Non chiedermi come è stato possibile, Fiorenzo, non saprei spiegarti i particolari tecnici. Comunque è così che l'ho scoperto.

– Scoperto che cosa? Ma tu sei pazza! Io ti denuncio! – Fiorenzo cominciava ad agitarsi, era diventato rosso in volto.

– Puoi fare quello che vuoi, non importa. Sono disposta a sopportare le conseguenze, ma c'è una cosa che mi interessa, ed è la ragione per cui ho richiesto questo incontro.

Fiorenzo non replicò.

– Ho bisogno di sapere, Fiorenzo. Ho bisogno di capire perché lo hai fatto.

– Non so di che cosa stai parlando.

– Pensavo di trovare i messaggini inviate alle tue donne. Quelle solite cose che si scrivono in questi casi: te lo metto di qui, te lo metto di là, vorrei farti questo, vorrei farti quello. E invece...

– E invece cosa? – La voce gli era uscita davvero alta, ora. Molti clienti del bistrot si voltarono sorpresi a guardarlo.

– E invece ho scoperto che hai fatto cose molto peggiori. Per esempio che sei impelagato con un criminale, che sei sul suo libro paga! E che in cambio dei suoi favori e dei suoi soldi lui ti ha chiesto di...

– Ma smettila! Non è vero niente! Che cosa stai dicendo?

– È vero, Fiorenzo. È tutto vero. Non potevi sapere che ti sorvegliavo, i messaggi che hai inviato e ricevuto erano veri, Fiorenzo, che cosa hai fatto? Perché?

Fiorenzo, da rosso che era, divenne pallidissimo, livido di rabbia.

– Ma tu, tu come ti sei permessa? Come hai potuto? D'altronde dovevo saperlo, sei figlia di un traditore, di un infame, e non potevi che comportarti nello stesso modo. Sei una persona falsa, bugiarda, infida!

– Che cosa c'entra mio padre, adesso? Puoi insultare me fin che vuoi, ma lascia stare mio padre. Non lo conosci neppure!

– So di lui quanto basta per farmi pensare che siete uguali! Tu, lui e quegli altri farabutti, i genitori di quelle troie con cui vivi!

– Fiorenzo, che cosa stai dicendo? Tu straparli.

– No che non straparlo. Ve ne accorgerete tu e quelle altre. Eh sì!

Si azzittì, poi si alzò e uscì a grandi passi dal locale.

Alexandra se ne tornò a casa abbattuta e perplessa. Raccontò alle ragazze quanto era accaduto e riferì le ultime affermazioni di Fiorenzo. Non sapeva che cosa pensare, in ogni caso basta, era finita. Loro due non erano riusciti neppure a iniziare un chiarimento e quanto a lei, Alexandra, non aveva ricevuto alcuna scusa e tantomeno la spiegazione che cercava. Rimaneva il fatto che, stando alle intercettazioni, Fiorenzo era coinvolto in una brutta faccenda in cui c'entrava l'amianto e non solo. Risultava che veniva pagato da quel Podborsky, un oligarca russo senza scrupoli.

Le quattro ragazze valutarono se fosse il caso di sporgere denuncia alle autorità.

– Alexandra, non credo che tu possa portare come prova i messaggi del suo telefono cellulare. Ne sei venuta a conoscenza in modo illegale e la tua testimonianza non potrà avere alcun valore in tribunale – obiettò Janua.

– È vero. Ma almeno con una denuncia posso far sì che una indagine inizi, in modo che si venga a scoprire quel che c'è sotto, non credi?

– Può darsi – convenne Janua.

– Ragazze, ma che cosa voleva dire Fiorenzo quando ha affermato che noi siamo tutte coinvolte? E che lo sono pure i nostri padri? – domandò Barbora.

– Non lo so. Voi che cosa ne pensate? – domandò Alexandra.

– Sicura che non abbia detto altro?

– Quello che vi ho riportato sono le parole esatte, alla virgola.

Tacquero. Poi Sonia, che fino a quel momento era rimasta in silenzio, affermò: – Secondo me non voleva dire proprio nulla.

Era soltanto arrabbiato e cercava un bersaglio. Gli sono uscite delle accuse senza senso.

– Può darsi – convenne Barbora.

– No, questa spiegazione non convince. Poteva dire mille cose, lanciare mille maledizioni, ma ha scelto di dire proprio quelle cose lì, e mi ha dato l'impressione che fosse in grado di circostanziarle perfettamente – insistè Alexandra.

– Va bene, mi pare che per il momento non siamo in grado di arrivare a capo di niente. Suggerisco quindi di dormirci sopra e di decidere il da farsi domani. Per me, tutto sommato, l'idea di andare in questura rimane sempre l'idea migliore – concluse Janua.

Le ragazze si coricarono presto, senza allegria. Nessuna ebbe voglia di godere della profumata primavera italiana finalmente giunta, tantomeno di andare a gustarsi un poco di movida notturna.

Il giorno dopo la soluzione non venne. E neanche il giorno seguente. Venne invece la telefonata di un contrito Fiorenzo, che implorò di incontrarle per potersi scusare e per spiegare. Dopo breve consulta decisero di riceverlo, a casa. Quando suonò il campanello le ragazze erano piuttosto tese e lo accolsero nel salotto, rimanendo in piedi. Nessuna lo pregò di accomodarsi.

– Vengo a scusarmi – cominciò Fiorenzo.

– Continua. – Alexandra era fredda e immobile di fronte a lui.

– L'altro giorno ero sconvolto, e ho detto delle cattiverie gratuite. Ho sparato nel mucchio, e di questo mi scuso. Però, tu non dovevi fare quello che hai fatto. – Alzò lo sguardo e puntò il dito dritto contro Alexandra.

– Non mi sono comportata bene, ma le mie azioni non sono certo così gravi in confronto a quanto mi hai fatto tu!

Intervenne Janua, prima che gli animi si riscaldassero.

– Va bene, va bene, continuamo a parlare, volete? Che cosa avevi in mente di dirci Fiorenzo?

– Sono pronto a fornire le mie spiegazioni riguardo a quello che ho fatto e a motivare nel possibile le mie scelte. E voglio fornirle a tutte e quattro, nessuna esclusa.

– Bene, siamo in attesa.

Fiorenzo indugiò, poi riprese. – No, non credo che vi bastino soltanto le mie parole. Avete bisogno di prove che dimostrino non tanto la mia completa innocenza, che purtroppo non esiste, ma perlomeno le mie ragioni. E queste prove sono in università. Potrei farvele vedere ma non posso certo trafugarle, ho già combinato abbastanza pasticci, non vi pare?

– Che cosa proponi, quindi? – continuò Janua.

– Una delle prossime settimane, direi durante le vacanze di Pasqua, vi faccio entrare in università dopo l'orario di chiusura e potrò mostrarvi quei documenti che attestano quello che è stato fatto e, soprattutto, quello che non è stato fatto. Quando è stata sgombrata l'area su cui poi doveva essere costruita l'università sono stati falsificati dei documenti. Per essere chiari, gli attuali edifici sono stati innalzati sopra un sito pericoloso, inquinato dall'amianto a causa di una vecchia fabbrica che sorgeva in precedenza e che, negli anni sessanta e settanta, ha completamente contaminato il terreno e le falde acquifere sottostanti.

Le ragazze si guardarono in silenzio. – Queste cose le so perché ho sentito le tue conversazioni, e dicevi anche che non ne avresti fatto parola in giro. Perché? – domandò Alessandra.

– Non voglio accampare scuse. Vi mostrerò le prove e comprenderete meglio le ragioni delle mie azioni. Ho sbagliato è vero, e dovrò pagare, ma insieme a me c'è molta altra gente che ha sbagliato e le mie responsabilità sono nulla in confronto alle loro.

– Chi sono gli altri di cui parli? – domandò Alexandra.

– Inutile che vi faccia i nomi adesso. Fissiamo una data e andiamo in università, di sera. So come farvi entrare senza problemi.

– Come mai tutti questi sotterfugi? Non possiamo andare di giorno in università e cercare quelle carte? Vuoi andarci di sera e per di più durante un periodo di vacanza? – insistè Alexandra.

Fiorenzo fece un respiro profondo, cercando la pazienza che faceva fatica a trovare. – Bisogna andarci in un periodo in cui l'università è chiusa per più giorni perché in quel caso inseriscono allarmi particolari, in collegamento diretto con la polizia, che io sono in grado di disinnescare. Durante la notte o nei normali fine settimana inseriscono invece un altro allarme di cui non ho la chiave né il codice per disinserirlo. E preferisco andarci di sera perché è meglio che non ci vedano, tutto qui. Di sera, infatti, la zona universitaria è poco frequentata.

– E come mai tu sai disinnescare l'allarme? – Alexandra sembrava implacabile.

– Perché sono prorettore, ricordi? E quindi sono responsabile, tra le altre cose, della security.

– E invece l'allarme, diciamo così, normale non lo conosci? Strano.

– Quello è di competenza del direttore amministrativo. Insomma, non è mica colpa mia se il rettore ha il pallino della sicurezza! Lo so pure io che una università non è una banca, ma le cose purtroppo stanno così, prendere o lasciare.

Il silenzio che seguì fu rotto da Janua.

– Adesso vai Fiorenzo. Non credo sia più necessaria la tua presenza. Ti faremo sapere quello che abbiamo deciso.

Le settimane seguenti le ragazze non sapevano prendere una decisione. Quando sembrava che fossero tutte d'accordo per denunciarlo, a qualcuna mancava il coraggio del passo decisivo. Se decidevano di lasciar perdere e di accettare che le cose seguissero il loro corso senza alcuna interferenza da parte loro, qualcun'altra si domandava se in questo modo non sarebbero diventate anche loro complici. La più infelice di tutte sembrava Alexandra. Giunsero le vacanze di Pasqua e le scuse per rimandare la visita diventarono sempre più risibili. Alla fine Alexandra telefonò a Fiorenzo.

– Fiorenzo, non faremo nulla. Sappi che alla fine abbiamo preso tutte insieme questa decisione. Per quel che vale hai la mia, anzi, la nostra parola che non sporgeremo denuncia. Ci costa troppo farlo, e non chiederci perché. A questo punto non ci interessa neppure venire a vedere quelle carte di cui ci parlavi. Lasciamo perdere tutto quanto e basta. Questa mia telefonata sarà l'ultima che ti farò. Noi spariremo dalla tua vita, ti prego di fare altrettanto.

Piano piano, giorno dopo giorno, settimana dopo settimana, la decisione presa riuscì nell'impresa di rasserenare un poco gli animi. Fiorenzo, apparentemente, non si fece più vivo e le ragazze tornarono a sorridere, e tornarono a uscire.

Una sera di giugno Janua rientrò a casa con un sorriso più furbo del solito che aleggiava sul suo giovane viso. Trovò le altre ragazze in cucina e le apostrofò. – Adesso voglio proprio vedere chi di voi mi darà ancora della secchiona solitaria, incapace di intrattenere relazioni e sprovvista di conoscenze interessanti.

– Che cosa stai dicendo? – le chiese Barbora.

– Dico che esigerò le vostre scuse. Ah sì! Vi assicuro che senza scuse nessuna di voi potrà andarci.

– Ma andare dove?

– Alla sfilata di Armani!

Urla, strepiti e gridolini di gioia riempirono la cucina.

– Come hai fatto? Hai i biglietti? Come ci sei riuscita?

– Ho conosciuto un *pierre* che mi ha dato quattro entrate "standing". Dovremo stare in piedi, ma chissenefrega.

– Chissenefrega, sì! Concordiamo!

– Il pierre è svizzero e, pensate, ama il Rinascimento italiano. Voleva alcune informazioni sulla pala di Montefeltro di Piero della Francesca. L'ho portato a Brera e gli ho spiegato il quadro, poi gli ho prestato il bellissimo libro *Indagine su Piero* di Carlo Ginzburg, uno storico molto bravo che ha indagato la figura di Piero della Francesca e...

– Sì, sì, va bene. Brava. Ma quando andiamo?

– ...e in cambio ho ricevuto i biglietti per la sfilata. Certo, capisco che non vi freghi niente dell'arte ma almeno lasciatemi finire di parlare, cazzo; come dicono qui in Italia. Beh, dai, comunque la sfilata è per dopodomani.

Alexandra la sogguardò, divertita. – Ma ci tenevi davvero a raccontarci di Piero della Francesca, del quadro, eccetera, eccetera, o non era piuttosto un modo per confessarci che il pierre svizzero... com'è? Carino?

Janua arrossì lievemente. – Scioccaaaa!

Continuarono a canzonarla per un poco e se la coccolarono per il resto della serata, poi ciascuna se ne andò a dormire pensando a quale sarebbe dovuto essere il miglior *outfit* per la sfilata di Armani... già, come dovevano vestirsi?

Due giorni dopo quattro giovani donne raggiunsero a piedi via Borgognone. Erano tutte carine e una in particolare svettava per altezza e bellezza. La via era piena di gente. Numerosi vigili cercavano di incanalare il traffico delle Mercedes nere dei buyers in quel filo di strada rimasto tra le ali della folla che si accalcava per entrare. All'ingresso del teatro Armani i buttafuori stavano di guardia mentre le ragazze dello staff controllavano i nomi e distribuivano i biglietti.

La sfilata fu breve e splendente. Sulla runaway illuminata le modelle si muovevano come altrettante grucce su cui si appoggiavano impeccabilmente i vestiti. Questi erano grigi e sfumati, di forme arrotondate e morbide, con alcuni elementi di viva luminosità costituiti soltanto dalle linee e dai profili di color lime carico, quasi fluorescente, che correvano anche sugli accessori, borse e scarpe: dei veri lampi di luce.

Le quattro ragazze erano prese dall'evento e il loro sguardo era ammaliato dagli abiti e impegnato alla divertita ricerca dei vip presenti nel teatro: calciatori, tennisti, attori e attrici internazionali, cantanti; perciò non potevano accorgersi di un uomo dalla struttura fisica a un tempo potente e agile che le osservava attentamente sin da quando erano entrate, seduto quattro file sopra di loro. Il suo sguardo era freddo e duro e lasciava trapelare intenzioni che non promettevano niente di buono.

Poco lontano, anche Fiorenzo era tra il pubblico a seguire la sfilata e, quando le vide, salutò sorridendo. Alla fine tutti sciamarono in strada bloccando il traffico, Fiorenzo ne approfittò per avvicinarsi e scambiare quattro chiacchiere. Fu molto gentile e attento a non urtare in alcun modo la loro suscettibilità. Dopo un poco si salutarono, serenamente, promettendo di rivedersi. E si rividero: in università, al parco, al cinema. Era come se il caso si divertisse a farli incontrare. Fiorenzo si comportava da amico con tutte, senza distinzione. In quei giorni non aveva nulla della arroganza che normalmente lo accompagnava, anzi, sembrava quasi umile. Dopo qualche tempo volle invitarle a cena tutte e quattro, e dal quel momento iniziarono a vedersi con più regolarità. Combinarono qualche serata al cinema, scelsero i locali giusti dove bere ottimi aperitivi, andarono addirittura a teatro in modo che anche Janua e le sue esigenze culturali fossero accontentate. Fiorenzo non faceva differenze, e stava bene attento a non privilegiare nessuna, sebbene con Alexandra il rapporto avesse, giocoforza, maggiore intimità. In quei mesi le ragazze si abituarono ad averlo come una persona vicina con la quale trascorrere ore divertenti. Fu così che quando, qualche tempo dopo, Fiorenzo si permise di tornare sul discorso, accennando che gli dispiaceva non aver avuto l'opportunità di mostrare quelle carte in università, e non voleva che il loro rapporto di amicizia soffrisse a causa di aree oscure e non indagate, le ragazze, dopo qualche momento di perplessità, accettarono. La spedizione notturna si sarebbe fatta, gli risposero ridendo.

18.
Notti mortali

Alessandro Amaldi si sentiva stanco per il viaggio nelle terre del nord, così le chiamava lui. Come quasi un anno prima, all'aeroporto ad attenderlo c'era Marco che sembrava possedere la segreta capacità di divinare orari e tabelle dei voli.

– Questa è proprio una bella sorpresa, mi porti in università?

– Subito? Ma non vuoi andare prima a casa a riposarti un poco? Mi è arrivata della sensimilia che è una meraviglia...

– No, Marco. Ho ben altro a cui pensare...

– Che hai? Sembri preoccupato. – Non era una domanda, era una constatazione. A Marco era bastato uno sguardo per comprenderlo.

– Cucù! – Alessandro non fece in tempo a rispondere perché dal sedile posteriore era balzata fuori come una molla Marta Dragoni, la fidanzata di Marco.

– Ciao, Marta.

– Ciao! Possiamo alleviare le tue preoccupazioni? Almeno per un poco? – L'allegria di Marta era contagiosa, e Alessandro si sentì in qualche modo sollevato.

– Forse, perché no? Vi va di accompagnarmi in università e restare con me? Mi sareste di aiuto e supporto morale.

– Se ce lo chiedi così come vuoi che rifiutiamo? Ma dicci che cosa hai. Su che cosa si fissano i tuoi pensieri? – indagò Marta.

– Si fissano – rispose laconico Alessandro, mentre Marco avviava l'auto.

– Vuoi confidarti?

– Non sono ancora sicuro dei miei sospetti.

– Ha a che fare con gli omicidi?

– Sì.

– Hai scoperto qualche cosa in questo tuo viaggio?

– Per dir la verità ho scoperto molte cose: qualcuna che già prefiguravo, qualcuna che mi ha sorpreso e qualche altra che mi sta distruggendo.

Marta tacque.

– Ho il cuore pesante – concluse Alessandro.

Non fecero altre domande. Marco accese lo stereo e lasciò partire una musica di sottofondo, le note di una vecchia canzone di Lucio Dalla si sparsero per l'abitacolo.

Ascoltarono la musica in silenzio, poi Marta esclamò: – Che canzone! Alessandro, vuoi che parliamo di altro?

– Sì, è meglio.

– Conoscevi questo pezzo?

– Si, è *Il coyote e la stella* di Lucio Dalla.

– Proprio così. Te lo ricordi il testo? Sai che per me racchiudeva un segreto?

– Un segreto?

– Sì. Devi pensare a come vivevo fino ai miei diciott'anni. Reclusa e prigioniera delle suore in quel malefico orfanotrofio sui monti sopra Bergamo. Ascoltare canzoni di Lucio Dalla o degli altri cantautori che amavamo era proibito. E la sera, insieme sotto le coperte in gruppi di cinque o sei, capitava di ascoltare una canzone che magari sgorgava all'improvviso dalla stazione radio che accendevamo di nascosto, e il cuore sobbalzava. Se si trattava di una canzone straniera, poi, era pura emozione. Ricordo quando ascoltai per la prima volta la canzone *Mind Games* di John Lennon. Non sapevo quasi nulla di inglese, ma qualcosa riuscimmo ad afferrare mettendo insieme le nostre scarse nozioni, vicine vicine come eravamo ci aiutammo sussurrandoci a vicenda quel che comprendevamo. E così traducemmo il ritornello, dove Lennon canta «Love is the answer, Love is a flower». Comprendemmo solo quello ma ci bastò, e il battito del cuore salì in gola. Ricordo che alcune piansero; per noi allora davvero l'amore era la risposta, ed era come un fiore da curare e coltivare.

– Commovente. Ma non gli dovevi parlare della canzone di Dalla? Altro pezzo recente tra l'altro, fresco fresco dall'ultimo Sanremo – la canzonò Marco.

– Ci arrivo. – Marta decise di non cogliere il sarcasmo.

– Un'altra volta ci accadde di ascoltare appunto *Il coyote e la stella*, e devo dire che con le canzoni italiane era diverso. Anche quelle ci davano emozioni, ovviamente. Ma il testo lo potevamo comprendere bene e quindi facevamo della esegesi, si dice così no?

Alessandro sorrise. – Sì, si dice così.

– Bene. Se hai presente il testo, che è di un vero poeta, ricorderai che parla di una gara tra un coyote e una stella. La gara è a chi racconta le storie più belle.

– Ma chi sono il coyote e la stella? – domandò Marco.

– Non importa, sono due personaggi, ognuno con le sue caratteristiche ben precise e diverse – rispose Marta.

– Si tratta di *Idealtypus* – aggiunse Alessandro.

– Ah bene, allora siamo a posto. Ho capito tutto – concluse Marco.

– Posso continuare? La canzone dice che quella gara di storie andrà avanti per tutta la notte, per chi perde c'è la morte. E così, mentre «il coyote / è un mancatore di parola e un mentitore, la stella che cadente è la più bella / con la coda che si muove con splendore». Insomma la stella racconta la bellezza della verità, di cui è proprio convinta, anzi, è nella sua stessa natura pensare che la verità è giusta ed è bella. Invece il coyote se ne frega della verità, ed è bravissimo a darla a bere: riesce a far sentire l'erba crescere sulla mano o il suono della risacca di un prossimo uragano.

– Piacerebbe anche a me convincere le persone che stanno sentendo il suono di una prossima risacca. Se riesco in questo, riesco in tutto – ironizzò Marco.

– Proprio così! Volevi fare un'altra battuta e invece hai colto nel segno. Io ho sempre voluto pensare che nella canzone «prossimo» non significasse "vicino" bensì "futuro". Insomma il coyote è un vero genio della frottola e dell'imbroglio e infatti non vince la stella, che come dice il testo «si dichiara spenta e muore», e con lei muore tutto il suo splendore. È il coyote che vince.

– E dove sta il segreto? – domandò Alessandro.

– La canzone mi dava una sensazione strana tutte le volte che l'ascoltavo, come se mi stesse svelando qualche cosa di pericoloso di cui subivo l'emozione ma non la cognizione.

– Che cosa?

– Voglio dire che mi faceva emozionare, anche se non capivo bene perché. All'inizio pensavo che questo testo volesse dire a tutti, bambini e adulti, che per affrontare la vita occorrono alcune doti, e che forse la perfezione non è una di queste. «La vita è fantasia, è coraggio, è lotta dura con la voglia di inventare...». Cito il testo a memoria. Poi, compresi invece che quella canzone diventava per me inquietante perché faceva comprendere la paura di vivere, di crescere, di affrontare il mondo là fuori. Insomma, racchiudeva il segreto grave della vita. E tutte le volte che la ascoltavo mi agitava.

– Quindi per te quella canzone...

– Svelava il segreto. Vivere è fantasia opaca, è coraggio disonesto, è invenzione irresponsabile ma non è verità perché la verità, nel gioco della vita, perde.

Tacquero e proseguirono il viaggio in silenzio, ciascuno immerso nei propri pensieri. Fu sempre Marta a rompere quel silenzio.

– Ehi! Non volevo mica intristire, eh?

– Lo so, lo so. È che il risultato della esegesi, come dici tu, mi ha fatto pensare ad un'altra faccenda. Ma adesso basta. Siamo arrivati in università. Venite, venite insieme a me.

Mirella Gordera, la collega di istituto di Alessandro Amaldi, li vide arrivare quasi in formazione compatta, Alessandro avanti, Marta in mezzo e Marco a chiudere il piccolo gruppo.

– Stiamo cercando Fiorenzo, lo hai visto?

– No, oggi non si è visto per tutta la giornata – rispose Mirella.

– Puoi avvertirlo che lo sto cercando? Devo parlare con lui di amianto. È urgente.

– Di amianto? Certamente. – Era perplessa e incuriosita.

I tre se ne andarono in silenzio. All'uscita dall'istituto Alessandro commentò: – L'esca è stata gettata. Ora devo organizzare alcune cose e, tra una settimana se tutto va bene, questa storia sarà finita. Ho bisogno del vostro aiuto, vi spiego.

Risaliti in auto progettarono il da farsi per i prossimi giorni, poi si divisero. Alessandro andò dall'ispettore Quarzi, Marco tornò a casa a recuperare la pistola. Marta lo seguì e potè osservarlo mentre la oliava e la puliva. Notò che aveva con sé anche un scatola di cartucce.

– Che arma è? – chiese.

– È una Beretta Px4 Storm. È un pistola progettata per la difesa personale. Un'arma molto leggera.

– Ma resta un'arma.

– Eccome. È in dotazione anche ad alcune forze dell'ordine.

– Ed è necessaria?

– Era tempo che volevo portamela in auto, ma non mi ero ancora deciso a farlo. Ora è stato proprio Alessandro a chiedermi di recuperarla, lo hai sentito.

– Sì, l'ho sentito ma non mi piace.

– Non è che faccio salti di gioia neppure io.

La notte era leggera, tiepida come una carezza. Un vento sottile scivolava sulla pelle solleticandola e rendendo acuti tutti i sensi. L'estate era dolce. Il gruppo di persone che si addentrava nella oscurità circondante gli imponenti edifici universitari era composto da quattro donne, più un uomo che le guidava. Giunti davanti ai cancelli della università percorsero il muro di cinta ed entrarono nei garage sotterranei per poi sbucare nel cortile interno. Le donne attesero nel cortile mentre l'uomo si avvicinò alle grandi porte in vetro, allarmate. Estrasse una chiave, la girò e poi compose un codice. Pochi secondi dopo un comando elettrico sbloccò le porte e le quattro donne poterono seguire l'uomo all'interno.

Il gruppetto salì le scale e si addentrò nel buio che regnava nella università. L'uomo guidò le ragazze fino al piano dove era il rettorato, disinnescò un altro allarme e aprì la porta.

Entrarono e svoltarono a sinistra in una ampia sala riunioni. Le ragazze, eccitate e un poco intimorite, si sedettero sulle comode poltrone azzurro-carta-da-zucchero.

– Sedetevi due di qua e due di là, lo preferisco. In questo modo potrete guardare meglio le carte che disporrò sul tavolo. Prima però vi prendo qualche cosa da bere. Che cosa volete?

– Ma non hai paura di essere scoperto? – domandò una delle ragazze.

– Domani mattina verranno a fare le pulizie e tutto verrà rimesso al suo posto. Nessuno si accorgerà di nulla – rispose *ostentando una sicurezza che suonò eccessiva.*

Recuperò alcune bottigliette di acqua e le distribuì sul tavolo accompagnandole con alcuni bicchieri. Le ragazze si servirono, quella avventura notturna aveva messo loro sete.

– Che cosa stiamo aspettando? Non dovevi farci vedere i documenti? – domandò *un'altra ragazza.*

– Stiamo aspettando... – In quel momento si avvertirono rumori di passi lungo il corridoio. Le ragazze trasalirono ma, stranamente, la loro preoccupazione non crebbe più di tanto. Da qualche minuto, infatti, avevano iniziato a sentirsi intontite, intorpidite nelle reazioni e addormentate nelle emozioni: come distaccate da quel che stava avvenendo intorno, come se non fossero lì, come se non stesse accadendo a loro.

Altri due uomini entrarono nella sala riunioni: uno era alto, vecchio e dallo sguardo cattivo, mentre l'altro fece alle ragazze l'impressione di un guerriero ninja. Era muscoloso e vestito completamente di nero, il viso coperto da una maschera scura dalla quale spuntavano solamente la parte superiore del naso, gli occhi e la fronte.

Il guerriero si diresse verso di loro con un nastro per pacchi in una mano e un affilato coltello nell'altra. Le ragazze lo guardarono ma non fecero resistenza, nessuna accennò a una fuga. Erano presenti ma non vigili, e la loro testa ciondolava. Con del potente biadesivo il guerriero incollò le loro nuche allo schienale delle poltrone, poi rivolse l'attenzione ai vestiti e ai corpi. Lo spettacolo poteva cominciare.

Alessandro Amaldi era teso. Quello che stava facendo non era come seguire una tesi, preparare una lezione o discutere con i colleghi. Era una cosa che non aveva mai fatto. Estrasse lo smartphone dalla tasca e compose il numero.

– Buongiorno. Cerco il signor Podborsky.

Al telefono riconobbe la voce della segretaria mentre domandava chi era e che cosa desiderava. Quando anche lei lo identificò la voce divenne di gelo. – No, purtroppo il presidente è fuori Italia, e non so quando tornerà.

– Non è una richiesta la mia, cara: è un ricatto; e non ho problemi a dirglielo. Se vuole evitare guai peggiori il suo capo deve incontrarmi domani sera davanti alla università. Si può portare dietro pure lo scagnozzo mascherato; vorrà dire che gli chiederò se è guarito perfettamente dalla mia testata sul naso e se si diverte ancora a cercare di inseguire inutilmente i taxi. Sono al corrente di troppe cose ormai, lo dica pure a Podborsky. Anzi, sia gentile, gli dica precisamente questo: ho parlato con i quattro aviatori di Kungrad. Lui capirà e sono certo che domani sera non mancherà di venire all'appuntamento. Si ricordi, è l'unica occasione che gli offro altrimenti andrò a raccontare tutto alla polizia e dovrà dire addio ai suoi soldi, al suo lavoro, e pure alla sua libertà – e riattaccò senza attendere replica.

Il cantiere della università non era ancora terminato. La nuova ala svettava alta nella notte, ma si indovinavano ancora gli spazi lasciati aperti dalle pareti non terminate. In alcune parti l'edificio era pieno di impalcature in legno, con le assi che servivano da incerto passaggio tra un ambiente e l'altro.

Nel terreno, sconnesso a causa dei segni profondi lasciati dalle ruote dei camion e dai cingoli delle movimentatrici terra, l'acqua dei primi acquazzoni estivi disegnava pozzanghere dai contorni bizzarri. Acquattati dietro la robusta rete arancione che parzialmente cingeva il cantiere, Marco e Alessandro scrutavano da lontano i cancelli principali dell'università. L'ora dell'appuntamento era passata ma ancora nessuno si era fatto vivo.

Il rumore di un'auto li fece trasalire, ma non si fermò. Frenò vistosamente in prossimità di un dosso rallentatore, poi proseguì allontanandosi nella notte.

– Non verranno?

– Non te lo so dire Marco. Secondo me a Podborsky converrebbe controllare se sto bluffando oppure no. Io fossi in lui lo farei.

– E se del tuo bluff non gli importasse nulla? E se non fosse lui il colpevole?

– Colpevole lo è, si tratta di vedere di quali e quante cose.

– Aspetta un momento, che macchina era quella che è appena passata? – Marco sembrò cambiare improvvisamente discorso.

– Credo un SUV. Perché?

– Allora sono loro.

– Non sei per caso diventato paranoico? Non è che sia sufficiente un SUV per...

– Sono loro ti dico! Se fossi al loro posto avrei fatto esattamente la stessa cosa. E cioè sarei passato senza fermarmi per rendermi conto della situazione, avrei rallentato il più possibile per osservare, e in questo senso il dosso era la scusa perfetta, poi avrei parcheggiato lontano per ritornare silenziosamente a piedi, senza farmi scoprire.

Alessandro non rispose, riflettè. Poi volle replicare ma non fece in tempo perché una voce alle sue spalle si levò nel silenzio: – Alzate le mani voi due, e mettetevi in piedi. Forza, e non pensate di fare scherzi perché ho una pistola puntata sulle vostre teste. – L'uomo aveva parlato lentamente, scandendo bene le parole, come per controllare il più possibile l'accento che, in effetti, si indovinava non essere italiano.

I due obbedirono. – Giratevi piano – continuò la voce.

Alessandro riconobbe l'uomo, era quello con cui aveva lottato nell'autunno precedente, nonché l'autista della vettura che li aveva inseguiti qualche settimana prima. – Ci rivediamo, combattente mascherato.

– Già – e con la sinistra quello gli tirò un improvviso pugno in faccia.

Alessandro barcollò e cadde in avanti con le ginocchia e le mani nel fango. Marco si voltò a guardarlo, ma non si mosse perché la mano armata dell'uomo adesso era diretta verso la sua fronte. Intanto Alessandro si toccava la guancia dolorante, sporcandosi il viso di poltiglia.

– Non mi è piaciuta quella testata che mi hai rifilato e soprattutto non mi è piaciuto dovermene andare quella notte. Mi sarei potuto divertire con te.

– Se sei uno che si diverte a prendere legnate allora quella notte ti saresti potuto sganasciare dalle risate.

– Anche spiritoso – e così dicendo l'uomo gli mollò un calcio in un fianco che lo fece atterrare di nuovo nella fanghiglia. Poi si mosse in avanti minacciando di far seguire altri colpi, ma una voce lo fermò.

– Basta, fermati.

Podborsky si materializzò davanti a loro. – Dovete scusarlo, il ragazzo. È un impulsivo ed ha il combattimento nel sangue. In questo è come suo padre Viktor, era un pugile imbattuto fino a che non trovò uno più furbo che lo mise al tappeto... Viktor, un vecchio amico. Ma a voi questo non interessa, vero? A voi interessa solamente darmi fastidio. Perché?

Si rivolse ad Alessandro, ancora carponi: – Che cosa è questa storia dei quattro aviatori, Amaldi?

Amaldi si prese il tempo necessario per rimettersi in piedi. Non provò neppure a ripulirsi, si avvicinò di un passo a Podborsky e lo guardò dritto negli occhi.

– Io so chi sei, da dove vieni e perché sei diventato il piccolo Putin.

– Non provare a minacciarmi, non sei in condizione di farlo.

– Non minaccio, ho le prove. Ho parlato con le persone che hanno organizzato il tradimento di Kungrad, quelle persone che tu odi più di ogni altra cosa al mondo. Un odio che non è mai calato in questi anni, un odio profondo e totale per quello che ti hanno fatto.

– È passato tanto di quel tempo da Kungrad, che cosa c'entra adesso questa storia? Pensavo mi volessi parlare dell'amianto e di tutte quelle vostre stronzate ecologiste.

– Non lo ricordi? Eppure ti hanno ammazzato Natasha quei quattro. Anche lei te la sei dimenticata? Sono riusciti a rintracciarvi e sono venuti direttamente nel vostro appartamento a Mosca, non è vero? Vi credevate al sicuro perché li avevate denunciati e pensavate che fossero finiti in carcere. E invece erano liberi, grazie alla corruzione e a chi li proteggeva. I sospetti su di loro erano forti, e la vostra testimonianza schiacciante, tuttavia erano in libertà e vi vennero a cercare per farvi tacere per sempre. Purtroppo sono stati capaci di uccidere solamente Natasha, la tua Natasha. Ma che cosa è successo realmente Podborsky quel giorno? Io non lo so, non c'ero, posso solo immaginare. L'hanno violentata davanti a tuoi occhi prima di ammazzarla? Ti hanno costretto a ucciderla? Perché da quel giorno il vecchio Podborsky, quello descritto dalla tua exmoglie Irina, è morto e uno nuovo è nato, molto più crudele e spietato. Non so neppure come sei riuscito a fuggire; ma ce l'hai fatta e da allora gliela hai giurata; hai giurato a te stesso che ti saresti vendicato di quei quattro aviatori, non importa quando, non importa dove.

Podborsky chinò il capo. – Non ricordarmi questo. Non nominarla.

– Questo è il movente, è il collante che ho cercato sin dall'inizio. Questa è la spiegazione che sapevo esisteva, ma non riuscivo a trovare: ti sei voluto vendicare in puro stile mafioso. Ho impiegato un anno a comprendere che quelle povere ragazze non erano le vittime di un maniaco o di uno psicopatico, e neppure le malcapitate nelle grinfie di un pazzo. Quelle ragazze non erano state testimoni di fatti che non avrebbero dovuto vedere o sapere, erano solamente le prede della tua vendetta trasversale. Il caso ci ha mezzo lo zampino quando si sono ritrovate a vivere tutte quante sotto lo stesso tetto, e tu lo hai saputo. Come? Probabilmente in una banale occasione, o magari è stato alla festa di laurea di una delle tue figlie. Ci saranno venute anche loro quattro e ti deve essere bastato ascoltarne i cognomi. Come saranno andate le presentazioni? Ti eri fatto riconoscere come padre? Silvia e Paola sapevano di essere sorellastre? O eri lì come semplice amico, zio, benefattore? Non importa, non è essenziale. Essenziale è che tu hai riconosciuto quelle poverette e hai compreso subito che potevi finalmente compiere la tua vendetta. Nemmeno i genitori sospettavano che Alexandra, la figlia di Anton, si era ricongiunta con le altre formando una copia al femminile del quartetto costituito tanti anni prima dai loro padri.

Prese fiato e ne approfittò per sfiorarsi la guancia dolorante, poi riprese. – Anton oramai non frequenta più i vecchi commilitoni, se ne è distaccato perché in disaccordo, per cui le informazioni tra loro sono ridotte al minimo. Queste cose le ho sapute quando sono andato a trovarli. Anton è stato l'unico a rinnegare il passato, e a vergognarsi di quel che aveva fatto, non abbastanza però da denunciarlo, ma poi a chi? La corruzione aveva seppellito tutto, quei quattro erano incensurati e inattaccabili e i racconti di Anton sarebbero sembrati soltanto i vaneggiamenti di un vecchio soldato, forse è per questo che gli hanno permesso di allontanarsi. Sapevano che in realtà non poteva costituire più un pericolo, troppa acqua era passata sotto i ponti. L'Unione Sovietica non esisteva più e con lei un mondo intero era finito.

Podborsky teneva lo sguardo basso ma non sembrava afflitto da colpe, piuttosto sommerso dai ricordi. Amaldi decise di concludere. – Che splendida occasione! Potersi vendicare di tutti e quattro in un colpo solo. Ma spiegami perché, visto che negli anni sei diventato un uomo potente e temuto in Italia e in Russia, non hai semplicemente assoldato dei sicari e ammazzato quei quattro per procura. La vendetta doveva essere tua? È così?

Amaldi tacque e guardò Podborsky che parlò con voce appena più alta di un sussurro.

– Natasha, la mia Natasha. È morta per salvarmi la vita. Si è gettata addosso a quei cani vestita solamente della sua bellezza. L'hanno uccisa non sapendo quello che distruggevano: l'amore e la gioia, le mille cose che avremmo dovuto fare insieme, la dolcezza, il riso, il pianto, le chiacchiere, i silenzi. Hanno ucciso tutto quello che c'era e che avrebbe potuto essere. E lei era immensa, non ho mai conosciuto una cosa più grande. Loro hanno ammazzato la mia speranza, io la loro. Occhio per occhio.

Solo in quel momento, Amaldi comprese.

– Hai sempre voluto uccidere le figlie! Sono state loro il tuo bersaglio, sin da quando sono nate! In tutti questi anni hai custodito l'idea di infliggere ai padri la medesima sofferenza che loro avevano inflitto a te!

I due uomini si fronteggiavano. – Sì è così, ed ora dovrò uccidere te.

Il vecchio si fermò in piedi, al lato opposto della sala. Poi avanzò di qualche passo e appoggiò con cura i polpastrelli sul piano del tavolo guardando attentamente le quattro donne mentre l'uomo mascherato lavorava con velocità e precisione. Aiutandosi con un coltello affilatissimo egli tagliava le camicette, le magliette e i pantaloni, fino a lasciare le ragazze in mutandine e reggiseno. Era un lavoro certosino che portava avanti con pazienza ed evidente soddisfazione. Aveva legato saldamente i loro polsi dietro la schiena con il nastro da pacchi, poi anche le caviglie vennero strette allo stesso modo mentre la nuca era già incollata allo schienale delle poltrone. Non ce ne sarebbe stato bisogno, ma per precauzione appoggiò pure un nastro sulla bocca, in modo che nessuna di loro potesse gridare. Alla fine si fermò a contemplare la sua opera: l'operazione sui vestiti aveva lasciato numerose piccole ferite sui quattro corpi là dove il coltello, oltre alla stoffa, aveva scalfito pure la pelle. Raccolse tutti gli stracci e li ficcò dentro un sacco nero della spazzatura che aveva avuto cura di portare con sé.

Il vecchio si schiarì la voce. – Ora vi racconto una storia, una storia cominciata tanti anni fa. Vi conviene ascoltare e stare attente, perché questa storia vi riguarda molto da vicino, e il finale del racconto siete proprio voi.

Il vecchio cominciò: era una storia di guerra, una storia di tradimenti, una storia di fughe rocambolesche. Era anche una storia di meschinità e di paure, una storia senza redenzione perché erano morti coloro che in qualche modo avevano provato a redimere i vivi.

Il primo uomo, quello che aveva accompagnato le quattro ragazze, si era addossato al muro e osservava. Diede una occhiata al sacco con i vestiti tagliati, poi tornò a rivolgere l'attenzione al vecchio che, nel frattempo, stava giungendo alla conclusione.

– Non ci sarà mai più la mia Natasha, i vostri quattro padri l'hanno uccisa insieme alla mia vita. E voi siete qui ora per permettere finalmente alla vendetta di fare il suo corso. Barbora, Sonia, Janua e Alexandra; ecco vi ho nominate. Voi avreste dovuto essere il futuro delle vostre famiglie, la loro consolazione e il loro amore, per questo io vi ucciderò.

Il sedativo doveva essere potente, ma le ultime parole dell'uomo sembravano aver parzialmente squarciato le nebbie che stazionavano nelle teste delle ragazze. Il barlume di coscienza di quello che stava per accadere le fece lamentare e divincolare debolmente. Il vecchio sorrise.

– Non puoi ammazzarmi.
– Vi ammazzo tutte e due.

– Ho avvertito la polizia, sanno che siamo qui.

– No che non l'hai fatto, altrimenti ti avrebbero impedito questo incontro, troppo pericoloso per voi. In ogni caso ti avrebbero seguito, e a quest'ora sarebbero già dovuti intervenire.

– Fermi tutti! Polizia! – Nel buio della notte una voce femminile forte e chiara sovrastò la scena e i suoi protagonisti.

Podborsky e l'uomo mascherato si voltarono all'unisono, scrutando nel buio verso il luogo da cui era provenuto il comando e cercando di scorgere qualche movimento. Marco fu il più rapido a reagire, prese per una manica Alessandro e lo trascinò rapidamente all'interno dell'edificio in costruzione. Podborsky fece un cenno all'uomo mascherato che estrasse la pistola lanciandosi all'inseguimento, poi a sua volta estrasse un'arma e tornò a guardare in direzione della voce, senza scorgere nulla. Così cominciò cautamente a muoversi nel buio, attento a qualsiasi rumore.

Alessandro e Marco salivano rapidamente i piani, calpestando le incerte rampe della costruzione. Dietro di loro i passi veloci dell'uomo mascherato.

– Quel cazzo di figlio di puttana in neoprene è vicino. – Marco si era voltato a misurare la distanza.

– L'importante è che non spari – osservò Alessandro. Proprio in quel momento udirono il rumore secco e inconfondibile dell'esplosione di un'arma da fuoco e la trave in cemento alla destra di Marco rilasciò polvere e schegge esattamente all'altezza della sua testa.

– Su, su, corri!

– Quella voce che ha gridato "polizia", io la conosco – disse ansimando Alessandro.

– Figurati io – rispose Marco in affanno.

– Glielo hai detto?

Questa volta non venne alcuna risposta e continuarono a correre. Negli ultimi piani in qualche punto il pavimento era mancante; inoltre un intero lato mancava di mura perimetrali, al suo posto c'era solo un asse di legno che correva più o meno all'altezza delle anche, ed era l'unico ostacolo a impedire un pauroso salto nel vuoto. Marco e Alessandro trovarono riparo dietro un cumulo di mattoni, Marco estrasse la Beretta.

– Meno male che non ci hanno perquisiti. Lo hai distratto con le tue accuse – parlò pianissimo mentre toglieva la sicura.

– Sai usarla? – sussurrò Alessandro.

– Tutti sanno usare un arma. Anche un bambino potrebbe.

– E tu sai usarla come un bambino, o te la cavi meglio?

– Oh, taci. Speravo di non usarla mai!

– Troppo tardi per recriminare, no?

– Ma sei stato proprio tu, Alessandro, a tirarmi dentro questa situazione. E hai pure detto a quel criminale di portarsi dietro lo scagnozzo!

– Bisognava sfidarlo e ridicolizzarlo per smuoverlo. Altrimenti...

– Bene, ci sei riuscito. Non sei riuscito invece a prevedere una soluzione, una via di fuga, un maledetto piano B.

– In realtà la soluzione c'è, ma non pensavo che la situazione evolvesse così rapidamente.

– Bravo, hai pensato ad una soluzione in tempi lunghi, peccato che nei tempi lunghi saremo già morti!

– No, se mi ascolti – spiegò velocemente a Marco quello che voleva fare, poi si allontanò strisciando.

L'uomo mascherato, intanto, giunto ai piedi dell'ultima rampa stava salendo lentamente. Nel silenzio si avvertiva soltanto il respiro affrettato e lo scricchiolìo dei passi. Improvvisamente si bloccò, si era reso conto che continuare avrebbe significato far capolino e diventare così un facile bersaglio. L'uomo mascherato abbandonò le rampe, ridiscese al piano inferiore dove trovò una scala in ferro dimenticata, la prese e la posizionò sotto una diversa apertura nel solaio poi, con attenzione, iniziò a risalire. Marco, in attesa, immaginò quello che stava accadendo, ma non capiva da quale direzione l'uomo sarebbe sbucato.

Nel frattempo, Alessandro si era avvicinato al bordo: oltre quel punto il vuoto. Lì passava uno dei pilastri esterni che costituivano lo scheletro in cemento armato della costruzione, ed egli aveva deciso di utilizzarlo. Dal pilastro i ferri ancora sporgevano e sarebbero stati preziosi per la discesa. Guardò nel vuoto, era buio e non si vedeva quasi nulla, pensò che era meglio così altrimenti avrebbe dovuto armarsi di ancora più coraggio. Si avvicinò al pilastro sporgendosi per cercare appigli, il piancito terminava con un cordolo rialzato, ed egli lo usò per aggrapparsi. Si tenne forte e si lasciò scivolare, un secondo dopo penzolava nel vuoto. Il peso del proprio corpo gli creò un improvviso dolore ai polsi, agli avambracci e alle spalle, e lo costrinse a stringere con ancora più forza. Ora veniva la parte più difficile: doveva dondolarsi leggermente per raggiungere con il piede il ferro che spuntava dal vicino pilastro. Ogni oscillazione procurava ulteriore dolore alle braccia, ma il problema era che il dondolio gli faceva perdere la presa. Presto giunse al limite: se alla successiva oscillazione il piede non avesse trovato un appoggio avrebbe perso del tutto la presa delle mani. Non ci volle pensare e spinse una ultima volta con vigore fino a che il piede urtò un appoggio solido. Spostò subito il peso, tenendosi con una mano al cordolo mentre con l'altra a malapena riuscì ad afferrare il pilastro. Rimase in quella scomoda posizione per una frazione di secondo, il tempo sufficiente per credere che sarebbe volato nel vuoto ma alla fine, con un colpo di reni, abbracciò finalmente il pilastro come fosse l'unico grande amore della sua vita. Attese che gli passasse il tremito muscolare e che il battito cardiaco tornasse a ritmi quasi normali, prima di scendere e raggiungere il pavimento. Più rapidamente e silenziosamente che potè si avvicinò alla rampa pronto a risalire verso l'ultimo piano dove sapeva che Marco stava per essere stanato dall'uomo mascherato. In quel momento sentì gli spari, accelerò e giunse in cima alla rampa dove vide, nella semioscurità, il mucchio di pietre dietro cui stava acquattato Marco che emetteva schegge di mattone in tutte le direzioni ogni volta che una pallottola vi si schiantava contro. Alla sua sinistra l'uomo mascherato prendeva la mira verso il riparo. Non era stato visto, allora chinò la testa e si catapultò addosso. Prima ancora che quell'altro se ne accorgesse Alessandro lo travolse con la sua velocità e la sua determinazione. Caddero entrambi e la pistola scivolò lontano. Si rese conto di due fatti: il primo fu un movimento dietro il mucchio di mattoni, il secondo fu la pronta reazione dell'uomo mascherato che si divincolò rapidamente sferrandogli un calcio in faccia.

L'uomo, rialzandosi, vide la sua arma e fece per raggiungerla. Più lentamente di quello che avrebbe voluto raggiunse la pistola e la afferrò, in tempo per vedere Marco in piedi dietro i mattoni che brandiva la pistola con entrambe le mani: si bloccò, i due si guardarono, con un gesto rapido tentò di puntare l'arma ma Marco esplose un colpo, poi un secondo. L'uomo mascherato avvertì due spinte in pieno petto e cadde a terra.

Silenzio adesso. Il vecchio aveva finito di parlare, l'uomo con la maschera stava in piedi a gambe larghe con le braccia conserte e guardava muto la scena; le quattro ragazze fissavano il vecchio con occhi sbarrati.

Fu allora che si fece avanti. Si scostò dal muro a cui era appoggiato e si avvicinò ad Alexandra.

– Se tu mi avessi ascoltata adesso non saremmo a questo punto.

Le tolse il nastro adesivo dalla bocca.

– Hai voluto fare di testa tua, stupida donna accecata dalla gelosia, escogitando quell'imbroglio con il cellulare. E che cosa ne hai ricavato, eh? Niente. Non hai scoperto quello che credevi di sapere ma hai saputo ciò che non dovevi sapere, e questa sarà la fine che farai. – Indicò con la mano l'uomo con la maschera.

Alexandra tentò di rispondere, ma non ci riuscì. In quel momento estremo vide la sua sorte e comprese il destino segnato. Nel suo sguardo comparve collera fredda mescolata a pena e commiserazione per ciò a cui stava andando incontro. Le parole faticarono ad articolarsi e finalmente la voce le uscì in sussurro, il composto dei suoi sentimenti sibilò duro e puro tra le sue labbra: – Sei un poveretto, Fiorenzo. Un disadattato che ha paura di essere giudicato. Sei vuoto: una scorza di sapere che ricopre il nulla. Un uomo incompleto, un bambino impaurito con la sessualità malata e la personalità predatoria di un pedofilo.

Fiorenzo sbiancò e le mollò un ceffone, poi un altro e un altro ancora. La guardò con odio misto voluttà. Considerò la pelle bianca e morbida, ammirò la rotondità delle spalle, la pancia piatta e le gambe affusolate, si soffermò ad osservare la forma dei seni; fece scorrere i polpastrelli lungo la spallina del reggiseno e la fece saltare. Affondò le mani nelle mutandine e le strappò là dove la stoffa era più sottile. Il vecchio e il guerriero si guardarono, ma non si mossero. Alexandra era legata e non poteva fare alcuna resistenza, Fiorenzo le salì goffamente sopra. Lo eccitavano le mammelle libere, i peli curati e la fica che si intravedeva più in basso; sbottonò i pantaloni e provò a infilarglielo mentre lei cominciava a piangere. Si fermò, le rimise il nastro adesivo sulla bocca, la tirò a sé per quel che permettevano i legami e continuò a fare quello che stava facendo. In qualche modo arrivò alla fine e imbrattò di sperma le cosce della donna.

– Hanno preso Marta e con loro c'è pure Fiorenzo. La tengono prigioniera e dicono di scendere con le mani alzate. – Marco era incredulo. – Che cosa ci fa il tuo amico qui?

Alessandro non rispose. – Stiamo scendendo. Non fatele del male – urlò rivolto alle persone in basso. Le tre figure non erano perfettamente visibili ma si distinguevano chiaramente un uomo alto e una donna, oltre a Podborsky intento a tenerle il braccio intorno al collo.

– Buttate le pistole, buttatele ora, altrimenti la uccido.

Alessandro buttò la pistola che aveva tolto all'uomo mascherato.

– Anche l'altra!

Marco eseguì e le due armi finirono sul prato antistante.

Con le mani in alto e sotto il tiro della pistola di Podborsky i due scesero ben sapendo che l'uomo non aspettava altro che di vederli in piena luce per poter sparare a colpo sicuro: restavano solamente pochi istanti di vita. In quel momento il rombo di alcune auto ruppe il silenzio. L'Alfa 159 di Quarzi si fermò con stridore di freni e due uomini scesero con le pistole spianate. – Gettate le armi! – Altre auto della polizia arrivarono quasi contemporaneamente. Podborsky trascinò immediatamente Marta a terra e Fiorenzo li seguì. Poi, cominciarono a sparare.

– Lasciateci andare, altrimenti uccideremo la ragazza! – urlò Podborsky.

Momentaneamente dimenticati, e ancora all'interno della costruzione, Alessandro e Marco si misero al riparo e osservarono la scena: – Certo che potevi evitare di portartela dietro – disse Alessandro.

– E secondo te glielo ho detto io di venire? – si difese Marco

– Potevi almeno non dirle dove andavi e a fare che cosa. Perché questo lo hai fatto, vero?

– Sì, vero. Ma è stata una fortuna che quella adorabile testa matta abbia deciso di venire, ci ha salvato la vita. Ricordalo.

– E adesso noi dobbiamo salvare la sua. Dai, muoviamoci!

Scesero velocemente dal palazzo in costruzione per cercare nell'erba e tra il fango le pistole gettate pochi minuti prima, stando bene attenti a non farsi vedere. Marco impugnò per primo la sua mentre Alessandro cercò più a lungo, sempre con il timore che Podborsky si voltasse e sparasse: ma sembrava che fosse troppo impegnato a difendersi dai colpi della polizia. Trovò l'arma e la raccolse. Per un momento la guardò come se fosse un extraterrestre, poi la impugnò e mirò.

– Ehi, Podborsky! – Il vecchio si voltò a fronteggiarli.

Marco non sparò, e neppure Alessandro. Eppure Podborsky distorse ugualmente il viso in una smorfia di dolore e guardò le due macchie rosse che improvvisamente si stavano allargando sul suo torace. I colpi della polizia lo avevano centrato. Subito dopo Alessandro vide Fiorenzo prendere l'arma di Podborsky e puntarla contro Marta, appoggiandola alla tempia. La polizia smise di sparare, il rischio di colpire la donna era troppo alto.

– Fiorenzo!! – La voce di Alessandro si levò alta nell'improvviso silenzio.

– Adesso mi lasciate andare, voi mi fate andare via oppure lei muore! – Mentre parlava si levò in piedi e, sempre con Marta stretta a sé, iniziò ad avvicinarsi ad Alessandro e Marco.

– Lo vedi? – Quarzi si era rivolto a un poliziotto che, semisdraiato per terra, imbracciava un Sako, il fucile di precisione dotato di un tiro utile di oltre ottocento metri, più che sufficienti per un bersaglio che adesso si trovava a non più di cento metri.

– Negativo. Il bersaglio è coperto – rispose.

Intanto Fiorenzo si era avvicinato di più ai due.

– Fiorenzo, non farlo. Basta, è finita, finita! – Alessandro incrociò lo sguardo irriconoscibile dell'amico.

Fiorenzo ristette poi, senza dire una parola, allontanò bruscamente Marta da sé facendola cadere a terra, poi sollevò il braccio puntando la pistola verso Alessandro, ma invece di premere il grilletto lasciò cadere l'arma dalle mani. Da lontano il Sako entrò in azione, in un tempo quasi istantaneo e non misurabile dai sensi umani il proiettile giunse a destinazione trapassando Fiorenzo da parte a parte. Era davvero finita.

Fiorenzo si sollevò lentamente dal corpo di Alexandra ora squassato dai singhiozzi. Egli si ricompose e la osservò un momento, poi le urlò che voleva quel cazzo di cellulare con le registrazioni delle telefonate. Podborsky fece un cenno all'uomo con la maschera che frugò negli oggetti personali e nelle borse delle ragazze. Una breve ricerca fu sufficiente a recuperare i quattro cellulari che furono gettati sul tavolo. Fiorenzo ne scelse uno e cominciò ad ascoltare i messaggi. Poi tolse la sim e la distrusse, gettò per terra il portatile e lo ruppe in mille pezzi. L'uomo mascherato, intanto, si era posizionato dietro le spalle di Alexandra, appoggiò la lama affilatissima sul collo di lei e con un unico movimento fluido glielo aprì. Alexandra spalancò gli occhi, il sangue gorgogliò sul petto denudato, poi la testa e il corpo si afflosciarono.

Le tre ragazze lanciarono urla soffocate. Con calma indicibile l'uomo raccolse gli intimi fatti a pezzi di Alexandra e li ficcò nel sacco. Fece lo stesso con gli smartphone sul tavolo e con i rottami di quello sul pavimento. Poi raggiunse a una a una le tre donne. Prima si divertì a tagliare reggiseni e mutandine, così da lasciarle anch'esse nude. E subito dopo tagliò loro la gola. Sempre con calma e meticolosità raccolse gli ultimi indumenti fatti a brandelli e li ripose nel sacco, infine accostò il più possibile i corpi delle quattro ragazze al tavolo. Tutto ripulito, tutto in ordine. Podborsky prese per un braccio l'inebetito Fiorenzo e lo portò fuori. L'uomo mascherato spense la luce e richiuse la porta mentre il sangue cominciava a disegnare la sua macabra geografia sul grande tavolo.

Si erano avviati verso l'uscita quando Fiorenzo si rianimò. Discusse brevemente con Podborsky quindi aprì il sacco e si mise a cercare freneticamente tra gli indumenti. Prese i vestiti imbrattati di Barbora, raggiunse l'ufficio di Alessandro Amaldi e insudiciò di sangue quei muri.

Alessandro si era avvicinato a colui che era stato il suo amico, in quel momento soltanto una vita umana che stava per spegnersi.

– Fiorenzo, perché lo hai fatto?

Steso a terra, Fiorenzo si guardò la ferita del torace che sanguinava copiosa. Si rese conto che, stranamente, non sentiva dolore e ricordò che la medesima domanda gli era stata posta più di un anno prima da Alexandra, lei e le altre ragazze inabissate per sempre.

Piano, provò a parlare: – Il paradiso è andato in pezzi, in terra ci sono solo frammenti. Non sono stato in grado di coglierne neppure uno.

Ad Alessandro venne in mente la domanda finale di *A sangue freddo*, il libro di Truman Capote: può l'uomo che ha vissuto la violenza trovare ristoro e sollievo infliggendo in chi l'ha causata la medesima pena? No, il dentifricio è andato fuori dal tubetto e il caos regna tiranno nel mondo uscito dai cardini.

Epilogo

La riunione che doveva mettere il sigillo finale era stata voluta dall'ispettore e Amaldi aveva chiesto di rimandarla perché voleva a tutti i costi che fosse presente una determinata persona. Alessandro tanto insistette che infine l'ispettore accondiscese. Il giorno in cui fu fissata la nuova data Amaldi assicurò che la persona sarebbe arrivata. Quando però i convenuti si ritrovarono nell'ufficio dell'ispettore, del misterioso invitato ancora nessuna notizia. Quel giorno d'estate, a più di un anno dagli omicidi, una piccola folla sedeva attorno al tavolo in ferro. Oltre a Michele Quarzi, c'erano Alessandro Amaldi, Marco Baldi, Marta Dragoni, Paola Isola e Silvia Iovanni, più un signore non più giovane che si faceva notare per i modi colti e piacevoli: si trattava dell'ex assessore all'edilizia Francesco Menghini. Anche il rettore Carri era stato invitato e si era silenziosamente accomodato, visibilmente a disagio.

– Allora, Amaldi: questo convitato di pietra arriva oppure no?

– Arriva, ispettore, arriva. È atterrato all'aeroporto da circa mezz'ora e tra qualche istante dovrebbe essere qui.

– Sa che le sto permettendo un sacco di cose, professore? Non si è mai visto un comune cittadino chiedere di fissare l'agenda di una convocazione di polizia, e in più suggerire quali devono essere i partecipanti!

Amaldi si concesse una espressione in parte soddisfatta e in parte colpevole, simile a quella di un coniuge al primo tradimento. Decise di non replicare, lasciando aleggiare un sorriso imbarazzato.

– Bene – concluse l'ispettore. – Vorrà dire che lascerò a lei l'onere di condurre la riunione.

Si era appena spento l'eco della bonaria minaccia di Quarzi quando una giovane donna fece il suo ingresso accompagnata fin lì da un deferente poliziotto; tutti si voltarono a guardarla.

– Vi presento Anastasiya Sokolov, la nipote del colonnello generale Sokolov, appena atterrata da Mosca.

E, senza attendere altre reazioni, Amaldi la fece accomodare. Stava per iniziare quando Quarzi lo prevenì.

– Premetto che, nelle sue linee generali, le spiegazioni che ascolterete oggi sono già state condivise con il magistrato a capo della inchiesta; ci sono alcuni nuovi elementi che speriamo di chiarire e verificare in questa sede. Prego, Amaldi, inizi pure.

– L'ispettore ci ha qui riunito per la conclusione del caso, e mi ha chiesto di fornire i tasselli mancanti. – Guardò l'ispettore che gli fece cenno di continuare.

– L'anno scorso, quando sono tornato precipitosamente dalla Grecia e sono stato catapultato sulla scena del delitto, mi sono domandato come mai gli omicidi fossero avvenuti nella sala riunioni del rettorato. E la risposta che mi sono dato era perché quella sala simboleggiava il potere della università. Chiunque l'avesse scelta per quell'ultima, tragica, rappresentazione doveva conoscere bene l'edificio ed essere afflitto da una buona dose di megalomania, altrimenti non avrebbe corso quel rischio. E doveva essere un interno della università. L'ispettore mi rivelò che la scena del delitto era piuttosto inquinata e le impronte trovate dalla Polizia Scientifica erano frammentate, numerose e disparate, come deve essere in una sala riunione ove transitano tante persone. Effettivamente, sono state ritrovate le impronte di Fiorenzo, oltreché del piccolo Putin e di Michail Viktorovic, il lugubre combattente mascherato. Se le impronte di quest'ultimo erano totalmente sconosciute alla polizia quelle di Podborsky no, ma nessuno ha pensato di fare i riscontri necessari visto che le leggi italiane non permettono che il *data base* in mano alla scientifica sia...

– Va bene, va bene, questa parte ce la risparmi, Amaldi. Se la lascio parlare ancora ci sommerge di critiche e finirà per farmi licenziare. Tralasci e vada avanti.

Amaldi sorrise e continuò. – Per quanto riguarda le impronte di Fiorenzo nella sala riunione, beh mi risulta che l'ispettore lo ha convocato e interrogato. – Guardò Quarzi che fece un cenno di assenso. – Fiorenzo ha potuto facilmente difendersi dicendo che lui c'era stato innumerevoli volte. D'altronde, se è per questo, in quella sala c'erano anche le mie di impronte come quelle di altri professori oltre, naturalmente, a quelle del rettore – e così facendo fece un cenno di sussiego verso il suo superiore.

– All'inizio ho ritenuto che dietro i delitti ci fossero ragioni economico-finanziarie legate alla forte rivalutazione dei terreni in quell'area. Per questo ho voluto incontrare Francesco Menghini, che rivestiva il ruolo di assessore alla edilizia all'epoca dell'acquisto dei terreni da parte della università. Menghini, però, mi ha raccontato una vicenda molto diversa. Vuole esporla lei? – e così dicendo si rivolse all'ex-assessore.

Menghini si alzò e con voce calda e rotonda raccontò la vicenda dell'amianto di cui anche i giornali avevano a più riprese dato conto.

– Fu importante giungere a conoscenza di questi fatti soprattutto perché ci hanno condotto a Podborsky – annotò Alessandro, poi proseguì. – Però non si uccidono a quel modo quattro ragazze per far tacere una vicenda che un qualsiasi bravo giornalista avrebbe potuto in qualsiasi momento scoprire e denunciare. Se le donne fossero state fatte semplicemente sparire forse la motivazione del terreno inquinato mi avrebbe convinto, ma la scena del delitto era troppo particolare: no, l'amianto non era la causa scatenante degli omicidi, non poteva essere la ragione sufficiente di un omicidio così efferato.

L'ispettore prese il centro della scena posando, nel silenzio generale, un tablet sul tavolo. – È il tablet personale di Janua Novotna. Dentro vi abbiamo trovato una copia delle conversazioni che Alexandra Radu aveva carpito direttamente dal cellulare del Capitani, all'epoca suo fidanzato.

Quarzi fece partire la registrazione e tutti poterono ascoltare le voci chiaramente riconoscibili di Podborsky e di Fiorenzo Capitani che discutevano animatamente al cellulare.

– *Non posso farlo.*

– *Sì, lei lo può fare e lo farà, Capitani.*

– *Ma così divento complice anche io.*

– *Sono affari suoi. E poi, mi dica: può fare diversamente? Si è dimenticato che è già complice? Sa bene che le carte che attestano le bonifiche dei terreni sono false, eppure non è corso a denunciare la cosa.*

– Non ho le chiavi dell'ufficio del Rettore.

– Se le procuri, in un modo o nell'altro mi deve far avere quei documenti.

Quarzi bloccò la registrazione e gli astanti si girarono all'unisono verso il Rettore. Ma l'ispettore riprese immediatamente a parlare e non permise che venissero poste domande.

– Queste registrazioni sono state acquisite solamente qualche giorno fa, quando abbiamo avuto accesso agli archivi personali di Podborsky. Le ragazze avevano effettivamente le prove della complicità del Capitani, e sapevano che era sotto ricatto. Quelle prove se non altro erano sufficienti ad avviare precise indagini su Podborsky e Capitani, e ciò avrebbe indubbiamente procurato gravi ripercussioni a quella carriera a cui il professore ha sempre tenuto moltissimo. Il russo si è impadronito di queste registrazioni nelle ore seguenti la notte degli omicidi; vi ricordo che la casa delle vittime in via Conchetta fu trovata sottosopra quando i miei agenti vi entrarono insieme alla Scientifica. Qualcuno era già passato di lì, e possiamo ipotizzare che fossero stati proprio gli scagnozzi di Podborsky, il quale recuperò così una ulteriore e più forte arma di ricatto.

A quel punto l'ispettore lasciò la parola ad Amaldi. – Come dicevo, non ero soddisfatto della pista dell'amianto e così mi sono dedicato a un'altra idea che mi girava in testa e di cui avevo messo a parte l'ispettore. L'idea dovette sembrargli fantasiosa, ma non mi fermò. Pensai infatti che le ragazze fossero delle prede, agnelli sacrificali di una antica vendetta. Così colsi l'occasione di un viaggio di lavoro nel nord Europa per verificare questa ipotesi. E in quel viaggio, tra gli altri, incontrai anche Anastasiya. – Amaldi se la prese con se stesso perché aveva pronunciato quel nome con voce meno neutra di quanto avrebbe voluto. Comunque, lasciò la parola ad Anastasiya che, in un inglese molto pulito e comprensibile, mostrò la lettera agli astanti e spiegò la vicenda del tradimento di Kungrad che impressionò gli ascoltatori, chiarendo il ruolo che in quella vicenda avevano avuto i quattro aviatori e Podborsky. Poi anche Anastasiya tacque, lasciando di nuovo la parola ad Amaldi.

– La ex moglie di Podborsky sapeva tutto riguardo gli autori di quel tradimento. Fu proprio il piccolo Putin che le raccontò come i quattro padri delle povere ragazze gli diedero la caccia, pare con l'aiuto di un ricco sceicco saudita combattente a fianco dei mujaheddin.

Si concesse un attimo di pausa per controllare se lo seguivano, poi riprese: – Di ritorno dalla Russia l'ispettore mi confermò che i controlli del terreno dimostravano presenza massiccia di amianto e di altri inquinanti tossici sotto le fondamenta della università. Interrogati in proposito, alcuni funzionari corrotti hanno fatto il nome di Podborsky e quello di Fiorenzo Capitani. Era stato quest'ultimo a fare da tramite, a trafugare documenti come risulta anche dalla registrazione appena ascoltata, a portare mazzette, e a riportare i documenti falsificati alla Regione. La sua faccia pulita e irreprensibile, il suo ruolo universitario, erano una copertura perfetta. Podborsky lo sapeva e ne approfittò. Fu la promozione di Fiorenzo a farmi sorgere, per la prima volta, qualche dubbio. Come mai Fiorenzo era stato promosso prorettore? Pur volendogli bene riconoscevo che non aveva i meriti per una tale promozione. In cambio di che cosa l'aveva avuta? Forse del suo silenzio, o della sua complicità? Ma se era stato zitto o complice, riguardo a che cosa lo era stato? Non cercai una immediata risposta a queste domande, e la ragione è... perché non ci volevo credere.

– Poi mi feci forza e decisi di avere qualche chiarimento. A chi potevo chiedere informazioni? A Paola e Silvia, che erano state amiche intime delle quattro povere vittime e che conoscevano bene Fiorenzo Capitani. Forse loro erano al corrente di qualche particolare importante.

Amaldi si rivolse alle due donne. – Volete proseguire voi, a questo punto?

Paola Isola prese la parola. – Noi sapevano che Fiorenzo Capitani stava insieme ad Alexandra. Fiorenzo non disdegnava di avere storie con le studentesse, anzi. – Subito dopo questa affermazione Paola arrossì leggermente e non riuscì a impedirsi di guardare furtivamente Silvia. – Eravamo anche al corrente che la loro storia era parecchio burrascosa, e che ai momenti di passione si alternavano litigi pesanti.

Silvia continuò. – Fu certamente una sorpresa sapere che Alexandra aveva registrato le telefonate di Fiorenzo e che dalle registrazioni era emersa quella verità sconvolgente. Quando Amaldi venne a chiederci notizie mostrando la sua preoccupazione gli confessammo tutto quel che sapevamo.

– Come mai siete venute a conoscenza delle registrazioni? – domandò l'ispettore.

– Il contenuto ce lo rivelò una delle ragazze con cui eravamo in confidenza.

– Chi?

– Barbora Traine.

– Era in confidenza con voi due? E perché?

A questo punto fu il turno di Silvia di arrossire, guardando Paola. – Era più legata a Paola a dire la verità...

L'ispettore decise di soprassedere. Non gli sfuggì, però, che anche Amaldi era lievemente arrossito, anzi turbato.

– Amaldi, vuole proseguire?

– Sì, sì... certo. Paola e Silvia mi misero sulla strada giusta: l'amianto c'entrava ma c'era pure dell'altro. Mi convinsi che Podborsky aveva utilizzato Fiorenzo per la sua vendetta e, peggio, che gli interessi convergenti di quei due avevano dato vita a un patto scellerato.

L'ispettore venne in aiuto. Sapeva che quella parte ad Amaldi costava troppo. – Non abbiamo testimonianze dirette perché tutti i partecipanti a quella tragica notte sono morti. Ma i riscontri avuti ci indicano che i fatti devono essere andati più o meno così. Fiorenzo convinse le ragazze ad entrare in università. Probabilmente con uno stratagemma preparato da tempo.

– Negli ultimi periodi Fiorenzo ed Alessandra si erano rappacificati e si comportavano come due buoni amici... – fece notare Silvia.

– I fatti successivi dimostrano che per il Capitani tale rappacificazione era fasulla – replicò brusco l'ispettore. – Podborsky voleva vendicarsi delle azioni dei padri e, per farlo, riteneva assolutamente necessario poter raccontare alle quattro figlie l'intera vicenda, perciò mise in piedi quel suo macabro teatrino. Probabilmente Fiorenzo ascoltò la storia completa, e a quel punto avrebbe avuto la possibilità di fare un passo indietro, di ribellarsi, ma purtroppo non lo fece. Anzi, in qualche modo ha rilanciato, assalendo Alexandra e violentandola lì, davanti a tutti.

Amaldi piegò la testa di lato, emettendo un sospiro. – Una tra le persone più care con cui sono cresciuto... e ha sporcato del sangue di Barbora il mio ufficio.

Quarzi, senza apparente moto di compartecipazione, spiegò: – Trovammo tracce spermatiche di Capitani e durante l'interrogatorio egli spiegò che, essendo il fidanzato, non c'era nulla di strano se nella vagina di Alexandra Radu avevano trovato tracce del suo sperma. Amaldi, ritornato dal suo viaggio, mi ha messo a parte delle sue scoperte, così ho disposto analisi più accurate e abbiamo trovato che i liquidi di Fiorenzo erano in effetti mescolati al sangue di Alexandra. E questo dimostrava che l'atto sessuale era avvenuto dopo che la ragazza era già stata tagliata e ferita, e probabilmente appena prima della sua morte. Purtroppo, questo lo abbiamo capito solo allora. Ma a quel punto non ci siamo fermati. Abbiamo approfondito le ricerche e disposto ulteriori perquisizioni, e abbiamo trovato una serie di coltelli tutti uguali compatibili con l'arma del delitto. Si tratta di un particolare tipo di coltello noto come coltello siberiano, non facile da trovare in Italia. Quelle armi le abbiamo trovate in una dependance della villa in Brianza di Podborsky dove effettivamente viveva Michail Viktorovic, il cosiddetto combattente mascherato. Era un fanatico di coltelli ed è presumibile che sia stato proprio lui l'esecutore materiale.

L'ispettore si prese una pausa prima di proseguire. – Infine, abbiamo scoperto sostanziosi accrediti sul conto corrente del Capitani provenienti da una banca cifrata svizzera. Il misterioso benefattore è rimasto nascosto dietro un anonimo codice bancario, ma ora possiamo analizzare tutte le operazioni finanziarie di Podbosky e sono certo scopriremo che quel conto appartiene a lui. Il giudice dovrà fare una rogatoria internazionale, ci vorrà tempo, ma ci riusciremo. Purtroppo, caro rettore, anche sul suo conto sono risultati alcuni accrediti provenienti da quel medesimo codice bancario. Ce lo può spiegare?

Ci furono reazioni di stupore, e il primo a dare voce alla generale indignazione che cresceva fu Marco.

– Quindi anche lei, rettore, era coinvolto! – esclamò.

Il rettore si alzò bruscamente in piedi. – Sono solo calunnie, non avete prove. Chi vi ha autorizzato a controllare il mio conto corrente?

– Si sieda, rettore, si sieda. Tecnicamente lei non è sotto accusa – lo calmò Quarzi.

– Ma politicamente sì – rilanciò spietato Amaldi. – Gli accrediti sono comprovati. Se la notizia arriva ai giornali credo che ci impiegherebbero solamente un minuto a sommare uno più uno. In questi casi rettore, lei lo sa meglio di me, le prove sono superflue. È la sua reputazione, infatti, che ci va di mezzo. Mi lasci dire come sono andate i fatti secondo me. Lei non sapeva nulla della vendetta di Podborsky, e probabilmente, ha saputo all'ultimo momento dell'amianto facendosi venire, forse, qualche dubbio. Certamente Podborsky deve averla messa nelle condizioni migliori per chiudere un occhio, vero? Ci sono state immediate agevolazioni sull'acquisto del terreno e sui costi di costruzione della nuova ala. Poi sono arrivati corposi accrediti sul conto, e lei allora ha deciso che la firma sulla costruzione della nuova ala dell'università sarebbe rimasta a sua gloria imperitura, e che ne valeva la pena. Però l'amianto è una cosa seria, rettore, macina la sua letale farina e alla fine presenta il conto. E di questo conto lei è responsabile. Se si viene a sapere di quegli accrediti sospetti delle due l'una: o lei ci mette la faccia e spiega in modo convincente da dove provengono quei soldi dichiarandosi fuori da questo maledetto imbroglio, ma a quel punto le auguro davvero che lei non c'entri niente altrimenti sarà come aver lanciato un boomerang che torna indietro con maggior violenza; oppure lei lascia il suo incarico domani stesso e si dedica a una tranquilla vita da pensionato. – Il rettore era sul punto di esplodere per lasciar sprigionare tutta la autorità di cui disponeva. Ma chi era mai quel professorucolo? Una nullità!

Quarzi non glielo permise. – Una volta entrati in certi meccanismi non è facile uscirne. Rettore, lei è stato costretto ad ubbidire agli ordini di Podborsky. Ascoltiamo il resto della registrazione. Vuole?

Quarzi armeggiò sul tablet.

– Il rettore è un pignolo, scoprirà certamente che qualche documento è stato sottratto dal suo ufficio.

– Non si deve preoccupare. Le assicuro che non accadrà nulla.

– Che cosa vuol dire?

– Voglio dire che il Rettore quando lo scoprirà sporgerà denuncia contro ignoti, dicendo che non ben specificati documenti gli sono stati sottratti. Non accuserà nessuno in particolare.

– Perché questi sotterfugi? Perché il rettore non le consegna direttamente ciò che le serve?

– Il rettore preferisce che qualcuno gli sottragga le carte. E adesso basta, Capitani. Faccia quel che deve fare.

Il rettore si alzò in piedi cercando una fierezza che non poteva più avere. Poi guardò la porta, certamente avrebbe voluto essere a mille chilometri da lì. Si rivolse verso Quarzi il quale, soprendendemente, gli fece un cenno di congedo, come una liberalità concessa dall'alto.

Marco domandò stupito: – Lo lascia andare?

– Non ha alternative – chiosò Quarzi. – Vedrà che domani rassegnerà le dimissioni. E non ne sentiremo più parlare.

– Ma è colpevole come e più degli altri! – insisté.

– Sapeva qualcosa, ed è stato tacitato con soldi. Ma sarà difficile dimostrarlo. Quelle registrazioni non possono essere assunte come prove.

Quarzi fece spallucce. – Comunque l'amianto non lo ha messo lui e neppure è sua la decisione di costruire sapendo quel che c'era nel terreno. Probabilmente l'unico a conoscere tutto sin dal principio era solamente Podborsky. Certamente il rettore poteva sporgere denuncia e non lo ha fatto.

– Ha promosso Capitani, che mi dice di questo? – Marco sembrava inviperito.

– Probabilmente gli è stato ordinato di farlo. In fondo era anche lui una pedina nel gioco di Podborsky, si è reso conto di questo e sarà un bel colpo per il suo ego. Non credo passerà gli ultimi anni sereni, se questo la può consolare.

La riunione era finita e tutti lentamente salutarono e uscirono. Si separarono velocemente, in silenzio; nessuno sentiva il bisogno di commenti. Fuori, in via Fatebenefratelli, Amaldi aveva lasciato lo scooter, prima di raggiungerlo lanciò uno sguardo al grande portone e all'androne che lo aveva così spaventato la prima volta. Ora gli era familiare, pure se continuava ad essere una terra desolata, di quelle che anche a primavera liberavano solamente cadaveri imprigionati dalla neve e dal ghiaccio. Gli tornò in mente quel detto greco: cari amici, non ci sono amici. Si era sempre ribellato a quell'aforisma, ma ora lo sentiva pesare su di sé come un macigno, ora che aveva scoperto che non sapeva più come, quando e di chi fidarsi.

La conclusione, però, non poteva essere quella; non voleva portarsi dietro il masso con la sua pena.

Anastasyia lo stava osservando, poco discosta. Lui le si avvicinò e osò prenderle la mano: – Vieni, ti voglio portare in un bel posto, dove c'è tanta acqua e le persone si divertono. – Porse il casco alla donna radiosa che gli stava accanto, la quale lo indossò con un sorriso, divertita. Partirono, e si godettero il panorama impagabile di una città nel pieno della sua vita e della sua storia.

Nota conclusiva

A Milano i lavori per la nuova ala della università sono stati bloccati dalla magistratura inquirente: il terreno sottostante dovrà essere bonificato. Nulla, invece, è stato deciso sulla destinazione degli edifici già esistenti. L'opinione pubblica e gli studenti si sono mobilitati più volte, ma la magistratura non si è ancora pronunciata.

Nel 1988 il giovane Bin Laden abbandonò l'Afghanistan e la sua organizzazione, il MAK, insieme ad alcuni dei suoi membri militanti per formare Al-Qaida, con lo scopo di espandere la lotta di resistenza anti-sovietica e trasformarla in un movimento fondamentalista islamico mondiale. Anni dopo Osama Bin Laden è stato ucciso da un commando statunitense nel compound di Abbottabad in Pakistan. Il raid, la cattura e l'uccisione furono seguite in diretta il 2 maggio del 2011 dalla Casa Bianca. Il presidente Barack Obama, Hillary Clinton e altri generali Usa sono stati immortalati in una istantanea famosa mentre osservavano in video le fasi più concitate del raid. In quel momento si è scritto il capitolo conclusivo di una vicenda iniziata tanti anni prima in Afghanistan.

Ringraziamenti

Desidero innanzi tutto ringraziare il treno Milano-Ginevra. Il suo tragitto ripetuto e ripetuto e ripetuto è stato per me come quei luoghi ameni ove si dice si rifugino i narratori per comporre le loro favole moderne. Molte pagine di questo libro sono state pensate e scritte durante quel tragitto.

Ringrazio la Rete, fonte inesauribile di informazioni. Credo che non ci sia nulla di meglio per un inventore di storie che decidere di condurre i suoi personaggi in un certo luogo, per esempio: "Adesso li porto in Russia" e trovare, a semplice distanza di clic, tutte le notizie utili per creare una specifica ambientazione o per rinfrescare la memoria di un determinato luogo. Certo, i dati ricavati devono poi essere assolutamente verificati, e ho dovuto personalmente scomodare amici medici, ingegneri, giudici, storici e geografi per trovare i giusti riscontri di cui avevo bisogno mano a mano che scrivevo. A tutti loro va il mio sincero grazie.

Un grazie pure a tutti quei "donatori inconsapevoli", così importanti. Si tratta, per chi scrive storie, di quella categoria di persone, amici, semplici conoscenti o parenti, da cui è possibile estrapolare tratti dei loro caratteri, sia fisici sia psicologici, o di cui vengono riportate alcune storie, vicende, episodi, inserendoli nel tessuto narrativo in modo da rimpolpare la vita dei personaggi, che non sono mai unicamente frutto di invenzione. Credo, infatti, che ogni romanzo sia un *pot pourri* di invenzioni e verità, di episodi veri e romanzati: una finzione con bagliori di verità.

Vorrei poi ringraziare la vita che in questi anni si è messa di mezzo. Mi ha regalato problemi economici, una separazione e il declino delle persone care che hanno curato la mia infanzia e mi hanno accompagnato verso l'età adulta. Tra commercialisti, avvocati e medici, incontrati molte più volte di quante avrei voluto, i capitoli finali di questo romanzo hanno subìto un forte rallentamento. Senza queste preoccupazioni avrebbero probabilmente visto la luce addirittura un paio di anni prima, ma sarebbe stato lo stesso libro?

Desidero ringraziare mio padre e le mie sorelle che hanno sempre creduto che potessi pigiare sui tasti di un computer con un certo costrutto. E che, soprattutto, non hanno accettato che lasciassi questo lavoro tra le cose incompiute della mia vita.

C'è, infine, un ringraziamento speciale e una dedica.

Tanti anni fa a Ferrara un ragazzino imbronciato tornava da scuola e si rifugiava nella sua cameretta scagliando la cartella sul letto. Allora gli zaini non si usavano. Nello studiolo accanto mamma e papà lavoravano. Mamma dettava una lettera e papà faceva scorrere veloce i polpastrelli sui tasti della macchina da scrivere.

– Che cosa c'è?

– Niente mamma. È che la professoressa vuole che leggiamo e poi commentiamo in classe questa cosa di Dante, ma io non ci capisco niente! È troppo difficile!

– Ma di che si tratta? Dai qua, fammi vedere.

Si trattava del famoso passo dantesco di Paolo e Francesca, quello nel canto quinto della Divina Commedia: "Quali colombe dal disio chiamate..."

Mamma prese in mano il libro, lo aprì e non fece altro che leggere e commentare quelle terzine con la sua voce intonata e la sua passione di professoressa di italiano a mezzo servizio (l'altro mezzo, purtroppo per lei, era dedicato a papà e ai suoi affari).

Quando finì ci fu silenzio, poi il ragazzino scoppiò a piangere.

– Ma che cosa c'è figlio mio, perché piangi?

– Piango perché adesso ho capito.

Questo libro è dedicato a lei.

INDICE

I Narranti

Andrea Pellegrini, *Come una madre*
ISBN–13: 9788875361839, 2008, pp. 172 .... € 15,00

Alessandro Forlani, *Tristano*
ISBN–13: 9788875361839, 2008, pp. 212 .... € 17,00

Jean-Claude Pelli, *Autorevole amore*
ISBN–13: 9788875362096, 2009, pp. 112 .... € 12,00

Jean-Claude Pelli, *Tra dotti occhi da demonio*
ISBN–13: 9788875362720, 2010, pp. 342 .... € 23,00

Marcello Furiani, *A novembre, era una neve*
ISBN–13: 9788875362553, 2010, pp. 82 .... € 10,50

Jurga Ivanauskaitė, *La strega e la pioggia*
ISBN–13: 9788875363284, 2013, pp. 338 .... € 23,00

Geneviève Damas, *Se attraversi il fiume*
ISBN–13: 9788875363277, 2013, pp. 94 .... € 12,00

Carlo De Rossi, *Il ventre della regina*
ISBN–13: 9788875363499, 2014, pp. 144 .... € 13,50

Mauro Ferraresi, *Fuori dai cardini*
ISBN–13: 9788875363802, 2015, pp. 292 .... € 17,00

Finito di stampare nel novembre 2015
per conto delle Edizioni Joker
da Fotolito Graphicolor
Città di Castello (PG)